中國新聞史研究輯刊

三 編

主編　方漢奇

副主編　王潤澤、程曼麗

第 **1** 冊

新中國民營報紙的消失
（1949-1957）（上）

鄭 宇 丹 著

花木蘭文化出版社

國家圖書館出版品預行編目資料

新中國民營報紙的消失（1949-1957）（上）／鄭宇丹 著 — 初版
— 新北市：花木蘭文化出版社，2016〔民105〕
目 6+210 面；19×26 公分
（中國新聞史研究輯刊 三編；第1冊）
ISBN 978-986-404-522-8（精裝）
1. 中國報業史
890.9208   105002054

中國新聞史研究輯刊
三 編 第 一 冊   ISBN：978-986-404-522-8

新中國民營報紙的消失（1949-1957）（上）

作　　者　鄭宇丹
主　　編　方漢奇
副 主 編　王潤澤、程曼麗
總 編 輯　杜潔祥
出　　版　花木蘭文化出版社
發 行 所　花木蘭文化出版社
發 行 人　高小娟
聯絡地址　235 新北市中和區中安街七二號十三樓
　　　　　電話：02-2923-1455／傳眞：02-2923-1452
網　　址　http://www.huamulan.tw 信箱 hml810518@gmail.com
印　　刷　普羅文化出版廣告事業
初　　版　2016 年 3 月
全書字數　415326 字
定　　價　三編 9 冊（精裝）新台幣 18,000 元

新中國民營報紙的消失
（1949-1957）（上）

鄭宇丹　著

作者簡介

鄭宇丹，黑龍江哈爾濱人，新聞學博士。歷任黑龍江日報報業集團《生活報》記者、編輯、文化新聞部主任、哈爾濱新聞部主任，《新都市報》副總編輯，羊城晚報報業集團《新快報》總編輯助理、編委等職，現任教於華南理工大學新聞與傳播學院。主要研究領域包括：中國近現代新聞史、媒介文化的現當代轉型等。已發表論文 40 餘篇，參與創作《深度陽光——新快報調查性新聞十大案例》、《報業集團核心競爭力研究》等著述。

提　　要

　　1949 年，中華人民共和國（亦稱新中國）建立在民族獨立的國家形態之上，並成爲東西方冷戰的地緣中心。冷戰歸根結底是意識形態領域的戰爭，民營報紙因與新的政治制度及意識形態有所牴牾，對它的改造、利用及它自身的轉型必然集中體現當時社會的所有矛盾與焦點。民營報紙被賦予了怎樣的政治角色？它爲什麼不能在新的政治語境下存活？其具體消失原因怎樣？對這些問題的回答構成了本書寫作的邏輯起點。

　　本書研究時段始自 1949 年初京津等大城市解放，終於 1957 年底最後一張民營報紙停刊，借助檔案、報紙保存本及大量相關文獻，考證了新中國民營報紙的整體狀貌，並以史料爲依據，從國際環境、政治背景、經濟因素、文化遺存等層面論述了民營報紙的消失原因。

　　本書在寫作過程中，考慮到了民營報紙建構在中國長時段屈辱史上的國族意識；關照到了「國家——民間精英——民眾」三層結構的解體對民營報紙棲身場域的影響；觸及到了一系列政治運動反映出的「合理利己主義」對民營報紙的內部消解；觀察到了「政治集權」與「行政分權」相結合的治理結構對民營報紙的覆蓋，從而針對新中國民營報紙的消亡，在資源限制、屬地管理、群眾自反性、關係紐帶等方面提出了新的觀點。

目

次

1、緒　論

1.1 問題的提出

　　1949 年，中國結束了自鴉片戰爭以來忍辱負重的「半封建半殖民地社會」，建立了嶄新的中華人民共和國。她並沒有像一般革命先從半封建走向半獨立，從半殖民地走向半資本主義，而是開篇就以社會主義制度賦形於全獨立的民族國家。自此以後，蘇聯雖然被視作美國最強大、最危險的對手，但是東西方冷戰的兩個重要爆發點——朝鮮半島和越南，都位列中國邊境。

　　中國何以成為東西方冷戰實質上的地緣中心？中西方學者一直試圖找尋這一問題的答案，最終的結果往往如美國學者傅高義（Ezra F. Vogel）所言，「我們根據自己的偏見，把中國詮釋為一個偉大的勝利者，又或者是一個殘酷的失敗者；是一個危險的野心家，又或者是一個不幸的受害者；是一個暴君，又或者是一個理想主義者；是獨裁者，又或者是民主家。」〔註1〕

　　緣何關於當代中國，會產生對立的截然不同的詮釋？這和新中國締建之初接近封閉的政治、經濟環境息息相關。新中國給予世界的是一種特殊的神秘感。最能體現這種神秘感的，是中國共產黨作為執政黨有關意識形態的整合。中共成功地控制了內部信息的對外傳播與外部信息的對內滲透，其中，最重要的一步是對標榜獨立精神的民營報紙的改造。

〔註 1〕〔美〕傅高義（Ezra F. Vogel）著，高申鵬譯：《共產主義下的廣州：一個省會的規劃與政治（1949～1968）》，廣州：廣東人民出版社，2008 年 6 月版，英文版前言第 1 頁。

　　自1949年初京津等大城市陸續解放，新執政黨對民營報紙的態度成為人們觀察時政的晴雨錶。先是中國惟一獲得密蘇里榮譽獎章〔註2〕的《大公報》天津版易名《進步日報》，繼而，上海的民營大報《申報》改組為中共中央華東局兼上海市委機關報《解放日報》，另一張民營大報《新聞報》也變成了公私合營的《新聞日報》。令西方輿論反彈最大的是美國報紙《大美晚報》停刊以及毛澤東下令關閉美國新聞處，東西方不同新聞理念的衝突因此白熱化。1951年，美國國務院情報研究所做出關於中國的新聞自由的備忘錄，斷言中國的「私家」報刊不復存在，「北平政權自身已建立起一種更為全面和限制性的壟斷」。〔註3〕

　　依循這一思路，有關新中國民營報紙的歷史記憶，往往成了單線條的意識形態歸一論，包括中國學者在內的絕大多數研究，均採用社會主義改造的被動式框架。此間不僅忽略了權力一方與民營報紙相互間的交鋒與妥協，也淡化了圍繞在民營報紙周邊的種種利益博弈，其中不僅有政治的、經濟的，也有文化因襲的作用乃至國際環境的制約。

　　探尋歷史的多重真相是本研究得以進行的原始動因。「每個時代的價值不在於產生了什麼而在於這個時代本身及其存在」。〔註4〕我們今天談中國近代的衰落，往往歸責於「國無憲法」、「民無權利」。國學大師錢穆即指出了其中的玄妙，係「晚清革命派，以民權憲法為推翻滿清政府之一種宣傳」。如果自秦以來，中國惟有專制黑暗，那麼如何解釋古代王朝「能歷年舉行考試，平均選拔各地優秀平民，使得有參政之機會；又立一客觀的服務成績規程，以為官位進退之準則」。〔註5〕在錢穆看來，中國文明悠久而漫長，不能說歷史上從無「制度」而只有「專制」。所謂均田與兼併、科舉與選舉、郡縣與封建的討論，一直貫穿於歷史之中。如果不明國史真相，妄肆破壞，則

〔註2〕全稱為「密蘇里新聞事業傑出貢獻榮譽獎章」，由密蘇里大學新聞學院頒發。《大公報》於1941年榮獲該獎項。關於該獎項名稱的認定，參見鄧紹根：《密蘇里新聞學院究竟授予〈大公報〉何獎？》，《新聞記者》，2006年第11期。

〔註3〕《美國國務院情報研究所關於中國的新聞自由的備忘錄》，1951年4月17日。轉引自沈志華、楊奎松主編：《美國對華情報解密檔案（1948～1976）》第三編，上海：東方出版中心，2009年4月版，第17～19頁。

〔註4〕〔德〕利奧波德・馮・蘭克著，楊培英譯：《歷史上的各個時代》，北京：北京大學出版社，2010年1月版，序言第7頁。

〔註5〕錢穆：《國史大綱（修訂本）》（上），北京：商務印書館，1996年6月版，序言第15頁。

「歷古相傳『考試』與『銓選』之制度，為維持政府之兩大骨幹者，乃亦隨專制黑暗之惡名而俱滅。於是一切官場之腐敗混亂，胥乘而起，至今為厲」。〔註6〕

　　「故治國史不必先存一揄揚誇大之私，亦不必先抱一門戶立場之見。仍當於客觀中求實證，通覽全史而覓取其動態」。〔註7〕錢穆的治史主張提醒本研究，當挖掘新中國民營報紙的消亡軌跡之時，在對官方的歷史暗示保持距離的原則下，也要對那些將晦暗的局部放大以取代整體的觀點有所警覺。要維護此種客觀態度，首先需要面對的是一連串基本問題：新中國成立伊始到底有多少張民營報紙？它們是如何分佈的？執政黨對民營報紙的政策約法如何？民營報紙與黨報的關係怎樣？民營報紙的資本構成？民營報紙從什麼時候開始消失？其最終消失時間？消失原因有何不同？

　　如果再進一步，將民營報紙的生存與彼時的政治、經濟、文化空間相勾聯，則會引發出更細緻的問題：民營報紙被賦予了怎樣的政治角色？它的獨立精神是如何被消解的？在整體國力積貧積弱的前提下，民營報紙如何擺脫經濟困境？它有無受到階級鬥爭的衝擊？那些與民營報紙相互依託的民間報人，如何面對新舊政權的交替？他們如何適應與以往經驗不盡相同的辦報實踐？

　　一言以蔽之，對於任何現象、問題、人、事件，如果不認識它的過去，又如何理解它現在的意義?

1.2 相關研究綜述

　　在中外現當代史研究領域，一股 50 年代熱肇始於世紀之交。首先是美國和日本的史學家，他們受現代化理論的影響，認為 1949 年發生的政權更替並不一定切斷了中國現代化的進程，不能簡單地以此作為劃分中國現代和當代史的界線。其中，日本學者西村成雄、美國學者威廉‧柯比（William Kirby）、蓋爾‧賀蕭（Gail Hershatter），分別從政治史、經濟史和社會史角度闡述了他們的上述主張。2003～2004 年，美國亞洲年會與加州大學聖地亞哥分校分別組織了以中國文化轉型與社會改造為主題的專題討論，形成東學西熱的研究

〔註6〕錢穆：《國史大綱（修訂本）》（上），序言第 15～16 頁。
〔註7〕錢穆：《國史大綱（修訂本）》（上），序言第 11～12 頁。

高潮。在此當口，復旦大學歷史系主辦的相關研討會將「50 年代熱」帶回了本土。

　　研究文化轉型與社會改造的斷裂與延續，自然無法迴避上層建築中最敏感的地帶──新聞業。美國對華情報解密檔案（1948～1976）中國政治版塊開篇即是有關新中國伊始新聞自由的備忘錄，足見這一領域的重要性。民營報紙因與新的政治制度及意識形態有所牴牾，對它的改造、利用及其自身的轉型必然集中體現當時社會的所有矛盾與焦點。因此，在「50 年代熱」出現端倪的時候，就有新聞傳播學界及史學界的學者躋身其中，從多個層面展開研究。

1.2.1 新中國民營報紙的社會主義改造研究

　　這是當下有關民營報紙研究的主流框架，以此爲路徑展開研究始於學者孫旭培，他在 1988 年發表的論文《解放初期對舊新聞事業的接收和改造》，觸及了新生政權對民營報紙的改造方式及部分被改造的民營報紙名單。〔註8〕「50 年代熱」興起後，一系列相關文章應運而生：2002 年，施喆在《新聞大學》發表論文《建國初期私營報業的社會主義改造》，按照私營報業經營普遍困難，經國家扶助完成社會主義改造爲基本邏輯，提出在新聞內容管制和報紙分工體制下，隨著郵發合一的實施，私營報紙轉型爲公私合營報紙是時代必然；〔註9〕2007 年，杜英在《文化體制和文化生產方式的再建立──建國初期對上海小型報的接管和改造》一文中，提出上海新政權通過取締舊小報、建立新小報的等差秩序完成了文化生產事業的重組，在這一過程當中，「政治權力通過媒體型塑了社會認知，這種認知又影響到人們的社會構想、實踐等，進而推動了社會結構的形成和轉變」；〔註10〕張濟順發表於 2009年的論文《一九四九年前後的執政黨與上海報界》，通過比較 1949 年前後分別執政的國民黨和共產黨對都市社會輿論空間及文化人的不同態度和方針策略，提出上海新聞黨團會報和中共上海市新聞協會黨組，是國共兩黨不同的制度性安排，前者最終失控，後者推進了上海報業重建與變革的成功。張濟順認爲，新執政的中共與上海報人的共處關係，創造了新中國政治演進中

〔註 8〕孫旭培：《解放初期對舊新聞事業的接收和改造》，《新聞研究資料》，1988 年
　　　第 3 期。
〔註 9〕施喆：《建國初期私營報業的社會主義改造》，《新聞大學》，2002 年第 1 期。
〔註10〕杜英：《文化體制和文化生產方式的再建立──建國初期對上海小型報的接管
　　　和改造》，《中國現代文學研究叢刊》，2007 年第 2 期。

民主與集權相互調和與包容的一個範例。〔註11〕以社會主義改造為框架的相關論文還包括賀碧霄的《從〈華商報〉關於新聞自由的討論到上海私營報紙成為改造對象——1949～1952 年前後中共新聞政策考察》（2011）、〔註 12〕陳建雲的《一次清理「資產階級新聞思想」的運動——建國初新聞界思想改造運動的回顧與反思》（2011）〔註 13〕等。

上述成果的一個共用研究範式是以政府或執政黨為主體，以民營報紙為客體，闡述主客體間的控制與被控制關係，結論均暗含了一種體制的創新與改造的應然與必然，將民營報紙的消亡歸結到體制使然的單一層面中去，忽視了國際背景、社會背景、報人搖擺性等其它複雜的因素。

1.2.2 新中國民營報紙的生存與發展研究

建國伊始，新政權保留了 70 餘家民營報紙，這些報紙與公辦的黨報並存了一段時間，相互之間是不完全競爭關係。在公營報紙強勢發展的前提下，民營報紙如何維持自己的生存空間？寧啟文的《1949 年～1956 年大陸報業企業化經營概述》（2001）描述了民營報紙普遍的生存困境，即廣告收入少，銷量下降；〔註 14〕劉小燕 2003 年發表的《中國民營報業托拉斯道路的破滅》，談及新記大公報系、新民報系等未能繼續繁衍的原因是工商經濟不發達以及「黨化新聞界」等政治因素的制約；〔註 15〕許永超的碩士論文《解放初期民營報紙的困境及其出路》（2010）雖然以《文匯報》為個案，卻也綜述了民營報紙普遍的發展瓶頸：辦報思想不適應形勢，讀者對象遊移，採訪與新聞獲取受限等。儘管《文匯報》頻繁採取改版、調整讀者對象、節流開源等「救報」措施，依舊難以擺脫困境，而實現了公私合營之後，生存問題迎刃而解。〔註 16〕

〔註11〕張濟順：《一九四九年前後的執政黨與上海報界》，《中共黨史研究》，2009 年第 11 期。

〔註12〕賀碧霄：《從〈華商報〉關於新聞自由的討論到上海私營報紙成為改造對象——1949～1952 年前後中共新聞政策考察》，《國際新聞界》，2011 年第 1 期。

〔註13〕陳建雲：《一次清理「資產階級新聞思想」的運動——建國初新聞界思想改造運動的回顧與反思》，《新聞記者》，2011 年第 7 期。

〔註14〕寧啟文：《1949 年～1956 年大陸報業企業化經營概述》，《新聞與傳播研究》，2001 年第 6 期。

〔註15〕劉小燕：《中國民營報業托拉斯道路的破滅》，《新聞大學》，2003 年第 4 期。

〔註16〕許永超：《解放初期民營報紙的困境及其出路》，華中科技大學碩士論文，2010

這一類研究淡化了致使民營報紙消失的意識形態因素，更多從經濟視角論述民營報紙的生存空間。但與社會主義改造路徑不謀而合的是，此類研究同樣把公私合營這一改造後的形式作為民營報紙的惟一出路，並不完全符合當時的報業發展現實。像廣州的《新商晚報》、《廣州標準行情》，其停刊是發生在已有盈餘之後，而上海多家民營報紙轉型為公私合營時，也已度過難關。這些事實無疑撼動了類似研究的邏輯基礎。

1.2.3 新中國民營報紙個案研究

由於一系列政治運動的持續展開，原始材料的毀壞及散佚嚴重，1949 年以後的中國歷史明顯缺乏以豐富事例和個案支撐的證據鏈。儘管從世界範圍來講，那種沉浸於從背景到經過再到結果的事無鉅細的編年式研究正在接受新史學的全面挑戰，但在中國，「挽救歷史」的現實需要不可能迴避對微觀史的必然關注，新聞史的民營報紙個案研究正方興未艾。從方漢奇的《大公報百年史》到徐鑄成的《報海舊聞》等一系列回憶錄，均從微觀層面涉及到不同時期民營報紙的不同發展傾向。近來的學術研究更將觸角深入到更微觀、更具地方性的領域中去，如華中科技大學博士李理的論文《從合作社性質的民營報紙到共產黨的黨報》（2011），深入探討了 1945 年 11 月起至 1951 年 12 月止的漢口民營報紙《大剛報》的歷史；〔註17〕彤新春、李兆祥《20 世紀五六十年代〈大公報〉的改組與轉型》（2007）、〔註18〕巫小黎《〈亦報〉》視鏡中的工農兵敘事》（2008）、〔註19〕胡景敏《〈大公報〉文人論政傳統與〈隨想錄〉的傳播》（2009）〔註20〕等論文也從個案出發，細緻入微地呈現出新舊體制交替過程中民營報紙的命運。

此類研究的珍貴在於發掘出沉默已久的新的史料，但受限於研究對象，對孤例的掘進不可能獲得完全體現本行業特徵的普遍性結論，它只可能是孤

年。

〔註17〕李理：《從合作社性質的民營報紙到共產黨的黨報》，華中科技大學博士論文，2011 年。

〔註18〕彤新春、李兆祥：《20 世紀五六十年代〈大公報〉的改組與轉型》，《當代中國史研究》，2007 年第 5 期。

〔註19〕巫小黎：《〈亦報〉》視鏡中的工農兵敘事》，《佛山科學技術學院學報（社會科學版）》，2009 年第 1 期。

〔註20〕胡景敏：《〈大公報〉文人論政傳統與〈隨想錄〉的傳播》，《社會科學論壇（學術評論卷）》，2009 年第 4 期。

立的、個別的，而不可能是整體的、全面的。

1.2.4 新中國民間報人研究

　　民營報紙與民間報人是兩個不可分割的概念。正如張季鸞在 1936 年上海《大公報》創刊號所言：「本報經濟獨立，專賴合法營業之收入，不接受政府官廳或任何私人之津貼補助。同人等亦不兼任政治上有給之職」，這段話理順了民營報紙的民辦性質及其報人的民間身份。因此，對民間報人的研究不可能避開對民營報紙的描述。從上世紀 80 年代以來，有關民間報人的研究成果極為豐碩。除了包天笑、顧執中等人的回憶錄，還有陳銘德、鄧季惺、金仲華、王芸生、徐鑄成等人的傳記。這些文獻資料對於呈現新中國民營報紙的生態環境具有極其重要的價值。近些年來，對民間報人軼事及相關文本的挖掘持續升溫，既有像《論張恨水的報人生活與報紙化文本》、〔註21〕《張愛玲〈亦報〉佚文與電影〈太平春〉的討論》〔註22〕這樣的個人呈現，也有諸如《向左走向右走：一九四九年前後民間報人的出路抉擇》〔註23〕的群像性勾畫，更有《建國前後王芸生的「投降」與〈大公報〉的改造》〔註24〕這般以點帶面的深描式剖析。

　　毫無疑問，有關民間報人的研究成果材料豐富，細節突出，情節生動，但所涉報人或與新體制有明顯衝突，或經歷了思想與人生際遇的一百八十度劇變，不能涵蓋新中國經歷了體制變遷的全部民間報人的命運。如果僅以這些顯見的耳熟能詳的報人經歷推及報人整體，勢必獲得與事實不相符合的片面性的結論。

1.2.5 新中國民營報紙消失原因研究

　　比之上述研究範疇，針對新中國民營報紙的消亡原因展開歷史考察，屬於整體性的研究範式。它不拘泥於意識形態、體制政策、經濟環境等單一框

〔註21〕劉紹文：《論張恨水的報人生活與報紙化文本》，北京：中國社會科學出版社，2006 年 5 月版。

〔註22〕巫小黎：《張愛玲〈亦報〉佚文與電影〈太平春〉的討論》，《中國現代文學研究叢刊》，2010 年第 11 期。

〔註23〕陳建雲：《向左走向右走：一九四九年前後民間報人的出路抉擇》，福州：福建教育出版社，2010 年 2 月版。

〔註24〕楊奎松：《建國前後王芸生的「投降」與〈大公報〉的改造》，載韓鋼主編：《中國當代史研究（二）》，北京：九州出版社，2011 年 8 月版。

架，而是結合所有可能性因素進行綜合性分析，在研究態度上擺出客觀性的立場。因此，當曾憲明的論文《解放初期大陸私營報業消亡過程的歷史考察》（2002）在《新聞與傳播研究》甫一登出，即獲得其它學者「也談」、「再論」的呼應。曾憲明的觀點是：對中國私營報業在大陸的消亡，「不能簡單地認為是中國共產黨彈壓、禁止和命令的結果」，「必須承認該類報紙的消亡過程是多渠道的」，「既有社會制度更迭的原因，也有歷史的和其自身的原因」；〔註25〕李斯頤在《也談建國初期私營傳媒消亡的原因》（2009）一文中，雖然承認私營傳媒的生存狀態未超出其它私營資本發展邊界，但他更為強調「私營傳媒的消亡是由其所有制性質、活動特徵以及意識形態屬性決定的，是上層建築適應經濟基礎的表現」，這一觀點將曾憲明的「多因論」拉回到「主因論」甚至是「一因論」；〔註26〕曹立新的《再論新中國成立後私營報業消亡的原因》（2009）並未真正呼應前二人的觀點分歧，而是從《文匯報》的經歷著手，生出一個新的觀點，即「文人論政」傳統的喪失是民營報紙徹底瓦解的直接動因。〔註27〕吳廷俊的《「恐龍現象」——民營報紙在中國大陸「集體退場」的歷史考察》（2011）〔註28〕也是從原因入手分析民營報紙歸宿的力作。

從消亡原因著手研究，無疑開拓了一種宏觀框架，但不可置否的是，現有研究均沒能在佔有大量材料的基礎上展開，缺乏對新中國建國初期國內國際症候的全面性分析，自然限制住了結論更接近事實的可能性。

1.2.6 現有研究局限

綜上五種框架，除了各自存在的一些顯見缺憾之外，還有一些共性的問題：

（1）材料同質化現象嚴重。以《大公報》、《文匯報》為研究對象的成果最多，但論據大多數來自於二手文獻，所討論的問題及論點相似程度高。

〔註25〕曾憲明：《解放初期大陸私營報業消亡過程的歷史考察》，《新聞與傳播研究》，2002 年第 6 期。

〔註26〕李斯頤：《也談建國初期私營傳媒消亡的原因》，《當代中國史研究》，2009 年第 5 期。

〔註27〕曹立新：《再論新中國成立後私營報業消亡的原因》，《國際新聞界》，2009 年第 4 期。

〔註28〕吳廷俊：《「恐龍現象」——民營報紙在中國大陸「集體退場」的歷史考察》，《新聞與傳播評論》，2011 年 12 月。

（2）事實錯漏及矛盾現象突出。一些論著及論文聲稱截至 1950 年 3 月新中國保有私營報紙 55 家，實際上這 55 家還包含 10 份海外中文報紙，屬於原始材料的統計錯誤，卻被以訛傳訛；再如有權威論著稱私營報紙已經於 1952 年底全部完成社會主義改造，而另有論著顯示，1954 年尚存在 5 份私營報紙。又有一些地方文獻稱，1955、1956、1957 年均有完成社會主義改造的民營報紙。結論的矛盾也顯示出對這一段歷史求證的粗糙。

（3）視野有所局限。絕大多數研究停留在體制矛盾、經濟困厄等國內問題上，並未考慮到新中國政策的不斷調適受到國際環境的劇烈影響。除臺灣沒有放棄反攻大陸之外，美國本土亦盛行麥卡錫主義，冷戰聲音占上風，《密勒氏評論報》即因發行渠道受阻被迫停刊。1952 年 1 月，包括香港《文匯報》社長兼主筆司馬文森在內的多位進步文藝人士被捕並遭遞解出境，香港《大公報》因轉載《人民日報》抗議社論，被港英當局律政司控為「刊載煽動性文字」，勒令停刊六個月。而在馬來亞等地，亦有發生報刊被封號事件。只有全面關照國內外的大環境，才有可能對新中國初期民營報紙的退出原因提出更全面、客觀和精準的論點。

1.3 基本框架

本書共分七章。

第一章，緒論。交代問題的緣起，當前研究的五種框架，論文研究方法及創新點等基礎內容。

第二章，中國民營報紙發展源流及特徵探析。首先對中國古代報紙與中國近代化報紙即現代報紙雛形的本質區別進行辨析，說明民營報紙的源頭是後者而非前者，繼而論述「文人論政」是中國民營報紙與西方大眾化報紙截然不同的特徵，並對主流民營報紙「文人論政」傳統的形成及其價值進行梳理。為了拓清新中國民營報紙的研究範圍，本章對民營報紙的概念予以廣義和狹義之分，並從報紙屬性、組織架構、融資渠道、辦報主體四個方面論述新中國民營報紙的內涵和外延。

第三章，新中國民營報紙的消亡過程。本章採取歷史敘述的方式，首先對新中國初期民營報紙總量、分佈區域及類型做全面考察，通過原典分析、圖書館保存本分析、地方志分析、檔案材料分析等方法，確認民營報紙的總

量及分佈區域。這是迄今為止有關新中國民營報紙總量、名目、分佈區域的最詳實考證。這項工作不僅對本書創作有相當意義，真正體現「論從史出」的治學態度，同時，對於彌補新聞史研究的欠缺，接續新聞史敘事的裂痕，豐富新中國建國初期民營報紙的研究素材，也有相當價值。在詳實史料的基礎上，本章從自然及人為兩方面因素闡述民營報紙消失的歷史事實。自然因素方面，經濟困頓是民營報紙消失的主要原因，幾乎所有自行停刊的報紙均受制於此；人為因素方面，由國家層面主導的報業併合以及從民營到公私合營的轉制乃至改組為國營，是新中國民營報紙消失的一個重要脈絡。

第四章，民營報紙消亡的國際環境因素。本章將民營報紙的消亡置身於國際環境的大背景下，多方位地看待民營報紙的外部世界，關注到在民族尊嚴與個人生存雙重困境下，誰能重建有效的國家治理似乎比踐行個人自由更為重要這一現實，並以此為邏輯起點，論述冷戰背景下敵我意識的生成、保密制度對民營報紙的影響、仇美情緒和對西方價值的顛覆、禁止外人在華辦報等相關問題。

第五章，民營報紙消亡的國內政治因素。本章參考了馬克思主義的「總體性」主張，即一定的歷史條件決定了一定的歷史過程。民營報紙之所以在新中國的政治語境下必然消亡，首先是其合法性遭到消解。在革命範式的治理情境中，權力從上層和專業人士下放到基層，精英與民眾、腦力勞動者與體力勞動者之間的差別，必然被縮小，原本處於中間位置的民營報紙已然沒有存在的空間；其次，新中國是被高度組織的社會，強力推進的政治整合代替了需要長時段才能成熟的社會重組。民營報紙本應是社會重組的產物，但因中國百多年來缺乏定型社會基本制度框架的恆定力量，民營報紙的發展屬於先天不足，它很容易被整合進體制中去；再次，新政權的道義理想是盡快去除百年沉屙，實現民族自尊。在內憂外患的前提下，採取由國家高度壟斷的整體調配的機制顯然更具效率，而要推進這一機制，則有賴於強有力的社會動員，這就有把民營報紙整合進國家序列的動因；最後，在上述所有條件的相互作用下，一種新的話語範式成為標準，民營報紙如若不能保持一致，或可面臨生與死的抉擇。本章用大量事實說明，民營報紙的消亡是國家意識與社會意志相搏弈的結果，這不僅僅是弱的一方向強者妥協的問題，還有雙方共同的利益場以及道義精神，後者指的是對中國富強的共同期待。

第六章，民營報紙消亡的國內經濟因素。本章論述的起點是，既然計劃

經濟是新中國社會主義制度的本質特徵，執政黨的理想是改造資產階級生產資料私有制，全面實現公有社會。作為以私有制為基礎的民營報紙，其消失不可避免。從一開始，新政權對民營報紙的改造即在規劃之中，從「民」到「私」的一字之改，將民營報紙為民眾代言的關係割裂，並重構成對立形態。從此，民營報紙變成了小資產階級及落後市民的代言人。在其外部世界，它理所當然應該接受人民以及代表人民的執政黨的領導，從而獨立性不復存在；在其內部，不想受到連累的基層群眾逐漸形成勢力，以「合理利己主義」為原則，爭取自身權利，實則演變成對權力的爭奪。無論於內於外，民營報紙的衰竭都不可避免。與此同時，新中國積貧積弱的整體環境也制約了民營報紙的發展。自身沒有造血能力，外部缺少融資途徑，絕大多數民營報紙本身經濟基礎薄弱，管理紊亂，內部紛爭不斷，外部亂象紛呈。某些不擇手段的生存方式給民營報紙的整體形象蒙塵，加上無法行使獨立發聲的傳統，民營報紙遭逢信譽危機，這給執政黨提供了將其整合進體制內的可能。民營報紙最終失守的經濟原因還包括議價能力的喪失。因「郵發合一」政策的實行，私營派報業整體衰落，民營報紙失去了開拓市場的主要依託。沒有了自主定價的權利，沒有了對零售市場的控制，沒有了給予讀者的利益輸送，民營報紙在經營方面的優勢盡失，其消亡也是必然。

第七章，對大陸民營報紙消亡歷史的理性審思。本章以思辨的論述方式探討三個重要問題，即民營報紙在過渡時期的積極作用、民營報紙在大陸消亡的必然性，以及民營報紙消失的負面影響。以往相關研究，很少關注到新中國建國初期民營報紙的話語空間及競爭氛圍，本章利用豐富史料，證實了民營報紙在過渡時期的存在價值，包括對城市閱讀空間的貢獻，對「同人」群聚空間的維護等等。但是，本章同時注意到，在一個重視社會動員的新的社會形態下，民營報紙必然有服膺國家利益的需要。恰如歐、美大國崛起之時《泰晤士報》等民營報紙所擔綱的角色，在國家利益受到威脅的情況下，中國的民營報紙也有表達忠誠的願景。本章關注的另外一個重要問題是，新中國施行了一種類似於托克維爾所說的「政治集權」和「行政分權」相結合的治理模式，這使得民營報紙一方面要受「政治集權」的意識形態統攝，一方面受制於地方政府控制風險，提振經濟的約束。這兩者的夾擊是民營報紙必然消亡的本質因素之一。關於民營報紙消亡後的負面影響，主要是由輿論監督的缺位引起的：大躍進之後的饑荒，文革對法制的踐踏乃至對人心靈的

摧殘，至今歷歷在目。另一個需要面對的問題是，取消民營報紙，並強化報紙間分工所形成的行業壟斷持續半個世紀依舊存在，非市場化報紙的攤派問題仍是擾亂報業市場，困擾治理環境的顯見問題。只要這種與官僚主義相伴生的現象存在，就有利益關聯，就會形成地方保護、行業保護等壁壘，阻礙正當的市場競爭。這不能不成為當今管理者迫切思考的問題。

1.4 主要研究方法

《陸九淵集·語錄》有言：「或問先生：何不著書？對曰：六經注我！我注六經！」自此之後，「六經注我」和「我注六經」被當作兩種不同的治學方式，「一種強調對研究對象的客觀性實證分析，一種強調研究者觀念的主體性投射。」〔註29〕一般說來，「我注六經」以接近歷史真相為主旨，務求克服自己的主觀偏見；而「六經注我」則希求以文獻來為研究者的假設做注解，強調思想的至上性。從學術史的角度來看，偏重「我注六經」的學者喜歡尋章摘句、皓首窮經，講求言皆有本，有時不免流之瑣屑；而偏重「六經注我」的學者強調自創體系、自圓其說，雖有高屋建瓴之勢，但有形成「無據之理」的可能。

有關新中國民營報紙消亡史之研究，筆者首先傾向於「我注六經」，雖有「不成體統」之憂，但總可不失史家「養命」之源。尤其是在相關歷史文獻極其匱乏的前提下，皓首於搜羅初始素材，忠實記錄彼時場景，雖非大的建樹，卻不失對歷史負責的態度。《論語·為政》篇所載「多聞闕疑，慎言其餘」是本研究堅守的基本原則，唐人劉知幾在《史通》中強調「探賾索隱，致遠鉤深」則是筆者期冀達到的至高境界。中國史學界在漫長的治史生涯中所形成的「闕疑，懷疑，虛己，平情，紀實，求真，善善，惡惡」等考史寫史的態度，將自始至終影響到本書的創作。終其一句話，惟有問古，才能識今。因此，本書的研究方法組合，建立在以歷史文獻為基礎的實證研究之上。

1.4.1 檔案研究法

「沒有史料，就沒有歷史」。〔註30〕被譽為「近代史學之父」的德國歷史

〔註29〕何炳棣：《讀史閱世六十年》，北京：中華書局，2012 年 6 月版，第 481 頁。

〔註30〕Ch.V. Langlois and Ch. Seignobos, Introduction to the Study of History, translated by G. G. Berry, 1898, P.17。轉引自杜維運：《史學方法論》，北京：北京大學出

學家利奧波德・馮・蘭克主張研究歷史必須基於客觀地搜集研讀檔案資料，借助於此，如實地呈現歷史的原貌。他的這種史學主張，被稱作蘭克史學。以此方式研究歷史，必須擺脫先入為主的觀念和價值判斷，以客觀的態度去撰寫「曾經發生過的事情」。本書以檔案研究為首選研究方法，通過近兩年時間的挖掘，從北京、上海、廣州等七地九座檔案館獲取 900 餘份與本研究相關聯的珍貴檔案。這些「當時之簡」〔註31〕，凌駕在現時之上，記錄了今天的我們「不再可能說的東西」。〔註32〕這些檔案的存在，可以限制以當今話語評判彼時世界，有助於呈現研究對象及研究時段多種多樣的事實。

1.4.2 原本研究法

　　檔案雖然是近代以降最為重視的史料，但包含敏感事實的檔案往往被屏蔽，研究者所能見到的是過濾了的內容。因此，必須借助其它途徑實現「旁參互證」。本書除檢索國內外的重要文獻庫，查找相關論文，還注重搜集民營報紙原件，通過閱覽國家圖書館、廣東省立中山圖書館、暨南大學圖書館特藏室、中山大學圖書館的縮微文獻及報紙保存本，獲取了40餘份民營報紙的文本材料。此外，大量政策文獻、大事記、年鑒、口述回憶等文字，也是本書的重要參考內容。

1.4.3 比較分析法

　　做歷史研究，很難徹底脫離價值判斷，稍有不甚，就會導致偏見。因此，糾偏的重要方法是多做比較，比較國內與國際的媒介環境，比較公營報紙與民營報紙的經營數據，比較不同區域文化對民營報紙生存的不同影響，等等。本書儘量將結論建構在對各種關係的比較之上，形成一種廣角的歷史透視，不以今日之標準對歷史進行遮蔽和剪裁。恰如馮友蘭所說：我們不能離開歷史上的一件事情或制度的環境，而去抽象地批評其事情或制度的好壞。有許多事情或制度，若只就其本身看似乎是不合理的。但若把它與它的環境連合起來看，則就知其所以如此，是不無理由的了。

　　　　　版社，2006 年 5 月版，第 100 頁。

〔註31〕語出劉知幾《史通・史官建置》，原文是：「夫為史之道，其流有二。何者？
　　　　書事記言，出於當時之簡。勒成刪定，歸於後來之筆」。轉引自杜維運：《史
　　　　學方法論》，第 100 頁。

〔註32〕〔法〕米歇爾・福柯著，謝強、馬月譯：《知識考古學》，北京：生活・讀書・
　　　　新知三聯書店，2007 年 4 月第 3 版，第 146 頁。

1.5 創新之處

1.5.1 視角新

本書摒棄以意識形態批判意識形態的固化思維，憑藉「第三方」身份介入研究，並將國際視野引入到研究過程中來。採用客觀態度觀察政治、經濟、國際環境、傳統文化因素等對民營報紙消亡的影響。

1.5.2 觀點新

本書不僅更新了新中國民營報紙總量及消失時間的歷史結論，並在佔有大量一手資料的基礎上，從冷戰背景、資源限制、屬地管理、群眾自反性、關係紐帶等方面提出新的觀點。

1.5.3 史料新

中國新聞史研究向來重視史料考證，但更多局限於分析新聞文本，缺乏實證性考察。本書使用檔案法作爲首選研究方法，充分利用廣州、北京、上海、哈爾濱、天津、成都、西安七地九個檔案館的開放檔案，深入考察民營報紙消亡的基本史實，在此基礎上全方位地探討深層次原因，力求對新中國民營報刊史作出新的解讀與評價，勾勒出更加符合歷史眞實的圖景，得出經得起時間檢驗的歷史結論和理性認識。

2、中國民營報紙發展源流及概念 特徵探析

2.1 中國民營報紙歷史溯源

　　中國民營報紙肇始於何時？較爲一致的看法是，宋代小報是其源頭。據《宋會要輯稿》記錄，早在北宋神宗年間，已有「肆毀時政，搖動眾情，傳惑天下，至有矯撰敕文、印賣都市」的現象。〔註1〕「小報」作爲概念首先被提出，可見南宋高宗時期吏部尚書周麟之寫給皇帝的奏章，其中提到「小報者，出於進奏院，蓋邸吏輩爲之也。」〔註2〕

　　爲什麼宋代的小報具有民營報紙的特徵？首先它是非官方的。儘管小報的發行者多爲邸吏（進奏官），但從小報肇始起，即爲官方所禁絕。宋代統治者爲了查禁小報，頒佈了許多詔旨和法令，一旦抓獲小報發行者，「當重絕配」；〔註3〕其次，小報具有商業化特徵。諸多文獻記載小報「鏤板鬻賣，流佈於外」、「京城印行、沿街叫賣」，〔註4〕顯示其盈利目的；再次，小報的發

〔註1〕《宋會要輯稿》165 冊，刑法二之二三，北京：中華書局，1957 年影印本，第 6512 頁。

〔註2〕戈公振：《中國報學史》，長沙：嶽麓書社，2011 年 2 月版，第 26 頁。另見方漢奇主編：《中國新聞事業通史》第 1 卷，北京：中國人民大學出版社，1999 年 2 月版，第 69〜70 頁；參見林語堂：《中國新聞輿論史》，上海：上海人民出版社，2008 年 12 月版，第 19 頁。

〔註3〕方漢奇主編：《中國新聞事業通史》第 1 卷，第 74〜75 頁：

〔註4〕方漢奇主編：《中國新聞事業通史》第 1 卷，第 72 頁。

行具備一定規模，臨近宋朝末年，已發展到「以小報爲先，以朝報爲常」的程度，其讀者既有省寺監司之類的京官，也有州郡的地方官及關心時事的知識分子。〔註5〕

　　古代的民營報紙可以公開發行，始於明代中葉以後，京城出現了公開的「抄報行」，不僅衍生爲一種行業，還得到了減免稅的待遇。〔註6〕這或可因爲明代的民報，內容與官報基本一致，甚至稱謂也和官報一樣，同稱邸報。民間報紙可以公開發行，並非意味著言論管制的寬鬆。明代是高度的中央集權制，設有東廠、西廠等特務機構監督臣民，對新聞傳播亦有諸多限制，如《明會典》中規定：「探聽撫按題奏副封傳報消息者，緝事衙門巡城御史訪拿究問，斬首示眾」，〔註7〕其對言論刊行的控制與懲戒遠遠勝過宋朝。

　　到了清代，民間小報的行業特徵愈發突出，由於普遍採用黃色的連史紙做封面，遂有「黃皮京報」的統一稱謂。〔註8〕有關京報之興起，據戈公振《中國報學史》記載，「清初有南紙鋪名榮祿堂者，因與內府有關係，得印《縉紳錄》及《京報》發售」，〔註9〕這說明京報的刊行係民營機構接受官方指派的結果。就內容而言，「首宮門抄，次上諭，又次奏摺，皆每日內閣所發鈔者也」，〔註10〕這與官報的內容並無二致。如果說清代民營報紙的商業化程度較歷代有所提高，主要體現在報房有了品牌。除最早印售京報的榮祿堂外，還出現了公慎堂、聚興報房等一批有影響的民營出版機構，並出現了維護行業利益、協調同行間經營管理的行業組織。光緒30年（1904年），北京各報房經過協商，第一次以行業名義統一了報價，〔註11〕這或可算作新聞事業經營管理意識的萌芽。但清代的京報如同以往的各代小報一樣，終究沒能轉化爲近現代民營報紙。

　　古代小報與近現代報紙的重要區別是「僅輯錄成文，無訪稿，無評論」，

〔註5〕方漢奇主編：《中國新聞事業通史》第1卷，第74頁。

〔註6〕陳昌鳳：《中國新聞傳播史：傳媒社會學的視角》，北京：清華大學出版社，2009年1月版，第29頁。

〔註7〕吳晗：《讀史札記》，北京：三聯書店，1956年2月版1979年6月第4印，第332頁。

〔註8〕李彬：《中國新聞社會史》，北京：清華大學出版社，2009年9月版，第38頁。

〔註9〕戈公振：《中國報學史》，第29頁。

〔註10〕戈公振：《中國報學史》，第29頁。

〔註11〕方漢奇主編：《中國新聞事業通史》第1卷，第145頁。

〔註12〕以致新聞面窄，時效性差。一旦遭遇近代化報紙的衝擊，即告崩潰。如中法戰爭前後，「都中人因邸抄中並無安南各事，故爭購觀華字新聞紙」，〔註13〕乃至「京報局中大為虧累……斷爛朝報竟至問鼎無人」。〔註14〕華字新聞紙指的是出現於 19 世紀初，在鴉片戰爭前後蓬勃發展的近代化報紙。根據新聞史家方漢奇先生的觀點，近代化報紙是以西方資本主義國家的大眾化報紙為模式創辦起來的，開始是外國人辦，後來國人加入其中。這類報紙信息量大，時效性強，兼具新聞、評論、廣告和文學作品等多樣內容，有較強的可讀性。〔註15〕

　　界定中國近代報紙與古代報紙的分界，是以 1815 年英國傳教士創辦的《察世俗每月統計傳》為節點的。整個 19 世紀，中國的新聞事業基本上由外國人壟斷。〔註16〕早期外報，以傳教士創辦的《東西洋考每月統計傳》、《各國消息》、《中國叢報》、《遐邇貫珍》等報最有影響。隨著 1827 年英商馬地臣投資的《廣州紀錄報》問世，外商開始介入新聞出版業，並創辦了一批有影響力的商業化民營報紙，如《德臣報》、《孖剌報》、《申報》、《字林西報》、《新聞報》等等。這些報紙在中國誕生之時，恰逢西方的大眾化報紙成為主流。在美國，大眾化報紙始於 19 世紀 30 年代，以《紐約太陽報》、《紐約先驅報》、《紐約論壇報》為代表，而英國的《每日電訊報》等大眾化報紙興起於 19 世紀 60 年代知識稅取消之後。按照美國社會學家邁克爾·舒德森的觀點，大眾化報紙「通過組織銷售、吸引廣告、強調新聞性、迎合大批讀者以及減少對社論的關注，充當起了政治、經濟及社會生活中平等主義理想的代言人。」〔註17〕

　　既然中國的商業化報紙在鴉片戰爭之後主要以外人辦報為主，西方報紙的發展趨向自然會對中國的報業市場產生影響。像《申報》、《新聞報》的創辦，一開始就以大眾為讀者對象，重視新聞和廣告，善於採用不斷更新的傳播和印刷技術。在經營管理方面，更是沿襲西方的理念，普遍運用

〔註12〕戈公振：《中國報學史》，第 29 頁。
〔註13〕《北京西人來信》，《申報》，1883 年 6 月 28 日。
〔註14〕《營口魚筴》，《申報》，1884 年 9 月 17 日。
〔註15〕方漢奇主編：《中國新聞事業通史》第 1 卷，第 161 頁。
〔註16〕陳昌鳳：《中國新聞傳播史：傳媒社會學的視角》，第 39 頁。
〔註17〕〔美〕邁克爾·埃默里等著，展江譯：《美國新聞史：大眾傳播媒介解釋史》，北京：中國人民大學出版社，2004 年 4 月版，第 129 頁。

股份制。正是外報帶來了西方近代意義上的新聞理念、內容和經營模式，對促進中國新聞事業的近代化進程有著直接的、巨大的影響。近代國人自辦報刊的起步，基本受西學東漸和中國傳統社會向近代社會轉變過程的影響。早期中國報人及其報紙，大多與洋商和洋務集團有著依賴關係，即便是開政論報紙先河的王韜，亦多年與傳教士相往來，並全面系統地提出了發展資本主義的主張。其《循環日報》首倡論政的同時，也將第三四版固定為航運信息和廣告。〔註18〕

　　由此可見，中國的近代報紙並未和古代的民間小報發生關聯，而是以外報為中介，與西方大眾化報紙的新聞理念、經營模式相對接。近代民營報紙作為報紙品類中最強調商業屬性的一脈，受西方新聞理念的形塑更為明顯，不僅在經濟上強調「資本主義」，還試圖在政治上保持獨立，追求報紙的文權、財權、人事權與官府無涉。但畢竟中國近現代半封建半殖民地社會，資本主義發展條件不夠成熟，也未具備西方大眾化報紙勃興中民主、自由的政治氛圍。中國的民營報紙始終在理想與現實間徘徊與調適，這是自近代民營報紙出現伊始就已呈現的基調。

2.2 中國民營報紙的「文人論政」傳統

　　既然中國的民營報紙接駁自近現代西方的大眾化報紙，不可避免地帶有西方大眾化報紙的專業特徵。這些特徵包括：採取超黨派的立場，保持政治上的獨立；實行企業化管理，通過開拓廣告和發行「二元產品市場」，自負盈虧，維持經濟上的獨立；重視地方新聞、社會新聞、人情味新聞，不排斥煽情主義新聞；報紙風格追求通俗易懂，平易近人；報價較為低廉。但因中國近現代民營報紙的形成期歷經國勢危殆，主流報刊的社會角色以救亡圖存為主題，不可能完全與西方大眾化報紙的市場機制相咬合，甚至在某些方面呈現出明顯的不同，比如對市場的懷疑和對媚俗的抵制。與西方大眾化報紙孜孜以求市場利益相殊異，中國的主流民營報紙更像美國學者谷德納所言稱的「文化機構」，以追求社會公益為目標，儘量避免自身受到權力和錢財的腐化。〔註19〕中國主流民營報紙的上述選擇主要來自於士大夫重義輕利、自命

〔註18〕陳昌鳳：《中國新聞傳播史：傳媒社會學的視角》，第91頁。
〔註19〕Alvin W.Gouldner（1976）：The Dialectic of Ideology and Technology. New York:

清高的歷史遺存，從而發展成爲一種西方大眾化報紙不曾具備的獨有風格，這就是「文人論政」。

「文人論政」並非伴隨近現代報刊出現，而是始自「先知型」知識分子的誕生。德國思想家雅斯貝爾斯（Karl Jaspers）在 20 世紀 40 年代提出了「軸心時代」的觀念。在公元前 800～前 200 年中，西起東地中海，東至中國的華北，南至印度的恒河流域，都曾同時產生了思想和文化的突破，隨後各出現一個新的包括自然、社會、個人生活方面的廣泛哲學體系，作爲當時社會結構的理論基礎和時代精神。〔註 20〕就中國的「軸心時代」而言，儒家與道家思想裏都蘊含了一些心靈秩序的意識，在思想上突破了宇宙王制的牢籠，從而「出現了不但就政治文化，而且就道德和知識文化而言影響人類歷史發展的一個非常重要的社會現象，那就是作爲獨立社群的知識分子在人類歷史上第一次出場」。〔註 21〕「軸心時代」以後，知識分子分化爲「先知」與「師儒」兩個類型，前者本著對人的體認，對政治社會的權威發揮不同形式與程度的批判意識，後者卻變成不同文明傳統的經典學術的研究者與傳授者。

「先知型」知識分子的誕生，亦即「文人論政」傳統的開始。以東漢的王充（27～約 96 年）爲例，當統治階級把儒經和讖緯〔註 22〕公開結合起來，不斷加強儒家神學思想的統治地位時，王充「疾虛妄」、「求實誠」乃著《論衡》，目的是爲了「詮輕重之言，立眞僞之平」，「解釋世俗之疑，辯照是非之理，使後進曉見然否之分」〔註 23〕。王充對當時盛行的讖緯迷信進行了批判，對於俗儒穿鑿附會的傳記，乃至聖人憑空立說的經書，都持懷疑態度。他在《論衡》中指出許多古事訛僞不可信，又通過《書虛》、《儒增》、《藝增》等篇對經書和子書舉發了不少的疑點，進行了大膽的「訂其眞僞，辨其實虛」

Oxford University Press, P.173。轉引自李金銓編：《文人論政：知識分子與報刊》，桂林：廣西師範大學出版社，2008 年 11 月版，第 17 頁。

〔註 20〕 馮友蘭：《三松堂自序》，北京：人民出版社，2008 年 4 月版，第 105 頁。

〔註 21〕 張灝：《幽暗意識與民主傳統》，北京：新星出版社，2010 年 7 月版，第 12～19 頁。

〔註 22〕 讖緯，是中國古代讖書和緯書的合稱。讖是秦漢間巫師、方士編造的預示吉凶的隱語，緯是漢代附會儒家經義衍生出來的一類書，東漢後稱爲「內學」，而原本的經典反被稱爲「外學」。緯以配經，故稱「經緯」；讖以附經，稱爲「經讖」。它以西漢董仲舒的天人感應說爲理論依據，將自然界的偶然現象神秘化，並視爲社會安定的決定因素，從而適應了當時封建統治者的需要。筆者注。

〔註 23〕 王充：《論衡‧對作》，上海：上海人民出版社，1974 年版，第 442－444 頁。

的考辨工作。王充代表的是典型的「思疑」傳統，這樣的文人志士能將質疑化爲行動，體現出或「言者無罪，聞者足戒」〔註24〕，或「志以發言」〔註25〕的精神旨意。

中國自「軸心時代」以來，不乏「思疑」傳統，如春秋晉國太史董狐秉筆直書「雀子弒其君」，唐朝諫議大夫魏徵以「十誡」忠諫唐太宗，都是這一傳統的延續。漢代的陳蕃、李固，宋代太學生，明代東林學院等，也是「文人論政」的典型。這個傳統的主軸離不開對當權者的盡忠，但其正義性體現在反對姦佞，主張公正廉潔，愛民如子。〔註26〕如果說古代知識分子的「文人論政」以書、疏或結社爲主要媒介，那麼近現代知識分子則以報刊爲中心論政報國。

按照美國學者莫里斯·邁斯納的看法，民族主義與在文化上對傳統的背叛，這二者令人不可思議的結合，是現代中國知識分子十分顯著的特徵。中國知識分子的民族性內在於中國近現代的屈辱史。「中國人民最爲關注的事情，不是維護獨特的中國文化或獨特的中國社會制度，而是要建立一個能夠在充滿敵意的國際環境中生存和興旺的強大的國家和社會。」〔註27〕

儘管晚清報人像王韜、陳靄廷等人開闢了以文章報國的近現代「文人論政」傳統，但論影響，卻以梁啓超爲最。作爲近代中國的思想啓蒙者、著名新聞報刊活動家，梁啓超著述宏富，涉及哲學、文學、史學、經學、法學、倫理學、宗教學等領域，每年平均寫作達 39 萬字之多，總計有 1400 多萬字留存。胡適評價梁啓超，曉以十六個字：「文字收功，神州革命；生平自許，中國新民」。〔註28〕作爲文學改良的倡導者，胡適能夠將「文字收功」視爲梁啓超平生貢獻之首義，足見梁氏在此方面的建樹非同小可，主要表現在他創制了一種以「適時」、「極端」、「暢達」和「新語」爲特徵的「新文體」。〔註29〕「新文體」以報章爲媒介。梁啓超的辦報生涯始自 1895 年 8 月創辦

〔註24〕《詩經·周南·關雎》。

〔註25〕《左傳》。

〔註26〕李純青：《爲評價大公報提供史實》，載周雨編：《大公報人憶舊》，北京：中國文史出版社，1991 年 6 月版，第 308～309 頁。

〔註27〕〔美〕莫里斯·邁斯納著，杜蒲、李玉玲譯：《毛澤東的中國及後毛澤東的中國》，成都：四川人民出版社，1989 年 2 月版，第 14～15 頁。

〔註28〕天津《益世報》春季增刊梁任公先生紀念專號，1929 年 3 月 4 日。

〔註29〕鄭煥釗：《「詩教」傳統的歷史中介：梁啓超與中國現代文學啓蒙話語的發生》，暨南大學博士論文，2012 年。

《萬國公報》（後改爲《中外紀聞》）。有學者統計，由梁啓超親自創辦和主持的報刊達 11 種，得到他支持和指導的報刊有 6 種，擬辦而沒有辦成的報刊 8 種，還有許多報刊經常請他撰稿，形成了梁氏與 30 多種報刊之間的交往關係。〔註30〕在梁啓超親自創辦或主持的報刊中，以在上海出版的《時務報》，日本出版的《清議報》和《新民叢報》最爲著名。主持《時務報》時期，梁啓超提出報刊的耳目喉舌功能，蓋中國第一人。〔註31〕此一論點，充分體現了梁啓超報刊思想中求新求異的狂狷特色。報紙要「爲國民之耳目，作維新之喉舌」，應該「廣譯五洲近事」，「博搜交涉要案」。爲此，《時務報》登載大量外報譯文和各地時事，占去二分之一篇幅。這一改進令報刊「體例一新」，數月之間銷行至 12000 份，爲中國有報以來所未有。除內容的改進之外，「新文體」更體現爲書寫系統的「口語化」運動。梁啓超主張應不斷追逐可駭之論，以刺激的方法開啓民智，從而提出了「浸潤」和「煽動」兩種宣傳方式。在他的文章裏，經常可見那種詩性的、不受束縛的非理性情感迸發，不乏「挑戰權威」與「過激之詞」，其效果是以氣勢雄健取勝，而不重邏輯嚴密。在梁啓超看來，身處過渡時代，時事使出英雄。而英雄應身兼輿論之敵與輿論之母雙重職能，即在破壞舊輿論中開啓民智，從根本上震動傳統文士階層守道固經的僵化思維，達成從「國奴」轉而成爲「國民」的要義。促使梁啓超有此識見的，是其在戊戌變法失敗後長達 14 年的流亡生涯。誠如後殖民理論創始人薩義德所言，流放者的思考模式，因遠離權力中心，可能跨越藩籬來想像，從而見到常人所不能見。這種狀態對於被放逐的知識分子而言，有益於形成「出入遊移於不同的疆域、形式、家園及語言間」的「移民意識」。〔註32〕也是因爲流亡，去國者自然平添一份鄉愁，從而萌生更強烈的家國意識。因此，梁啓超的「文人論政」有一種非同尋常的精神內核，那就是一個「國」字。恰恰是這種情愫，令其性情中「弊廬交悲風」的動多過「閒詠以歸」的靜，並影響了無以計數的國人，乃至國運。

　　但是，梁啓超發展出來的這種「文人論政」風格很快被「胡適派學人群」

〔註30〕 占星星：《梁啓超新聞思想淺析》，《中國報業》，2013 年第 10 期。

〔註31〕 1896 年 8 月 9 日，梁啓超在《時務報》上發表《論報館有益國事》一文，首次闡明報刊「爲國民之耳目，作維新之喉舌」。

〔註32〕 彭小妍：《再現的危機：歷史，虛構與解嚴後眷村作家》，載王德威、陳思和、許子東主編《一九四九以後——當代文學六十年》，上海：上海文藝出版社，2011 年 3 月版，第 313～314 頁。

的言論事業所衝擊。相對比梁啓超黨化的「文人論政」，胡適這一派繼承儒家「君子群而不黨」的思想，個人主義思想濃厚，論政而不參政，參政即退出論政，如新記《大公報》創始人之一吳鼎昌便以行動詮釋了上述主張。這種主張更體現在傅斯年寫給胡適的一封信中，信中聲稱：「與其入政府，不如組黨；與其組黨，不如辦報」。〔註33〕

　　以胡適等人爲代表的自由主義者崇信觀念是改變社會現實的力量，並且始終認爲價值觀念和思想意識的變革必然應先行於社會、經濟和政治的變革。〔註34〕如胡適在談及爲什麼主張「全盤西化」時，便體現了觀念先行的特徵。他說，「文化自有一種墮性。全盤西化的結果自然會有一種折衷的傾向。例如中國人接受了基督教的，久而久之，自然和歐洲的基督教不同，他自成一個中國的基督徒。又如陳獨秀先生接受共產主義，我總覺得他只是一個中國的共產主義者，和莫斯科的共產黨不同。現在的人說折衷，說中國本位，都是空談。此時沒有別的路可走，只有努力全盤接受這個新世界的新文明。全盤接受了，舊文化的惰性，自然會使他成爲一個折衷調和的中國本位新文化。古人說：取法乎上，僅得其中；取法乎中，風斯下矣。這是最可玩味的眞理」。〔註35〕胡適當然明白「全盤西化」的主張有點極端，但是在他看來，只有主張極端，才能在實際行動中折衷到恰到好處。

　　民國時期許多知識分子都有此共識，他們紛紛創建自己的報刊，發表意見，啓蒙民智。例如「七君子」之一的王造時，少年考取清華，後入美國威斯康星大學獲得政治學博士。回國後，獲聘上海光華大學任教授，後因參加救國活動丟掉了飯碗，於是掛牌做律師謀生。抗戰時期，王造時在江西吉安創辦《前方日報》，撰文爭取民主，爭取憲政。他對江西漢奸蕭淑宇抨擊不遺餘力，對汪精衛的僞政權，分析得入情入理，激起人民群眾的共憤。他還發表過《致羅斯福總統的公開信》，要求從速開闢第二戰場，盡快擊敗德日法西斯主義。再如翻譯家傅雷、周煦良等人創辦於 1945 年 10 月 1 日的《新語》，以「瘡痍滿目的世界亟待善後，光復的河山等著建設」〔註36〕爲起點，以期

〔註33〕李金銓主編：《文人論政：知識分子與報刊》，第 5 頁。
〔註34〕〔美〕莫里斯·邁斯納著，杜蒲、李玉玲譯：《毛澤東的中國及後毛澤東的中國》，第 18 頁。
〔註35〕馬芳若編：《中國文化建設討論集》，中編第 14 頁。轉引自馮友蘭：《三松堂自序》，北京：人民出版社，2008 年 4 月版，第 220～221 頁。
〔註36〕《新語》，1945 年 10 月 1 日。

對建國大業有所裨益。這本雜誌除傅雷、周煦良之外，還集聚了郭紹虞、錢鍾書、楊絳、夏丏尊、王辛笛、馬敘倫、王伯祥、黃宗江、孫大雨等名家，雖只出刊 5 期，但在總計 76 篇文章中，51 篇爲政論、時評和政治論文，牽涉國際關係、地緣政治、中國內政、文化教育等選題，「文人論政」意味一目了然。〔註37〕

　　國共政爭期間的「文人論政」刊物，還包括上海的《觀察》、《時與文》，南京的《世紀評論》，北京的《新自由》等，以上海的《觀察》最爲著名。《觀察》封面的英文是：Independence（獨立）、Non-Party（無黨無派），這是《觀察》的基本立場。在創刊號上，主編儲安平開宗明義：「國家政策必須容許人民討論，政府進退必須由人民決定，而一切施政必須對人民負責」，此爲民主；「沒有自由的人民是沒有人格的人民，沒有自由的社會必是一個奴役的社會。我們要求人人獲有各種基本的人權以維護每個人的人格，並促進國家社會的優性發展」，此爲自由；「我們反對一切的停滯不前，故步自封，甚至大開倒車。停頓、落後、退步，都是自殺。我們要求中國在各方面都能日新又新，齊著世界主流，邁步前進」，此爲進步；「我們要求一個有是非有公道的社會，我們要求各種糾紛衝突都能運用理性來解決」，此爲理性。〔註38〕在民主、自由、進步、理性的感召下，《觀察》吸引了曹禺、胡適、卞之琳、周子亞、宗白華、吳晗、季羨林、柳無忌、馬寅初、梁實秋、馮友蘭、傅雷、費孝通、張東蓀、傅斯年、朱自清、錢鍾書等一眾撰稿人，發行量從 400 份攀升至 105000 份，開創了「文人論政」的鼎盛局面。在《觀察》的撰稿人中，社會學家費孝通早年留學英國，1930 年代反對馬克思主義。他同當時的許多自由派知識分子一樣，贊同蘇聯的「經濟民主」，卻反對蘇聯的政治制度。內戰時期，他的名著《鄉村建設》出版後即遭到左翼知識分子的批判，但他還是在 1947 年回到祖國。他說，「我希望我不會失去研究社會科學的機會，但我認爲前途是光明的。」〔註39〕他認爲自己還可以作爲「忠誠的反對派」對政府提出批評和建議。這或許就是他爲《觀察》撰稿的初衷。

　　在「文人論政」方面，比雜誌更有影響力的是民營報紙。1926 年 9 月 1

〔註37〕韓晗：《尋找失蹤的民國雜誌》，武漢：華中科技大學出版社，2012 年 4 月版，第 15～19 頁。

〔註38〕儲安平：《我們的志趣和態度》，載《觀察》第 1 卷第 1 期。

〔註39〕〔美〕戴維‧阿古什著，董天民譯：《費孝通傳》，北京：時事出版社，1985 年 11 月版，第 162～164 頁。

日，吳鼎昌、胡政之、張季鸞主政的新記《大公報》，第一天出版即發表社訓「不黨、不賣、不私、不盲」，幾成「文人論政」總的宗旨。當時確有報紙依附一個黨派，拿津貼過日子，所以《大公報》決定不黨、不賣；也確有報紙是爲個人或一部分人吹捧，宣傳上造謠生事，不擇手段，所以《大公報》提出不私、不盲。〔註 40〕《大公報》總編輯張季鸞曾說，新聞記者應該像茶壺的嘴，壺嘴總是撅著的。這無疑是對報紙要有正義感，敢於批評社會上不良風氣的張揚。〔註 41〕張季鸞留日期間，他的朋友張耀曾、李書城、張群等都是同盟會成員，同鄉好友井勿幕更是同盟會陝西支部長。當井徵詢張季鸞是否願意加入同盟會時，張回答說：「我是一個文弱書生，立志要當好一個新聞記者，以文章報國。我認爲，做記者的人最好要超然於黨派之外，這樣，說話可以不受拘束，宣傳一種主張，也易於發揮自己的才能，更容易爲廣大讀者所接受。」〔註 42〕1941 年，《大公報》獲得美國密蘇里大學新聞學院榮譽獎章，5 月 5 日重慶新聞界爲此舉行慶祝大會。當天，張季鸞寫社論說：「中國報有一點與各國不同，就是各國的報是作爲一種大的實業經營，而中國報原則上是文人論政的機關，並不是實業機關……以本報爲例，假若尙有微小的價値，就在於雖執著商業經營，而仍能保持文人論政的面目」。〔註 43〕

不惟以張季鸞等人爲代表的《大公報》，國共政爭期間，有感於戰禍不斷，物價飛漲，民生潦倒，秉持自由主義精神的「文人論政」成爲民營大報乃至民間報人的共同選擇。1946 年，原在上海《時事新報》主持筆政的馬季良，因堅持民主進步立場，不容於該報老闆孔祥熙，遂拂袖而去，並應邀到敢於說話的《文匯報》擔當總編輯。他說：報紙應該說眞話，發出聲音，抨擊時弊，發揚正義之聲，有益於世道人心，推動社會進步，絕不能說假話，粉飾太平。〔註 44〕後長期執掌《文匯報》的徐鑄成也提出「敢說話，無私見，無

〔註 40〕李純青：《爲評價大公報提供史實》，載周雨編：《大公報人憶舊》，北京：中國文史出版社，1991 年 6 月版，第 309 頁。

〔註 41〕崔景泰：《壺嘴總是噘著的——追念徐鑄成老師》，載《文匯報回憶錄 1：從風雨中走來》，上海：文匯出版社，1993 年 1 月版，第 379 頁。

〔註 42〕陳建雲：《大變局中的民間報人與報刊》，福州：福建教育出版社，2008 年 12 月版，第 29 頁。

〔註 43〕李純青：《爲評價大公報提供史實》，載周雨編：《大公報人憶舊》，第 309～310 頁。

〔註 44〕任嘉堯：《憶馬季良先生》，載《文匯報回憶錄 1：從風雨中走來》，第 409 頁。

黨見，大家只知有報，不知有個人」的「文匯精神」。〔註45〕1946年9月6日，《文匯報》出版勝利復刊紀念專頁，徐鑄成在《一年回憶》中，重申民間報的「獨立」性，他說：「一張真正的民間報，立場應該是獨立的，有一貫的主張，而勇於發表。明是非，辨黑白，決不是站在黨派的中間，看風色，探行市，隨時伸縮說話的尺度，以響應的姿態，多方討好，僥倖圖存。」〔註46〕民營大報《新民報》也於1948年19年報慶時高擎民間立場，其社論言稱：「我們這群人，是以辦報為其終身職業的，我們樂業，我們愛報，為了保持報紙的潔淨，我們是力求以報養報，採取純粹的商業方針。為此，我們的工作人員至今甘受一種低於一般生活水平的待遇，十九的歷史可以證明我們之為職業報人，是『貧賤不移』」的。〔註47〕

這種迴旋在民營報紙以及民間報人身上的凜然正氣，甚至衝擊到國民黨報人身上。1948年8月16日出版的《報學雜誌》試刊號，充塞著國民黨報人失敗主義的情緒。程滄波說：「我的心情有兩種境界，把我靈魂的歸宿著眼於偉大的信仰；另一種希望，就是痛快把我禁閉在監獄中。」〔註48〕馬星野也將心中的苦悶傾瀉而出：「我在一個特別的時期，負責做一個特別的報紙，有許許多多苦痛，恐非一般同業所曾感受到的。」〔註49〕至於國民黨新聞宣傳部門最高決策人陳布雷，則採取了極端的手段，於1948年11月13日自殺身亡。他在遺書中歎息：「油盡燈枯」，「倘使我是在抗戰中因工作關係被敵機掃射轟炸而遭難，雖不能是重於泰山，也還有些價值。」〔註50〕

圍繞上述以報刊為中心的「文人論政」實踐，聞者或可得到有關「文人論政」的一些常識。首先，論政者要有「以天下為己任」的使命感，通過文章報國，以期達到古人所講「立德、立功、立言」之效；其次，「文人論政」應以同人刊物為載體，謀求「群而不黨」，恪守自由，與執政方保持距離；再次，「文人論政」所依託的媒介要立足民間，能夠獲取生存資本，具有民眾授予的監督政治權力的合法性。

〔註45〕 徐鑄成：《文匯報的精神》，載1946年1月25日《文匯報》。
〔註46〕 徐鑄成：《一年回憶》，載1946年9月6日《文匯報》。
〔註47〕 《新民報》，1948年9月9日。
〔註48〕 《報學雜誌》，1948年8月16日。
〔註49〕 《報學雜誌》，1948年8月16日。
〔註50〕 《陳布雷》，臺灣中華文物供應社《革命人物志》第十三集，第177～178頁。轉引自蔡銘澤：《中國國民黨黨報歷史研究》，北京：團結出版社，1998年9月版，第310頁。

2.3 中國民營報紙的狹義與廣義之分

在溯源中國民營報紙的歷史傳承以及文人論政傳統之後，一個基本結論是，中國的民營報紙雖未和古代小報發生關聯，而是借鑒了西方資本主義國家的大眾化報紙模式，但其精神內核卻承襲了中國士文化中的「思疑」傳統，以「文人論政」為基本特徵。西方模式與中國精神的糅合，不可能產生等同於西方的新聞專業主義，即以事實為導向，恪守中立的客觀範式。「文人論政」本身就是一種主觀，且以「立德、立功、立言」為己任，不免帶有對當權者的盡忠成分，無法像西方家族報紙那樣，成為與執政當局相抗衡的一種勢力。因此，在對中國的民營報紙做概念界定之時，應充分考慮到以上特殊性。

戈公振在《中國報學史》中稱：「我國民報之產生，當以同治十二年（1873年）在漢口出版之《昭文新報》〔註51〕為最早。次為同治十三年在上海出版之《彙報》，在香港出版之《循環日報》，光緒二年（1876年）在上海出版之《新報》，及光緒十二年在廣州出版之《廣報》」。〔註52〕戈公振所提及的《昭文新報》、《循環日報》等報紙，專指「由華人獨資創刊、華人主持的華文日報」，〔註53〕是與官報、外報相對應的一種報紙類型，只能算作民營報紙中的特殊品類，具有「非官方」、「非外資」兩種限制性條件，帶有強烈的民族主義色彩。而一般意義上的「民營報紙」，只設定「非官方」這一種限制性條件，且「非官方」也是相對的。這樣一來，中國的民營報紙就有了狹義和廣義之分。

2.3.1 狹義的民營報紙

狹義的民營報紙主要是指由民間人士出資創辦並經營的報紙，既包括個人獨資報紙，也包括民間資本聯營報紙，如抗戰前的《申報》、《新聞報》，1949年之前的《大公報》、《新民報》、《文匯報》等。這一類報紙方針言論相對獨立，行政自主，自負盈虧，基本屬於「民有民營」。以王韜創辦《循環日報》為例，該報雖由中華印務總局主辦，但這是個民營出版機構，由王韜、

〔註51〕 1873年8月8日，艾小梅在漢口創辦《昭文新報》。最初每日一出，但閱者甚少，遂改作五日刊，銷路仍不佳，不久即停刊。參見戈公振：《中國報學史》，第103頁；又見卓南生：《中國近代報業發展史（1815～1874）》，北京：中國社會科學出版社，2002年9月版，第180頁。
〔註52〕 戈公振：《中國報學史》，第98頁。
〔註53〕 〔新加坡〕卓南生：《中國近代報業發展史（1815～1874）》，第179頁。

黃平甫、溫清溪等個人出資。王韜雖與西方傳教士麥都司、偉烈亞力、理雅各等人多有往來，但他卻在辦報宗旨中強調：「是報之行專爲裨益我華人而設」〔註54〕，表達出鮮明的愛國主義立場。按照美國漢學家柯文的見解，「《循環日報》是第一份完全由中國人管理而取得成功的報紙」，〔註55〕此話體現出狹義民營報紙的第一個重要特徵：國人自辦。戈公振在《中國報學史》中所列早期民報名錄皆爲國人自辦，也透露出類似的價值判斷。他說：「官報，無民意之可言也。外報，僅可代表外人之意思；雖其間執筆者有華人，然辦報之宗旨不同，即言之亦不能盡其意也。」〔註56〕

狹義民營報紙的第二個重要特徵是「民有民營」，資金來自民間，不接受黨派和政府的津貼。以《大公報》爲例，1926 年 9 月 1 日，吳鼎昌、胡政之、張季鸞以「新記」名義復刊《大公報》，資金來源於吳鼎昌一人。吳、胡、張三人約定不得做官，做官必須脫離《大公報》。正因爲有此約定，才有「不黨、不賣、不私、不盲」四不方針的出臺。1935 年 12 月，當吳鼎昌擔任南京國民政府實業部部長時，他眞的刊登聲明脫離《大公報》，從此不再干預報社事務。〔註57〕《大公報》之所以能在大部分報導中保持客觀公正的立場，這和它在經濟上的獨立息息相關。《文匯報》的情況更加典型，它自創刊時起，便不接受任何政治上的投資，連低息貸款等變相資助，也都始終謝絕，以保持獨立的民間報的品格。這樣的報紙，如果遇到經營困難該如何解決？1946 年 12 月，《文匯報》發動的一場公開向讀者招股活動破解了上述謎題。在招股啓事中，《文匯報》公佈了報紙的性質係純粹私人集資經營的企業。向讀者公開招股，不僅是爲了增加機器設備，還因爲「我們是人民的報紙，我們不僅要使這張報紙始終爲人民所用，爲人民說話，而且要使她根本爲人民所有。」〔註58〕受此感召，各界讀者踊躍認股：5 個窮學生湊來了 5 萬元；有的軍人束緊腰帶，從薪餉中節省出錢來入股；一對讀者夫妻拿出了全部儲蓄；甚至有流浪漢傾盡囊中所有。一位讀者的來信可以代表民眾對眞正民營報紙的熱愛，這封信說：「冬天來了！我要加衣。我要加一件精神上的棉衣。買了它，我自己暖了，

〔註54〕 《本局日報通啓》，《循環日報》，1874 年 2 月 12 日。
〔註55〕 李彬：《中國新聞社會史》，北京：清華大學出版社，2009 年 9 月，第 63 頁。
〔註56〕 戈公振：《中國報學史》，第 98 頁。
〔註57〕 李純青：《爲評價大公報提供史實》，載周雨編：《大公報人憶舊》，第 306 頁。
〔註58〕 周福寬：《增資招股話往事》，載《文匯報回憶錄 1：從風雨中走來》，第 83頁。

也暖了別人。」〔註59〕不惟《文匯報》、《大公報》，新聞史上的一個個鮮活事例表明，惟有那些經濟上保持獨立，以民間給養維繫自身血脈的報紙，才能真正獲得民眾的尊重與支持。

狹義民營報紙的第三個重要特徵是重經營輕宣傳。因資本多來自民間，且以股份制運行，為股東獲取利益是民營報紙的顯見目的之一。新記《大公報》1926 年復刊，啟動資金只有 5 萬元，10 年後，資產增加 10 倍，首先應肯定它經營上的成功。重經營輕宣傳的首義是「不黨」，張季鸞即是此間楷模。辛亥革命後，張曾經擔任孫中山先生的秘書，負責起草《臨時大總統就職宣言》等重要文件，但他卻沒有加入任何黨派組織。張季鸞認為，做記者的人最好要超然於黨派之外，這樣，說話可以不受約束，也易於發揮自己的才能，更容易為廣大讀者所接受。〔註60〕張季鸞擔任總編輯的《大公報》號稱無黨無派的報紙，並非浮誇，該報決不允許報社內存在黨派活動。曾經有一位新來的記者到處打聽報社內部的人事消息，這個人很快就被開除了。只有這樣，在編輯部內談論政治才不會被告密。〔註61〕于右任創辦的「豎三民」也是首倡經營，淡化「主義」的典型例證。作為同盟會會員，于右任先期創辦的《神州日報》比較重視宣傳革命主張，僅在創刊後的 80 餘天，即報導各地武裝起義消息 80 餘篇。1909 年至 1910 年，在創辦「豎三民」《民呼日報》、《民吁日報》、《民立報》的時候，因 6 萬元啟動資金籌措於陝西富商柏筱魚、信成銀行協理沈縵雲、買辦張靜江等人，屬於純粹的民間資本，于右任一改在《神州日報》的風格，不直接闡述「主義」，宣傳革命，而是集中揭露貪官污吏，高擎「為民請命」的辦報主旨。經營方面，「豎三民」文字與廣告各半，甚至頭版全部是廣告，還在巴黎、倫敦、華盛頓、柏林和日內瓦等重要城市聘有專職和兼職記者。〔註62〕正因為報導取向有「覘民情」、「表異聞」的向下意識，兼具經營方面的靈活舉措，「豎三民」的最後一張《民立報》成為當時發行量最大的日報，影響力一時無出其右者。

〔註59〕周福寬：《增資招股話往事》，載《文匯報回憶錄 1：從風雨中走來》，第 83頁。。

〔註60〕徐鑄成：《報人張季鸞先生傳》，北京：生活‧讀書‧新知三聯書店，2009 年12 月版，第 34 頁。

〔註61〕李純青：《為評價大公報提供史實》，載周雨編：《大公報人憶舊》，第 307頁。

〔註62〕方漢奇主編：《中國新聞事業通史》第 1 卷，第 592 頁。

　　狹義的民營報紙，若在政治清明、經濟發達的情況下，或可發展成為像美國《紐約時報》、英國《泰晤士報》、瑞士《新蘇黎世報》那樣，具有全球影響力的嚴肅報紙；也或可像英國《太陽報》、美國《每日郵報》那樣，因其通俗性為讀者認可。但是在中國，民營報紙發軔及成長的階段，正值一次次時代的大變動，外有西方列強對中國主權肆無忌憚地侵犯，內有清帝滅亡後軍閥濫權、黨同伐異，整個社會如同梁啓超所形容的那樣「墮落窳敗，晦盲否塞」。〔註63〕在這種情況下，影響力巨大的民營報紙往往成為政治勢力迫切介入的對象。強權之下，民營報紙若要保持狹義層面的意義，幾無可能。

2.3.2 廣義的民營報紙

　　廣義的民營報紙不僅包括「民有民營」，也包括對外以民間名義出現的「官有民營」或「黨有民營」。此情形的出現是政治介入傳媒的結果。

　　據新聞史學者曾憲明考察，中國首例政權介入民營報紙發生在袁世凱執政時期。1912 年袁世凱竊取臨時大總統後，便打著「輿論公僕」和「順從民意」的招牌，由政府出錢，指使賣身投靠的御用文人出面辦報。這種公款私辦的御用報紙包括《國權報》、《金剛報》、《亞細亞日報》等。類似報紙成為新聞史上第一批以民營形式出現，卻由統治者直接控制的「偽民營報紙」。〔註64〕此後，假借民間報紙為自己張目成為政府或政黨普遍遵循的範式。

　　同樣的報紙以民營或非民營身份出現差別巨大。以國民黨黨報《中央日報》為例，1932 年，其最高發行量僅 3000 份，程滄波出任社長後，提出「淡化黨報面孔」和「中央機關報民間化」的主張，發行量迅速增長至 8000 份。但像《中央日報》這樣的機關報，無論怎樣偽飾，也不可能完全像民營報紙的樣子。而那些原本是民營報紙，在被黨化了之後，卻依舊能夠維持民營報紙的假象，《申報》和《新聞報》即為例證。抗戰勝利後，國民黨通過精心策劃控制了申、新兩報，但發行狀況不容樂觀。《申報》復刊時，發行量 53000 份，十天後竟跌至 30000 份左右，《新聞報》也是只降不升。為了擴大影響，兩報採取「偽民營」的方法，首先確立「以民營報紙立場，為國家盡宣傳職責」的方針，其次標榜「信守客觀公正態度」，通過少用官方通訊社稿，注意

〔註63〕梁啓超：《吾今後所以報國者》，1915 年 1 月 20 日，載李華興等編：《梁啓超選集》，上海：上海人民出版社，1984 年版，第 646 頁。

〔註64〕曾憲明：《論偽民營報紙》，《新聞與傳播研究》，2005 年 12 月。

「刊載本報電訊，報導獨家新聞」的方式維持民營面目。國民黨的控制由臺前轉爲幕後，於 1946 年在南京設立兩報辦事處實施隱形管理，皆聘請陳布雷爲「名譽總主筆」。〔註65〕此種以民營面目經營黨報的方式也曾爲在野時的中國共產黨所採用。1945 年，中共在上海復刊了一批以民營名義創辦的報紙，其中《聯合日報》由地下黨員馮賓符任總編輯，創刊時宣稱「純粹民間資本，無黨派之立場，發揮民間輿論作用」。另一份稍後創刊的《建國日報》由夏衍主辦。周恩來在指示中明確指出：「要爭取公開闔法」，「是民報，要與黨報分開」。〔註66〕

這類「官有民營」或「黨有民營」報紙，其開辦和運行經費主要由官方或黨派提供，像《申報》和《新聞報》則是通過沒收敵僞資產實現黨化，產權或明或暗爲政治集團所有，言論和政治傾向直接受政治集團控制。但由於其民間身份，在辦報實踐中不可避免地會使用一些民間手法，甚至體現不出來黨派的顏色特徵。在這一方面最具代表性的是 1950 年 10 月 5 日由香港《大公報》分出的《新晚報》，該報雖由中共控制，但卻呈現出「灰色」風格，不僅重點報導情色、兇殺類的社會新聞，還不斷加強「波經」、「馬經」等報導，甚至在晚報中最早刊登金庸、梁羽生的武俠小說。1953 年，《新晚報》被《香港年鑒》列入「獨立」報紙行列，這說明黨化報紙以獨立的民營報紙出現，並非不可能。

儘管上述「官有民營」或「黨有民營」的報紙被稱作「僞民營報紙」，但其產權中的部分民營成分或者辦報實踐中的民營色彩不應被一概否定，在特殊歷史時期，還會與「民有民營」報紙一道發揮進步作用。如在討論 1948 年出席聯合國新聞自由會議代表的身份問題時，以程滄波爲首的資深國民黨「黨員—報人」，強烈認同自己的報人身份，高度關注新聞從業者的維權問題，反對非現職新聞從業人員參加會議。再如起始於 1945 年 3 月，終止於 1948 年 6 月的中國「新聞自由」運動，竟是由民營化的國民黨黨報南京《中央日報》社社長馬星野爲推手。〔註 67〕「黨員—報人—文化人—社會人」，

〔註65〕馬光仁：《戰後國民黨對中、新兩報的控制》，《新聞研究資料》第 33 輯，中國新聞出版社，1985 年 11 月版。轉引自蔡銘澤：《中國國民黨黨報歷史研究》，北京：團結出版社，1998 年 9 月版，第 271～272 頁。

〔註66〕丁淦林等著：《中國新聞事業史新編》，成都：四川人民出版社，1998 年 2 月版，第 349 頁。

〔註67〕蔡銘澤：《中國國民黨黨報歷史研究》，第 273 頁。

這個糾纏在一起的角色鏈，對於瓦解「僞民營」報紙中的黨化或官僚色彩，無疑起到正面的作用。因此，長期以來，廣義和狹義的民營報紙概念一直未能相互替代。

爲什麼要在廣義的層面研究民營報紙，還有一個重要原因。那就是民營報紙自身經濟基礎的薄弱予以政黨政權各種滲透的機會，民營報紙的獨立僅能作爲相對概念存在。這是因爲，民營報紙作爲文化企業，和中國其它的工商業比較，資本微不足道，只能算中等的民族資本。以 1940 年代後期的《大公報》爲例，它雖擁有上海、天津、重慶、香港四個分社，但卻稱不上報業托拉斯，資產總額較之紡織、化工、運輸、金融等產業巨擘，實屬小巫見大巫。抗戰勝利後，《大公報》的總資產大約 40 萬美元左右，而當時較大的民族資本家，僅個人資產達千萬美元以上的大有人在。〔註 68〕如此疲弱的經濟基礎，一旦遭遇通貨膨脹、紙價上漲，勢必在經營方面捉襟見肘，這就給了當權者予以滲透的可能。1945 年，急需復刊多地版的《大公報》獲得蔣介石親自批准的 20 萬美元官價外匯，這相當於一筆鉅額補貼。雖說這是《大公報》出了錢向中央銀行購買而來，但是按照當時美元匯率，官價爲 20：1，市場價是 3000：1，一經倒賣，淨賺 150 倍，實在是「一種不等價的交易」。〔註 69〕蔣介石對《大公報》施此惠澤，並非沒有回報，該報總經理胡政之後來在國共和談即將破裂的時候，以社會賢達身份參加了蔣介石政府的「國大」，實爲其新聞生涯中飽受詬病之舉。

在戰亂頻仍，經濟凋敝時期，民營報紙接受政府的變相補貼是一種普遍現象。執政當局往往以平價紙張、新聞米等方式對報紙實施控制。因此，拋卻歷史環境於不顧，抽象地談論民營報紙狹義層面上的「民有民營」，並不能客觀解釋中國民營報紙的生存空間。此外，只考量國人自辦的民營報紙，罔顧外人辦報幾乎主宰中國報業市場達一個世紀之久的歷史事實，也是一葉障目的做法。惟有立足於中國民營報紙發展的特殊歷史環境，關照影響民營報紙生存和發展的政治、經濟元素，分析民營報紙資本構成的各種範式，從廣義層面探討民營報紙的生死存亡，才有可能獲得接近事實的論點。

〔註 68〕 李純青：《爲評價大公報提供史實》，載周雨編：《大公報人憶舊》，第 311 頁。

〔註 69〕 王芸生、曹谷冰：《新記公司大公報的經營（1926～1949）》，載周雨編：《大公報人憶舊》，第 3 頁。

2.4 新中國民營報紙的特定範疇

　　鑒於本書的研究時段彌漫濃厚的意識形態色彩，在社會主義改造的大環境下，拘泥於民營報紙的狹義概念無疑陷入到絕對化的窠臼，限制住了對新中國民營報紙或報紙中民營成分所發揮作用的深入挖掘，同時也割裂了「長時段」觀念中民營報紙廣義與狹義概念的生成歷史。不可否認的是，民營報紙在新中國的消失不是一夕之間的驟亡，而是一個從民有民營到公私合營再到公營的漸變過程，甚至在民營報紙已然消失之後，還出現過民營實踐曇花一現式的復蘇，遑論改革開放之後的報業，民間資本雖未合法化卻也在潤物細無聲地潛入。因此，本研究所認定的民營報紙的概念是廣義的，既包括建國初期純粹的「民有民營」報紙，也包括接受了私營公助，但在產權構成中依舊保存部分民間資本的報紙。

2.4.1 研究時間段的劃分依據

　　新中國最後一張民營報紙究竟於何時消失？

　　一種說法是 1952 年底。《中國新聞事業通史》這般描述：「中共中央和政府對新聞出版事業實行了比其它行業更早的公私合營政策。1952 年底，全國所有原為私有性質的報社，都實行了公私合營。」〔註 70〕遺憾的是，此種說法並沒有具體實例的支撐，也無任何官方證據。

　　還有一種說法是 1953 年。施喆在其論文《建國初期私營報業的社會主義改造》（2002 年）中聲稱：「1953 年，所有私營報紙都轉變為公私合營報紙，後來又逐漸退還私股，實際上皆為公營。」〔註 71〕同年，丁淦林主編的《中國新聞事業史》也有類似說法：「至 1953 年，私營報紙除停辦者外，全部實行了公私合營。」〔註 72〕9 年後，吳廷俊的研究依舊認可這樣的時間點，在他看來，隨著「1953 年 1 月《文匯報》、《新民報》等走上『公私合營』道路」，民營報紙在中國大陸就「集體退場」了。〔註 73〕

〔註70〕 方漢奇等主編：《中國新聞事業通史》（第3卷），北京：中國人民大學出版社，1999 年 2 月版，第 26 頁。

〔註71〕 施喆：《建國初期私營報業的社會主義改造》，《新聞大學》，2002 年第 1 期。

〔註72〕 丁淦林：《中國新聞事業史》，北京：高等教育出版社，2002 年 8 月版，第 396 頁。

〔註73〕 吳廷俊：《「恐龍現象」──民營報紙在中國大陸「集體退場」的歷史考察》，《新聞與傳播評論》，2011 年。

2012 年，華中科技大學丁騁的博士論文用實際證據將民營報紙消失時間推至 1954 年。該論文指出，江蘇無錫的《曉報》和《常州民報》同時於 1954 年 2 月 1 日停刊；《哈爾濱公報》也因社長逝世，報紙無力出版，於 1954 年 2 月 11 日自動停刊。按此推斷，《哈爾濱公報》應該是新中國最後一張消失的民營報紙。

然而，經筆者考證，事實遠不止如此。關於《常州民報》、《曉報》停刊的證據可見《江蘇省對私營出版業進行社會主義改造的報告》〔註74〕。這份報告出爐之前，出版總署曾經發佈過一次私營企業名錄，該名錄顯示，截至 1953 年 12 月底，全國共計有私營報社 6 家，分別是天津市《俄文新語報》，松江省《俄語報》，哈爾濱市《哈爾濱公報》，浙江省《當代日報》，四川省《工商導報》，陝西省《工商經濟晚報》。〔註75〕《常州民報》、《曉報》雖晚於統計時間停刊，卻未上名錄，估計是江蘇省新聞出版管理部門已有對二報停刊的統籌。名錄上的《哈爾濱公報》於 1954 年 2 月停刊，這就意味著截至同一時段，全國尚有 5 家民營報紙存在。

1954 年 12 月 28 日，文化部出版事業管理局在總結 1954 年出版工作計劃執行情況時，談到該年度「停辦私營報紙 3 種」。〔註76〕既然《常州民報》、《曉報》本不在上一年度的私營報紙名錄，那麼，此年度停刊的 3 家報紙佔據名錄上 6 種報紙的一半，如此一來，到了 1954 年底，私營報紙應僅剩下 3 家。根據筆者掌握的檔案及文獻資料，碩果僅存的三家報紙分別是杭州的《當代日報》、成都的《工商導報》和西安的《工商經濟晚報》。這就意味著，除了《哈爾濱公報》外，堅持到 1954 年的兩份俄文報紙，也沒能度過這個年份。

統計至此，官方公開發佈的數據與筆者所掌握的證據基本吻合。但自 1955 年起，權威部門的綜合統計不再出現私營報紙名目，因此，《當代日報》、

〔註74〕 《江蘇省對私營出版業進行社會主義改造的報告〈摘要〉》，1954 年 5 月 10 日。參見中國出版科學研究所、中國檔案館編：《中華人民共和國出版史料（1954）》，北京：中國書籍出版社，1999 年 9 月版，第 268 頁。

〔註75〕 出版總署出版管理局編：《全國私營出版社、雜誌社、報社名單》（截至 1953 年 12 月 31 日）。參見中國出版科學研究所、中國檔案館編：《中華人民共和國出版史料（1953）》，北京：中國書籍出版社，1999 年 1 月版，第 690 頁。

〔註76〕 《文化部出版事業管理局 1955 年出版事業計劃（草案）》，1954 年 12 月 28 日。參見中國出版科學研究所、中國檔案館編：《中華人民共和國出版史料（1954）》，第 627 頁。

《工商導報》與《工商經濟晚報》的消失時間只能依據筆者查閱到的檔案等文獻資料。

杭州的《當代日報》是幾名地下黨員接管原國民黨《當代晚報》後改刊的。總編輯李士俊是一名老共產黨員，與該報其它 3 名黨員的組織關係都存放在杭州市委宣傳部。〔註77〕1955 年 4 月 18 日，杭州市委成立《杭州日報》籌備委員會，將長生路 63 號劃爲辦公地點，設置臨時機構。同年 7 月 15 日，中宣部批准創辦《杭州日報》。9 月 16 日，杭州市委發出《關於創辦杭州日報的決定》，明確《杭州日報》借《當代日報》試刊一個半月。隨著 1955 年 11 月 1 日《杭州日報》創刊，《當代日報》亦即結束了其歷史使命。〔註78〕

《工商導報》的社會主義改造可謂一波三折。該報在 1949 年之後由於股東星散，月月虧折，截至 1951 年 8 月底，負債達 4.3 億餘元（舊幣）。〔註79〕1952 年 1 月開始的「三反」、「五反」運動進一步加劇了報社的經營困難。一部分員工四處上書揭發內部矛盾，用詞激烈。更爲嚴重的是，部分指控乃憑空猜測，比如控告一位吳姓員工爲反革命分子。在當時司法制度存在嚴重缺陷的情況下，人民法院判處吳姓員工一年多徒刑，直至司法改革時，才發現證據不足，無罪釋放。〔註80〕鑒於上述情況，西南局擬使該報停刊，但考慮到在「三反」、「五反」期間停辦影響不好，一直拖到 1953 年 4 月 24 日，西南新聞出版局函電四川省人民政府新聞出版處，希望後者考慮《工商導報》停刊問題。〔註81〕四川省新聞出版處經請示中共四川省委，認爲繼續辦下去有好處，逐決定由政府補助一部分資金解決報紙的債務問題，在維持其繼續出版的前提下，逐漸轉移領導關係，俟條件成熟，即轉變該報性質。其後，中共四川省委批准在 1953 年新聞出版事業項目下，以借支名義發給該報 8 億元，〔註82〕始在當年償清了主要債務，並於該年度一至十月盈利 1 億元。但

〔註77〕《〈杭州日報〉創刊紀實》，中國杭州網，http：//www.hangzhou.gov.cn/dsyjs/drjy/hzjf/T290647.shtml。

〔註78〕《〈杭州日報〉是怎樣誕生的》，《杭州日報》，2009 年 5 月 26 日。

〔註79〕本文幣值除特別說明外，均爲舊幣幣值。工商導報社：《解決工商導報問題的辦法草案》，1952 年 4 月 5 日，四川省檔案館：建川 054-60-12-19。

〔註80〕佚名：《工商導報簡況》，1953 年，成都市檔案館：56-1-52。

〔註81〕四川省人民政府新聞出版處：《爲請考慮停辦工商導報及其停辦的具體辦法》，1953 年 4 月 29 日，成都市檔案館：56-1-26。

〔註82〕四川省人民政府新聞出版處：《關於改變成都市私營工商導報爲地方國營成都日報》，1954 年 11 月 29 日，成都市檔案館：56-1-50。

該報負債的境況並未徹底改觀,只不過主要債權人從銀行及原材料生產廠商轉至政府。1954 年底,《工商導報》除欠四川省人民政府新聞出版處 8.12 億元以外,尚欠私人款、房租等共 1.5118 億元。〔註 83〕有鑒於此,1954 年 8 月 13 日,四川省委會議決議,將《工商導報》移交成都市委接辦,改組為市委機關報。〔註 84〕但是,在處置《工商導報》的債務及安排報社人員時卻出現「錢從哪出」、「人往哪去」的雙重難題。《工商導報》的改組就此擱置。隨著社會主義工商業改造的持續發酵,1956 年 1 月 27 日,四川省委常委會議討論通過,將《工商導報》改組為市委機關報《成都日報》,〔註 85〕並由四川省委宣傳部協調解決《工商導報》結束後的善後工作。1956 年 4 月 20 日,四川省文化局發文,同意《成都日報》於這一年的 5 月 1 日出版,並發給報字第 11 號登記證。《工商導報》遂於 1956 年 4 月 30 日停刊。

作為最後一張消失的民營報紙,西安《工商經濟晚報》的經歷頗具戲劇性。它先是在 1953 年 7 月由兩張民營報紙《工商晚報》和《經濟快報》合併而來,此後掛靠在西安市工商聯,並由工商聯副主任劉光智兼任社長,但其屬性依然是民營的。該報共有 59 名工作人員,編輯部、經理部合計 38 人,工人 22 人,編輯部力量很薄弱。「總編輯吳煥然係開除出黨分子」,「4 名編輯中,2 人長期在敵偽報社工作(其中一人有特務嫌疑),2 人長期在敵鬥中任職」,「政治性事故經常發生」。〔註 86〕該報自定的主要讀者對象是「國營商業、合作社商業、各地工商聯與行業公會等工作人員、公私合營企業私方人員與職工、手工業者、小商小販和城市廣大人民群眾」。〔註 87〕由於讀者定位比較模糊,加之其重點服務的私營工商業大部分已於 1956 年完成社會主義改造,至 1956 年 6 月,報紙發行量下跌到 4600 份,廣告接近全無,經營十分困難,需要工商聯每月補助 4000 餘萬元。與此同時,辦報質量偏低,鉛字磨損,字跡不清,讀者意見很多。一些員工對報紙的民營屬性意見很大,到處反映,希望改為「公私合營」或「國營」。鑒於上述綜合情況,中共西安市委於 1957

〔註 83〕 同上。
〔註 84〕 中共四川省委:《決定將工商導報交成都市委接辦》,1954 年 8 月 28 日,成都市檔案館:54-1-312。
〔註 85〕 中共四川省委:《關於將私營「工商導報」改組成為市委機關報》,1956 年 1 月 27 日,成都市檔案館:54-1-621。
〔註 86〕 中共西安市委致中共陝西省委:《關於工商經濟晚報處理意見的請示報告》,1957 年 4 月 22 日,西安市檔案館:1-1-0419-41-43。
〔註 87〕 《工商經濟晚報介紹》,1956 年 6 月,西安市檔案館:315-1-0010-002-003。

年 4 月 22 日呈請陝西省委，提出停辦《工商經濟晚報》的三點意見：其一，市委機關報《西安日報》已經擴版，繼續保留晚報的必要性不大；其二，《工商經濟晚報》的困難，尤其是幹部和設備問題，很難徹底解決；其三，也曾設想由其它方面接辦或利用，但困難很多，而停辦了可以節約紙張，符合增產節約的原則。中共西安市委在函中特別強調：「鑒於該報系一私營報紙，在群眾中特別是在黨外民主人士和資產階級分子中還有一定的影響，因此，在停辦前，除做好肅反工作、人員安排和財產清理等工作外，還應經過黨外人士的充分醞釀和協商，以免我們在政治上造成被動。」〔註88〕1957 年 5 月 7 日，陝西省委同意了西安市委的意見，停辦《工商經濟晚報》已無爭議。1957 年 12 月 31 日，《工商經濟晚報》出版最後一期報紙，自此之後，合法化的民營報紙在中國徹底消失。

鑒於筆者已經掌握了新中國民營報紙消亡時間的確切證據，本研究時段將從 1949 年初京津等大城市解放始，止於 1957 年 12 月 31 日最後一張民營報紙消失。

2.4.2 研究對象與範圍

本書的研究對象既包括新中國初期純粹的「民有民營」報紙，也包括接受了私營公助，但在產權構成中依舊保存部分民間資本的報紙，涵蓋外人在中國出版的部分。其它限制條件還有：

（1）由官方認定報紙屬性為私營或公私合營

1948 年 11 月 8 日，鑒於已經解放和即將解放的眾多大城市中，存在對人民生活有著重大影響的報紙、刊物與通訊社，中共中央出臺了《關於新解放城市中中外報刊通訊社的處理辦法》。該辦法第四條規定，「新解放城市中所有繼續出版與新創刊之一切報紙、刊物與通訊社（包括共產黨與人民政府之報紙、刊物、通訊社在內），應一律向當地政府登記，其在本決定達到前，已行出版者，亦需補行登記」。〔註89〕經筆者檢索多處檔案館中存留的報紙登記記錄，發現有報紙性質一欄，分公營、人民團體、公私合營、私營四類。

〔註88〕中共西安市委致中共陝西省委：《關於工商經濟晚報處理意見的請示報告》，1957 年 4 月 22 日，西安市檔案館：1-1-0419-41-43。

〔註89〕中共中央：《關於新解放城市中中外報刊通訊社的處理辦法》，1948 年 11 月 8 日。參見中共中央宣傳部辦公廳、中央檔案館編研部編：《中國共產黨宣傳工作選編（1937～1949）》，北京：學習出版社，1996 年 9 月版，第 747 頁。

登記後的報紙經各地新聞出版管理部門造冊之後，經營屬性一目了然。這裏需要區別對待兩種情況。一是像《解放日報》這樣的黨委機關報，其由沒收《申報》中的官僚資本改組而來，但其資本構成中還有史量才之子史泳賡繼承的民營股本。為此，《解放日報》「政治上是華東局兼上海市委的機關報，而在經濟上則是公私合營的。」〔註90〕直到 1954 年，這種局面才得以改變。〔註91〕鑒於《解放日報》的黨報性質，即便其資本中有一定的民營成分，亦不能將之視為民營報紙。二是像成都《工商導報》、西安《工商經濟晚報》這樣，在社會主義工商業改造接近完成或已經宣告完成的社會大環境下，地方新聞主管部門對上保持沉默，未予申報二者的實際民營屬性，只有在耙梳地方檔案之後，才能還原其真實情況。〔註92〕類似這種情況，即便官方後期統計數據中未以私營報紙相稱，但其實質依舊是民營的。

（2）維持傳統民營報紙的組織架構

被譽為「組織理論之父」的德國政治經濟學家與社會學家馬克斯・韋伯對建構現代官僚科層體制卓有貢獻。韋伯認為，任何組織的形成、管治、支配均建構於某種特定的權威之上。他提出了三種權威形式，即合法權威、傳統權威和魅力權威。在馬克斯・韋伯看來，合法權威是指在工具理性或價值理性或兩者兼備的基礎上，經協商或強制而確立的，至少是要求組織成員服從的任何既定的合法規範。如果要使合法權威達到最高效率，就應該建立一種以知識進行支配的純粹官僚式的行政組織；傳統權威是根據悠久規則與權

〔註90〕 王維：《關於編寫解放日報報史的幾點意見》，參見解放日報報史辦公室編：《解放日報、新聞日報報史資料①》，內部資料，1991 年 12 月，第 30 頁。

〔註91〕 1953 年，中共中央提出過渡時期總路線，要向社會主義過渡。此時，有人提出《解放日報》經濟上的「公私合營」性質很不妥當。受命處理此事的華東局宣傳部委託史家的代理人向居住在香港的史泳賡提出，希望他能退股。史泳賡聲稱其父只有「申報館」的這點資本，希望繼續「合營」。華東局宣傳部不能接受史泳賡的要求，並將史的股金連同利息轉入交通銀行代管，《解放日報》才徹底變為公營的新聞事業單位。參見王維：《關於編寫解放日報報史的幾點意見》，載《解放日報、新聞日報報史資料①》，第 30 頁。

〔註92〕 此種情形非西安、成都獨有。像廣州合併兩張民營報刊《廣州標準行情》和《新經濟》為《廣州工商》時，曾向上海市新聞出版處咨詢同類型刊物《上海工商》的經營屬性，獲悉仍以私營對待，但在登記表上卻看不到痕跡。相反的情況同樣存在。《大公報》公私合營後，中共中央專門下發文件，聲稱「大公報實際已是黨領導的公私合營的報紙，但為適應國內外的政治情況，目前對外仍保持私營的面目。」筆者注。

力譜系的神聖性而要求得到服從。老人統治和家長制是最基本的傳統型支配類型；魅力權威是指領導者被看作不同尋常的人物，具有特別罕見的力量和素質。一個服從魅力權威的有組織群體，可以稱爲超凡魅力共同體，它既非建構在社會特權之上，也不是以人身依附爲特徵。〔註93〕根據韋伯的上述觀點來判斷，傳統民營報紙的組織架構往往是合法權威與魅力權威的結合，是一種水平式的結構方式。總編輯、總主筆、總經理各有分工，彼此較少干涉，秉持專業技術至上的用人規範，並會在辦報實踐中浮現爲眾人信服的魅力權威，例如《大公報》的張季鸞，《新民報》的趙超構、《文匯報》的徐鑄成等等。新中國成立之後的一段時間，多數民營報紙的組織架構依舊沿襲傳統習慣，以魅力人物爲核心。這和黨報的模式有明顯不同。黨報的組織結構更像是合法權威與傳統權威的結合，是一種垂直的金字塔式結構。金字塔的尖頂具有絕對權威，但權力來自於上級賦予，對政治性的堅守超過對技術性的追求。因此，組織架構的不同，也是區分民營報紙與黨報的重要標準。

（3）融資渠道借用一般金融途徑而非政府撥款

1948 年 11 月，中共中原局曾就黨報與政府機關報的經費問題尋求中共中央解答。對於登記時填報經濟來源一項，該局不知應該寫「黨費或者募捐，或生產企業補貼，或政府津貼」，還是其它。〔註94〕中共中央的明確答覆是：「黨與政府報刊通訊社的經濟來源，除銷售與廣告收入外，可注明由黨與政府補助。」〔註95〕正因爲有公款公費的保障，公辦的《人民日報》等 16 家報紙一年才可能賠耗 5000 萬斤小米的折合資金，差不多能供 38 萬人一個月使用；〔註96〕《解放日報》創刊後 7 個月間，也敢降低報紙折扣和《大公報》、

〔註93〕〔德〕馬克斯·韋伯著，閻克文譯：《經濟與社會》（第一卷），上海：上海世紀出版集團，2010 年 1 月版，第 322～353 頁。

〔註94〕中原局：《關於處理新解放城市報刊、通訊社的幾個問題向中央的請示》，1948年 11 月 21 日。參見中共中央宣傳部辦公廳、中央檔案館編研部編：《中國共產黨宣傳工作選編（1937～1949）》，北京：學習出版社，1996 年 9 月版，第 756 頁。

〔註95〕《中央關於處理新解放城市報刊、通訊社中的幾個具體問題的指示》，1948年 11 月 26 日。參見中共中央宣傳部辦公廳、中央檔案館編研部編：《中國共產黨宣傳工作選編（1937～1949）》，第 755 頁。

〔註96〕《中共中央批轉中央人民政府新聞總署黨組關於全國報紙經理會議的報告》，1949 年 12 月 30 日，《中國共產黨新聞工作文件彙編》（上），北京：新華出版社，1980 年版，第 294～295 頁。

《新聞日報》競爭，虧損達 23 至 24 億舊幣。〔註97〕而民營報紙在公私合營政府注資之前，其經費來源只能依靠銀行貸款、拆借、募股等一般金融手段。某些地方政府爲緩解民營報紙生存困境，曾支付一定款項，但也是以借款名義而非撥款。《文匯報》、《大公報》經營最困難時期，政府曾借出一定數量的白報紙，這些物資日後都折算成現金，算作政府入股的投資。因此，民營報紙與黨報、政府機關報的經費來源完全不同。這一點也應是辦明民營報紙的重要標準。

（4）辦報主體系報人而非國家幹部

國家幹部與自由報人在待遇上的首要區別，是享受政府投入而非市場效益工資。〔註98〕公營報紙的人員工資無論是供給制還是工薪制，均由財政撥款。而民營報紙的各項開支均要自負盈虧。有鑒於此，新中國成立初期，在經濟環境整體低迷的情況下，民營報紙出現了人員外流的現象。比如《文匯報》，復刊初期職工僅給十元錢零用，還常常脫期，年終雙薪也無著落。編輯部夜點僅供蘿蔔鹹菜、稀飯，更無什麼福利可言。〔註99〕而國家機關以及公營報紙則有統一的供給標準，生活極其穩定。這就難怪《文匯報》原有地下黨員近二十名，復刊時僅剩下一名候補黨員了。《大公報》的人員外流情況更爲嚴重。報社 1950 年有編輯、記者共 60 人，其中中共黨員和進步分子 27 人。兩年內有 7 人辭職，去了生活更有保障的新華社、人民日報社或人民出版社等公營機構。到 1952 年，社內的中共黨員只剩下了兩個人。〔註100〕如此一來，民營報紙的剩餘人員反而以傳統的民間報人爲主。儘管老報人的辦報理念難以在高度的政治語境下堅守，但是在 1949 及其後幾年，民營報紙依靠這一特殊群體以及他們所聯繫的作者群，包括梅蘭芳、周作人、張愛玲、豐子愷、包天笑等一眾名人，還是建立了與黨報有所區別的自我風格。1957 年 4 月，毛澤東曾給幾家報紙排了隊：「《文匯報》，《中國青年報》，《新民晚報》或者

〔註97〕《解放日報 1949 年工作總結報告暨 1950 年工作計劃大綱（草案）》，1950 年，上海檔案館：A73-1-3。
〔註98〕張濟順：《從民辦到黨管：上海私營報業體制變革中的思想改造運動——以文匯報爲中心案例的考察》，載韓鋼主編：《中國當代史研究（一）》，第 85 頁。
〔註99〕莊人葆：《憶「救報運動」》，載文匯報報史研究室編：《文匯報回憶錄 1：從風雨中走來》，第 111 頁。
〔註100〕李純青：《大公報工作人員的思想情況》，1952 年 1 月 3 日，上海市檔案館：A22-2-1532-22。

《大公報》，《光明日報》，最後是《人民日報》和各地黨報，這樣一個名次。」
〔註101〕其中的《文匯報》、《新民晚報》、《大公報》都是老牌民營報紙。足見，
辦報主體的不同必然會影響到報紙的整體風格。

　　鑒於從 1949 年 2 月 18 日起，中共中央規定，原「民營」、「民辦」、「民
間」等字樣「主要地是反映自由資產階級與封建買辦統治集團的區別，在今
天的解放區，已完全不能適用」，「今後凡『民營資本』、『民間報紙』等名稱，
均應不再沿用，而應改稱爲私人資本、私營報紙等」。〔註102〕因此，私營報紙
的稱謂不過是新的執政黨意欲去除通常語彙中「官」、「民」對立的舊有矛盾，
樹立「人民爲公」思想的具體方略，就私營與民營的經濟屬性來講，並無多
大區別。故本書所指涉的民營報紙與官方話語中的私營報紙同義。

〔註101〕毛澤東同《人民日報》負責人等談話記錄，1957 年 4 月 10 日。轉引自逢先
　　　　知、金沖及主編：《毛澤東傳（1949～1976）》，第 664～665 頁。
〔註102〕《中央關於使用「民營」、「民辦」、「民間」等字樣問題的指示》，1949 年 2
　　　　月 18 日。參見中共中央宣傳部辦公廳、中央檔案館編研部編：《中國共產黨
　　　　宣傳工作選編（1937～1949）》，北京：學習出版社，1996 年 9 月版，第 795
　　　　頁。

3、新中國民營報紙的消失過程

3.1 建國初期民營報紙總量、分佈區域及類型

有關新中國初期民營報紙形態的權威數據見於 1988 年的《中國新聞年鑒》。〔註1〕這一期年鑒用 9 頁的篇幅詳述了 1950 年全國報紙數量、性質、分佈區域、刊期、開張等具體內容，並對當年統計內容的遺缺做了盡可能全面的補充。這是 1949 年以來有關民營報紙研究的重要依據。〔註2〕

根據 1988 年《中國新聞年鑒》可知，由新聞總署研究室按照當時所得資料制定的《1950 年初全國報紙統計表》，統計時間截至 1950 年 2 月 28 日。該期統計表中，民營報紙總量爲 55 家。1990 年以來的一些重要研究借鑒了這一數字，〔註3〕並未對 1988 年新聞年鑒所修正的具體報紙名目進行深入分析。時至今日，共和國新聞史有關民營報紙的基本事實依舊不甚清晰，一些事實錯誤傳訛至今。鑒於研究新中國民營報紙的消亡，首先要對彼一時期民營報紙的基本情況有所瞭解，因此，借助檔案、地方志、報紙保存本等盡可能找

〔註 1〕中國新聞學會聯合會、中國社會科學院新聞研究所編：《中國新聞年鑒》（1988），北京：中國社會科學出版社，1988 年 11 月版，第 517～525 頁。
〔註 2〕1988 年《新聞年鑒》在框定報紙性質時，使用的是 50 年代官方分類標準，標稱私營報紙而非民營報紙。關於民營報紙與私營報紙的概念，本書在緒論部分的民營報紙概念界定中已有闡述，此處不做更多解釋。
〔註 3〕例如楊奎松：《新中國新聞報刊統治機制的形成經過——以建國前後王芸生的「投降」與〈大公報〉改造爲例》（2011），吳廷俊：《「恐龍現象」——民營報紙在中國大陸「集體退場」的歷史考察》（2011）等論文即以 55 家私營報紙的統計數目爲參照。

尋得到的文獻，考校民營報紙總量、分佈區域及類型，構成了本研究的初步工作。

3.1.1 對《1950年初全國報紙統計表》的分析及勘誤

本書作者在對1988年新聞年鑑刊登的原始資料進行分析的時候，不僅發現研究者普遍採信的民營報紙總數出現偏差，如55家（含7份華僑報）應為62家（含10份華僑報），同時也對民營報紙的歸類方法有所疑問：在海外出版的華僑報紙亦被列入國內的民營報紙序列，包括《南僑日報》（新加坡）、《生活報》（爪哇加城）、《現代日報》（馬來西亞檳城）、《全民報》（泰國曼谷）、《人民報》（緬甸仰光）、《中西日報》（美國舊金山）等。以最為著名的新加坡《南僑日報》為例，這張由愛國華僑陳嘉庚創辦的報紙，成立於1946年11月21日。它在反對內戰、保護華僑的正當權益、譴責美國入侵朝鮮等方面發揮了巨大作用。因不容於當地的《出版物發行售賣統制條例》，該報於1950年9月20日被馬來亞英國殖民當局封閉。〔註4〕它的主要發行地點並不在大陸中國，而其消亡原因也並非新中國特殊的政治經濟文化環境所致。因此，將《南僑日報》等在海外發行的華僑報歸入中國的民營報紙必然導致數據偏差。尤其是在民營報紙的基數並不龐大的情況下，7～10份華僑報紙的納入會對其後民營報紙數量的陡降造成影響，並容易誤導研究結論。

表3-1：1950年全國報紙統計表與1988年修正內容之間的差異〔註5〕

年份	50	88	50	88	50	88	50	88	50	88	50	88	50	88	50	88	50	88
	華北		華東		中南		東北		西北		西南		華僑		部隊		總計	
公營	12	13	36	45	30	34	21	26	12	14	5	6					116	138
人民團體	19	20	24	38	6	7	8	10	1	2							58	77
私營	10	10	24	25	7	10	2	3	3	3	2	2	7	10			55	62

〔註4〕馬來亞英國殖民當局於1950年8月決定將吉隆坡市郊7個接近森林區的兩萬餘人遷移，其中大部分是華僑，他們因此無家可歸。英殖民當局還援引所謂的「緊急法令」，驅逐大批華僑出境。《南僑日報》及《現代日報》揭露了當局對華僑的迫害行徑，隨後遭英殖民當局封閉。

〔註5〕表中的「其它」指未注明辦報性質的報紙。分類中的「人民團體」含校刊。分類中的外僑或外商報紙歸為私營。地域方面，華南區行政級別低於中南區，列入後者統計。

公私合營		1	1														1	1
民主黨派		1			1													2
其它	1		6	20	6	11	4	4	1	1							18	36
部隊報																33	33	
總計	42	44	91	129	49	63	35	42	17	20	7	8	7	10	33	33	281	349

也是在 1988 年，學者孫旭培發表了另外一個總數相近的數字。在論文《解放初期對舊新聞事業的接收和改造》中，他引用了新聞出版署〔註6〕1950 年 3 月份的統計數字，稱全國共有報紙 336 家，其中公營報紙 257 家，私營報紙 58 家（華東區 24 家，華北區 11 家，中南區 11 家，西南區 7 家，西北區 3 家，東北區 2 家）。〔註7〕這一數字在其後的研究中也獲得廣泛應用〔註8〕。但是這一看似渠道權威的數據卻在 2009 年遇到挑戰。時任新聞出版總署副署長的李東東在《60 年，中國報業與新中國一起成長》一文中同樣引用了 1950 年 3 月新聞總署的數據，稱當時共有公私營報紙 253 種〔註9〕，和孫旭培文「全國共有報紙 336 家」出入非常大。〔註10〕同樣的一個數據來源卻形成兩種相去甚遠的結論。鑒於新聞總署曾於 1952 年 2 月撤銷，直至 1987 年 1 月才恢復建

〔註6〕 孫旭培原文如此，50 年代的名稱應為新聞總署。

〔註7〕 孫旭培：《解放初期對舊新聞事業的接收和改造》，《新聞研究資料》，1988 年 6 月，第 48～63 頁。筆者曾於 2012 年 12 月在第十二屆新世紀新聞輿論監督研討會期間，專門就民營報紙數據來源咨詢過孫旭培教授。據解釋，他曾於 1980 年代獲批進入中央檔案館，民營報紙數據係查閱檔案而來。但因當時研究方法尚不規範，沒有具體記錄案卷號，也沒有保存有關文獻。

〔註8〕 例如曾憲明：《解放初期大陸私營報業消亡過程的歷史考察》（2002），施喆：《建國初期私營報業的社會主義改造》（2002）等論文應用了 58 這一統計數據。

〔註9〕 李東東：《60 年中國報業與新中國一起成長》，《中國報業》，2009 年 10 月，第 7～13 頁。

〔註10〕 有關 1950 年春全國報紙總量的統計至今沒有明確數字。除 1950 年 2 月 28 日新聞總署研究室統計出來的 281 份；還有 1988 年《中國新聞年鑒》修正後的 353 份，經筆者勘誤之後為 349 份；學者孫旭培據稱援引新聞總署的 336 份；2009 年新聞出版總署副署長李東東回顧文章中的 253 份；郵電部黨組和出版總署黨組《關於報刊發行工作的報告》（1953 年 11 月 8 日）中的 205 份；1985 年《中國出版年鑒》的 382 份。本文以對 1988 年《中國新聞年鑒》勘誤後的 349 份減去 10 份華僑報，即 339 份為準，這是目前公開出版物中惟一可查證的含有報紙全目的文獻。如論及 1950 年度的報紙總量，則以 1985 年《中國出版年鑒》的 382 份為準。

立，其間又經歷了十年浩劫。部門的分轉並和、文革的打砸搶燒，加之當年
統計工作的粗糙忙亂（一些報紙未填寫報紙性質），必然給確切數據的認定增
加難題。而要獲得較為精準的結論，必須對刊登在 1988 年新聞年鑑上的《1950
年初全國報紙統計表》（以下簡稱《統計表》）進行詳細的考證。對這份材料
進行內容分析的意義在於：它是目前公開出版物中惟一可見新中國初期全國
報紙名目，並包含公營、公私合營、人民團體、私營等報紙性質的文獻，其
珍貴價值可見一斑。

　　據本書作者統計，列入這一統計表的報紙共有 353 家，因歸屬東北區的
吉林省報了兩份《東北朝鮮人》報，歸屬中南區的湖南省報了兩份《商情導
報》，歸屬華東區的浙江省報了兩份《紹興新聞》，歸屬東北區的遼東省所報
《遼東大眾》和《安東大眾報》是一張報紙的前後名稱，均屬重複申報，實
際報紙份數應為 349。去掉在海外出版的華僑報 10 家，具體數字應改為 339
家，和孫旭培文「全國共有報紙 336 家」較為接近。而在對民營屬性進行認
定時，除卻已登記成份的，對表 3-1 中列入「其它」（未登記性質）的 36 份報
紙進行考證實屬必要。﹝註11﹞著力於這項研究，除了對現存材料拾缺補遺外，
也將對研究新中國初期民營報紙的分佈格局，不同區域新聞控制模式的差
異，民營報紙的斷裂與延續現象，報紙與權力再分配關係等提供基本數據和
事實依據。

　　有關史料考證的方法，清乾嘉以來尤為強調「旁參互證」，此原則亦為西
人所重視。英國史學家斯科特（Ernest Scott）認為：「判斷，資料的整齊排列
與呈現，證據的審察，真理與偽誤的區分，從大量不相關的不重要的繁瑣資
料中選擇突出的相涉的事項，個性的衡量，敘事的藝術，動機與本原的理解
──凡此類方法，主要有效地自歷史的研究發展而來。」﹝註12﹞史料考證的

﹝註11﹞ 36 份未注明性質的報紙分別是：上海《影聲》、《司機之聲》、《眾聲報》、《平
　　　　和通訊》、《電力職工》、《職工通訊》、《上行職工》、《藥職之聲》、《工人報》、
　　　　《際臺職工》、《法電簡報》；江蘇《學習》（泰州）；安徽《安慶新聞》、《江淮
　　　　日報》（蚌埠）、《拂曉報》（宿縣）、《阜陽報》；福建《泉州日報》、《閩北人民
　　　　報》（建甌）、《福中時報》、《漳州日報》；湖北《宜昌日報》、《新聞報》（宜昌）；
　　　　河南《豫南人民報》（信陽）、《信陽新聞》、《新洛陽報》、《河南大眾報》（開
　　　　封）；江西《浮梁新聞》（景德鎮）、《贛西南日報》（贛州）、《樂平新聞》（樂
　　　　平）；廣東《新聞報》（河源）、《臺山報》；遼東《撫順通訊》、《工人報》（安
　　　　東）、《安東大眾報》；吉林《東北朝鮮人》（延邊）；新疆《解放報》（疏附）。
﹝註12﹞ Ernest Scott，History and Historical Problems，1925，P24。轉引自杜維運：《史

具體方法，分爲外部考證和內部考證。外部考證是通過史料產生的時間、空間等問題決定其真偽；內部考證則從史料的內容出發，衡量其與客觀事實是否符合以及符合的程度。本書在對有可能包含民營報紙的 36 份報紙進行考證時，即結合了外部考證和內部考證的方法，特別強調「旁參互證」。

方法一：原典分析。在需要核查的 36 份報紙中，包含上海報送的 11 份，分別是《影聲》、《司機之聲》、《眾聲報》、《平和通訊》、《電力職工》、《職工通訊》、《上行職工》、《藥職之聲》、《工人報》、《際臺職工》、《法電簡報》。通過分析《1950 年初全國報紙統計表》的內容發現，上海報表的排列很有規律，分別是公營、公私合營、私營、人民團體、校刊（也算人民團體報紙）、外僑報（如《字林西報》等，屬民營報紙）。而欠缺屬性的 11 份報紙恰恰夾在人民團體報和校刊中間。進一步考察這些報紙的登記出版地址，大部分都是銀行、紗廠、紡建、水電公司的工會所辦，此類報紙當時屬於人民團體報。這樣，這 11 張報紙的民營性質就被排除了，而需要考校的總數量也降至 25 份。

方法二：圖書館保存本分析。1949 年 4 月 20 日，中共中央宣傳部曾致電各中央局分局宣傳部，要求各地所出的報紙、雜誌及圖書在北平圖書館（今國家圖書館）〔註 13〕經常費用未確定之前，均寄贈該館，並授予北平圖書館直接詢問權。〔註 14〕1949 年 10 月 11 日，鑒於東北書店稱自身已經企業化不再贈送，中央宣傳部專門函電東北局宣傳部，聲明贈送國立圖書館書籍一事不能因企業化而廢黜，並希望該書店對短缺書籍予以補齊。〔註 15〕這一政策到 1950 年依然有效。當年 1 月 31 日，出版總署致電各出版單位，再次強調凡屬新出圖書雜誌，除將樣本繳送出版總署外，應另行寄贈 2 份，郵寄北京圖書館。〔註 16〕從國家圖書館的館藏來看，上述政策確實發揮了作用，該館

學方法論》，第 7 頁。

〔註 13〕國家圖書館前身是 1909 年 9 月 9 日成立的京師圖書館，之後，館名幾經更迭，館舍數度變遷，1949 年之前名爲國立北平圖書館。新中國成立後，更名爲北京圖書館。1998 年 12 月 12 日更名爲國家圖書館。

〔註 14〕據中央檔案館保存的手稿刊印。參見中國出版科學研究所、中央檔案館編：《中華人民共和國出版史料》（1），北京：中國書籍出版社，1995 年 5 月版，第 72 頁。

〔註 15〕據中央檔案館保存的打印件刊印。參見中國出版科學研究所、中央檔案館編：《中華人民共和國出版史料》（1），第 468 頁。

〔註 16〕據新聞出版署檔案室保存的原件刊印。中國出版科學研究所、中央檔案館編：《中華人民共和國出版史料》（2），北京：中國書籍出版社，1996 年 6 月版，第 69 頁。

是見存新中國初期報紙品類最全的圖書館。尤其是長江以北先期解放的區域，絕大多數報紙均見藏於該館。此外，上海圖書館、廣東省立中山圖書館也是收藏本地報紙較全的機構，一些省、市圖書館，如湖南省圖書館、浙江省圖書館、天津圖書館、南京圖書館等也有部分典藏。本書作者通過檢索各圖書館館藏目錄及全國圖書館縮微文獻複製中心，從史料外部考證上，可以斷定新中國初期一部分民營報紙的出刊狀況。比如國圖藏有北京《新民報》1946 年 12 月 11 日至 1952 年 9 月 29 日的報紙；天津圖書館藏有天津《新生晚報》1949 年 5 月至 1952 年 6 月的報紙；廣東省立中山圖書館藏有廣州《每日論壇報》1946 年至 1950 年的報紙；浙江省圖書館藏有杭州《金融論壇報》1949 年 12 月 12 日至 1953 年 1 月 1 日的報紙；湖南圖書館藏有長沙《大眾晚報》1949 年 9 月至 1950 年 4 月的報紙，比國圖見存的最後一期（1949 年 11 月 27 日）又更新了五個月的時間。如此這般的旁參互證，除了證實 1950 年報刊名錄上民營報紙的連續出版情況，還可以對那些未登記性質的報紙進行初步考證。如安徽《阜陽報》，其館藏記錄為阜陽市委機關報，民營屬性得以排除。根據這種方法，安徽的《拂曉報》（中共宿縣地委機關報）、《阜陽報》（中共阜陽地委機關報）；福建的《閩北人民報》（中共建陽地委機關報）；湖北的《宜昌日報》（中共宜昌地委機關報）、河南的《豫南人民報》（中共信陽區委機關報）；江西的《贛西南日報》（中共贛州地委機關報）等 6 份報紙，排除了係民營報紙的可能。

方法三：地方志分析。地方志係按一定體例，全面記載某一時期某一地域的自然、社會、政治、經濟、文化等方面情況的文獻。中國各朝各代均重視修志。新中國成立後，毛澤東、周恩來、董必武等也曾再三提倡整理和編修地方志。1957 年，國務院科學規劃委員會把編寫新的地方志列為《十二年哲學社會科學規劃方案》（草案）的 12 個重點項目之一。1958 年 6 月，國務院科學規劃委員會成立了地方志小組。到 1960 年，全國已有 530 多個縣開展了修志工作，其中有 250 多個縣編寫出了初稿。但這項工作卻因「文化大革命」而全面中斷。1983 年，中國地方志指導小組恢復，對推動修志工作發揮了重要作用。截至 1994 年，全國 29 個省、自治區、直轄市先後建立了省、市、縣三級地方志編委會，並出版了大量的地方志成果。五十年代的報刊作為意識形態及社會統合的重要工具，自然會在地方志中有所呈現。通過檢索相關地方志，可以清晰判斷上述方法中的未盡內容。比如《安慶新聞》在《安

慶地方志》報紙章節中，顯示爲中共安慶地委機關報；從福建省情資料庫中，可見《泉州日報》爲中共泉州地委機關報，《漳州日報》爲中共漳州地委機關報；〔註17〕查閱河南省的新聞志，從其私營報刊的章節中，可推知該省在建國後未保留一家私營報紙，那麼，《豫南人民報》（信陽）、《信陽新聞》、《新洛陽報》、《河南大眾報》（開封）自然不可能是民營報紙；〔註18〕江西省的地方文獻則顯示出《樂平新聞》（樂平）與《浮梁新聞》〔註19〕（景德鎮）的前後繼承關係，它們都屬於地委機關報。遵循此一方法，廣東《臺山報》（中共臺山市委機關報）；遼東《工人報》（安東）、《安東大眾報》（與《遼東大眾報》是一家，也應屬於重複登記）；吉林《東北朝鮮人》（中共延邊州委機關報）、安徽蚌埠《江淮日報》（原華中抗日根據地黨報），均與民營報紙無關。

經過上述三種方法的甄別，《1950年初全國報紙統計表》中不能判定報紙性質的只有江蘇泰州《學習》、福建《福中時報》、湖北宜昌《新聞報》、廣東河源《新聞報》、遼東《撫順通訊》、新疆疏附《解放報》6種。泰州的《學習》和疏附的《解放報》，從報名上看，帶有明顯的新中國話語風格；《撫順通訊》位於東北遼東省，該省解放後並無民營報紙。其餘三種，即《福中時報》、宜昌和河源的《新聞報》未見於任何文獻。從旁參互證的角度考慮，尚無任何依據將這三者定爲民營報紙，甚至不排除它們在統計中或有訛誤。〔註20〕

自此，《1950年初全國報紙統計表》中，36份未確定性質的報紙基本排除了係民營報紙的可能。那麼是否意味著新中國民營報紙總量，在去除統計表中的10份華僑報之後，應該爲52份？顯然，這種判斷於太過簡單了。

3.1.2 民營報紙補遺及對總量、名目、分佈區域的確認

《1950年初全國報紙統計表》雖然是迄今爲止收錄新中國民營報紙名目最全的一份文獻，但它並非沒有遺漏。例如成都的《工商導報》，成立於1946年4月28日，成都解放後繼續出版，但在統計表中無此記錄；成都的《新民

〔註17〕福建省情資料庫——新聞志——中共地市縣委機關報，http://www.fjsq.gov.cn/ShowText.asp?ToBook=155&index=82&。

〔註18〕河南省情網——新聞報刊志——私營報，http://www.hnsqw.com.cn/sqsjk/hnsz/xwbkz/。

〔註19〕《1950年初全國報紙統計表》中刊載爲《浮染新聞》，應是文字錯誤。

〔註20〕查詢福建解放前後的報紙名錄，均無《福中時報》；檢索廣東省1950年～1951年報紙名目，也無河源《新聞報》的記錄；宜昌《新聞報》的情況也大致如此。

報》於 1950 年 1 月 18 日復刊，同年 4 月 30 日自動停刊，統計表中也未見其蹤影；再如江蘇鎮江的《大眾日報》，於 1950 年 2 月 6 日創刊，係成立於統計截止日期之前，但也未能列入數據之中。

另外一個值得注意的現象是，《統計表》的截止日期是 1950 年 2 月 28 日，此後創刊的民營報紙未能在列表中呈現。儘管新政權的新聞管理政策對「私營的報紙刊物與通訊社，均不應採取鼓勵政策」，〔註21〕但在 1950 年，依舊允許民營報紙登記出版。這裏面就牽涉到了一個關鍵問題：1950 年 3 月及以後，究竟還有多少家民營報紙創刊？

這是一個十分棘手的問題。最可能有此記錄的是新聞總署 50 年代檔案，目前存放在中央檔案館，但該檔案館尚未向公眾開放。在目前可見的公開出版物中，不僅沒有對新中國民營報紙整體性的描述，且有限的描述也集中在《大公報》、《文匯報》、《新民報》等幾份大報上。更多零落在東南西北的民營報紙，靜默地沉睡在歷史的斷層，如同一個個失蹤者，消失在人們的視線之外。

2012 年初，筆者始於廣東省和廣州市兩座檔案館，開始尋找歷史上的「失蹤者」。隨著在廣東出版的《新商晚報》、《周末報》、《廣州標準行情》等民營報紙「破土而出」，筆者又相繼走訪了上海、北京、天津、成都、哈爾濱、西安等處檔案館，不僅獲得了民營報紙於 1957 年底消失的最新數據，還發現了一批被遺忘者。結合對地方志的檢索，截至本書成型，筆者總共在《統計表》所涉 52 份（不含華僑報）民營報紙之外，增補了 20 種民營報紙。

表 3-2：民營報紙補遺

序號	所在城市	報紙名稱	序號	所在城市	報紙名稱
1	北京	影劇日報	11	廣州	經濟報單
2	上海	劇影日報	12	廣東江門	恩典報
3	天津	商業譯訊（英文）	13	哈爾濱	社會新報
4	江蘇鎮江	大眾日報	14	松江省	俄語報（俄文）
5	福建莆田	奮興報（羅馬文）	15	西安	工商經濟時報

〔註21〕《中共中央關於新解放城市中中外報刊通訊社的處理辦法》，1948 年 11 月 8 日。參見中共中央宣傳部辦公廳、中央檔案館編研部：《中國共產黨宣傳工作文獻選編（1937～1949）》，北京：學習出版社，1996 年 9 月版，第 745 頁。

6	廣州	新商晚報	16	成都	工商導報日、晚刊
7	廣州	廣州標準行情	17	成都	新民報
8	廣州	聯合報	18	四川自貢	工商周報
9	廣州	周末報	19	四川隆昌	大眾三日刊
10	廣州	快活報	20	昆明	正義報

綜合《報紙統計表》中 52 份在國內出版的民營報紙及筆者增補的 20 種，可以確認，新中國曾經存在過的民營報紙至少 72 種，〔註22〕分佈在華北、華東、中南、東北、西北、西南六大行政區域，並以華東居首，中南、華北次之。

表 3-3：72 種民營報紙名目及分佈區域

大區	省 （直轄市）	名　目	數量	總計
華北	北京	新民報、影劇日報	2	12
	天津	進步日報、新生晚報、博陵報、華北漢英報、俄文新語報、星報、商業譯訊	7	
	歸綏	奮鬥日報、綏聞日報；生產日報（陝壩）	3	
華東	上海	大公報、文匯報、新民報晚刊、商報、大報、亦報、百貨新聞、工商新聞、煙業日報、人民文化報、劇影日報、密勒氏評論報、俄文新生活、俄文公民日報、俄文晚報、字林西報	16	28
	南京	南京新民報、南京人報	2	
	江蘇	曉報（無錫）、常州民報、大眾日報（鎮江）	3	
	浙江	杭州：當代日報、西湖報晚刊、金融論壇報；寧波人報	4	
	福建	星閩日報（福州）、江聲日報（廈門）、奮興報（莆田）	3	

〔註22〕1950 年 4 月 27 日，郵電部郵政總局在通令關於簽訂報刊發行合約的指示中提到，據新聞總署 1950 年三月初步調查的資料，全國有公私營報紙 258 種，其中公營 180 種，私營 78 種。這是一個新的提法，但與新聞總署實際公佈數字及後來專家學者統計的數字有出入，且未有具體的報紙名目支撐。本書暫不以此數字為據。參見《郵電部郵政總局通令關於簽訂報刊發行合約的指示》，載《中國報刊發行史料》，北京：光明日報出版社，1987 年 9 月版，第 33 頁。

	湖北	大剛日報（漢口）、戲劇新報（漢口）	2	
中南	湖南	長沙：大眾晚報、商情導報；工商晚報（邵陽）	3	17
	廣東	廣州：現象報、國華報、越華報、每日論壇報、經濟報單、新商晚報、聯合報、廣州標準行情、周末報、快活報；星華日報（汕頭）、恩典報（江門）	12	
東北	松江	哈爾濱：建設日報（午報）、哈爾濱公報、社會新報；俄語報（出版城市不詳）	4	4
西北	西安	經濟快報、工商晚報、工商經濟晚報	3	4
	甘肅	新經濟報（蘭州）	1	
西南	四川	重慶：大公報、新民報；成都：工商導報、新民報；工商周報（自貢）、大眾三日刊（隆昌）	6	7
	雲南	正義報（昆明）	1	

　　發掘這些民營報紙的意義，不僅在於填補共和國新聞史相關敘事中的缺漏，更為重要的是，它們的存在直接影響到民營報紙在場與退場的相關結論。如果沒有一個關乎總量、地域、品類的整體性觀照，沒有呈現新中國民營報紙生存狀態的支撐性數據，將很難在多重維度上做出有關民營報紙消失原因的合理論斷。

3.1.3 新中國民營報紙類型

　　某一類報紙形態的發軔，往往伴隨著歷史時段的興替。鴉片戰爭時期，帝國主義的堅船利炮擊碎了中國的國門，一批教化類報紙隨之潛入，以宗教名義行文化之圍剿；晚清末年商業機制初具規模，報紙形態「從天國轉向人間」〔註23〕，開啓了商業化的先河；辛亥革命之風雲，激蕩起民眾參政議政的衝動，政論報紙迎來了自身「最好的時代」；新文化運動，中西方思潮激烈碰撞，雜糅出左、中、右報紙交相輝映的多元化場景；此後的三十年，戰爭與中國的現代化同時段展開，動蕩與不安中，以市民文化為旨歸的小型報崛起，成為人們寄託無望的精神居所。

　　1949 年，政權交替，制度更迭，與此相生的又將是怎樣的報紙形態？馬克思曾經說過，「支配著物質生產資料的階級，同時也支配著精神生產的資

〔註23〕曾建雄：《中國新聞評論發展史》，桂林：廣西大學出版社，1996 年 5 月版，第 13 頁。

料」。〔註24〕顯然，以馬克思主義學說爲理論源泉的中國共產黨人，視報紙爲意識形態整合的重要工具。新生政權接手的是舊中國長達百年的沉屙痼疾，執政者不可能任由報紙擠壓社會中的膿瘡，敞給世界一個千瘡百孔的國家狀貌。無論是從新政權急於展現執政能力的自尊出發，還是出於意識形態掌控目的，報紙不會再像以往那樣自發自覺地生成與時代相匹配的形態，而是必然處於「計劃」之中。〔註25〕通過辨別辦報者的政治背景、核查經營者的經濟實力，執政者需求的是一種對內對外的信息安全。而經過了多重過濾，出現在新中國民營報紙名錄上的這些報紙，基本符合體制結構的嵌合需要，即如同胡喬木所說：「全國的經過登記的報紙大體上都可以承認是人民的報紙」。〔註26〕當然，民營報紙那些取自於傳統的文化遺存，不可能一下子銷聲匿跡，也會在歷史的交替期曇花一現。自此，顯現在人們面前的新中國民營報紙，不免帶有強勢新文化與弱勢舊文化共同斧鑿的痕跡。這種糅合現象可以從民營報紙的不同類型中體現出來。

經筆者區分，上文所列 72 種民營報紙可分爲五種類型：

（1）時政類報紙

共 35 種。包括北京的新民報，天津的進步日報、新生晚報、博陵報，歸綏的奮鬥日報、綏聞日報、生產日報，上海的大公報、文匯報、新民報晚刊，南京的新民報、南京人報，無錫的曉報，常州民報，鎮江的大眾日報，杭州的當代日報，寧波人報，福州的星閩日報，廈門的江聲日報，漢口的大剛日報，長沙的大眾晚報，廣州的現象報、國華報、越華報、每日論壇報、新商晚報、聯合報，汕頭的星華日報，哈爾濱的建設日報（午報）、哈爾濱公報，

〔註24〕 馬克思、恩格斯：《費爾巴哈》，《馬克思恩格斯選集》第 1 卷，北京：人民出版社，1966 年版，第 50 頁。

〔註25〕 毛澤東在《新民主主義論》中說過：「我們不但要把一個政治上受壓迫、經濟上受剝削的中國，變爲一個政治上自由和經濟上繁榮的中國，而且要把一個被舊文化統治因而愚昧落後的中國，變爲一個被新文化統治因而文明先進的中國」，「這種文化，只能由無產階級的文化思想即共產主義思想去領導。」毛澤東：《新民主主義論》，1940 年 1 月。載《毛澤東選集》第二卷，北京：人民出版社，1991 年 6 月第 2 版，第 663、698 頁。

〔註26〕 胡喬木在全國新聞工作會議上的報告：《關於目前新聞工作中的兩個問題》，1950 年 3 月 29 日。參見中共中央宣傳部辦公廳、中央檔案館編研部：《中國共產黨宣傳工作文獻選編（1949～1956）》，北京：學習出版社，1996 年 9 月版，第 38 頁。

重慶的大眾報、新民報，成都的新民報，四川隆昌的大眾三日刊，昆明的正義報。

（2）經濟類報紙

共 15 種。包括上海的商報、百貨新聞、工商新聞、煙業日報，杭州的金融論壇報，長沙的商情導報，邵陽的工商晚報，廣州的經濟報單、廣州標準行情，西安的經濟快報、工商晚報、工商經濟晚報，蘭州的新經濟報，成都的工商導報，四川自貢的工商周報。

（3）消閒類報紙

共 11 種。包括北京的影劇日報，天津的星報，上海的大報、亦報、人民文化報、劇影日報，杭州的西湖報晚刊，漢口的戲劇新報，廣州的周末報、快活報，哈爾濱的社會新報。

（4）外文報紙

共 9 種。包括天津的華北漢英報、俄文新語報、商業譯訊，上海的密勒氏評論報、俄文新生活、俄文公民日報、俄文晚報、字林西報，松江省的俄語報。

（5）宗教類報紙

共 2 種。包括福建莆田的奮興報，廣東江門的恩典報。

從上述五種報紙類型構築的民營報紙的整體性結構可以看出，新中國的報紙形態正在完成去西方化、去社會化、去世俗化、去宗教化的重新建構，呈現出至今仍影響中國報業發展的主流化趨勢，即以高度政治化、經濟化的語境，統領全國報紙格局。這是和新政權的施政綱領密不可分的。毛澤東曾經在 1949 年召開的全國政協會議強調，隨著經濟建設高潮的到來，不可避免地將要出現一個文化建設的高潮。

新華總社是全國報紙用稿的主要來源，該社於 1950 年 1 月提出加強政治事件報導的意見，可以看作報紙發展的風向標。新華總社認為：「今天我們已掌握全國政權，登上世界政治舞臺，各種國際國內政治大事，都與我們有密切而重大的關係，我們中國人民再不能不理會不發言。這就是為什麼這類報導必須經常地成為我們整個報導中的一部分，並必須注意日加改進。」〔註27〕

〔註27〕《新華總社對加強政治事件報導的意見》，1950 年 1 月。參見《中國共產黨宣傳工作文獻選編（1949～1956）》，第 19 頁。

1950 年 4 月 21 日，政務院第 29 次會議批准《中央人民政府新聞總署關於改進報紙工作的決定》，該決定第一條即注明：「全國報紙應當用首要的篇幅來報導人民生產勞動的狀況，宣傳生產工作和經濟財政管理工作中成功的經驗和錯誤的教訓，討論解決這些工作中所遇到的各項困難的辦法。報紙的新聞、通訊、評論、信箱、專門性的或一般性的副刊，都應當盡可能地服從這個任務。」〔註28〕

對政治、經濟報導的高度重視，是新中國文化建設的重要環節，並因此建立了以正面宣傳、典型報導爲體例的富有中國特色的報導範式。與之相應，那些「茶餘酒後街談巷議的東西」、「太多的篇幅供給文藝作品，或者供給讀者練習寫作」，按照新聞管理部門的看法，則應有「一定的選擇和一定的限度，以免成爲紙張的巨大的浪費。」〔註29〕如此這般，曾經作爲主流的市民文化勢必退隱在社會主義建設大潮的洪流之後，而那些以休閒娛樂爲表層，以社會呈現爲內裏的小型報將逐漸喪失立足空間。

從新中國初期民營報紙的類型特徵可以看到，報紙的市場化因素逐漸消退，延及其後三十年，〔註30〕左右報業格局的綜合報與專業報、全國報與地方報的二元化結構開始形成，民營報紙跌宕起伏的命運也因此注定。

3.2 報業併合中民營報紙的銳減

中華人民共和國成立之初，面對的是連年征戰留下的創傷：從抗日戰爭起到國民黨崩潰的十二年中，通貨增發 1400 多億倍，物價上漲 85000 多億倍，給全國人民造成約 150 億銀元的損失。〔註31〕在這種情況下，執政黨的基本方針是節制資本主義，而不是消滅資本主義。1949 年 3 月 5 日，毛澤東在中

〔註28〕 《中央人民政府新聞總署關於改進報紙工作的決定》，1950 年 4 月 21 日。參見《中國共產黨宣傳工作文獻選編（1949〜1956）》，第 61 頁。

〔註29〕 胡喬木在全國新聞工作會議上的報告：《關於目前新聞工作中的兩個問題》，1950 年 3 月 29 日。參見《中國共產黨宣傳工作文獻選編（1949〜1956）》，第 50 頁。

〔註30〕 以三十年爲界，是止於《羊城晚報》1980 年 2 月 15 日復刊。該報首先奏響了報業改革的序曲，開拓報紙市場化之路，並最終走出地方性報紙的局限，成爲此後一段時間內卓有影響的全國性大報。筆者注。

〔註31〕 中共中央文獻研究室編：《關於建國以來黨的若干歷史問題的決議注釋本（修訂）》，北京：人民出版社，1985 年 9 月版，第 205 頁。

共第七屆中央委員會第二次全體會議上的報告指出，為了整個國民經濟的利益，「決不可以對私人資本主義經濟限制得太大太死，必須容許它們在人民共和國的經濟政策和經濟計劃的軌道內有存在和發展的餘地。」〔註 32〕按照上述方略，解放後的頭三年，國家的主要經濟工作集中在接收帝國主義在華資產，沒收官僚資本和完成新解放區的土地制度改革。到 1952 年國民經濟恢復時期結束時，國營經濟所佔比重僅為 19.1%，並不是很大。其它經濟成分在國民收入中的比例分別是：合作社經濟 1.5%，公私合營經濟 0.7%，資本主義經濟 6.9%，個體經濟 71.8%。〔註 33〕

　　民營報紙的運行必然嵌合國民經濟的整體性發展。這一時期，新生政權並不希望結束已登記出版的民營報紙，而是「團結一切可能的力量來發展我國文教事業」，「堅決執行《共同綱領》所規定的公私兼顧的原則。」〔註 34〕當然，這裏面有一個十分現實的問題：如果關掉民營報紙，失業員工的吃飯問題怎樣解決？當年，政府為了履行對一切舊軍政人員「包下來」的政策，已經供養了全國約 900 萬軍政公教人員，而城市尚有 400 萬失業人口，農村也有 4000 萬災民需要救濟。為此，1949 年國家支出，財政赤字高達三分之二。〔註 35〕在這種情況下，任何不當的舉措都可能危及新政權的生存基礎。1950年夏天，時任華東局宣傳部長的夏衍在《文匯報》有一番講話，基本代表了這一時期的中共政權對待民營報紙的態度。他說：「凡私營企業從事發展生產的，即對國家有功，而且可幫助國家解決失業問題，這類企業政府必予照顧。但下列三種是不能照顧的，即：一、投機業；二、高級奢侈品；三、迷信業。私營報紙是這三種以外的，所以政府必予照顧，從而亦必有其前途。」〔註 36〕

　　但新的中國畢竟是百業凋敝，民生艱難。民營報紙賴以生存的工商業並不景氣，讀者購買力也低。僅以上海為例：解放前這座城市的報紙總銷量是

〔註 32〕《毛澤東選集》第 4 卷，北京：人民出版社，1991 年 6 月第 2 版，第 1432頁。

〔註 33〕中共中央文獻研究室編：《關於建國以來黨的若干歷史問題的決議注釋本（修訂）》，第 196 頁。

〔註 34〕郭沫若：《在人民政協全國委員會第二次會議上的報告》，1950 年 6 月 17 日，載中國出版科學研究所、中央檔案館編：《中華人民共和國出版史料（1950）》，北京：中國書籍出版社，1996 年 6 月版，第 324 頁。

〔註 35〕中共中央文獻研究室編：《關於建國以來黨的若干歷史問題的決議注釋本（修訂）》，第 206 頁。

〔註 36〕文匯報報史研究室編：《文匯報回憶錄 2：在曲折中前進》，第 17 頁。

50 萬份，但截至 1950 年 4 月，只維持在 30 萬份。〔註37〕對於大多數先天不足的民營報紙來說，要在緊縮的經濟環境中有所突破，是件相當困難的事情。爲了調和民營報紙甚至是一些公營報紙難以自生的矛盾，國家在扶植此類報紙時，不免產生政策層面的整合需要，報紙間的併合由此產生。另一方面，某些民營報紙還羼雜一定的官僚資本，政府在整肅的過程中往往進行重組。不管是哪一種層面上的整合，畢竟都導致民營報紙數量上的銳減，從而使得新中國本來存量不多的民營報紙，遭遇了生存中的第一個「冬天」。

3.2.1 整肅官僚資本的併合

什麼是官僚資本？按照毛澤東的解釋，就是壟斷了全國的經濟命脈，和國家政權結合在一起的「國家壟斷資本主義」。〔註38〕按照中共政權的估算，國民黨統治後期，官僚資本約占全國工業資本的三分之二，占全國工礦、交通運輸業固定資產的 80%。〔註39〕早在 1947 年 10 月，《中國人民解放軍宣言》即提出了「沒收官僚資本」的口號，〔註 40〕同年底，毛澤東進一步強調，把沒收以四大家族爲首的官僚資本歸國家所有，與沒收封建階級的土地歸農民所有，保護民族工商業並列爲新民主主義的三大經濟綱領。〔註41〕

報紙行業的官僚資本體現在抗戰勝利後國民黨營造的龐大黨報網絡。這一網絡涵蓋五大系統，包括中央直轄黨報 23 家，軍隊黨報約 170 家，各級地方黨報約 920 家，各類「民間黨報」約 20 家，各省、市政府主辦的「政報」20 多家，總計 1170 餘家，發行量 160 萬份，分別占全國報紙總數及總髮行量的 66% 和 54%。〔註 42〕新中國成立後，按照沒收官僚資本的政策，新政權首先接管了國民黨經營的報業並沒收其一切設備資財，用於發展人民的新聞事

〔註37〕同上。
〔註38〕《毛澤東選集》第 4 卷，第 1253～1254 頁。
〔註39〕中共中央文獻研究室編：《關於建國以來黨的若干歷史問題的決議注釋本（修訂）》，第 202 頁。
〔註40〕《中國人民解放軍宣言》係毛澤東爲中國人民解放軍總部起草的政治宣言，因發表於 1947 年 10 月 10 日，也被稱爲「雙十宣言」。宣言第五條提出：「沒收蔣介石、宋子文、孔祥熙、陳立夫兄弟等四大家族和其它首要戰犯的財產，沒收官僚資本，發展民族工商業，改善職工生活，救濟災民貧民。」載《毛澤東選集》第 4 卷，第 1238 頁。
〔註41〕毛澤東：《目前形勢和我們的任務》，1947 年 12 月 25 日。載《毛澤東選集》第 4 卷，第 1253 頁。
〔註42〕蔡銘澤：《中國國民黨黨報歷史研究（1927～1949）》，第 272～273 頁。

業。如《新華日報》接管利用國民黨《中央日報》，《天津日報》接管利用舊《民國日報》，《浙江日報》接管利用原《東南日報》，《湖北日報》接管原《華中日報》，《湖南日報》利用原《中央日報‧長沙版》、《國民日報》、《湖南日報》的設備，《福建日報》接管利用原《中央日報‧福州版》，〔註43〕等等。

在接管和利用國民黨黨報過程中，最複雜的是處理那些打著民營報紙旗號的「民間黨報」，尤以《申報》最為典型。《申報》創刊於 1872 年 4 月 30 日，是舊中國歷史最長、影響最大的一份報紙，初為英商美查所辦。1912 年史量才接辦後，銳意改革，加速了該報的現代化進程，1932 年銷數曾達到 19 萬份以上。1934 年，史量才遭狙擊身亡，《申報》日趨保守。抗戰爆發，《申報》曾遷往漢口和香港出版，影響不大，遂於 1938 年以美商名義回到上海發行。至太平洋戰爭發生，該報為日本軍部所控制。〔註44〕抗戰勝利後，國民黨中央以《申報》曾經附逆為由，派詹文滸予以接收，迫使《申報》發行人史泳賡接受「改組」。嗣後，國民黨中央常委潘公展出任《申報》董事長。〔註45〕經國民黨「改組」後的《申報》，雖依舊允許私人持股，但股東多為國民黨黨員，他們以個人名義承領官股，這部分股額超過了 51%。〔註46〕上海解放後，根據《中共中央關於新解放城市中中外報刊通訊社處理辦法的決定》，「有明顯而確實的反動政治背景，又曾進行系統的反動宣傳，反對共產黨，人民解放軍與人民政府，擁護國民黨反動統治者，應予沒收」〔註47〕，1949 年 5 月 27 日，上海解放當天，惲逸群即率領接管人員進駐申報館，次日，《申報》停刊，《解放日報》在其原址創刊。此時，原申報館資產總額折合人民幣為 133.6063 億元，〔註48〕共 7500 萬股，除去潘公展等人的官僚資本及部分性質不明股份，尚有史泳賡名下的 3250 萬股，占全部股份的 43.3333%，屬於純粹的民營股本。為了對這部分股份予以保護，新出版的《解放日報》委任舊申報館的常務董事兼協理王堯欽為副經理。〔註49〕王堯欽雖不久後赴港，未參與民營股本的實際運營，但

〔註43〕 方漢奇主編：《中國新聞事業通史》第 3 卷，北京：中國人民大學出版社，1999 年 2 月版，第 5～7 頁。
〔註44〕 解放日報報史辦公室編：《解放日報新聞日報報史資料》②，第 112 頁。
〔註45〕 蔡銘澤：《中國國民黨黨報歷史研究（1927～1949）》，第 266～267 頁。
〔註46〕 馬光仁：《戰後國民黨對申、新兩報的控制》，《新聞研究資料》，1985 年 05 期。
〔註47〕 《中國共產黨宣傳工作文獻選編（1937～1949）》，第 746 頁。
〔註48〕 本章貨幣除特別說明外，均為舊幣值。
〔註49〕 解放日報報史辦公室編：《解放日報新聞日報報史資料》②，第 114～115 頁。

是，史泳賡的這些股份跟隨《解放日報》一直到 1954 年 6 月。〔註 50〕在此期間，作爲中共華東局機關黨報的《解放日報》，一直以「公私合營」的性質運行。正因爲經濟上的「公私合營」性質，報社內部也存在兩種工資待遇：原申報館的留用人員沿用薪給制，南下和原地下黨的同志享受供給制。〔註 51〕這一實例是對新中國初期黨和政府彈性經濟政策的有力注解。

對另一家曾由國民黨控制的民營大報《新聞報》的改組則有所不同。《新聞報》創刊於 1893 年 2 月 17 日，初期由中外商人合資興辦，1899 年股權爲美國人福開森購得，聘汪漢溪爲總經理，汪去世後由其子汪伯奇繼任。該報十分注重經營管理，在全國各地設有分館、分銷處 500 餘所，是中國第一家發行量突破 10 萬份的報紙。1929 年，福開森將部分股權轉讓給史量才，報紙產權逐漸轉爲國人所有，但也引起《新聞報》原股東與史量才之間的股權風波。〔註 52〕「八‧一三」戰事爆發，日本侵略軍進佔上海，該報首先接受日方新聞檢查，由此失去讀者，發行量一落千丈。不久，太平洋戰爭爆發，日本海軍隨即接管《新聞報》，未及一年，日本陸軍又強行接管該報。抗戰勝利後，國民黨政府以《新聞報》爲日僞服務之由對其接管，任命錢新之爲董事長，程滄波爲社長，趙敏恒爲總編輯，詹文滸爲總經理，並使國民黨黨股達到 51%，《新聞報》遂成爲「未掛國民黨黨報招牌的黨報」。〔註 53〕1949 年 5

〔註 50〕 1954 年 6 月，華東財政經濟委員會根據中央政務院指示精神做出決定：「黨報不應有私股，故清理申報館時，首先將私股從解放日報社轉移到申報館臨時管理委員會，以便解放日報與申報不發生直接關係。」「關於發還私股史泳賡股款問題，如其不願接受，可將股款交由交通銀行上海分行保管。」史家的這筆股款一直保留至 1988 年。當年 5 月 20 日，上海市財政局決定，按照國家 1956 年制訂的對私營企業私股定息規定計算，將總計 311191 元定息支付給史泳賡的繼承人史浩。參見解放日報報史辦公室編：《解放日報新聞日報報史資料》②，第 115 頁。

〔註 51〕 解放日報報史辦公室編：《解放日報新聞日報報史資料》①，第 30 頁。

〔註 52〕 1929 年初，《申報》發行人史量才與《新聞報》大股東福開森談判收買《新聞報》股權。此舉引起《新聞報》負責人汪伯奇、汪仲偉兄弟不滿。爲了抵制史量才的收購，汪氏兄弟發起「反報業托拉斯」運動，聲稱福開森出賣股份情形有「不良背景」。支持汪氏兄弟的上海總商會會長虞洽卿到南京活動，說服蔣介石派葉楚傖到上海給予史量才「忠告」。史量才迫於壓力，同意與汪氏兄弟談判，達成館務由汪氏負責，全館人事制度不變，史量才退出 300 股的協議，股權風波遂告結束。參見《中國報刊辭典（1815～1949）》，第 513 頁。

〔註 53〕 上海市地方志辦公室：上海新聞志——第一編報紙——第一章晚清時期報紙（1861～1912），http://www.shtong.gov.cn/node2/node2245/node4522/node5501/node5503/node63720/userobject1ai8647.html。

月 28 日，上海解放次日，軍管會派惲逸群、許彥飛爲特派員進駐《新聞報》，這張有著 56 年歷史的報紙自此告一段落。爲了清理該報館股權，有關方面組織了以惲逸群、許彥飛、金仲華、汪伯奇、馬蔭良爲委員的臨時管理委員會代行報紙董事會職權，並於 1949 年 6 月 29 日，改出公私合營的《新聞日報》，但其正式公私合營是在 1953 年 7 月。﹝註 54﹞ 在此之前，該報公股只占 26.8%，均爲沒收的官僚資本。﹝註 55﹞《新聞日報》出刊後，它的運營方式和民營報紙無異，用人方面採用招聘制，工資沒有像公營報紙一樣按級別發放，而是由負責人金仲華核定，「他批多少就發多少」，﹝註 56﹞ 這種辦法一直延續到 1956 年國務院工資定級。

像《申報》、《新聞報》一樣，「有明顯而確實的反動政治背景」的，中共方面將之歸於「私人經營或以私人名義與社會團體名義經營之報紙」的第一類，﹝註 57﹞ 屬於這一類的還有天津的《益世報》。﹝註 58﹞《益世報》始創於 1915 年，由比利時籍天主教傳教士雷鳴遠（Fredric Lebbe）聯合幾位教友出資創辦。《益世報》出刊不久，逢天津法租界當局越界侵佔老西開，法租界內的各界中國員工一致罷工，獲《益世報》支持，該報自此受中國讀者追捧。1919 年五四運動期間，《益世報》秉筆直書，立論公正，聲望與銷量超過同城的《大公報》。此後，周恩來與《益世報》結緣，從 1921 年 2 月至 1922 年 1 月，共在該報發表 56 篇旅歐通訊。﹝註 59﹞ 1931 年，《益世報》改組爲股份有限公司，發行股票，強化了報紙的企業化經營。次年，羅隆基獲任該報社論主撰，公開抨擊蔣介石、汪精衛、胡漢民三人的派系之爭，提出武力抗日的主張。羅隆基之後的社論主撰錢端升繼續發表抗日言論，遭國民黨政權禁郵，《益世報》被迫停刊，經南開大學校長張伯苓等從中斡旋，才緩過氣來。1937 年 7 月天津淪陷後，已於 1935 年再次擔綱《益世報》筆政的羅隆基及同人堅持抵制日本通訊社的稿件，報童們則冒著生命危險，從《益世報》

﹝註 54﹞ 蔡星華：《關於新聞日報股東等問題》，1955 年 12 月 15 日，上海市檔案館：B167-1-97-6。

﹝註 55﹞《新聞日報社資方情況（大私股）》，1955 年，上海市檔案館：B167-1-97-75。

﹝註 56﹞ 解放日報報史辦公室編：《解放日報新聞日報報史資料①》，第 31 頁。

﹝註 57﹞《中國共產黨宣傳工作文獻選編（1937～1949）》，第 746 頁。

﹝註 58﹞《中共中央關於新解放城市中中外報刊通訊社的處理辦法》，1948 年 11 月 8 日。參見《中國共產黨宣傳工作文獻選編（1937～1949）》，第 746 頁。

﹝註 59﹞ 俞志厚：《〈益世報〉在天津報壇幾度輝煌》，載《天津報海鈎沉》，天津人民出版社，2003 年 1 月版，第 96 頁。

所在的意租界泅渡海河，到英租界零售。此舉不久遭日本憲兵隊禁止，《益世報》再次被迫停刊。抗戰勝利後，《益世報》於 1946 年 1 月 1 日復刊，在政治上標榜「不偏不倚」，編輯部流行「超政治、超階級、超黨派」的觀點，著名學者鄭天挺、費孝通、錢端升、沈從文、朱光潛、梁實秋、齊思和等曾為其撰稿。由於復刊後的《益世報》對外以于斌、劉航琛為正副董事長，于斌是天主教南京教區總主教，蔣介石的政治捐客；劉是糧食部次長，川康銀行董事長。這兩個人的身份在中共看來，屬於典型的官僚資產階級。人民解放軍進駐天津後，《益世報》因上述二人的背景被軍委會接管。經審查，于斌、劉航琛僅僅是掛名，《益世報》並非國民黨官僚資本挾制，主要由私人股份構成。〔註60〕1949 年 3 月 19 日，《益世報》產權代表人吳克齊、聶國屏代為領收了應發還財產。〔註61〕《益世報》既然無官僚資本，按照規定是可以申請復刊的。但經勞資雙方協商，均無意繼續經營，該報全部機器設備由知識書店收購，職工發給三個月工資遣散。〔註62〕這張有著 34 年歷史的民營大報自此與中國內地絕緣。

《益世報》並非官僚資本報紙，但是最初對它的處理卻是遵照沒收官僚資本報紙的規定。雖然新政權糾正了這一失誤，卻很難挽回行為偏差所造成的影響。之後解放的城市，相對比獲得了一些經驗，在處理有爭議報紙時，往往先設置一段時間的緩衝期，尤以廣州處理《越華報》、《國華報》與《現象報》最為典型。

廣州是華南最大城市，1949 年 10 月 14 日，中華人民共和國建國之後，廣州才獲得解放。由於之前已經有了北平、南京、上海、漢口等大城市的接管經驗，廣州軍管會制定了「約法八章」。涉及到舊報館的接管，首先會嚴格區分報館的後臺老闆「究竟是官僚資產階級還是民族資產階級」。〔註63〕根據上述政策，接管委員會先後接管了國民黨中宣部所屬《中央日報》，為「特務分子」或「地方反動軍閥」所把持的《大光報》、《建國日報》、《西南日報》、《廣東商報》、《前鋒日報》、《環球報》、《正華報》（原《中正日報》）

〔註60〕俞志厚：《〈益世報〉在天津報壇幾度輝煌》，載《天津報海鉤沉》，第 104 頁。
〔註61〕《關於天津益世報應行發還財產的覆函》，1949 年 3 月 22 日，天津市檔案館：X57-Y-1-2，第 135 頁。
〔註62〕俞志厚：《〈益世報〉在天津報壇幾度輝煌》，載《天津報海鉤沉》，第 104 頁。
〔註63〕魯陽：《參與接管廣州舊報館的經過》，載中共廣州市委黨史研究室編：《廣州接管史錄》，廣州：廣東經濟出版社，2009 年 10 月版，第 568 頁。

等，〔註64〕勒令與「特務分子」關聯密切的《粵商》、《星報》、《勞工新聞報》停版，不允許《當代日報》登記〔註65〕，但對歷史比較長久，銷路頗大的《現象報》、《國華報》與《越華報》未予接管。廣州市新聞管理部門並非對上述三報沒有看法，已經認定它們「一向幫助國民黨作反動宣傳」，〔註66〕但因尚未查明三報是否含有官僚資本，在不發放登記許可證的前提下，允許三報繼續出版。

《現象報》係郭唯滅創刊於 1914 年，初與資產階級民主革命派有關。1925 年，郭唯滅在海外病逝，《現象報》始與國民革命軍第四軍軍部合作，享受軍部津貼。1929 年，因李濟深遭蔣介石囚禁，其軍部遭編遣，《現象報》遂失去經濟來源，為《越華報》的陳柱亭頂受。〔註67〕廣州淪陷後，《現象報》曾停刊數年，抗戰勝利始復業，並以刊登封建神怪小說見長。〔註68〕《國華報》始創於 1915 年，發行人王澤民。該報偏愛軼聞、秘事，並迎合戲迷需求，創刊不久即達到 1.5 萬份的發行量。1926 年，王澤民擬將《國華報》出讓，該報職工派出編輯陳柱亭與王談判，雙方商定利用《國華報》原班人馬和已經歇業的惠民公司印機鋪位，另創《越華報》，以備《國華報》易主，員工不至於失業。此後，《國華報》多次易手，至 1936 年，社長兼經理為劉劫餘，發行人兼主編為周琦，日銷 2 萬餘份，「與《越華報》同為粵中銷紙最巨者」。〔註69〕日軍南下，該報於 1938 年 10 月 4 日停刊，抗戰勝利後復刊，多黃色新聞。〔註70〕《越華報》創刊於 1926 年 7 月 27 日，初與《國華報》系出同門，後由陳柱亭承頂，資金靠員工認股。《越華報》精於社會新聞，長於推銷，1931 年發行量超過 3 萬份，創造了廣州商辦報紙的空前紀錄。

〔註64〕《華南分局宣傳部關於新聞出版接管工作概況和處理方法致新華總社並轉中央宣傳部函》，1949 年 11 月 7 日，載《中共中央華南分局文件彙集》（1949.4～1949.12），第 292～293 頁。

〔註65〕《新聞處的工作報告：各印刷廠概況及處理各新聞單位情況》，1949 年 12 月 24 日，載《廣州接管史錄》，第 563 頁。

〔註66〕《華南分局宣傳部關於新聞出版接管工作概況和處理方法致新華總社並轉中央宣傳部函》，1949 年 11 月 7 日，載《中共中央華南分局文件彙集》（1949.4～1949.12），內部發行 1989 年版，第 292～293 頁。

〔註67〕廣東省地方史志編撰委員會編：《廣東省志・新聞志》，廣州：廣東人民出版社，2000 年 11 月版，第 42 頁。

〔註68〕《廣東省志・新聞志》，第 105 頁。

〔註69〕《報學季刊》1 卷 4 期，1936 年 4 月。

〔註70〕《廣東省志・新聞志》，第 105 頁。

〔註71〕1932年，發行量繼續飆升，每日出紙三大張，日銷5萬份，風光一時無兩。1938年10月11日，日軍逼近廣州，《越華報》停刊，1942年轉至韶關出版。抗戰勝利後，《越華報》在廣州復刊，社長陳式銳、總編輯陳述公，係廣州發行量最大的報紙。

廣州解放後，《國華報》的負責人劉劫餘先期去往香港，並帶走了一架捲筒機，劉因此被界定為「頑固落後，借辦報勾結反動派」，〔註72〕其資產必然要被沒收。該報編務由馮典承主持，馮承諾另購日式捲筒機抵償遷港之機器，以獲得續辦可能；《越華報》由主辦人之弟陳式博出面申請登記，每日銷報2萬餘份，為解放初期廣州銷路最高之報紙。但其起任的總主筆侯本珍原為國民黨《中山日報》記者，有「特務嫌疑」，〔註73〕公安部門還在該報捕獲了隱匿的特務分子。主辦人陳式銳及總編輯陳述公離粵赴港，陳述公有「軍統特務嫌疑」，陳式銳在香港另創《精華報》和《現象報》，辦報立場被中共認定為「反共反人民」。〔註74〕如此一來，原本係私人經營的《越華報》難免有了官僚資本的印痕；《現象報》同樣係陳式銳與陳述公共同主持，二人赴港後，由陳式銳的親屬陳兆華出面登記，起用有「特務嫌疑」的原國民黨南海縣參議員陳乃桐為總編輯。因其經、編兩部多由《越華報》人員兼任，開支小，頗能賺錢，發行量亦保持在1.5萬份左右。〔註75〕

既然上述三報已被認定存在部分官僚資本，為何沒有立刻停刊處理？中共華南分局宣傳部的考慮是，它們「私營形式和歷史較長，在中間、落後群眾中有相當普遍的基礎和影響」。宣傳部計劃將《越華報》與《現象報》合併，對《國華報》予以改組，派人主持編務。〔註76〕或因《國華報》許諾的捲筒機遲遲未到，改組條件不夠成熟，1950年5月9日，《國華報》第一個停刊，

〔註71〕《廣東省志・新聞志》，第64頁。

〔註72〕《華南分局宣傳部關於廣州、香港各家報社情況復總社轉中央宣傳部電》，1949年11月22日，載《中共中央華南分局文件彙集》（1949.4～1949.12），第310～312頁。

〔註73〕《華南分局宣傳部關於廣州、香港各家報社情況復總社轉中央宣傳部電》，1949年11月22日。

〔註74〕楊繁：《處理越華報停刊和籌備聯合報出版的工作報告》，1950年8月21日，廣東省檔案館：204-3-5-072-080。

〔註75〕《華南分局宣傳部關於廣州、香港各家報社情況復總社轉中央宣傳部電》，1949年11月22日載《中共中央華南分局文件彙集》（1949.4～1949.12），第310～312頁。

〔註76〕同上。

終刊號 6903。〔註77〕《現象報》緊接其後，於 1950 年 7 月 31 日停版，此期報紙係第 9600 號，〔註78〕《現象報》的資產併入《越華報》。此時，受命調查《越華報》資產背景的廣東省政府文教廳經過七八個月的調查，已經判定《越華報》主辦人陳式銳係「反動分子」，其資產應予接管。爲了有效利用這張報紙的現有設備，合理安排報館員工，有關部門決定，由即將創辦的民主黨派報紙《聯合報》來處理《越華報》停刊事宜。1950 年 8 月 3 日，廣州市軍事管制委員會派楊繁進駐《越華報》。依照軍管會命令，陳式銳的資財應予代管，該報其它股本及一切資財，凡屬歷史清白確爲正當商人參加，經查明認可，予以保護。該報股東 16 人，除陳式銳、陳式宏、陳式全已「逃離」廣州，其三人股本約占總額的 30%，其它股東對此表示接受。《越華報》全部資財約值 10 億元，但現金只有 3000 萬，欠款卻達 6000 餘萬元。員工要求發遣散費實際工資三個月，但資方無法拿出現錢來，即使變賣了全部原料，除還稅外只能發放半個月的遣散費。幾次勞資協商會議之後，雙方提出下列解決方案：把全部生產工具交由《聯合報》使用；一部分可用員工留下來繼續爲《聯合報》服務，不適合到《聯合報》工作的，由《聯合報》借出遣散費，每人發給實際工資兩個半月；保護歷史清白的正當商人股本，可按照自願原則，或加入《聯合報》的股本，或租賃給《聯合報》，或由《聯合報》收買其股權。〔註79〕自此，《越華報》停刊後所產生的困難得以解決，其原有機器和一部分工人爲日後創刊的《聯合報》所用。《越華報》於 1950 年 8 月 3 日停刊，終刊期數爲 5522。〔註80〕

3.2.2 集中報業資源的併合

國民黨在敗退時，卷走了大量的黃金、銀元、外幣。29 個壟斷企業的財產、物資和專業人員撤到香港。這意味著新成立的中華人民共和國幾乎被蛀空，整個國家千瘡百孔。1949 年，全國的社會總產值只有 557 億元，其中工業總產值 140 億元，僅爲抗日戰爭前 1936 年的 49.9%。〔註81〕國民黨統治時

〔註77〕《廣東省志·新聞志》，第 38 頁。

〔註78〕《廣東省志·新聞志》，第 42 頁。

〔註79〕楊繁：《處理越華報停刊和籌備聯合報出版的工作報告》，1950 年 8 月 21 日，廣東省檔案館：204-3-5-072-080。

〔註80〕《廣東省志·新聞志》，第 64 頁。

〔註81〕龐松：《中華人民共和國史（1949～1956）》，北京：人民出版社，2010 年 8 月版，第 38 頁。

期的惡性通貨膨脹也延續到了新中國，1937 年 100 元法幣能買兩頭牛，到了 1949 年同値金圓券只能買到一根縫衣針。〔註 82〕新政府需要用錢的地方比比皆是：解放全國大陸的巨量軍費開支、「包下來」900 萬舊政權的脫產人員、安置 400 萬失業者和 4000 萬災民、搶修鐵路與解決水患，等等。面對如此鉅額開支，只能靠大量發行貨幣支撐，導致通貨膨脹進一步加劇。

反映在新聞出版行業，已解放地區的紙張價格從 1949 年 3 月初到 5 月 11 日，由 4000 元一令漲至 1 萬元左右一令，印刷費也漲約一倍。〔註 83〕白報紙價錢比抗戰前漲了 13000 倍。〔註 84〕此種情況到年底非但沒有緩和，而是十數倍上漲。1949 年 10 月底，紙價爲每令 5 萬元，11 月上半月，上陞到 7 萬元，11 月底，已漲到 13 萬元。〔註 85〕在此背景下延續出版或新成立的民營報紙，無一不是貧窮困頓。以上海《文匯報》爲例，該報於 1949 年 6 月 21 日復刊，經濟十分拮据，靠借貸度日。報館自身沒有房屋，租借圓明園路 149 號一幢六層大樓的第三層作爲辦公用房，所有人擠在只有 200 平方米的小空間裏。印刷廠的廠房也是租來的，全部資產就是一臺老掉牙的平版線帶輪轉機，每小時頂多印 7000 份。由於全國交通尚未恢復，報紙很難覆蓋外地市場，且 90%以上的發行渠道要交給中間批發商，受其盤剝很是厲害。加之報紙印刷質量差，內容特色也不明顯，報紙發行量從復刊初期的 2 萬餘份，下滑到 1950 年 8 月的不足 1.3 萬份。〔註 86〕銷路不暢，廣告也不景氣，《文匯報》是月月虧損，少則七八千萬，多則 2 億，經濟上捉襟見肘。員工工資非但發不出，連每月僅 10 萬元的零用都常常拖期。〔註 87〕爲了解決生存難題，《文匯報》只能從國家配給的 1000 噸進口紙上做文章。由於發

〔註 82〕 當代中國叢書編輯部：《當代中國經濟》，北京：中國社會科學出版社，1987 年版，第 290 頁。

〔註 83〕 《出版委員會第十一次會議記錄》，1949 年 5 月 11 日，載中國出版科學研究所、中央檔案館編：《中華人民共和國出版史料（1949）》，第 95 頁。

〔註 84〕 《關於出版委員會的報告》，1949 年 11 月，載中國出版科學研究所、中央檔案館編：《中華人民共和國出版史料（1949）》，第 480 頁。

〔註 85〕 陸定一、胡喬木：《關於提高書價問題向周恩來的請示報告》，1949 年 11 月 28 日，中國出版科學研究所、中央檔案館編：《中華人民共和國出版史料（1949）》，第 584 頁。

〔註 86〕 戚家柱：《經營管理工作的曲折歷程》，載《文匯報回憶錄 2：在曲折中行進》，第 555～556 頁。

〔註 87〕 莊人葆：《憶「救報運動」》，載《文匯報回憶錄 1：從風雨中走來》，第 111 頁。

行量下跌，配給紙會有多餘，報社就將其中一部分抵押給銀行，另外一部分向市場拋售。當時配給紙的價格是 1200 萬元每噸，市場價要 1800～2000 萬元每噸，賺取差價可以緩解報社的短期經營困境，但不足以維持正常開支，仍需向銀行借貸。復刊以後的 15 個月裏，《文匯報》共向人民銀行、新華銀行、上海銀行、金源錢莊等借貸 18.6 億元，每月僅利息即占到日常開支額的 20%，直至借貸無門。在寫給上海新聞出版處的報告中，《文匯報》不得不承認，「自身已經沒有克服這一危機的力量」。〔註88〕同城的《大公報》情形大致相同，截至 1950 年 5 月，《大公報》一年內賠累的總額達 17.6 億餘元，只有 1949 年 8 月出現過一次盈餘。〔註89〕

　　早在 1949 年紙張價格飛漲時期，新聞總署即注意到了全國性的報紙賠耗現象，並於 1949 年 12 月 17 日至 26 日，召集全國報紙經理會議。該次會議不僅強調「全國一切公私營報紙的經營，必須採取與貫徹企業化的方針」，「儘量使用國產紙」，報紙發行「逐步地全部移交郵局辦理」，「主動地刊登有益於國計民生的廣告」，還提出了「部分報紙間的分工不合理」是導致報紙經營不善，加重賠累的重要原因。對民營報紙予以分工首先在京津兩地試行。新聞總署於 1950 年 2 月召開了一次京津新聞工作會議，對北京、天津的兩張民營大報重新定位：「《新民報》現在實行的通俗文藝性的道路，對它來說是正確的，它的特點在通俗文藝的副刊。它的讀者對象主要是北京的小資產階級及比較無組織的勞動群眾。《進步日報》應主要以天津民族資產階級、小資產階級及知識分子為對象，其最主要的內容應當是經濟和自然科學等，特別是關於私人資本主義及其改造問題。」〔註90〕1950 年 3 月 29 日至 4 月 14 日，新聞總署召開的全國新聞會議，進一步將報紙分工的主張推向全國。

　　什麼是分工？按照時任出版總署署長胡愈之的理解，就是由國家來幫助各種成份的經濟解決困難，調劑各種成份的經濟做到分工合作，各得其所。

〔註88〕戚家柱：《經營管理工作的曲折歷程》，載《文匯報回憶錄 2：在曲折中行進》，第 556 頁。

〔註89〕上海大公報館：《一年來業務總結報告》，1950 年 5 月 15 日，上海市檔案館：B35-2-108-25。

〔註90〕《京津新聞工作會議討論要點初步意見》，1950 年 3 月，載中國社會科學院新聞研究所：《中國共產黨新聞工作文件彙編（中）》，北京：新華出版社，1980 年版，第 161 頁。

〔註91〕北京的《新民報》和天津的《進步日報》在貫徹報紙分工政策後，紛紛走出困境。《新民報》由於具有濃厚的地方性又比較通俗，銷數普及北京市各個角落。至 1950 年下半年，該報已由虧損轉趨於有所盈餘，1951 年 1 至 9 月共獲盈餘 8.2971 億元。〔註92〕《進步日報》在 1951 年八九兩月份共盈餘 8863 萬元，經營情況也屬不錯。〔註93〕京津兩張民營大報的起勢必然引起全國範圍內的仿傚，受此影響最大的莫過於上海。

上海曾是舊中國的出版中心，佔據中國現代出版業的半壁江山。1949 年上海解放之後，儘管在出版登記方面有所控制，但報紙總數依舊在全國排名第一。在 59 家獲准出版的報紙中，日報共 18 種，僅《解放日報》一家為公營，《新聞日報》為公私合營，其餘 16 家皆為民營報紙。除去《密勒氏評論報》、《俄文新生活》、《俄文公民日報》、《俄文晚報》、《字林西報》5 份外文報紙，還有 11 份中文民營報紙參與市場競爭。其中，《大公報》、《文匯報》、《新民報晚刊》與《解放日報》、《新聞日報》一樣，屬於綜合性報紙；《大報》、《亦報》走的是小型報路線；《商報》、《百貨新聞》、《工商新聞》、《煙業日報》屬於財經產經類報紙；《人民文化報》、《劇影日報》主打文藝。如此多的報紙分割有限的發行和廣告市場，其最終結果是，所有的民營報紙都為賠累所困。《大公報》1950 年全年虧損 26.2 億，《文匯報》則高達 39.1 億〔註94〕。小型報《大報》和《亦報》雖然人員少，版面薄，但也難逃虧損命運。從 1949 年 7 月創刊，到 1952 年初，《大報》負債達 2 億元，《亦報》的外債高達 6 億多元。〔註95〕

民營報紙的賠累不僅需要政府接濟，更為重要的是，這種僧多粥少的惡性競爭，嚴重威脅到黨報的生存。相比 1950 年《大公報》26.2 億、《文匯報》39.1 億的虧損額，《解放日報》的賠累數字達到 55 億之巨。〔註96〕眼見著在

〔註91〕 胡愈之：《在開明書店第一次各單位負責幹部會議開幕式上的講話》，1950 年 6 月 25 日，載中國出版科學研究所、中央檔案館編：《中華人民共和國出版史料（1950）》，第 349 頁。

〔註92〕 新民報北京社：《1951 年經營情況》，1951 年，北京市檔案館：114-1-9-20-24。

〔註93〕 天津市新聞出版處：《天津私營報紙情況綜合報告》，1951 年，天津檔案館：X57-Y-1-48-25-39。

〔註94〕 《上海市報館同業公會會員報社一般情況調查表》，1952 年，上海市檔案館：S314-4-5。

〔註95〕 《陳虞孫對亦、大兩報的講話》，1952 年，上海市檔案館：A22-1-48-12。

〔註96〕 《上海市報館同業公會會員報社一般情況調查表》，1952 年，上海市檔案館：

綜合性報紙比較少的北京，《人民日報》憑藉全國發行、《新民報》主打通俗文藝，自 1950 年起逐漸擺脫虧損局面，上海的新聞管理部門終於認識到，上海的問題主要出在報紙太多。對於民營報紙，「公家亦萬難無止境地貼補維持」，〔註97〕一場以官方主導的民營報紙間併合就此展開。

最早牽涉併合的是《大報》和《亦報》。《大報》由馮亦代、陳滌夷（蝶衣）、田鑫之等合資開辦，於 1949 年 7 月 7 日創刊。最初借上海福州路中央書店樓上為辦公地址，後遷移至河南中路 368 號營業。〔註98〕該報為 4 開 4 版。「報紙雖屬小型，但志不在小」，因而取名《大報》，以期「在社會大變革中，作為一張小型報，運用一些市民容易接受的形式和體裁，作側面誘導，以便在偉大的歷史轉型期中，貢獻微弱力量」。〔註99〕《大報》從版面安排到編輯形式，基本上保持了舊時小型報風格，有嚴獨鶴、姚蘇鳳、柳絮、徐淦等一批富有影響的副刊作者。該報著眼於一般市民的家庭生活，像婦幼衛生、育嬰保健、裁剪編結、家庭烹飪等應有盡有，還刊登了諸多配合政治運動的連環畫，如《活菩薩》、《紅娘子》等，頗具影響。其中由樂小英繪圖的《活菩薩》，還應讀者要求出了單行本。儘管報紙的影響力不斷提升，但囿於整體經濟環境的影響，《大報》的經營始終處於資金短絀狀態。開辦之初通過向《解放日報》、《文匯報》借用白報紙得以周轉，後又向人民銀行借貸計折實單位15000 份，以維持報紙運營。發行拓展情況也不甚理想。按照過去情形，上海的小型報在杭州、蘇州、無錫、常州、南京、青島等地銷路都很大，但《大報》在外埠的發行量僅 2000 餘份，〔註100〕最高時也僅僅達到 3900 份而已。〔註101〕報社內部又時有發生編採人員要求加發車馬費等爭執。〔註102〕儘管至1952 年初，《大報》已達到收支平衡，但資金不敷周轉問題依然存在。1952年上海文教界知識分子思想改造學習運動開展前夕，上海市人民政府新聞出版主管部門認為，上海解放後過渡性的小型報已完成它的歷史任務，決定將《大報》、《亦報》合併，《大報》於 1952 年 1 月 31 日先行停刊，合併後的報

S314-4-5。
〔註97〕 《夏衍、惲逸群、姚溱致胡喬木同志函》，1952 年 1 月 4 日，上海市檔案館：A22-1-20-34。
〔註98〕 《大報社情況》，1951 年，上海市檔案館：G21-1-280-14。
〔註99〕 《大報》發刊詞，1949 年 7 月 7 日。
〔註100〕 《對於大報發行工作情況與問題》，1951 年，上海市檔案館：G21-1-280-15。
〔註101〕 《大報資料》，1951 年，上海市檔案館：G21-1-280-17。
〔註102〕 《大報社情況》，1951 年，上海市檔案館：G21-1-280-14。

紙仍爲《亦報》。

　　《亦報》創刊於 1949 年 7 月 25 日，創辦人唐雲旌（大郎）、龔之方。社址初設在黃河路 21 號（原卡爾登戲院，今長江劇場）底層，翌年遷至南京東路 353 弄 4～10 號。該報保持舊上海小型報的傳統編排形式，日出 4 開 4 版一張。第一版刊登本市新聞、社會新聞、特寫和新聞圖片；第二、三版爲綜合性副刊，除每日刊登 1 至 2 部長篇通俗小說連載外，大多是一些固定作者的個人小專欄，作者有張愛玲、鄭逸梅、柳絮、張慧劍、潘勤孟、徐淦、韓菁菁、周作人（筆名十堂、十山、東郭生等）、陶亢德等；第四版則爲影劇、體育專版。〔註 103〕正因爲《亦報》副刊大家雲集、文筆生動，體育報導也在上海新聞界地位突出，至 1950 年，《亦報》最高發行量達到兩萬八千份。〔註 104〕然而，這樣一個發行數字並不能代表《亦報》的實際境況。《亦報》的困境一定程度上可以從它和作者的關係上體現一斑。張愛玲在離滬赴港之前的最後兩部小說，均在《亦報》連載。其中，《十八春》起於 1950 年 3 月 25 日，止於 1951 年 2 月 11 日，共分 317 次載完。《小艾》則於 1951 年 11 月 4 日起刊，止於 1952 年 1 月 24 日，全文共連載 81 次。〔註 105〕兩篇小說的作者署名均爲梁京，而非張愛玲，而使用筆名是張愛玲的自我選擇。據《亦報》社長龔之方事後推測，張愛玲啓用筆名原因有二：一是曾在雜誌連載小說《連環套》，邊登邊寫效果不好，遭到傅雷等人的批評，乃至中途停載。《十八春》是她第一次在小報連載小說，效果如何她不得而知，所以啓用筆名試探一下；二是與胡蘭成的姻緣，使自身被附加了「漢奸」、「文奸」的污名，不想再引人注目。不管事出何因，張愛玲的自我邊緣化是解放初期一眾文人的無奈之舉，而作爲這些文人作品的輸出載體，《亦報》已逐漸喪失傳統小報那種精於炒作的競爭特色，而首要保全自身的出版安全。1949 年 10 月 31 日的蔡夷白〔註 106〕日記便透露了這樣的信息：「近來退稿很多，越

〔註 103〕上海市地方志辦公室：上海新聞志。http://www.shtong.gov.cn/node2/node2245/node4522/node5501/node5526/node63723/userobject1ai8674.html。

〔註 104〕《亦報銷路情況》，1952 年，上海市檔案館：G21-1-278-1-2。

〔註 105〕巫小黎：《張愛玲〈亦報〉佚文與電影〈太平春〉的討論》，《中國現代文學研究叢刊》，2010 年第 6 期。

〔註 106〕蔡夷白：1904 年生於江蘇東臺縣栟茶鎭，上海政法大學畢業後旅居滬上。1930年代開始，爲《紫羅蘭》、《萬象》等報紙雜誌撰寫小說、雜文，先後被邀爲《海報》、《鐵報》、《大報》、《亦報》特約撰稿人。1949 年後先後供職於蘇州文化館、蘇州圖書館。

退越不懂編者到底要什麼樣的稿。」〔註 107〕在《亦報》的作者群中，身份最為尷尬的要屬周作人。1949 年 1 月 26 日，因獲「叛國罪」被羈押在南京老虎橋監獄的周作人獲准保釋出獄，結束了近三年的囚徒生活。為了維持生計，他除了做家教、賣舊報刊，主要依靠替《大報》和《亦報》寫作賺取家用。從 1949 年 11 月 22 日始，他在《亦報》闢出「隔日談」、「飯後隨筆」等多個專欄，至 1952 年 3 月 15 日，總計發表文章 908 篇，〔註 108〕但無一篇文章能署周作人之名，編者只能隱晦地暗指其為文壇大家，足見「文化漢奸」的歷史已成為周氏無法擺脫的原罪。為了使文章能夠順利發表，周作人的寫作以談魯迅居多。但在 1952 年 3 月 16 日，他於《亦報》連載的《吶喊衍義》突然被腰斬。這說明，即便是題材的合法性也不能保障他發表文章的自由。編者層面越來越自覺的自我審查，作者群體越來越狹窄的話語空間，勢必導致小報閱讀群體的萎縮。截至 1952 年初，《亦報》負債已過 6 億。《大報》合併進來後，雖諾大上海惟此一家小報，且報價降至每份 500 元，但其生存只能稱得上是勉力維持。1952 年上海文教界知識分子思想改造學習運動開展前夕，新聞出版主管部門認為，上海解放後過渡性的小型報已完成它的歷史任務，1952 年 11 月 20 日，《亦報》停刊，併入《新民報晚刊》。唐雲旄、沈毓剛等 14 人轉入《新民報》繼續工作，其餘進入上海新聞學校學習。《大報》、《亦報》所欠共計 8 億多元的債務由政府代還。〔註 109〕

截至此時，由政府主導的上海民營報紙的第一輪併合初見成效。此輪調整最大的受益者是《新民報》。《新民報》上海版創刊於 1946 年 5 月 1 日，一年後，因反對國民黨壓迫學潮，被冠以「意圖顛覆政府」的罪名加以封閉。幾經交涉，才於 1947 年 7 月底復刊。〔註 110〕上海解放後，因晚報僅剩《新民報》一張，〔註 111〕發行量曾暴漲至 67000 份，後跌至四五萬份。「二·六」轟炸〔註 112〕期間暴跌至 8000 份，截至 1952 年 5 月，發行量約為 13000 份左右。

〔註 107〕蔡叔健：《蔡夷白：〈心太平齋日記〉》（上），《蘇州雜誌》，2002 年第 2 期。
〔註 108〕巫小黎：《〈亦報〉視窗裏的周作人》，《魯迅研究月刊》，2010 年第 8 期。
〔註 109〕上海市新聞出版處：《大亦報社關於合併問題的函》，1952 年 1 月 15 日，上海市檔案館：G21-1-157-5。
〔註 110〕《新民報上海社業務報告》，1951 年，上海市檔案館：G21-1-281-1。
〔註 111〕上海解放前晚報最多時有 9 家，平常時期有 6 家，總銷數約為 45000 份左右。《新民報》銷數在 1947 年 5 月被封門前為 11000 餘份。參見《新民報上海社業務報告書》，1952 年 6 月 14 日，上海市檔案館：G21-1-281-3。
〔註 112〕1950 年 2 月 6 日，上海遭受了國民黨飛機最猛烈的襲擊，史稱「二·六大轟

〔註113〕合併給《新民報》首先帶來了一萬多的原《亦報》訂戶，而唐雲旌等人的加盟，亦爲《新民報》增加了生力軍，對該報「在解放以後還能保持上海地方特色和市民趣味產生了積極的影響。」〔註114〕

除上海之外，因集中報業資源而產生的報紙間併合還發生在寧波和天津。

創辦於 1949 年 8 月 1 日的《寧波人報》是一張合作社性質的民營報紙，每個工作人員都認股一股以上。鑒於新中國成立初期物價不穩，股值就以稻穀爲計算單位，每股合稻穀一石。其中，僅認股一石米的 16 份，一石以上的 114 份。〔註115〕社內大事由社員大會來決定。由於報紙管理缺乏核心層，無論是採編還是經營，都很難適應新的社會形勢。到了 1950 年，該報收支已無法平衡，只出版了 10 個月就難以爲繼。中共寧波地委機關報《甬江日報》此時出資，按照股本原值收購《寧波人報》股權，1950 年 5 月 29 日《寧波人報》停刊。是年 7 月 7 日，由《甬江日報》與《寧波人報》合併出版的《寧波時報》面世，係寧波地委機關報。自此，寧波惟一一張民營報紙不復存在。

在天津，民營報紙的經歷跌宕起伏。因沒有城市接管的經驗，天津曾武斷地要求所有報紙先行停刊，經登記審查後才能繼續出版。這一政策招致中共中央七日內四封急電的批評指正，天津市政府也因此不斷糾偏，恢復了較多數量的民營報紙出版，天津也成爲上海、廣州之後，保有民營報紙最多的大城市，總計有 7 份民營報紙。在這 7 份報紙中，由《大公報》改組而來的《進步日報》及另外一家綜合性報紙《新生晚報》，因有歷史積澱，經營情況尚好。最是舉步維艱的係解放後新成立的一份文藝類報紙《星報》。

《星報》於 1950 年 2 月 3 日獲得天津市軍事管制委員會頒發的新字第 11 號報紙雜誌登記證。該報主打影劇文藝，經濟來源以報社收入爲主，並得到劇協文聯及中國大戲院之幫助。社址位於天津中國大戲院裏，社長兼總編輯張穎。張穎畢業於廣東中山大學，係從老區調往天津，就任報社職務前任文化局文藝行政科科長，是共產黨員。該報創刊之初爲三日刊，自 1950 年 9 月

炸」。國民黨飛機出動 4 批 17 架，對上海各發電廠進行狂轟濫炸，全市供電量從 25 萬千瓦下降到 4000 千瓦。市民、職工、解放軍幹部、戰士傷亡共 1448 人，房屋毀壞 1180 間。參見《瞭望東方周刊》2009 年第 24 期。

〔註113〕《新民報上海社業務報告書》，1952 年 6 月 14 日，上海市檔案館：G21-1-281-3。

〔註114〕蔣麗萍、林偉平：《民間的回聲：新民報創始人陳銘德鄧季惺傳》，北京：新世界出版社，2004 年 8 月版，第 322 頁。

〔註115〕周康靖：《寧波人報始末》，載寧波市政協文史資料委員會：《寧波文史資料——寧波新聞出版談往錄》，第 14 輯，1993 年，第 106 頁。

14 日起改爲日報，每日出版四開一小張。〔註116〕因該報創刊前毫無經濟基礎，業務收入不能自給自足，逐月經費賴向文化局貸款周轉，勉強維持。一部分幹部的供給乾脆由文化局文聯支付。1951 年開始，文化局因響應政府節約號召，一切開支精簡，不能再補助《星報》。《星報》自認爲乏策開源，且各項開支已經精簡至極，職員薪金均甚低微，故請天津市新聞出版處能夠施以援手，月發補助費若干，使得職工生活藉以維持。這一請求得到的回覆是：「星報經費仍由自籌，政府無力補助」。〔註117〕但是，新聞出版處的這一回應並非置《星報》的困境於不顧。早在該報申請補助的信函發出之前，新聞管理部門已經在考慮將《星報》併入《新生晚報》的計劃，以期增加晚報的編採力量，爲晚報改日報（早報）做準備。〔註118〕1951 年 6 月底，在人事調動問題基本解決之後，《星報》獲准於 7 月 1 日停刊。〔註119〕

在上述報紙併合過程中，似乎都存在著類似動因：一方面，民營報紙承認自身已無克服危機的力量，另一方面，政府有統合報紙間分工、集中報業資源的想法，報紙間的併合遂被提上日程，從而引發了民營報紙的明顯量變。在這一歷史進程中，最大規模的一次併合牽扯到三大城市，這就是上海《大公報》與天津《進步日報》合併，並遷京出版。

1902 年 6 月 17 日在天津誕生的《大公報》，以「大公之心」、「揚正抑邪」、「知無不言」爲己任。其名字中的 「大」和「公」兩個字，分別對應「忘己之爲大，無私之爲公」。該報報名用中法兩種文字寫出，法文的意思也是「無私」。1991 年出版的《中國大百科全書》（新聞出版卷）共輯納了 108 名中國著名新聞工作者，大公報人佔據其中的九分之一，〔註 120〕足見這張報紙在中國現當代新聞史中的地位。它也是中國惟一獲得過密蘇里學院榮譽獎章的報紙。在《大公報》最鼎盛時期，曾經擁有天津、上海、重慶、香港四地分

〔註116〕星報社：《星報改爲日刊請備案由》，1950 年 10 月 18 日，天津市檔案館：X57-Y-1-72。

〔註117〕天津市新聞出版處：《關於星報經費仍由自籌，政府無力補助的報告》，1951 年 2 月 15 日，天津市檔案館：X57-Y-1-47-16。

〔註118〕天津市新聞出版處：《關於新生晚報與星報合併的意見》，1951 年 2 月 4 日，天津市檔案館：X57-Y-1-48-1-7。

〔註119〕天津市新聞出版處：《准予星報停刊》，1949 年 6 月 27 日，天津市檔案館：X57-Y-1-72-99。

〔註120〕方漢奇：《再論大公報的歷史地位》，載《〈大公報〉百年史》，中國人民大學出版社，2004 年 7 月版，前言第 2 頁。

版，影響力一時無兩。但這樣的輝煌卻成爲其解放後難以承載的歷史負擔。首先是天津《大公報》於 1949 年 2 月 27 日改組爲《進步日報》，在其發刊詞中，指斥《大公報》係國民黨政學系的機關報，慣於使用「小罵大捧」的手法，並聲稱「永遠脫離《大公報》這個醜惡的名義」；〔註121〕繼而，重慶《大公報》因負累過重，提出與中共重慶市委聯合經營，並於 1952 年 1 月實現公私合營，當年 8 月改出重慶市委機關報《重慶日報》。內地以《大公報》冠名的僅剩下上海一家。

上海解放最初一段時日，《大公報》尙能與公營的《解放日報》、公私合營的《新聞日報》形成鼎足之勢，但隨著新聞管理政策進一步趨嚴，獨家新聞受到控制，各報內容日益趨同，《大公報》逐漸喪失與公營報紙進行競爭的實力，發行份額逐步下滑，生存處境十分艱難。到 1950 年 6 月，《大公報》發行量只剩下 4.66 萬份，〔註122〕需要豢養的職工卻達 483 人之多，不僅無法支付員工工資，連買紙張的錢都得向上海市政府申請幫助。〔註123〕外患必致內憂。1950 年 7 月，當《大公報》一次性裁掉 79 人時，內部突生騷亂，需要出動警車來平息事端。〔註124〕《大公報》的困境直到 1952 年依舊未能緩解，發行量依舊徘徊在 4.6 萬份，虧損總數已達到 41.58 億元。〔註125〕且因《大公報》國際影響力的慣性尙在，其在上海發展無疑會影響到這座城市的信息安全，比如《大公報》「隨便寫了一封公開信給日本人民，日本報上翻譯了出來，內容與蘇聯及周外長所提有不少出入」。〔註126〕有鑒於此，上海的新聞管理部門便有意讓《大公報》遷出上海，「似以遷天津與《進步日報》合併爲最好，否則，遷京與《光明日報》合併，成爲政協機關報亦好。」〔註127〕

政治與經濟的雙重困境令《大公報》很難繼續在上海立足。《大公報》

〔註121〕《進步日報》發刊詞，1949 年 2 月 27 日。

〔註122〕《上海各報發行數量統計表》，1950 年 11 月，上海市檔案館：A22-2-11-7。

〔註123〕上海市新聞出版處：《有關大公報整編的情況報告》，1950 年，上海市檔案館：B35-2-108-57。

〔註124〕同上。

〔註125〕《陳虞孫關於上海私營報紙調整辦法給中共上海市委宣傳部的報告》，1952 年 5 月 29 日，上海市檔案館：A22-2-1532-22。

〔註126〕夏衍、姚溱：《致胡喬木同志函》，1951 年 10 月 11 日，上海市檔案館：A22-1-20-58-60。

〔註127〕夏衍、惲逸群、姚溱：《致胡喬木同志函》，1952 年 1 月 4 日，上海市檔案館：A22-1-20-34-35。

社長王芸生赴京直陳毛澤東，希望中央幫助解決報社的困難。1952 年 7 月初，在彭眞、胡喬木的陪同下，王芸生獲得接見。毛澤東當場拍板，令中宣部和新聞總署負責人胡喬木按《大公報》遷津合併的方案落實搬遷，並允諾條件成熟後，《大公報》可遷京出版。〔註 128〕中共中央隨後做出決定：「上海《大公報》與天津《進步日報》合併遷京，擇地建新館，報名仍叫《大公報》。作爲中央直接管理的全國性報紙，分工報導國際新聞和財經政策。」〔註 129〕1952 年 12 月 31 日，上海《大公報》和天津《進步日報》分別停刊，因北京報館正在籌建，故 1953 年 1 月 1 日暫時在天津出版《大公報》。但《大公報》的業務中心設在北京，王芸生坐鎭北京辦公，形成大部分稿件由北京編輯而在天津出版的極爲罕見的運作模式。〔註 130〕國家計委、中宣部、文化部、北京市政府對《大公報》在北京建設館舍十分重視，在當時經濟並不寬裕的情況下，撥出專款在宣武區永安路 18 號（後改爲 173 號）建設總面積爲 8568 平方米的館舍，同時還在新址公路斜對面建造了職工宿舍。北京《大公報》新館舍於 1955 年 8 月中旬開始施工，次年八、九月間落成。1956 年 10 月 1 日，《大公報》正式在北京出版發行，王芸生繼續任社長，袁毓明任總編輯，曹谷冰擔任經理。〔註 131〕合併後的《大公報》很快扭轉經營頹勢，謹以發行量爲例，1953 年總計 6.7 萬份，一年後突破 10 萬，到了 1956 年，達到《大公報》有史以來的最高發行量：28.7 萬份。經營方面也已扭虧爲盈。

表 3-4：大公報歷年發行情況（1953～1965）〔註 132〕

1953	1954	1955	1956	1957	1958	1959	1960	1961	1962	1963	1964	1965
67451	100750	146739	287508	235282	192358	204361	204148	144046	100427	156468	258304	278408

〔註 128〕楊奎松：《王芸生與 1949 年以後的〈大公報〉》，載《忍不住的「關懷」：1949 年前後的書生與政治》，桂林：廣西師範大學出版社，第 153 頁。

〔註 129〕王鵬：《建國初大公報的一段曲折》，《炎黃春秋》，2005 年第 8 期。

〔註 130〕楊奎松：《王芸生與 1949 年以後的〈大公報〉》，載《忍不住的「關懷」：1949 年前後的書生與政治》，第 158 頁。

〔註 131〕王鵬：《〈大公報〉在北京的創刊、發展和停刊》，《中華讀書報》，2001 年 1 月 23 日。

〔註 132〕大公報黨組：《大公報歷年發行情況（1953～1965）》，1960 年 1 月 25 日，北京市檔案館：043-001-00026-5-6。

3.2.3 調整公私比例的併合

　　經過三年的經濟恢復時期，中華人民共和國的工農業生產獲得高速發展，人民群眾的物質生活也有較大幅度提升。截至 1952 年底，全國工農業總產值比 1949 年增長 77.5%，達到歷史最高水平，其中工業總產值增長 145%，全國職工的平均工資提高了 70%左右。〔註133〕由於恢復國民經濟的工作超過了預定目標，加上大規模的土地改革基本完成、抗美援朝戰爭結束在望，使得新中國具備了進行計劃經濟建設的有利條件。就在這一年，中共中央確定從 1953 年起開始進行以五年爲一期的計劃經濟建設。但在當時多種所有制並存的社會經濟運行結構中，存在著阻礙計劃經濟實施的突出矛盾：一是土改後農民分散落後的個體經濟不能滿足大工業和城市發展對大宗糧食和農產原料日益增長的需要；二是資本主義工商業落後、混亂、畸形發展、惟利是圖的消極一面，與計劃經濟集中調配國內有限資源的要求不相適應。〔註134〕這就不可避免地要對國民經濟進行社會主義改造。根據周恩來起草的《三年來中國國內主要情況及今後五年建設方針的報告提綱》，全國工業總產值中的公私比重，已由 1949 年的 43.8 比 56.2，變爲 1952 年的 63.7 比 32.7。私營商業在全國商品總值中的經營比重，已由 1950 年的 55.6%降爲 1952 年的 37.1%。〔註135〕但這些數字所顯示的情況，離全面實現社會主義還相去甚遠。1953 年 6 月 15 日，毛澤東做出了如何向社會主義過渡的完整表述：「從中華人民共和國成立，到社會主義改造基本完成，這是一個過渡時期。黨在過渡時期的總路線和總任務，是要在十年到十五年或者更多一些時間內，基本上完成國家工業化和對農業、手工業、資本主義工商業的社會主義改造」。這一提法後來成爲綱領性的文件，即「過渡時期的總路線」，並於 1954 年載入中華人民共和國第一部憲法。

　　實施過渡時期的總路線，經由公私合營，加工訂貨收購包銷等國家資本主義形式，完成資本主義工商業向社會主義過渡，其最終目的是實現共產黨人一以貫之的歷史使命：「消滅私有制」。〔註136〕而要實現這一理想，必然經

〔註133〕中共中央文獻研究室：《關於建國以來黨的若干歷史問題的決議（注釋本）》，第 225 頁。

〔註134〕龐松：《中華人民共和國史（1949～1956）》，第 268 頁。

〔註135〕周恩來：《三年來中國國內主要情況及今後五年建設方針的報告提綱》，1952 年 8 月。轉引自龐松：《中華人民共和國史（1949～1956）》，第 268 頁。

〔註136〕馬克思、恩格斯：《共產黨宣言》，北京：人民出版社，1997 年 8 月第 3 版，第 41 頁。

歷與論先行，將新聞業統合進國家的意識形態中去。事實上，這一輿論準備早於新中國成立之前已經開始。1949 年元旦至北平解放前後，中共在自身控制的香港《華商報》上，開展了新中國是否允許民營報紙存在的討論，共發表了六篇文章，形成了三個觀點。其中，只有署名星火的《論新聞出版的自由》主張私人辦報是「新中國文化繁榮的象徵」，〔註 137〕希望通過新聞立法來保障新聞自由；其它五篇文章或明確反對私人報紙的存在，或將其視爲一種過渡性的現象：「國營報、社團報、私營報，在開頭可以平行存在，但不是平行發展的。私人辦的報紙，逐漸地集體化，由集體化而社團化，或由集體化而接受國家的扶植而國營化，都是可能的，而且是必要的。」〔註 138〕最後一種觀點顯然代表了新中國的新聞政策。中共在《關於新解放城市中中外報刊通訊社的處理辦法》中也有對私營報紙的控制性意見：「報紙、刊物與通訊社，是一定的階級、黨派與社會團體進行階級鬥爭的一種工具，不是生產事業，故對於私營報紙、刊物和通訊社，一般地不能採取對私營工商業同樣的政策，除對極少數眞正鼓勵群眾革命熱情的進步報紙刊物，應扶助其復刊發行以外，對其它私營的新聞與通訊社，均不應採取鼓勵政策。而且因爲中國所謂私營的新聞宣傳事業，絕大部分有反動的政治背景，對這些所謂私營報紙刊物與通訊社，如採取毫無限制的放任政策，也會使某些反動的政治勢力容易獲得公開地合法地聯繫與影響群眾的陣地」。〔註 139〕

從上述種種跡象看，新執政黨並未許諾民營報紙可以長久存在，也不可能令其長久存在。在一切私營經濟都將接受改造的先決條件下，作爲統合意識形態的重要工具，報紙不僅自身要完成社會主義改造，還要成爲引領全社會完成社會主義改造的馬前卒。這就不難理解，爲什麼絕大部份民營報紙在1953 年前後或消失或轉型，且實現轉型的一部分報紙並未經歷國家資本主義的過渡形式，而是直接從民辦轉爲國營。這一現象是國家統合報業資源，調整公私比例的必然結果。

直接從民辦轉爲公營的報紙分爲兩種，一種是以《申報》改組爲《解放日報》、《世界日報》改組爲《光明日報》〔註 140〕爲代表，以沒收官僚資本的

〔註 137〕星火：《論新聞出版的自由》，《華商報》，1949 年 2 月 6 日，第 6 版。
〔註 138〕《新國家與新報紙》，《華商報》，1949 年 2 月 6 日，第 6 版。
〔註 139〕《中共中央關於新解放城市中中外報刊通訊社的處理辦法》，1948 年 11 月 8 日，載《中國共產黨宣傳工作文獻選編（1937～1949）》，第 745 頁。
〔註 140〕北平解放後，北京市軍事管制委員會保留了《世界日報》和《新民報》兩家

形式完成轉型，這在本節的第一部分已有詳述。另一種則是中共各地方黨委有建立或充實機關報的需要，借助已有的民營報紙，實現既有目的。

最早完成民辦轉公營的是廈門的《江聲日報》。該報解放前原名《江聲報》，是廈門歷史最長的民營報紙，創刊於 1918 年 11 月。〔註141〕同盟會會員許卓然於上世紀 20 年代接手，請孫中山提寫報名，改組成新的《江聲報》。《江聲報》以民營報紙身份，反映了當時社會大部分眞實的情況。「舉凡各地工人罷工及示威；各地民變；船戶罷船、漁民罷海；學運；商人罷市；兵變；秘密會社等社會活動，都予以報導」。有人稱它爲「人民喉舌」，或是「南天一柱」，並得贈「華僑之聲」的匾額。《江聲報》尤其在推動抗日方面，口碑甚高。它力主「舉國一致對外」，呼籲停止內戰，由此獲得愛國同胞的大力支持，1931 年夏，該報已稱冠廈門報界。〔註142〕儘管在抗戰勝利後，《江聲報》的調子基本支持國民黨，並有諸多詆毀中共的新聞與言論，但是鑒於其歷史上的進步作用，該報在新中國成立後獲准繼續出版，改名爲《江聲日報》。1952年 1 月，出於調整報業結構的需要，《江聲日報》併入中共廈門市委機關報《廈門日報》。但《江聲報》的名字沒有立即消失，而是轉變成面向東南亞僑胞的僑鄉報紙，並一直維持到 1956 年 6 月華僑報紙《鷺風報》創刊。〔註143〕

民營報刊。但由於《世界日報》在刊登新華社來稿的同時還發佈國民黨新聞稿件，1949 年 2 月 25 日，該報被當作國民黨 CC 系報紙予以沒收。1949 年5 月 16 日，民盟接管《世界日報》，並決定在此基礎上創辦《光明日報》。《光明日報》於當年 6 月 16 日創刊。參見翁澤紅：《光明日報的歷史演變》，《文史天地》，2008 年第 6 期。

〔註141〕關於《江聲報》的具體創刊時間，學界有所爭議。言其 1918 年創刊者，據出《廈門指南》(1931 年出版) 的記述：「至是年『民七』冬十一月江聲始出世」，此說和日本外務省情報部 1932 年至 1934 年三年的記載，《江聲報》創刊於大正七年（1918 年）的說法相符。另一種是在《江聲報》紀念許卓然特刊上發表的楊挺秀的文章説：「民國十三年，國民黨改組，許卓然和楊挺秀赴廣東出席國民黨第一次代表大會。孫中山對許卓然説：『本黨以後注意在下層工作，你們回去後必須組織民眾，共同奮鬥』，許卓然回到廈門，專心從事黨務，注重宣傳，組織中山中學，創辦《江聲報》並請孫中山題寫報頭」。還有一種提法稱許卓然與舊《江聲報》合作，改組成新的《江聲報》，於 1927 年元旦出版。參見福建省情資料庫：《新聞志》；另見林璋華：《廈門〈江聲報〉創刊時間談》，《福建圖書館理論與實踐》，2008 年第 4 期；安閩、曉鐘：《廈門〈江聲報〉（1927～1950）》，《黨史資料與研究》，1986 年第 2 期。

〔註142〕安閩、曉鐘：《廈門〈江聲報〉（1927～1950）》，《黨史資料與研究》，1986 年第 2 期。

〔註143〕福建省情資料庫：《新聞志》。http：//www.fjsq.gov.cn/ShowText.asp?ToBook=

　　隨後完成社會主義改造的是天津的《新生晚報》。《新生晚報》成立於1946年4月25日，社長常小川、經理張蔭潭、總編輯張道良、發行人劉靜遠。〔註144〕出報當日，因未向國民黨政府登記，遭社會局、警察局查禁。事後該報廣爲斡旋，調換了與官方主管有私人恩怨的發行人，才得以登記，並於1946年7月31日正式創刊。〔註145〕《新生晚報》創刊時印數只有三四千份，之後逐步攀升，最高時達到2萬份。該報極富創意地將慈善與發行工作結合起來，聯繫聯合國善後救濟總署駐天津機構，捐助了一批自行車，公開招考家境清寒的中學生兼職送報。著名歌唱家李光羲就是當年《新生晚報》送報學生中的一員。〔註146〕1948年3月，天津地下黨的平津工作委員會在《新生晚報》建立起了黨的外圍組織天津地下記協的第一個小組，這個小組的存在爲《新生晚報》平穩過渡到解放後繼續出版起到了重要作用。1950年1月13日，《新生晚報》獲得了天津市軍事管制委員會新字第22號報紙雜誌登記證。〔註147〕登記時，該報宣稱由中華基督教華北衛理公會創辦。董事長係東亞毛呢公司經理宋裴卿，股東還有壽豐麵粉公司經理孫水如，天津上海銀行經理資耀華，大來木行經理阮渭涇，宏祥貨棧經理王步洲等。因宋裴卿係中華基督教衛理公會會員，資金主要由他籌措，報社在復刊時便借用了該會名義。《新生晚報》在新中國始建的一段時間，「因開支浩繁，發行額及廣告收入均未達到預計數量，每月收支逐漸不敷所虧」。〔註148〕社長常小川曾想將報紙關閉，把一部分存紙分給職工，自己留下房屋、機器辦印刷所，經同仁力爭才繼續維持報紙的存在。〔註149〕截至1949年4月14日，《新生晚報》的發行數量只剩下5565份，僅及民營大報《進步日報》的四分之一。〔註150〕但因報社自身有樓房、印刷廠、存紙及其它財產，《新生晚報》

　　　　155&index=62&。
〔註144〕張道梁：《〈新生晚報〉小報大辦》，載《天津報海鈎沉》，第154頁。
〔註145〕《常小川關於劉靜遠接濟款物情形補充說明》，1949年11月28日，天津市檔案館：X57-Y-1-2-13-18。
〔註146〕張道梁：《〈新生晚報〉小報大辦》，載《天津報海鈎沉》，第157頁。
〔註147〕《新生晚報申請登記表》，1949年11月28日，天津市檔案館：X57-Y-1-2-2-3。
〔註148〕《新生晚報申請登記表》，1949年11月28日，天津市檔案館：X57-Y-1-2-2-3。
〔註149〕天津市人民政府第三處：《關於新生晚報常小川、馬際融的情況》，1950年4月20日，天津市檔案館：X57-Y-1-14-2-4。
〔註150〕《天津市報紙、書店、廣播臺情況總結》，1949年4月14日，天津市檔案館：X57-Y-1-2-114。

即成為天津市新聞出版處的重點扶持對象，甚至該晚報與另一民營報紙《星報》的合併動議也是由官方提出並加以統籌的。〔註151〕

表3-5：天津解放後四份民營中文報紙簡況（1949年4月14日）〔註152〕

名稱	編輯	記者	篇幅	刊期	發行數
進步日報	11	18	對開	日刊	25000
新生晚報	3	6	四開	日刊	5565
博陵報	5	2	四開	日刊	3000
華北漢英報	2		八開	二日刊	400

1952年6月，因機構調整，天津市人民政府新聞出版處裁撤，人員併入《新生晚報》，〔註153〕甚至連新聞處的1984萬元稿費結餘也轉至報社。〔註154〕此番變動意味著這家民營報紙勢必接受改組。1952年6月15日，僅有6年歷史的《新生晚報》直接由民營改為公營，更名為《新晚報》，歸市委宣傳部領導，行政隸屬文化局。〔註155〕該報定位為市民通俗報紙，力爭打造成「勞動市民、一般家庭婦女和工人同志學習政治、時事和文化不可或缺的食糧。」〔註156〕公營的《新晚報》很快展現出自身的競爭實力。1954年，《新晚報》全年利潤達到4.11億元，發行數字持續上陞，由每月平均8100份增加到13771份，平均期發數10670份，超過計劃33.16%。全年廣告收益5.44億元，除二月份銷售有虧損外，其餘月份均有利潤，並且逐季增長。〔註157〕其後期發行數字曾達到十幾萬份。〔註158〕1960年6月30日，《新晚報》與《天津青年報》、《天津工人

〔註151〕天津市新聞出版處：《關於新生晚報與星報合併的意見》，1951年2月4日，天津市檔案館：X57-Y-1-48-1-7。

〔註152〕《天津市報紙、書店、廣播臺情況總結》，1949年4月14日，天津市檔案館：X57-Y-1-2-114。

〔註153〕《為請新聞處辦理移交圖書手續由》，1952年6月3日，天津市檔案館：X57-C-1-55-8。

〔註154〕天津市新聞出版處：《我處稿費結餘1984萬3520元全部移交新生晚報請準備案由》，1952年5月30日，天津市檔案館：X57-C-1-55-2。

〔註155〕《今晚報大事記》，《傳媒》，2011年9月。

〔註156〕天津市供銷合作總社：《為通知新生晚報改為國營提高內容爭取基本訂戶由》，1952年6月9日，天津市檔案館：X98-C-1-30-1。

〔註157〕新晚報：《1954年度業務情況說明書》，1954年，天津市檔案館：X199-Y-1-77-73-75。

〔註158〕《今晚報大事記》，《傳媒》，2011年9月。

報》三報合併，改出《天津晚報》，〔註159〕銷量高峰逾 20 萬份。1967 年，伴隨全國報界掀起奪權的「一月風暴」，《天津晚報》於 1 月 7 日遭到扼殺。直到 1984 年 7 月 1 日《今晚報》創刊，歷史才得以接續。今天的天津《今晚報》即以民營的《新生晚報》爲自己的前身。〔註160〕

　　有意識對民營報紙進行系統化改制的是廣州。廣州是解放最晚的特大城市，這座城市的管理者有機會從其它城市借鑒管理經驗，並形成了自己與眾不同的管理文化。比如在允許民營報紙出版方面，廣州既未像北京那樣，通過嚴格的登記准入制度，只保留了《新民報》一家民營報紙；也未像上海那樣，同期保有多張同質化報紙，導致競爭慘烈，滿盤皆輸。早在廣州剛剛解放時，中共華南分局已經做好了報紙出版的規劃，大致結構是：黨報《南方日報》，必要時下設廣州市小報；民盟出一份報紙；工人或工、青、婦出一份報紙；〔註 161〕對於能夠改造利用的民營報紙先不著急令其停刊，而是適當地安置民盟的人進入，適時改組，從而實現廣州報紙的參差性結構。《聯合報》即是上述規劃的產物。《聯合報》創刊於 1950 年 8 月 22 日，是在原民營大報《越華報》的物質基礎上成立的。之所以稱做《聯合報》，皆因該報「爲華南各民主黨派無黨派民主人士、工商界與海外華僑所聯合創辦。」〔註162〕《聯合報》社長李章達（廣州市副市長、民盟），副社長蕭雋英（廣東省文教廳副廳長、民革），總編輯李子誦（民革），主筆楊奎章（民盟），經理梁若塵（民盟）。〔註163〕從這份社務名單上可以看出，該報是典型的民主黨派報紙，但是在運營方面，走的卻是民營化之路。籌辦之初，《聯合報》在民主黨派、民主人士、工商業家、華僑領袖間推出 25 人爲董事，其中，李章達爲董事長，司徒美堂、杜國庠爲副董事長，公開以每股五十萬的額度向全社會招募共五千股。其對《越華報》的接管也完全遵照商業化的兼併模式，合理解決了《越華報》的人員去留和財產的有效利用。〔註164〕包括編採、經營、印刷、雜務人員在內，報社初辦時只有七八十人，擠在 200 平方

〔註159〕張道梁：《〈新生晚報〉小報大辦》，載《天津報海鉤沉》，第 159 頁。

〔註160〕《今晚報大事記》，《傳媒》，2011 年 9 月。

〔註161〕《華南分局關於文藝宣傳問題討論機要》，1949 年 11 月 1 日，載《中共中央華南分局文件彙集（1949.4～1949.12）》，第 281～282 頁。

〔註162〕《發刊詞》，《聯合報》，1950 年 8 月 22 日。

〔註163〕《廣東省志・新聞志》，第 379 頁。

〔註164〕楊繁：《處理越華報停刊和籌備聯合報出版的工作報告》，1950 年 8 月 21 日，廣東省檔案館：204-3-5-072-080。

米的三層樓房中。在人員少，物質條件差的情況下，《聯合報》從發刊初期的 12000 份發行量起步，〔註165〕到了 1952 年，發行量穩固在 28000 份左右。儘管這張報紙的發展勢頭不錯，但其自身結構有致命弱點。報社的核心層黨派雲集，各黨派有各自的打算，相互傾軋、爭名逐利現象屢見不鮮，團結問題始終難以解決。〔註166〕1952 年 5 月，《聯合報》社委會提出，希望由廣州市委接管該報，這與中共華南分局最初的報業結構設想以及廣州市委想要創辦一張機關報的目標不謀而合。1952 年 11 月 15 日，《廣州日報》編輯委員會成立，市長葉劍英請毛澤東主席題寫了報紙刊頭。〔註167〕1952 年 12 月 1 日，《廣州日報》正式出刊，《聯合報》同日停刊，該報幾乎全部人馬共 108 人併入《廣州日報》。《聯合報》結束時，尚有二三億元的盈餘以及一些先前購置的宿舍，一併獻給了國家。〔註168〕

表 3-6：聯合報社 1952 年 1～8 月發行情況〔註169〕

1 月	2 月	3 月	4 月	5 月	6 月	7 月	8 月
27580	27355	28997	29873	27922	26031	28701	26670

　　《廣州標準行情》的停刊也是廣州市新聞管理部門有規劃地調整報紙結構的結果。《廣州標準行情》於 1950 年 3 月 16 日創刊，由香港經濟導報廣州分社創辦，負責人林玲、陳展謨。1950 底，該報曾銷行 4569 份，〔註170〕達到其發行量的巔峰。《廣州標準行情》的發行範圍除廣州市外，還銷向廣東省內各城鎮及省外上海、天津、漢口、長沙、南昌等地。這張報紙的存在對政府掌握物價，管理市場，進行工商業改造及開展物資交流，起到過一定的作用。自 1952 年起，由於全國財經統一，物價穩定，及城鄉內外貿易工作在國營經濟領導下逐漸走向計劃化，該報的作用逐漸降低，銷數也減至 1500 份左

〔註165〕廣東省、廣州市人民政府新聞出版處：《廣東省暨廣州市報紙（1950 年）八、九、十、十一、十二月份發行數概況》，1951 年 2 月 14 日，廣州市檔案館：179-1950-長久-003-83。

〔註166〕楊繁：《處理越華報停刊和籌備聯合報出版的工作報告》，1950 年 8 月 21 日，廣東省檔案館：204-3-5-072-080。

〔註167〕《廣東省志‧新聞志》，第 214 頁。

〔註168〕《廣東省志‧新聞志》，第 380 頁。

〔註169〕《聯合報社 1952 年發行情況》，1952 年，廣州市檔案館：179-1952-長久-081。

〔註170〕廣東省、廣州市人民政府新聞出版處：《廣東省暨廣州市報紙概況表》，1950 年 12 月 7 日，廣州市檔案館：179-1950-長久-003-79。

右。〔註171〕

表 3-7：廣州標準行情報發行份數（1952 年 1 月～10 月）〔註172〕

1 月	2 月	3 月	4 月	5 月	6 月	7 月	8 月	9 月	10 月
3945	2522	2160	1800	1720	1783	1531	1522	1504	1493

　　1952 年 10 月，經濟導報廣州分社原本想突破「行情」局限，將《廣州標準行情》更名爲「導報」，以服務大規模的經濟文化建設。此時，廣州正重新進行報紙登記，中共華南分局統戰部第一處的意見函對《廣州標準行情》的存廢起到了關鍵作用。這份調查意見稱：經濟導報廣州分社「三反前經營陷於無政府狀態，貪污泄密，人員複雜」，建議取消其龐大的廣州機構，並將《廣州標準行情》停刊，取消出版業務，印刷廠獨立經營。〔註173〕根據這份意見，中共華南分局宣傳部委託廣州市新聞出版處與華南分局統戰部的派出人員共同協調《廣州標準行情》的停刊事宜。1952 年 10 月 22 日，廣州市新聞出版處發出穗處字第 284 號通知，限定《廣州標準行情》於 1952 年11 月 15 日停刊，停刊原因是：「《廣州標準行情》自刊行以來，對價格報導工作，向無遵照中南軍政委員會財政經濟委員會華南分會 1950 年 3 月 25 日財經總字第 529 號批示辦理；編輯部亦不健全，無編輯計劃。根據此次書刊出版業、印刷業、發行業核准營業及期刊登記條件精神，我處認爲該刊無繼續編行的必要」。〔註174〕以兩年前的一份批示作爲一張報紙的停刊理由，此事不免令人詫異，甚至連出版總署都不明就裏。1952 年 12 月 22 日，出版總署破天荒地就《廣州標準行情》的停刊一事致函廣州市新聞出版處，明確表示該處「未將《廣州標準行情》停刊的理由講清楚」，對引致報紙停刊的「中南軍政委員會財政經濟委員會華南分局 1950 年 3 月 29 日財經總字第 529 號

〔註171〕《經濟導報廣州分社出版計劃》，1952 年，廣州市檔案館：179-1952-長久-087-1-3。

〔註172〕《廣州標準行情報社月報表》（1952 年 1 月～10 月），1952 年，廣州市檔案館：179-1952-長久-087。

〔註173〕廣州市新聞出版處：《處理廣州市行情及經濟導報廣州分社的原因及經過》，1953 年 1 月 10 日，廣州市檔案館：179-1953-長久-123-62-64。另見：《關於經濟導報廣州分社重新登記問題》，1952 年 10 月 8 日，廣州市檔案館：179-1952-長久-087-48-49。

〔註174〕廣州市新聞出版處：《對廣州標準行情期刊出版計劃意見》，1952 年 10 月 22日，廣州市檔案館：179-1952-長久-087-43。

內容」也未做說明。出版總署希望廣州方面「重行寫一專題報告，詳細說明停刊理由」。〔註175〕令《廣州標準行情》停刊的這個529號批示究竟是何內容？根據廣州市新聞出版處提供的信息，這一批示主要指涉自由市場的價格報導問題，規定不得報導黑市價和自由市價。〔註176〕這樣的批示在1950年尚顯合理，但在物價已基本穩定的1952年底，顯然不合事宜。由此可見，對《廣州標準行情》的停刊處理不能不說明廣州市新聞管理部門急於完成報紙轉制的迫切。在某些管理人員看來，那些小型刊物中不免有些「不必要的亂七八糟的東西」，〔註177〕《廣州標準行情》顯然被劃分到這一行列，而它恰恰又是廣州尚未消失的最後一張民營報紙。

當然，報紙間的併合併非只針對民營報紙。以廣東省爲例：1952年全省共有報紙17家，1953年合併爲13家。其中影響最大的是農民報。1952年有9家農民報，次年調整爲5家。〔註178〕民營報紙因基數小，一旦發生合併重組，即告其消失的進程加快。隨著1952年11月16日《廣州標準行情》停止出版，該報的印刷設備由廣州市工商業聯合會承接，用作出版《廣州工商》，〔註179〕《廣州標準行情》的主辦單位經濟導報廣州分社也於1953年2月併入《廣州工商》，原社長葉廷英出任《廣州工商》總編輯，〔註180〕廣州自此結束了擁有民營報紙的歷史。

緊接著完成的民營報紙改制發生在西安。1949年5月20日，古城西安獲得解放。此前，隨著胡宗南部隊的撤離，大部分報紙隨之遷移，工商類的《經濟快報》是爲數不多留下來的報紙，也是准予復刊的兩份民營報紙之一。該報由中共西北局下屬的新聞局主管，鑒於復刊初期的經營困境，新聞局曾給

〔註175〕《中央出版總署對廣州新聞出版處關於停止「廣州標準行情」編行原因經濟導報分社已結束業務報告的意見》，1952年12月22日，廣州市檔案館：179-1952-長久-087-40。

〔註176〕廣州市新聞出版處：《處理廣州市行情及經濟導報廣州分社的原因及經過》，1953年1月10日，廣州市檔案館：179-1953-長久-123-62-64。

〔註177〕《關於經濟導報廣州分社重新登記問題》，1952年10月8日，廣州市檔案館：179-1952-長久-087-48-49。

〔註178〕廣東省（廣州市）新聞出版處：《廣東省、廣州市1952年各報發行份數統計表》，1953年10月23日，廣州市檔案館：179-1952-長久-078，第26頁。

〔註179〕經濟導報社廣州分社社長葉廷英：《經濟導報社辦理結束報告》，1952年11月13日，廣州市檔案館：179-1952-長久-087-12-13。

〔註180〕《廣州工商申請登記表》，1953年1月21日，廣州市檔案館：179-1953-長久-123-77。

予該報必要的資金及物質資助。1953 年 3 月，西安由西北行政區轄市升爲中央直轄市，爲全國 12 個中央直轄市之一。爲了更好地反映市區的工業和其它建設的狀況，中共西安市委決定在《經濟快報》的基礎上創辦《西安日報》。《經濟快報》在 1953 年 6 月 30 日出版了最後一期報紙，部分採編人員進入《西安日報》，從而完成了由民辦到公營的轉制。《西安日報》於 1953 年 7 月 1 日創刊。

到了 1954 年底，全國範圍內僅剩下三份民營報紙。除了西安的《工商經濟晚報》是以奉命停刊的形式結束，杭州的《當代日報》和成都的《工商導報》都是在工商業資本主義改造的大潮中實現了民轉公的結構性調整。

解放後，杭州《當代日報》一直受中共杭州市委領導。由於該報系民營，不能代替公營報紙，更不能發揮市委機關報的作用，杭州市委便開始醞釀創辦《杭州日報》，並於 1954 年底派幹部到《當代日報》掌管人事工作，以便爲《杭州日報》的創刊遴選人員。〔註 181〕1955 年 4 月 18 日，杭州市委成立《杭州日報》籌備委員會，9 月 16 日，決定借《當代日報》試刊一個半月。部分《當代日報》的經營、印刷、採編人員被抽調過來參與了《杭州日報》的試刊工作。隨著 1955 年 11 月 1 日《杭州日報》正式創刊，《當代日報》亦即結束了其歷史使命。〔註 182〕

成都《工商導報》的社會主義改造起步於 1954 年。當年 8 月 13 日，四川省委決定將《工商導報》改組爲成都市委機關報。〔註 183〕但因受制於「錢從哪出」、「人往哪去」的雙重難題，《工商導報》的改制一度擱置。1956 年 1 月 27 日，四川省委常委會議決議，由四川省委宣傳部協調解決《工商導報》結束後的善後工作，爭取盡快實現改制。〔註 184〕同年 3 月，張烈夫受命組建《成都日報》編輯部，約三分之二的《工商導報》編採人員獲邀留職。籌備就緒的《成都日報》編輯部從 4 月 1 日起已開始負責《工商導報》的編輯工作，以便與《成都日報》的創刊相銜接。〔註 185〕1956 年 4 月 30 日，《工商導

〔註 181〕徐成功：《〈杭州日報〉是怎樣誕生的》，《杭州日報》，2009 年 5 月 26 日。

〔註 182〕同上。

〔註 183〕中共四川省委：《決定將工商導報交成都市委接辦》，1954 年 8 月 28 日，成都市檔案館：54-1-312。

〔註 184〕中共四川省委：《關於將私營「工商導報」改組成爲市委機關報》，1956 年 1 月 27 日，成都市檔案館：54-1-621。

〔註 185〕白紫池、張烈夫致中共成都市委的函：《關於成都日報準備工作情況和今後意見的簡報》，1956 年 3 月 30 日，成都市檔案館：140-1-1。

報》出版最後一期報紙，隨後一天，《成都日報》創刊，成都的民營報紙歷史
就此結束。

　　從民營報紙併合的種種方式來看，無論此種工作是以沒收官僚資本的形
式出現，還是通過集約資源實現整合，或者直接達成從民辦到公營的變遷，
其結果都是對民營報紙存在形式的瓦解，從而造成其數量的銳減。值得注意
的是，新政權對民營報紙的社會主義改造並非如一部分學者的想像，完全出
於管理者的先驗設計，而是受制於經濟、社會影響乃至不同地區的不同管理
風格。這就導致了民營報紙的轉制並非在 1952～1953 這個關鍵時間節點一蹴
而就，而是分散地以不同方式在新中國漸次上演。

3.3 公私合營體制下民營報紙的淡出

　　馬克思、恩格斯在《共產黨宣言》中有一句提綱挈領的文字：「共產黨人
可以把自己的理論概括爲一句話：「消滅私有制」。〔註 186〕在他們看來，建立
在私有制基礎上的資本主義「把人的尊嚴變成了交換價值，用一種沒有良心
的貿易自由代替了無數特許的和自力掙得的自由」，「它用公開的、無恥的、
直接的、露骨的剝削代替了由宗教幻想和政治幻想掩蓋著的剝削」。〔註 187〕
在私有制的框架下，資本「在它被我們使用的時候，才是我們的」，〔註 188〕
人只能通過自己同對象的關係達成對對象的佔有，對現實的佔有，從而人「變
成異己的和非人的對象；他的生命表現就是他的生命的外化」。〔註 189〕1844
年，馬克思在他的「經濟學哲學手稿」中寫道：人這個存在物必須被歸結爲
絕對的貧困，「他才能從自身產生出他的內在豐富性」，「因此，對私有財產的
揚棄，是人的一切感覺和特性的徹底解放」。〔註 190〕那麼，怎樣的一種社會現
實可以完成人向自身的合乎人性的復歸？作爲「歷史之謎」的解答，馬恩哲
學認爲，惟有共產主義「是人和自然界之間、人和人之間的矛盾的眞正解決」。
〔註 191〕

〔註 186〕馬克思、恩格斯：《共產黨宣言》，第 41 頁。
〔註 187〕馬克思、恩格斯：《共產黨宣言》，第 30 頁。
〔註 188〕馬克思：《1844 年經濟學哲學手稿》，北京：人民出版社，2000 年 5 月第 3
　　　　版，第 85 頁。
〔註 189〕馬克思：《1844 年經濟學哲學手稿》，第 85 頁。
〔註 190〕馬克思：《1844 年經濟學哲學手稿》，第 85～86 頁。
〔註 191〕馬克思：《1844 年經濟學哲學手稿》，第 81 頁。

　　人類社會必然向共產主義社會過渡，這一馬克思主義的終極理論，「提出了人類歷史上獨樹一幟的未來理想的學說」。〔註192〕中國的無產階級革命是以此爲理論基石的，其實踐契合著爲實現共產主義而不斷革命的兩個必經階段：先是保證資產階級民主革命的勝利，然後保證民主主義革命向社會主義革命轉變。這一點，毛澤東在1939年12月就已經闡明：「完成中國資產階級民主主義（新民主主義的革命），並準備在一切必要條件具備的時候把它轉變到社會主義革命的階段上去，這就是中國共產黨光榮的偉大的全部革命任務」。〔註193〕毛澤東宣告，「一切共產主義者的最後目的，則是在於力爭社會主義社會和共產主義社會的最後的完成。只有認清新民主主義革命和社會主義革命的區別，同時又認清二者的聯繫，才能正確地領導中國革命」。〔註194〕

　　正因爲有如上的理論認識，1949年新中國建立時，新政權秉持的是新民主主義的施政綱領，在經濟管理方面，基本按照《共同綱領》的方針，採取「公私兼顧、勞資兩利、城鄉互助、內外交流」的方式，主張「凡有利於國計民生的私營經濟事業，人民政府應該鼓勵其經營的積極性，並扶助其發展」。〔註195〕建國初期，私營經濟在國民經濟中的比重非常大。1949年，全國共有資本主義工業企業12.3萬餘家，職工164萬餘人，占全國工業職工總數的54.6%，產值占比高達63.2%。〔註196〕私營商業所佔比重更大，相當於社會商品總批發額的67%，社會商品總零售額的83.5%。〔註197〕爲了扶植私營經濟的發展，1949年，各大城市對資本主義工商業的貸款，占到國家對工商業貸款總額的20%到25%，其中上海達到52.3%，天津是46.9%。藉此國家政策，私營工商業逐步克服了因戰爭破壞帶來的經濟困境，僅以天津市爲例，該市1949年全年，私營工業企業由9873戶發展到12311戶，職工由71863人增加到85385人，110個機器工廠的產量較1948年提高88%。〔註198〕1950

〔註192〕王滬寧主編：《政治的邏輯：馬克思主義政治學原理》，上海：上海人民出版社，2004年9月版，寫作說明第3頁。

〔註193〕毛澤東：《中國革命和中國共產黨》，1939年12月，載《毛澤東選集》第2卷，第651頁。

〔註194〕《毛澤東選集》第2卷，第651～652頁。

〔註195〕中國人民政治協商會議第一屆全體會議：《共同綱領》，1949年9月30日。

〔註196〕龐松：《中華人民共和國史：1949～1956》，第158頁。

〔註197〕林蘊暉、范守信、張弓：《1949～1976年的中國：凱歌行進的時期》，北京：人民出版社，2009年5月版，第88頁。

〔註198〕林蘊暉、范守信、張弓：《1949～1976年的中國：凱歌行進的時期》，第88

年 3 月以後，針對因市場萎縮、產品滯銷而帶來的資本主義工商業的新的困難，毛澤東在中央人民政府委員會第七次會議上，第一次將合理調整工商業列為實現國家財政經濟狀況根本好轉的基本條件之一。這次會議之後，各地有組織地擴大加工訂貨和收購成品的數量，解決私營工商業在原料、資金和產品銷路等方面的困難。如為了維持私營棉紡業的生產，新生政權不惜以很高的代價統籌棉花，僅外棉進口和棉紡加工一項，1950 年國家虧損額相當於 8 億斤小米。對機械行業的訂貨，有 70%以上的並非市場所需產品。此舉實際上意味著由國家來承擔私營企業的虧損。政府還通過降低放款利率，擴大貸款等方式緩解私營企業在資金周轉方面的困難，國家銀行對私總貸款額從 1950 年 5 月的 2186 億元增至 9 月份的 4963 億元。藉此次調整，生產得以復蘇，市場再度活躍，1950 年下半年，私營工商業開業的共有 32674 家，歇業的只有 7451 家。〔註 199〕資本主義工商業獲得了空前的發展，1951 年更成為私營工商業發展的「黃金年」。

但一個不可迴避的現象是，國家通過加工訂貨、統購包銷等手段扶植私營工商業，其結果是，資本主義工商業逐漸被納入到國家資本主義的軌道中去，私營企業的性質開始發生變化，其對國營經濟的依賴日益增加。截至 1952 年，由國營經濟主導的加工、訂貨、統購、包銷、收購等形式已占大型私營工業中的 60%～70%，〔註 200〕私營企業正日益演變成在人民政府管理下的、同社會主義經濟相聯繫的、并受工人監督的國家資本主義企業。這一情形顯然超出了建國初期國家領導人對何時轉入社會主義的保守估計。按照毛澤東在 1950 年 6 月的初步估算，實行私營工業國有化和農業社會化，「這種時候還在很遠的將來」，估計至少要 10 年，多則 15 年或 20 年。〔註 201〕而經過三年的國民經濟恢復時期，不僅國營工業的比重超過 50%，且重要的工礦企業、鐵路、銀行等國民經濟的命脈已然掌握在國家手裏。這三年，新中國的政治面貌以及所置身的國際環境也發生了根本性變化：土地改革、鎮壓反革命、「三反」、「五反」等一系列民主改革和社會政治鬥爭，鞏固了人民民主專政的政治基礎；抗美援朝戰爭取得了決定性戰果，資本主義國家短期內難

頁。
〔註 199〕林蘊暉、范守信、張弓：《1949～1976 年的中國：凱歌行進的時期》，第 92 ～94 頁。
〔註 200〕龐松：《中華人民共和國史：1949～1956》，第 272 頁。
〔註 201〕《毛澤東文集》第 6 卷，北京：人民出版社，1999 年，第 80 頁。

以再次發動大規模戰爭。﹝註202﹞天時地利人和，爲新中國進行社會主義改造提供了難得的機遇。1953年5月，統戰部部長李維漢向中央提交了關於資本主義工業中的公私關係問題的調查報告，報告中提出了公私合營是高級形式的資本主義，在公私合營企業中，企業的利潤可分爲國家的稅收、資本家的股息和紅利、工人的獎金和福利、企業的公積金四部分，依據「四馬分肥」的原則，工人階級得其大半。國家資本主義企業中的工人，已經不是單純地爲資本家生產，而同時是在爲國家生產。﹝註203﹞報告在結語中明確建議，應該通過國家資本主義，特別是公私合營這一主要環節，實現對資本主義所有制的變革。

李維漢的這一報告，「系統地解決了私人資本主義企業向社會主義轉變的路徑問題」。﹝註204﹞1953年6月15日，中共中央政治局會議，討論並通過了李維漢所做《資本主義工業中的公私關係問題》的報告，在這一天的會議上，毛澤東第一次完整表述了過渡時期總路線的內容，提出「要在十年到十五年或者更多一些時間內，基本上完成國家工業化和對農業、手工業、資本主義工商業的社會主義改造。」自此，新中國從新民主主義到社會主義的步驟和政策，從建國伊始主張10到15年後的突變，轉變爲從現時起的漸變。這種理論範式的轉變快速推進了生產資料所有制的社會主義改造進程。公私合營，作爲這一改造的理想路徑，開始在中華大地上遍地開花。

3.3.1 民營報紙的公私合營歷程

將公私合營定爲國家資本主義的最高形式始於1953年，但公私合營的實踐早在1949年接管特大城市時已經開始。最早的一批公私合營企業源於沒收官僚資本時保護私營股本的需要，像從《申報》改組而來的《解放日報》，名義上爲黨報、機關報，但其經營性質卻是公私合營的，史泳賡的43.3333%私人股本一直跟隨到1954年。﹝註205﹞由《新聞報》改組而來的《新聞日報》，則是新中國最早以公私合營身份亮相的報紙，其私人股本高達73.2%。﹝註206﹞

﹝註202﹞薄一波：《若干重大決策與事件的回顧》（上），第152～153頁。
﹝註203﹞《李維漢選集》，北京：人民出版社，1987年10月版，第266～267頁。
﹝註204﹞龐松：《中華人民共和國史：1949～1956》，第272頁。
﹝註205﹞解放日報報史辦公室編：《解放日報新聞日報報史資料》②，第114～115頁。
﹝註206﹞《新聞日報社資方情況（大私股）》，1955年，上海市檔案館：B167-1-97-75。

新中國伊始，公私合營經濟所佔比例極低，直至 1952 年國民經濟恢復時期結束時，僅占 0.7%。﹝註207﹞報紙行業對此數據幾無貢獻，原因在於一部分報紙雖歷經公私合營，但在此前已轉化爲國營經濟；還有一部分報紙是在 1953 年以後才開始公私合營。

3.3.1.1 過渡式公私合營的三張報紙

經由公私合營，並於 1952 年年底之前變身爲公營報紙的，有漢口的《大剛報》、北京的《新民報》、重慶的《大公報》。

漢口《大剛報》是最早完成公私合營的一張民營報紙。該報 1937 年 11 月 9 日創刊於河南鄭州，隨後遷往信陽。隨著戰局的變化，《大剛報》先後撤退到湖南衡陽、廣西柳州和貴州貴陽，雖兩度遭轟炸、四次搬遷，仍堅持出版。其「愈炸愈奮，至大至剛」的精神由此馳譽報壇，成爲西南後方有較大影響的民營報紙之一。抗日戰爭勝利後，《大剛報》於 1945 年底和 1946 年初先後開辦了漢口、南京兩版。南京《大剛報》後被國民黨 CC 派所掠奪，漢口《大剛報》仍堅持民營報紙的立場。鑒於武漢解放之前，該報已處於共產黨領導之下，屬於進步報紙，1949 年 8 月 8 日，漢口《大剛報》拿到了武漢市軍管會頒發的「新字第七號登記證」，成爲武漢市惟一一家允許繼續出版的民營性質的綜合性日報。﹝註 208﹞從允許《大剛報》繼續出版始，武漢市委即決定改造和利用《大剛報》。對報紙施以援手始於 1949 年 6 月，半年時間內，大剛報社獲得 2.4 億元政府貸款，用於購買新聞紙張等生產原材料。中南局宣傳部還無償調撥一部輪轉機用以替代報社陳舊的對開平板印刷設備。1949 年 10 月 2 日，武漢市政府又將交通路和江漢路兩處房產撥給報社。從政府獲益良多的《大剛報》考慮到以自身之力難以維持生存，遂主動提出公私合營的要求。1950 年 8 月 12 日，武漢市委發出《關於大剛報改爲公私合營的指示》，半個月後，武漢市政府和報社簽訂了《大剛報公私合營合同》，《大剛報》於當年 9 月 1 日正式進入公私合營階段，中共武漢市委宣傳部長李爾重任該報董事長兼社長。此後一年，《大剛報》的辦報方針、群眾基礎

﹝註207﹞ 中共中央文獻研究室編：《關於建國以來黨的若干歷史問題的決議注釋本（修訂）》，第 196 頁。另見林蘊暉、范守信、張弓：《1949～1976 年的中國：凱歌行進的時期》，第 511 頁。

﹝註208﹞ 李理：《從合作社性質的民營報紙到共產黨黨報——漢口〈大剛報〉研究》，華中科技大學博士論文，2011 年。

都有了新的變化，已具備轉變爲機關報的各項條件。1952 年 1 月 1 日，經中共武漢市委批准，報紙改名爲《新武漢報》，正式作爲中共武漢市委機關報，由梁斌任社長。〔註 209〕至此，《大剛報》的歷史任務宣告完成，終刊號第 5072 期。〔註 210〕

在漢口《大剛報》的史料被挖掘出來以前，重慶《大公報》一直被視作「公私合營的先行者」。〔註 211〕關於重慶《大公報》實行公私合營的時間，學界多有爭議：第一種看法是《大公報》於 1950 年 7 月實行公私合營，孫旭培在《解放初期對舊新聞事業的接收和改造》一文中談及「當時新聞總署指示，不正式對外宣佈也不故意否認這一改變，但在《大公報》內部是公開的」；第二種看法是王文彬在《建國初期的重慶大公報》中提出的：「1950 年 10 月，黨派雷勃同志擔任《大公報》編輯部主任，算是重慶《大公報》正式公私合營開始」；第三種看法來自李純青的《爲評價大公報提供史實》：「重慶大公報於 1951 年 12 月 12 日宣佈爲公私合營」；第四種看法出自方漢奇等著《〈大公報〉百年史》，認爲「1952 年 1 月，重慶《大公報》改爲公私合營」。提出第二種看法的王文彬時任重慶《大公報》負責人，其說法本應具有一定的權威性，但按照報紙公私合營程序，一般以簽署合同時間爲正式公私合營開始。1951 年 12 月 1 日，曹谷冰代表上海《大公報》總管理處宣佈，即日起《大公報》渝館與中共重慶市委聯合經營，但未提及合同簽署日期。因李純青全程參與了公私合營的談判過程，筆者認爲，李純青有關重慶《大公報》正式公私合營時間的論定更具合理性，即正式合營時間係 1951 年 12 月 12 日。重慶《大公報》爲什麼沒有和上海《大公報》一併轉制，而是先期實現公私合營？這不僅關乎新中國成立以後報紙的屬地管理政策，也和重慶《大公報》的歷史特殊性息息相關。重慶《大公報》於 1938 年 12 月 1 日發刊，日出對開紙一張。抗日戰爭時期，日銷最多達到 97000 餘份。〔註 212〕1949 年 9 月，國民黨重慶當局認爲該報有配合人民解放軍南下之舉，派人強行佔據重慶《大公報》館址，由曾任國民黨中宣部新聞處長的彭革陳任發行人兼社長，原國民

〔註 209〕歐陽柏：《大剛報史話（續）》，《新聞研究資料》，1984 年第 3 期。

〔註 210〕李理：《從合作社性質的民營報紙到共產黨黨報──漢口〈大剛報〉研究》，華中科技大學博士論文，2011 年。

〔註 211〕孫旭培：《解放初期對舊新聞事業的接收和改造》，《新聞研究資料》，1988 年 6 月 29 日。

〔註 212〕王文彬：《建國初期的重慶大公報》，《新聞研究資料》，1987 年第 4 期。

黨中央通訊社編輯主任唐際清為總編輯。直至 1949 年 11 月 30 日重慶解放，為國民黨控制了 74 天的重慶《大公報》和《大公晚報》才宣告終結。〔註213〕12 月 1 日之後，《大公報》繼續出版，《大公晚報》停刊。兩張報紙的人靠一張報紙養活，不免產生人事臃腫問題。而且，《大公報》人員眾多，也有一定的歷史原因。解放前，重慶《大公報》銷數較多，始終有盈餘。因此，報館機構龐大，職工多達 500 人。加上重慶經常電力緊張，多部平版對開印刷機常常靠人力搖動，又額外增加 100 多個勤雜工人。〔註214〕剛解放那會兒，就業形勢不好，這麼多人都得靠報紙養活，重慶《大公報》自然難堪重負。中共重慶市委得知此一情況後，分兩次調走百餘人用以支持新華印刷廠和郵局，仍未能緩解報社的經營困境。從 1950 年起，《大公報》渝館經理王文彬即向中共西南局宣傳部和重慶市委宣傳部口頭申請公私合營，是年年終，《大公報》總管理處代理總經理曹谷冰和社評委員李純青也由上海至重慶謀求公私合營事宜，直至 1951 年年底，此項動議才轉為現實。重慶《大公報》在公私合營後又出版至 1952 年 8 月 4 日，在此期間，不僅做到了收支平衡，還略有盈餘，沒有出現虧損局面。〔註215〕1952 年，重慶市委醞釀成立市委機關報《重慶日報》，周恩來總理在請示報告中予以批示，要求「做好黨外人士的安排工作，處理好私營《大公報》時期的財務賬目」。〔註216〕針對報紙將改組為《重慶日報》，《大公報》職工大都認為，「調到國營企業或參加黨報工作，比較穩妥可靠，沒有政治上、經濟上的種種風險，而且工資福利也比私營報紙好得多。」〔註217〕只有少數人希望保存所謂「同人報」，但沒有把握，深恐發生經濟賠累問題。因此，重慶《大公報》的停刊改組非常順利。《重慶日報》於 1952 年 8 月 5 日創刊後，《大公報》渝館職工都得到統一安排，原《大公報》經理王文彬也獲任《重慶日報》經理。

　　在所有公私合營報紙中，最曲折的是北京《新民報》，先後經歷兩次公私合營。第一次合營是與民革中央。民革中央一向對《新民報》有所期待，早在 1948 年，李濟深就動過念頭，想把《新民報》變成民革的報紙。他曾交代張平江發展《新民報》女掌門人鄧季惺參加民革。1951 年，當民革中央

〔註213〕方漢奇等：《〈大公報〉百年史》，第 323 頁。
〔註214〕王文彬：《建國初期的重慶大公報》，《新聞研究資料》，1987 年第 4 期。
〔註215〕王文彬：《建國初期的重慶大公報》，《新聞研究資料》，1987 年第 4 期。
〔註216〕方漢奇等：《〈大公報〉百年史》，第 325 頁。
〔註217〕王文彬：《建國初期的重慶大公報》，《新聞研究資料》，1987 年第 4 期。

發現陳銘德與鄧季惺執意想交出《新民報》，便充分利用這一契機，於 1951
年 5 月 24 日與《新民報》簽訂合同，並從 6 月 1 日起開始公私合營，合營
的規模涵蓋北京、上海、重慶三社。〔註 218〕政府對此次合營予以經濟上的
支持，除原有股份外再投資 15 億元，由民革中央代表政府行使股權，改組
了董事會。李濟深親任董事長，邵力子任副董事長，陳銘德仍然爲總經理，
黃苗子爲公方代表兼副總經理。只是這次合營不足一年。〔註 219〕1952 年 3
月 1 日，民革中央與新民報社簽訂協議書，雙方的公私合營關係正式解除，
〔註 220〕先期投資的 15 億元股款予以收回。〔註 221〕第二次公私合營的對象
是北京市人民政府。1952 年 3 月 27 日，北京市政府與《新民報》簽訂協議
書，收購新民報北京社和新民報股份公司總管理處的全部財產，並由 4 月 1
日起接管該報編、經兩部的業務。《新民報》在北京的全部財產估價約 29 億
元，扣除政府代民革中央公私合營期間投資的 15 億元、交通銀行代管的公
股 3 億餘元以及私股中應予沒收的反革命分子的投資，實付給《新民報》的
款項大致六七億元。〔註 222〕與北京市政府公私合營後，《新民報》繼續出版
了半年，爲改組成《北京日報》做準備。在此期間，北京市府將原有的《北
京晚報》籌備處與《新民報》合併，絕大部分《新民報》人員得以留用，小
部分政治上有問題或工作能力差的，由政府幫助其轉業。1952 年 10 月 1 日，
《北京日報》創刊，《新民報》提前一天停刊，〔註 223〕結束了其在北京六年
半的生涯。

3.3.1.2 契合社會主義改造節奏的公私合營報紙

1952 年底，新聞總署發佈 1953 年至 1955 年全國報紙規劃，規劃中顯示

〔註 218〕新民報北京社：《1951 年經營情況》，1951 年，北京市檔案館：114-1-9-20-24。
　　　　　另見中國國民黨革命委員會中央委員會通告：《關於我黨中央與新民報進行公
　　　　　私合營成立新董事會完成合營程序的通告》，1951 年 6 月 16 日，上海市檔案
　　　　　館：G21-1-157-2。
〔註 219〕蔣麗萍、林偉平：《民間的回聲：新民報創始人陳銘德鄧季惺傳》，北京：新
　　　　　世界出版社，2004 年 8 月版，第 306 頁。
〔註 220〕新民報管理委員會：《關於同意解除新民報公私合營關係的函》，1952 年 3 月
　　　　　1 日，上海市檔案館：G21-1-157-12。
〔註 221〕《中國國民黨革命委員會中央委員會與新民報私股股東解除雙方公私合營合
　　　　　同協議書》，1952 年 3 月 1 日，上海市檔案館：G21-1-157-13。
〔註 222〕北京市委宣傳部：《關於收購新民報財產情況向周恩來總理的報告》，1952 年
　　　　　4 月 12 日，北京市檔案館：1-12-97-1-4。
〔註 223〕《〈新民報〉過渡時期》，《北京日報》，2012 年 10 月 31 日。

1953 年私營報紙數量為零。為此，全國各地新聞管理機構展開了對現有民營報紙的清理。有研究指出，至 1952 年底，報紙全行業完成社會主義改造。雖然這種論斷缺乏事實依據，已經被不斷湧現的新材料推翻，但是，1952 年底，大量民營報紙驟然消失，卻也是不爭的事實，其中部分報紙是經由公私合營完成了社會主義改造。

與 1952 年及以前經由公私合營，最終轉為公營報紙的《大剛報》、重慶《大公報》、北京《新民報》不同，1953 年及以後實現公私合營的報紙，基本按照公私合營企業「四馬分肥」的原則分配利潤，嚴格遵照國家的相關規定。能夠堅守到這一時段實現公私合營，基本需要具備兩個條件：一是管理經營良善，營業收入與支出大體平衡；二是出版有優良成績，且已有明確的出版方向。〔註224〕這是新聞出版行業早在 1950 年即定下的規則。建國以後，允許出版的民營報紙本就數量有限，且大多白手起家，資金及人力係臨時拼湊，很多報紙在 1950 年的緊縮時期即自行消失。能夠同時滿足上述兩個條件的報紙，一定得有規模，且有穩定的資金及人力儲備，還要有盈利的歷史。1952 年底，在尚存的民營報紙中，與上述條件搭邊的均集中在上海，那就是《文匯報》、《新民報》、《大公報》，以及以公私合營面目出現，實際上仍按照民營報紙運營的《新聞日報》。

上海《新民報》創刊於 1946 年 5 月 1 日，經理鄧季惺、總主筆趙超構、總編輯程大千。自上海版問世後，《新民報》「五社八版」的托拉斯陣營終於形成。上海版雖最後問世，陣容卻最為鼎盛，從其名家薈萃的作者隊伍可見一斑。當時坊間有傳：「名作如林郭沫老，茅盾老舍葉聖陶。上下古今張恨水，今日論語超構趙。新聞舊聞說夏衍，冰兄龍生漫畫妙……」。〔註225〕1947 年 5 月 20 日，國民黨在南京鎮壓學生，製造了「5·20」血案，《新民報》以大量篇幅報導和支持學生鬥爭。5 天後，國民黨當局以「為共黨張目」之藉口，查封上海《新民報》，待該報接受部分屈辱條件後才允其復刊。1949 年上海解放後，《新民報》獲准繼續出版。但因市場低迷，報紙間競爭激烈，發行量從登

〔註224〕胡愈之在京津出版工作會議開幕式上的報告：《出版事業中的公私關係和分工合作問題》，1950 年 7 月 10 日，載中國出版科學研究所、中央檔案館編：《中華人民共和國出版史料（1950）》，北京：中國書籍出版社，1996 年 6 月版，第 405～406 頁。

〔註225〕楊雪梅：《報人時代：陳銘德、鄧季惺與〈新民報〉》，北京：中華書局，2008 年 8 月版，第 93 頁。

記時的兩萬份下跌到幾千份，最低一天僅有 2700 份。《新民報》只能靠向《解放日報》求借紙張，到銀行借貸，以維持生存。滾動到 1952 年，《新民報》外欠債務已高達 7.5 億元。〔註226〕此時，北京的《新民報》已經由短暫的公私合營改組為公營的《北京日報》，上海《新民報》有意傚仿之，願意把上海新民報社獻給國家。而上海新聞出版管理部門的通盤考慮是先壓縮上海現有的報紙數量，解決報紙間的惡性競爭及彼此分工問題。一個重要的舉措即將《大報》先併入《亦報》，再將《亦報》併入《新民報》。1952 年 11 月 20 日，上述合併工作最終完成，〔註227〕因原《亦報》訂戶的轉入及著名報人唐雲旌等人的加盟，《新民報》銷量迅速增至兩萬份以上。此時，《大公報》已決定北遷與《進步日報》合併，上海報紙的競爭狀況得以緩解，各報分工也已確定。《新民報》被定位為市民報，「以發展與提高人民文化生活為主要宣傳內容」。〔註228〕鑒於上海市僅此一家晚報，為了擴大《新民報》的政治影響，上海市人民政府文化教育委員會接納了新民報股份有限公司提出的公私合營的要求，由政府投資人民幣 21 億元，並於 1952 年底撥款到位。〔註229〕1953 年 1 月 1 日起，新民報社正式進入公私合營階段，此一經營屬性持續到 1958 年 4 月，《新民報》晚刊改名為《新民晚報》。〔註230〕

　　《文匯報》1938 年 1 月 25 日創刊於日軍盤踞的「孤島」上海，由嚴寶禮等愛國人士集資創辦。該報「首先突破了『洋商』報『中立』的界限，熱情地歌頌抗戰，反對投降賣國」，〔註231〕曾刊登周恩來、朱德、彭德懷、賀龍、葉劍英、劉伯承、林彪、任弼時的訪問記和報導，連載史沫特萊的長篇

〔註226〕《新民報上海社情況》，1950 年 4 月，上海市檔案館：S314-4-5-1。另見《新民報上海社 1952 年損益表》，1952 年 12 月 31 日，上海市檔案館：G21-1-284-4。

〔註227〕《新民報社關於合併出版新民報（晚刊）問題的函》，1952 年 11 月 20 日，上海市檔案館：G21-1-157-16。

〔註228〕《上海市人民政府文化教育委員會新聞處關於建議各機關今後如有重要公告及有關市民文化生活與日常生活的廣告請發刊新民報的函》，1953 年 8 月 27 日，上海市檔案館：B52-2-8-75。

〔註229〕上海市文化教育委員會、新民報股份有限公司：《上海新民報公私合營協議書》，1952 年 12 月 31 日，上海市檔案館：G21-1-157-17；另見《新民報社社務委員會關於經營管理的工作報告》，1954 年 6 月 8 日，上海市檔案館：G21-1-17-13。

〔註230〕1966 年 8 月 23 日起，受文化大革命影響，《新民晚報》又短暫改名為《上海晚報》。筆者注。

〔註231〕徐鑄成：《文匯報的誕生》，載《文匯報回憶錄 1：從風雨中走來》，第 12 頁。

報告文學《中國紅軍行進》，全文登載了毛澤東的《論持久戰》。〔註232〕這些抗日宣傳，在上海和淪陷區人民群眾中產生了廣泛的影響，該報創刊僅四個月，發行量已超過5萬份，成為當時上海發行量最高的一張報紙。〔註233〕在日據區宣傳抗日，其結果可想而知。1939年5月18日，在英租界與日本侵略者的共同壓制下，《文匯報》被迫停刊。1945年9月6日，《文匯報》在上海復刊，《復刊詞》聲明「為無黨派色彩商業性報紙，以言論自由為最高原則，矢志保持高尚的報格」。〔註234〕復刊後，發行人仍為嚴寶禮，徐鑄成也於1946年3月回到報館任總主筆。按照徐鑄成的看法，這一階段的《文匯報》正值「黃金時代」，「陣容整齊，團結一致，確實形成了一個堅強的戰鬥集體，得到進步民主人士的熱情支持和廣大讀者的關懷愛護。」〔註235〕1947年5月，上海40所大中學校學生以罷課形式抗議國民黨在南京製造的「5‧20」血案，《文匯報》作了如實報導。國民黨淞滬警備司令部羅織所謂「連續登載妨害軍事之消息，及意圖顛覆政府，破壞公共秩序之言論與新聞」的罪名，《文匯報》於5月24日再遭封門，部分編採人員無奈轉戰香港創辦港版《文匯報》。1949年5月上海解放後，《文匯報》迅速於6月21日復刊，社長兼總主筆徐鑄成，副社長兼總編輯、副總主筆柯靈，副社長兼總經理嚴寶禮。在解放後復刊或繼續出版的各大報紙中，《文匯報》雖人才濟濟，但因多次被迫停刊，它的物質基礎最為薄弱，在所有民營報紙中起步最為艱難，至1950年，已虧損39.1億，甚至超出負累沉重的《大公報》13個億。〔註236〕1950年9月，上海市政府和報社訂立協議，援助8億再貸款10億，前提是《文匯報》必須在半年內做到收支平衡。經過一番努力，1951年初，報紙銷路有所回升，突破了兩萬的關口，收支也基本平衡。但隨之而來的「三反」、「五反」等一系列政治運動，令傳統的民營辦報思維受到極大衝擊，報紙主旨不明，讀者對象遊移，骨幹成員陸續調離，發行量不斷下跌。到了1951

〔註232〕上海市地方志辦公室：《上海新聞志》，http：//www.shtong.gov.cn/node2/node2245/node4522/node5501/node5526/node63723/userobject1ai8672.html。

〔註233〕徐鑄成：《文匯報的誕生》，載《文匯報回憶錄1：從風雨中走來》，第10～11頁。

〔註234〕《文匯報》，1945年9月6日。

〔註235〕徐鑄成：《新聞叢談》，第69頁。轉引自李偉：《報人風骨：徐鑄成傳》，桂林：廣西師範大學出版社，2008年7月版，第137頁。

〔註236〕《上海市報館同業公會會員報社一般情況調查表》，1952年，上海市檔案館：S314-4-5。

年底，發行量僅剩下 12000 多份，虧損累計 74 億元。〔註237〕1952 年起，《文匯報》開展「起死回生」的救報運動。當年 3 月，該報確立了以教師爲主的中小知識分子爲發行對象，走報紙專業化（教育教學）、雜誌化（副業都是專刊）的發展方向，主副頁分別發行。4 月 1 日，《文匯報》又放下大報架子，改爲四開兩張，並在中小學大力發展通訊員和讀報組。此次改革爲《文匯報》帶來生機，到 10 月份，報紙發行量已較改版初期翻一番，1952 年底更是達到 4.6 萬份，〔註238〕且在 11 月份實現了 4 千萬元的盈餘。〔註239〕在上海報業普遍蕭條的情況下，《文匯報》的這番作爲使其成爲眞正的黑馬，對其實施公私合營的條件已然成熟。1952 年 12 月 31 日，上海市人民政府文化教育委員會和文匯報社簽訂了公私合營協議書，報社欠《解放日報》的約 20 億紙款全部作爲公股投資，加上政府另外投資的 12 億，以及沒收或接管的 2 億 7 千多萬股，公股數已占全部股本的 80.68%。〔註240〕從 1953 年 1 月 1 日起，文匯報社始稱公私合營上海文匯報社股份有限公司。直至 1956 年 4 月 28 日，《文匯報》出版終刊號，過渡到北京的《教師報》，性質轉爲公營，其公私合營的身份才宣告結束。

表 3-8：1949 年 6 月至 1952 年上海《文匯報》（含副頁）發行情況〔註241〕

1949 年		1950 年		1951 年		1952 年	
月份	平均數	月份	平均數	月份	平均數	月份	平均數
1		1	30708	1	24695	1	33970
2		2	29067	2	21206	2	19994
3		3	23240	3	21499	3	20911
4		4	18152	4	22910	4	23882
5		5	16342	5	23269	5	25920

〔註237〕莊人葆：《憶「救報運動」》，載《文匯報回憶錄 1：從風雨中走來》，第 111～112 頁。

〔註238〕文匯報社：《一九四九至一九五二年以前文匯報及文匯報副頁逐月報紙發行情況》，1955 年，上海市檔案館：B167-1-4-18-20。

〔註239〕莊人葆：《憶「救報運動」》，載《文匯報回憶錄 1：從風雨中走來》，第 115 頁。

〔註240〕《文匯報社關於 1953 年起公私合營後股份的情況》，1954 年 9 月 13 日，上海市檔案館：G20-1-72-1。

〔註241〕筆者根據《一九四九至一九五二年以前文匯報及文匯報副頁逐月報紙發行情況》整理，1955 年，上海市檔案館：B167-1-4-18-20。

6	53220	6	17456	6	23338	6	28087
7	28990	7	19091	7	22784	7	30014
8	23125	8	18424	8	21987	8	32750
9	35081	9	17913	9	21949	9	34576
10	59486	10	20662	10	23262	10	38923
11	52628	11	23901	11	23620	11	42915
12	37938	12	26406	12	22993	12	46301

　　改組自《新聞報》的上海《新聞日報》原本在 1949 年 6 月 29 日創刊之際，已被確定為公私合營報紙，且是 1950 年 3 月之前的惟一一份公私合營報紙。〔註242〕但在 1953 年以前，由於公私合營企業利潤分配的相關政策不甚清晰，《新聞日報》一直按照民營報紙的性質運營，其高達 73.2% 的私營股本也限制住了它的轉制步伐。直到 1953 年資產清點，該報有包括杜月笙在內的 7 戶私股未前往報社登記。按照中央財經委員會「關於公私合營企業逾期未來登記的股份可由企業申請政府由交通銀行暫行代管」，這筆共計 31000 股的資本發往交通銀行，從此與《新聞日報》無關，該報才於 1953 年 7 月正式公私合營。〔註243〕

　　上海各大報紙中，公私合營過程最為坎坷的是《大公報》，該報曾是第一個提出希望公私合營的報紙。1949 年 12 月 11 日，《大公報》副總編輯、共產黨員李純青寫信詢問新聞處負責人陳虞孫：「大公報資產已計算出來，奉上。公私合營何時討論？」〔註244〕這是《大公報》動議公私合營的初始。此後的《大公報》經營形勢每況愈下。1950 年 6 月，《大公報》的發行量只剩下了 4.66 萬份，〔註245〕廣告比 1949 年 1 月「減少了三分之二以上」。〔註246〕這一年的頭 7 個月，報社的虧損總額達到了 16.55 億元。〔註247〕作為中國惟一獲

〔註242〕中國新聞學會聯合會、中國社會科學院新聞研究所編：《中國新聞年鑒》（1988），第 525 頁。

〔註243〕蔡星華：《關於新聞日報股東等問題》，1955 年 12 月 15 日，上海市檔案館：B167-1-97-6。

〔註244〕李純青：《關於上海大公報館公私合營時間、沒收吳鼎昌股權派公股代表等問題的請示報告》，1949 年 12 月，上海市檔案館：B35-2-108-13。

〔註245〕《上海各報發行數量統計表》，1950 年 11 月，上海市檔案館：A22-2-11-7。

〔註246〕李純青：《大公報整編工作報告》，1950 年 9 月 24 日，上海市檔案館：B35-2-108-57。

〔註247〕李純青：《大公報工作人的思想狀況》，1952 年 1 月 3 日，上海市檔案館：A22-2-1532-22。

得過密蘇里學院獎的民營報紙，《大公報》的經營困境如若繼續下去，很可能造成惡劣的政治影響。因此，解決《大公報》的問題，已不僅僅是上海一地的事情，而是牽涉到中國新生政權的整體形象。1950 年 6 月 26 日，新聞總署專門召開會議，商討《大公報》的未來方向。這次會議，明確敲定了《大公報》走公私合營之路，政府不僅派代表參加該報的管理機構，還將以入股或其它補助方式解決該報的生存困境。只不過「爲考慮政治上的可能影響，暫不公開宣佈」。〔註 248〕上述會議所指稱的公私合營實際上變成了私營公助。1950 年 10 月，上海大公報館接受了政府投資的 200 噸白報紙，折實舊幣爲 23 億元。政府的上述投資加上應請處理的未名身份股款，總計約 59 億元，而此時上海大公報館的商股尚餘 185 億餘元，〔註 249〕民營資本依然佔據資本構成的主要份額。然而，《大公報》龐大的民營資本僅僅是一串虛擬的數字，該報的實際款項來源僅能依靠政府。到了 1951 年，「政府的借款總額已經超過《大公報》總資本一半以上」，〔註 250〕但報紙絲毫不見起色，發行量維持在 4.6 萬份，虧損總數在 1952 年 5 月已達到 41.58 億元。〔註 251〕經王芸生爭取，在毛澤東的干預下，中共中央決定《大公報》北遷與天津《進步日報》合併，正式公私合營，嗣後遷京出版。1953 年 1 月 1 日，合併後的《大公報》在天津出版，這應視作《大公報》公私合營的開始。1953 年 1 月 14 日，1954 年 10 月 6 日，中共中央兩度發放紅頭文件，言明《大公報》雖「對外仍保持私營的面目」，「實際已是黨領導的公私合營的報紙」，〔註 252〕指示各地黨委予以重視。這一事實說明，經過公私合營的《大公報》已從上海的地方性報紙升級爲全國性大報。1956 年 10 月 1 日，《大公報》遷京出版，這本應成爲該報從公私合營轉爲公營的開始。而歷史的弔詭之處在於，儘管《大公報》獲得了一系列口頭許諾，卻始終未獲得公營的正式文件。直到 1958 年 12 月 9 日，時任《大公報》負責人的常芝青還在向中共中央及文化部提交報紙轉爲公營

〔註 248〕《關於大公報問題商定要點》，1950 年，上海市檔案館：B35-2-108-23。

〔註 249〕上海大公報館：《關於執行政務院發佈的公股公產清理辦法的函》，1951 年 6 月，上海市檔案館：B35-2-107-5。

〔註 250〕《新聞界改造情況》（二），1952 年 8 月 7 日，上海市檔案館：A22-2-1551-l2。

〔註 251〕陳虞孫：《關於上海私營報紙調整辦法給中共上海市委宣傳部的報告》，1952 年 5 月 29 日，上海市檔案館：A22-1-47-3。

〔註 252〕《中央給各地指示電關於重視運用光明日報和大公報的通知》，1953 年 1 月 14 日；《中央宣傳部關於大公報若干問題的通知》，1954 年 10 月 6 日，北京市檔案館，043-001-00022-1、4-5。

的申請。〔註253〕

3.3.2 公私合營報紙的股本構成及股息分配

　　1953 年以前轉制為公營報紙的漢口《大剛報》、重慶《大公報》、北京《新民報》，因公私合營僅係短暫的過渡，股份處理相對簡單。《大剛報》公私合營時，資產總額估價為 74.8 億，一股計價 50 萬元，資產被分作 1496 股。武漢市人民政府作為公方投資 20 億元，占其中 400 股，私人資本 54.8 億元，占 1096 股。在改組為公營的《新武漢報》時，政府欲退還 54.8 億元私人股金，因持股人主要是《大剛報》職工，所有股權人均未領取股金，而是全部捐獻給國家。這筆原本屬於私人的資金被存入銀行，設置為《新武漢報》的福利基金；〔註254〕重慶《大公報》的公私合營更為簡單，目前尚未有材料證明政府曾經入股資金，政府所做工作係安排多餘員工和派員加強報社領導。該報 1951 年 12 月公私合營，1952 年 8 月 5 日改組為公營的《重慶日報》，在此期間，不僅收支平衡，還略有盈餘，〔註255〕轉制可謂波瀾不驚；北京《新民報》公私合營時，北京市政府乃一次性收購新民報社資產，對私股也是一次性贖買，不再牽涉公私股的比例問題。

　　股本問題比較複雜的是 1953 年以後公私合營的上海《新民報》、《文匯報》、《新聞日報》和《大公報》。從這四張報紙的董事會構成、公私股本分配上，可以大致瞭解民營報紙如何被改造、限制和利用。

表 3-9：上海公私合營報紙 1955 年公、私股董事名錄〔註256〕

	新聞日報	文匯報	新民報
公股董事	劉思慕（新聞日報副社長，民主人士） 許彥飛（新聞日報經理，	夏其言（解放日報管理部主任）	張映吾（華東新聞出版局）

〔註253〕常芝青：《關於確定與改變大公報的領導關係，明確大公報為國營企業向中央及文化部的報告》，1958 年 12 月 9 日，北京市檔案館：043-001-00033-15-16。

〔註254〕長江日報報史編委會：《長江日報 50 年》，武漢出版社，1999 年 4 月版，第 27 頁。轉引自丁騁：《中國大陸民營報紙退場的探究：1949～1954》，華中科技大學博士論文，2012 年，第 25～26 頁。本書對原文中的一處計算錯誤已做糾正，《大剛報》資產總額估價應為 74.8 億，而非 74 億。

〔註255〕王文彬：《建國初期的重慶大公報》，《新聞研究資料》，1987 年第 4 期。

〔註256〕筆者根據《新聞日報、文匯報、新民報董事名單》整理，1955 年，上海市檔案館：B167-1-97-55。

	黨員） 華春（交通銀行） 徐里平（上海市新聞出版處副處長）	彭澤華（交通銀行） 潘惠霖（工商局） 張映吾（華東新聞出版局）	陳落（華東新聞出版局） 潘惠霖（工商局）
私股董事	馬蔭良（公私合營五洲大藥房總經理） 秦潤卿（公私合營銀行董事） 嚴獨鶴（新聞圖書館）	嚴寶禮（文匯報社） 徐鑄成（文匯報社） 張乾若（北京文史館） 虞順懋（鴻安輪船公司）	吳晉航（公私合營銀行） 陳銘德（新民報副社長） 趙超構（新民報社長） 席文光（進出口工會主席）

　　1953 年 1 月 1 日，上海《新民報》公私合營。自 1952 年底，《亦報》併入《新民報》之後，該報公私合營已成定局。首先確定的是公股董事，由上海市人民政府文化教育委員會的張映吾擔任，私股董事為吳晉航、陳銘德、趙超構和席文光。1952 年 12 月 23 日，公私合營新民報公司董事會首次座談會在上海九江路和成銀行樓上和彝公司召開，會議推舉吳晉航為董事長，趙超構為社長，陳銘德為副社長，蔣文傑為總編輯。趙超構、陳銘德、蔣文傑、歐陽文彬、曹仲英為社務委員，組織社務委員會，以趙超構為主任委員。社長趙超構、總編輯蔣文傑提請以趙超構、程大千、唐雲旌、張慧劍、梁維棟、錢穀風、歐陽文彬、蔣文傑為編輯委員，組織編輯委員會，以歐陽文彬為編輯委員會辦公室主任。〔註 257〕1953 年 3 月 1 日，新民報社董事會第一次會議核定了報社資本總額為 27 億元，其中包含上海市文化教育委員會一次性投資的 21 億元〔註 258〕以及原私營新民報公司投資的 6 億元。按照每股一萬元計，共折合 27 萬股。〔註 259〕按照公私合營規劃，私股部分，由交通銀行代管四川省銀行等 19 戶 73012 股；和成銀行、民生公司、華康銀行、四川畜產公司、重慶書源公司、重慶牛奶場、大康公司、怡益銀行等 8 家 54772 股，以及個人股東陳銘德、鄧季惺、羅承烈、何北衡、席文光、胡仲實、李奎安、石體元、張志淵、楊典章等 10 戶 86744 股全部加入公私合營上海新

〔註 257〕《公私合營新民報公司董事會座談會議記錄》，1952 年 12 月 23 日，上海市檔案館：G21-1-17-5；另見趙超構：《合營後工作報告》，1954 年 6 月 8 日，上海市檔案館：G21-1-17-18。

〔註 258〕政府入股《新民報》的 21 億元包括代還報社 7.5 億元的債務，另給流動資金 13.5 億元。參見《上海市人民政府文教委員會關於各報公私合營的指示》，1952 年，上海檔案館館藏，B34-1-37。

〔註 259〕《新民報社社務委員會關於經營管理的工作報告》，1954 年 6 月 8 日，上海市檔案館：G21-1-17-13。

民報股份有限公司；張恨水等 59 戶 90382 股待公司財產處理完畢後，按現股值核算，據公司股票或繳款收據以現金退還股款，用於捐獻或其它用途。〔註 260〕此規劃發佈後，《新民報》發生 90% 的董事「聲明退股、捐獻或辭去董事職務」，「股東也紛紛退股或捐獻」。〔註 261〕到了 1955 年，私股已所剩無幾，且以未登記股、懷疑股和凍結股居多。〔註 262〕《新民報》的創始人陳銘德雖然被任命為副社長及私股董事，但自接受了聘書之後久居北京，再未過問報社事情，連日後支付給他及鄧季惺的股份利息都未曾領取。〔註 263〕1955 年 11 月 14 日，新民報社致電上海市人民委員會文教辦公室，言稱報社董事長吳晉航原為公私合營銀行股份代表人，「現公私合營銀行股份既然已轉移交通銀行上海分行代理，則新民報社的董事長一聯擬建議由交通銀行的代表擔任。」〔註 264〕此舉進一步表明私股持有者尋求全身而退的心態，私股的式微呈現不可逆轉之勢。

表 3-10：1955 年新民報社資方情況表〔註 265〕

大股東		未登記私股		懷疑股		凍結股	
陳銘德	6517	蓉記	1661	莊雨靈	343	解宗元	412
重慶自來水公司	1562	楊礎生	687	黃仲翔	183	張君鼎	365
西南蠶絲公司	1903	大康銀行	532	張明煒	16	曾擴情	914
重慶輪渡公司	796	怡益銀行	532	姜紹漠	302	方治	302
四川畜產公司	3123	楊典章	687	崔心一	183		
合營銀行股	12464			陶馥記	276		
席文光	312			張廷休	183		
				梁寒操	183		
				鄧建侯	183		

〔註 260〕《上海市人民政府文教委員會關於各報公私合營的指示》，1952 年，上海檔案館館藏，B34-1-37。

〔註 261〕《陳銘德致趙超構》，1952 年 11 月 4 日，上海市檔案館：A22-2-1545。

〔註 262〕《新民報社資方情況》，1955 年，上海市檔案館：B167-1-97-76。

〔註 263〕轉引自丁騁：《中國大陸民營報紙退場的探究：1949～1954》，華中科技大學博士論文，2012 年。

〔註 264〕上海市出版事業管理處：《關於公私合營新民報社股份有限公司更換董事長的請示報告》，1955 年 11 月 14 日，上海市檔案館：B167-1-46-43。

〔註 265〕筆者根據《新民報社資方情況》整理，1955 年，上海市檔案館：B167-1-97-76。

　　《文匯報》與《新民報》一樣，也是自 1953 年 1 月 1 日起公私合營。文匯報公私合營期間，總計股數 700 萬股，每股股值 500 元，總股值 35 億元。其中，公股 6444100 股，股值 32.2205 億，占 92.06%；合營股 1200 股，股值 60 萬，占 0.02%；私股 529752 股，股值 2.64872 億，占 7.56%；其它股 24948 股，股值 12474000，占 0.36%。〔註 266〕以上股份結構表明，截至 1954 年 9 月，《文匯報》的私股不及 10%，幾乎到了可以忽略不計的程度。1956 年 4 月 28 日，《文匯報》出版終刊號，過渡到北京的《教師報》。其私股部分計 552498 股，合人民幣 27675.10 元（新幣）亟待處理。〔註 267〕私股中最大一筆爲虞順懋持有的 13200 元，因虞開辦的鴻安輪船公司在公私合營時被認定爲嚴重倒掛戶，資不抵債，〔註 268〕虞在《文匯報》所持股份由上海輪船股份公司收回〔註 269〕；徐鑄成持有的 750 元股金要求捐獻，嚴寶禮等人的股份則轉投資到《新民晚報》。由於《文匯報》在 1946 年冬因資金匱乏曾募集讀者入股，去除懷疑股後，讀者股共計 896 戶，股金計 4848.30 元。建國後，已辦理登記的讀者股僅 235 戶，合計 3077.40 元。這部分股票的處理分成三種方式：願退股的發還現金；願捐獻的可以接受；不願收還現金的代訂同等價值的報紙。未登記的讀者股，則由交通銀行代爲收存。而私股中的凍結股和懷疑股同樣交由交通銀行代管。〔註 270〕如此這般，始建於 1938 年的上海《文匯報》在 18 年後徹底清除了資本中的民營成份，當它於 1956 年 10 月 1 日復又在上海出版後，已經完全變成一張由國家出資的報紙，其紙張、房屋、印刷、經費等

〔註 266〕《文匯報社 1953 年起公私合營後股份情況》，1954 年 9 月 13 日，上海檔案館：G20-1-72。

〔註 267〕上海市出版事業管理處：《請示關於文匯報社股份的處理原則》，1956 年 5 月 11 日，上海市檔案館：B167-1-133-86。

〔註 268〕公私合營上海輪船股份有限公司：《爲上海文匯報副社長嚴寶禮代鴻安公司資方虞順懋投資文匯報問題報請研究處理由》，1956 年 1 月 10 日，上海市檔案館：B167-1-133-75。

〔註 269〕1951 年，虞順懋以空地約五畝的地契做抵押，向《文匯報》商借 20 筒白報紙，再將白報紙抵押給鹽業銀行，獲得 1 萬元（新幣值）借款。公私合營時，白報紙由上輪公司贖回並拍賣。虞順懋在《文匯報》所持股票，扣除白報紙價值後，所餘 2666.68 元劃爲上輪公司所有，以償還虞順懋的對公債務。參見虞順懋：《我與文匯報及該報董事長嚴寶禮的公私關係》，1955 年 12 月 21 日，上海市檔案館：B167-1-133-79。

〔註 270〕上海市出版事業管理處：《請示關於文匯報社股份的處理原則》，1956 年 5 月 11 日，上海市檔案館：B167-1-133-86。

問題均在中宣部、上海市委、文化部甚至中共中央的直接控制下解決。〔註271〕

表 3-11：文匯報 1955 年資方情況（新幣值）〔註272〕

股東姓名	股數	金額	1954 年股紅息	備註
虞順懋	264000	13200	5940	文匯報董事，公私合營上海長江輪船公司資方之一
任筱珊	81360	4068	1830	原文匯報董事長，病逝美國，其子任家桂繼承此筆股份
嚴寶禮	51624	2581.2	1161.54	文匯報副社長兼管理部主任
龍雲	33000	1650	742.5	即龍志舟，全國政協委員（讀者股）
徐鑄成	15000	750	337.5	文匯報社長（勞績股，申請捐獻）
徐子為	9000	450	202.5	北京某紗廠老闆（讀者股）
張乾若	6000	300	135	北京文史館工作，不承認持有此筆股票
許資新	3900	195	87.75	上海居民（讀者股）
周？	3000	150	67.5	愛皮西糖業廠資方（讀者股）
朱雲光	2400	120	54	上海復旦中學教員
備註	尚有許多讀者股，股金最大不足 100 元，最小 0.3 元，另有凍結懷疑股 9 戶			

　　《新聞日報》名義上是在 1949 年 6 月 29 日創刊日起開始公私合營。因有解放前發行量第一的《新聞報》的底子，它是新中國初期上海惟一不虧損的綜合性大報，1949 年底日均銷量達到 13 萬份。1949 年冬，《新聞日報》獲重新估值，資產定為 40 億元，分作 40 萬股，每股 1 萬元。股份方面經審查後，確定接管官僚資本 107126 股，占全部股份的 26.784%；漢奸股份 12200 股，分屬 58 戶。《新聞日報》的經營狀況一直很穩定。1951、1952 年均有盈餘，兩年總盈利 187 億元。1953 年，經交通銀行、工商局、上海市文委、新聞處及《新聞日報》五方協商，決定補發前兩年的紅利，按每股每年 600 元

〔註271〕《文匯報》復刊所需房屋及印廠未建立前的印刷問題由上海市解決，須向國外訂購機器的資金由文化部調撥，4 個月的用紙儲備由出版局調劑，開辦費 22 萬元及可能的 3 個月虧損 9 萬元報中央專案解決。參見文化部出版事業管理局：《關於文匯報復刊必須解決的幾個問題商談結果彙報》，1956 年 7 月 31 日，上海市檔案館：B167-1-133-47。
〔註272〕《文匯報社資方情況》，1955 年，上海市檔案館：B167-1-97-74。

計算，總計兩年的股息、紅利爲9億6千萬元。〔註273〕

表3-12：新聞日報大股東名錄〔註274〕

戶名	股數	金額
史泳賡（香港）	540000	540000
沈雙清（史泳賡母親）	240000	240000
史明明（上海）	55920	55920
汪仲偉（上海絹絲公司）	70320	70320
汪伯奇（香港中華書局）	17160	17160
秦潤卿（公私合營銀行董事）	36000	36000
吳麟坤	30024	30024
沈柏年	56640	56640
宋冠英	24000	24000
馬蔭良	少數股金〔註275〕	不詳

　　從表3-12《上海公私合營報紙1955年公、私股董事名錄》中可以看到，《新聞日報》的公股董事爲新聞日報社副社長、總編輯劉思慕，新聞日報社經理、共產黨員許彥飛，及銀行代表和政府代表各一。比之《文匯報》和《新民報》的政府人員居多，《新聞日報》的公股人員基本由《新聞日報》管理層兼任，這意味著政府職能部門的干預相對較少，報紙的自我管理更趨穩定。據新聞主管部門掌握的資料，在《新聞日報》的董事會中，主要是公股在起作用，私股董事中，因馬蔭良較靠近政府，「他在私股股東中有代表性」。「股東們一般不過問社務，只要每年有股息、紅利分就行了。」〔註276〕因動機單

〔註273〕蔡星華：《關於三公私合營報社盈餘分派等問題》，1955年3月3日，上海市檔案館：B167-1-97-51。

〔註274〕《新聞日報社資方情況（大私股）》，1955年，上海市檔案館：B167-1-97-75。

〔註275〕《新聞日報》併入《解放日報》後，馬蔭良於1960年12月20日致信《解放日報》，聲稱其所持《新聞日報》500股係由史泳賡股權中臨時轉讓出來。上海解放時，因《新聞日報》確定爲公私合營，馬蔭良被任命爲私股董事。因其並無股份，才有上述股票轉讓之舉。馬蔭良請求仍將股權轉回史泳賡所有。見《馬蔭良致解放日報經理部負責同志的信》，1960年12月20日，上海市檔案館：A73-1-419-4。

〔註276〕蔡星華：《關於新聞日報股東等問題》，1955年12月15日，上海市檔案館：B167-1-97-4。

純，加之《新聞日報》始終盈利，該報的私股反而在三張報紙中比例最高。

表 3-13：1954 年上海公私合營報紙股份情況〔註 277〕

	新聞日報		文匯報		新民報	
公股	916016	35.23%	6444292	92.06%	229654	85.06%
代管或凍結股	186000	7.16%	24948	0.36%	2176	0.8%
私股	1497984	57.16%	530760	7.58%	38170	14.14%

《新聞日報》的公私合營一直到 1960 年 6 月 1 日，這一天，《解放日報》與《新聞日報》合併，《新聞日報》共 351 人調入黨報，其中包括劉思慕、樂靜、鄭拾風等 77 名編輯部人員，朱幼孫等 34 名行政人員，梁古今等 84 名管理部人員以及 190 名工人。35 人支持到其它部門，其中陳遲等 3 人進入新華社，胡中瑾等 7 人去了《文匯報》，馮英子等 7 人到了《新民晚報》，尚有 18 人去了國際問題研究所、攝影學會、電臺等部門。〔註 278〕公私合營的終結也意味著這張既年輕又古老的上海著名大報的終結。

《大公報》產生公私合營的想法始於 1949 年底。當年的 12 月 11 日，《大公報》副總編輯李純青致信新聞管理部門負責人陳虞孫，詳細說明了大公報社的股份組成：《大公報》股份有限公司股份總額爲 6 萬股，其中吳鼎昌（在股權登記時他以吳達詮和吳前溪兩個名字分別入股，所以擁有兩個戶頭）一人就擁有 9750 股，占全部股份的比例達到 16.25%。〔註 279〕按照政府處理股權的方法，吳鼎昌因名列中共 1948 年發佈的國民黨「戰犯」名單，〔註 280〕他的 9750 份股票應列入官僚資本予以沒收，上海大公報館的公股份額一下子提升了 16.25%。其餘各股份分別屬於胡政之、張季鸞、曹谷冰等 43 人。〔註 281〕

〔註 277〕《公私合營三報社股份情況》，1955 年，上海市檔案館：B167-1-97-57。

〔註 278〕解放日報社：《關於 1960 年 6 月 1 日新聞日報與解放日報合併後全部職工的分配名單》，1960 年，上海市檔案館：A73-1-413-1。

〔註 279〕李純青：《關於上海大公報館公私合營時間、沒收吳鼎昌股權派公股代表等問題的請示報告》，1949 年 12 月，上海市檔案館：B35-2-108-13。

〔註 280〕1948 年 12 月 25 日，新華社發佈了 43 名國民黨戰犯的名單。這一名單基本上囊括了當時「國民黨政府」的黨政軍大員。吳鼎昌因曾任國民政府文官長兼國民黨中央設計局秘書長、總統府秘書長等職，位列「戰犯」名單第 17 位。筆者注。

〔註 281〕李純青：《關於上海大公報館公私合營時間、沒收吳鼎昌股權派公股代表等問題的請示報告》，1950 年 12 月，上海市檔案館：B35-2-108-13。

1950 年，上海大公報資本總額：政府資本 23 億，商股資本 221 億，合計 244
億。〔註 282〕

表 3-14：大公報社股份有限公司主要股東姓名暨股權清單（1950 年 9
月）〔註 283〕

吳鼎昌	9750	李國欽	5000	王寬誠	2000
胡政之	100	王芸生	3000	周作民	1500
顧俊琦〔註 284〕	6400	李子寬	3000	胡薈春	1200
胡燕〔註 285〕	1000	金誠夫	3000	王孟鍾	1200
張季鸞	5000	曹谷冰	2000	黃洛沂	1000

　　1952 年底，上海《大公報》北遷以前，6 萬股分作四種情況處理：一是
可以確定爲公股的有 22000 股，其中沒收吳鼎昌 9750 股；二是王芸生、曹谷
冰、金誠夫、李子寬等願意交出共計 16000 股「勞績股」；三是私股部分的 19500
股中，李國欽、王寬誠所佔的 7000 股，在香港《大公報》股權未清理前暫不
處理；四是胡政之及其家屬、張季鸞所佔的 12500 股，由上海《大公報》按
月給家屬不等的生活補助費。〔註 286〕自此，《大公報》公私合營之前的股份得
以妥善處理。報紙遷京出版後，私股只剩下 17%。〔註 287〕在執行 1952 年所
定股份處理計劃時，該報方案稍有所變動，即張季鸞家屬，每月由報社給予
生活費 200 元，還有三個持勞力股的 1957 年以前退職的老職工，亦係因生活
困難，每月發給 20 元到 50 元的生活費。至於不願意放棄股票的胡政之妻女
等，直至 1958 年，他們的股本安置尚處於懸置狀態。總之，除以生活費形式
支付少量報酬外，解放後，《大公報》「從來沒有計算，分發過股息和定息。」
〔註 288〕

〔註 282〕上海大公報館：《關於資本總額情況的彙報》，1950 年，上海市檔案館：
　　　　　B35-2-108-15。
〔註 283〕筆者根據上海市檔案館檔案整理，參見《大公報社股份有限公司股東姓名暨
　　　　　股權清單》，1951 年 6 月，上海市檔案館：B35-2-107-5；另見王鵬：《〈大公
　　　　　報〉的資金與股份變動情況》，《百年潮》，2001 年第 8 期。
〔註 284〕顧俊琦爲胡政之續弦。
〔註 285〕胡燕爲胡政之女。
〔註 286〕方漢奇等：《大公報百年史》，中國人民大學出版社，2004 年，第 350 頁。
〔註 287〕常芝青：《關於確定與改變大公報的領導關係，明確大公報爲國營企業向中央
　　　　　及文化部的報告》，1958 年 12 月 9 日，北京市檔案館：043-001-00033-15-16。
〔註 288〕同上。

上述報紙在公私合營後，經營狀況全面轉好。《新聞日報》在 1953 年 7 月正式公私合營後，盈利能力進一步提升，全年盈餘 115 億元。《文匯報》1953 年也實現轉虧為盈，盈餘 48 億元。只有《新民報》尚虧損 6.2 億。1954 年，在上海市新聞處的統籌安排下，按照股息、紅利及股董酬勞約占盈餘總額 20.5%的比例，《文匯報》率先發放了 1953 年的分紅，總計 9.9 億元；《新聞日報》在扣除紙張差價後，分發股息、紅利共計 19.2 億元。〔註289〕1954 年，在扣除紙張差價後，《新聞日報》全年盈餘 99.2 億元，《文匯報》盈餘 83.6 億，《新民報》也終於轉虧為盈，獲利 12 億零 3 百萬元。〔註290〕

表3-15：1954 年上海公私合營報紙收益情況分析〔註291〕

			第一季度	第二季度	第三季度	第四季度	全年
新聞日報	總收入		81.62 億	83.51 億	78.42 億	74.45 億	381 億
	其中	發行	48.87 億	51.31 億	50.36 億	46.24 億	196.84 億
		廣告	28.97 億	27.63 億	23.57 億	22.54 億	102.71 億
	盈餘		22.58 億	32.62 億	21.79 億	22.22 億	99.21 億
文匯報	總收入		88.12 億	96.64 億	78.81 億	83.56 億	347.13 億
	其中	發行	82.19 億	89.08 億	71.20 億	76.77 億	319.24 億
		廣告	5.83 億	5.14 億	5.22 億	4.37 億	20.56 億
	盈餘		28.43 億	30.44 億	16.71 億	8.02 億	83.60 億
新民報	總收入		19.07 億	21.83 億	22.92 億	19.41 億	82.63 億
	其中	發行	14.94 億	16.54 億	17.09 億	14.16 億	62.74 億
		廣告	3.70 億	4.92 億	5.09 億	4.83 億	18.54 億
	盈餘		2.68 億	4.56 億	3.91 億	0.88 億	12.03 億

〔註289〕蔡星華：《關於三公私合營報社盈餘分派等問題》，1955 年 3 月 3 日，上海市檔案館：B167-1-97-51。

〔註290〕蔡星華：《關於三公私合營報社盈餘分派等問題》，1955 年 3 月 3 日，上海市檔案館：B167-1-97-51；蔡星華：《關於新聞日報股東等問題》，1955 年 12 月 15 日，上海市檔案館：B167-1-97-6。

〔註291〕筆者根據《一九五四年三報收益情況分析》整理，1955 年，上海市檔案館：B167-1-97-62。

表 3-16：文匯報及新民報 1954 年利潤分配詳目（折合成新幣計算）〔註292〕

盈餘總額 （新幣/元）		文匯報		新民報		新聞日報	
		809991.76		120295.06		992070.75	
其中	所得稅	248090.87	30.63%	38107.39	31.68%	310698.54	30.78%
	公積金	313751.72	38.73%	9623.6	8%	360526.78	35.72
	福利或獎勵金	85049.17	10.5%	9623.6	8%	106000	10.50%
	股息紅利 — 股息	21000	20.14%	24300	20.21%	193907.94 〔註293〕	23.00%
	股息紅利 — 紅利	136500				28758.27 〔註294〕	
	股息紅利 — 股董酬勞	5600 〔註295〕		無	無	9500	
	彌補 1953 年虧損	無		38640.47	32.11%	無	無

　　呼應上海的好消息，北上的《大公報》也迅速摘掉了虧損大戶的帽子，從 1953 年起已有盈餘，〔註296〕到了 1954 年，銷售利潤 10.5 億，廣告利潤 23.2 億，其它副業利潤 1.5 億。忽略部分計算失誤，總計盈利 32 億元。〔註297〕1956 年，該報發行量達到有史以來的最高數額：28.7 萬份。〔註298〕到了 1958 年，

〔註292〕公私合營上海文匯報社股份有限公司：《爲呈請核准本公司一九五四年度利潤分配及發放日期由》，1955 年 5 月 25 日，上海市檔案館：B167-1-97-65；上海新民報社：《爲擬定我社一九五四年度盈餘分配辦法，當否？請核示由》，1955 年 5 月 28 日，上海市檔案館：B167-1-97-69；新聞日報社：《報告我社董事會決議案》，1955 年 5 月 24 日，上海市檔案館：B167-1-46-48。

〔註293〕新聞日報社 1954 年度股紅利共計 193907.94 元（新幣值），其中 76989 元用以認購公債，占私股所得的 68.91%。參見新聞日報社：《報告我社董事會決議案》，1955 年 5 月 24 日，上海市檔案館：B167-1-46-48。

〔註294〕此處數字爲股息紅利內扣還報社墊付進口紙紙款尾數及利息。

〔註295〕文匯報的股董酬勞爲：嚴寶禮、徐鑄成各 1000 元（新幣值）；張映吾、謝光弼、夏其言、潘惠霖、張乾若、虞順懋各 600 元。參見《爲呈請核准本公司一九五四年度利潤分配及發放日期由》，1955 年 5 月 25 日，上海市檔案館：B167-1-97-65。

〔註296〕常芝青：《關於確定與改變大公報的領導關係，明確大公報爲國營企業向中央及文化部的報告》，1958 年 12 月 9 日，北京市檔案館：043-001-00033-15-16。

〔註297〕大公報：《1954 年度銷售利潤（虧損）明細表》，1954 年，天津市檔案館：X199-Y-1-77-84。

〔註298〕大公報黨組：《大公報歷年發行情況（1953～1965）》，1960 年 1 月 25 日，北京市檔案館：043-001-00026-5-6。

《大公報》廣告收入共計 64.12 萬元（新幣值），全年收入較 1957 年又增加135.7%，上繳利潤 42.5 萬元（新幣值）。〔註 299〕此後，《大公報》又陸續兼併了《糧食報》和《商業工作報》。直到 1966 年 9 月 10 日被迫停刊前，《大公報》再也沒有虧損過。

3.4 民營報紙最終消失

1956 年 9 月 15 日，中國共產黨第八次全國代表大會宣布新中國社會主義社會基本建立。這是一個理想與現實共同推動的歷史選擇。社會主義社會的政治標識是人民民主專政，而其經濟結構是單一的公有制和計劃體制。在任何民營經濟皆不具備合法性的前提下，深處意識形態前沿的新聞界，不可能留有民營報紙的生存空間。「作為階級鬥爭的重要武器的文化出版事業，要比旁的東西先進入社會主義，也就是首先進入國營。」〔註 300〕這是在新中國成立伊始已然固化的一種思維。對於民營報紙來說，它們所面臨的不是活不活的選擇，而是活多久的問題。

客觀來講，新中國民營報紙的消亡並非全係官方已有的政治預設，它是一個多因驅動的複雜過程，應該從更多層次、更多角度展開和消化那段歷史。首先，應該承認，新的執政黨在新中國伊始並沒有根本背棄早前的新民主主義承諾，否則也不會任由上海的四張民營大報掌控在五位民主人士手中，〔註 301〕也不會在報紙窮途末路的時候施以援手。此一現象不宜用「陽謀論」簡以蔽之；其次，在全國範圍內，各地政府首先遵照的是對民營企業利用、限制、改造的節制資本政策，對有利用和改造價值的民營報紙基本實現了「民轉公」的改制或公私合營，對大多數民間報人做了妥善安置，這在本章報紙併合及報紙公私合營的兩個小節已有詳細陳述。經由上述過程，天津的《新生晚報》、《進步日報》、《星報》，上海的《新民報》、《大公報》、《文

〔註 299〕《大公報 1958 年行政部門工作總結》，1958 年，北京市檔案館：043-001-00067。

〔註 300〕黃洛峰：《在新華書店出版工作會議第四次大會上的報告》，1949 年 10 月 5 日，載中國出版科學研究所、中央檔案館編：《中華人民共和國出版史料（1949）》，北京：中國書籍出版社，1995 年 5 月版，第 277 頁。

〔註 301〕此處是指王芸生主持《大公報》，徐鑄成主持《文匯報》，趙超構主持上海《新民報》，金仲華、劉思慕主持《新聞日報》。上述五位都是著名民主人士。筆者注。

匯報》、《大報》、《亦報》，杭州的《當代日報》，寧波的《寧波人報》，廈門的《江聲日報》，武漢的《大剛日報》，西安的《經濟快報》、《工商晚報》，重慶的《大公報》，成都的《工商導報》都獲得了新的發展契機。另有廣州的《現象報》、《越華報》、《國華報》、《廣州標準行情》，其物質、人力資源，也在停刊後得到充分利用；再次，新中國最後一張民營報紙消失於 1957 年12 月 31 日，在此前的各個年份，均有民營報紙陸續完成改造，而並非於建國前三年戛然而止。這一事實顯明，新中國的新聞管理政策雖嚴格卻也有彈性，存在寬嚴間的不斷震蕩。不管此種情況出於管理經驗不足還是管理層不同的意見傾向，其結果都體現出新中國政治演進中，集權與民主、統制與包容之間的博弈。

因此，在考察民營報紙的消亡因素之前，有必要對民營報紙的消亡主因做簡單歸類。如果從結果著手可分為兩種：一種完成了改造，另一種徹底消亡。前文已清晰列舉了業經改造的民營報紙名錄及改造過程。而那些徹底消亡的報紙又是何種原因與世界作別？經由梳理史料，對這些報紙可做三種歸類：一種是自動停刊，完全受制於市場環境，體現的是物競天擇的生存規律；一種是勒令關閉，因有違官方的政策法令，不容於執政方的意識形態框架；還有一種是奉命停刊，歸於權力一方中性的調節動機，體現出當權者對此類報紙經濟或政治風險的隱憂。無論民營報紙以何種原因消失，都有必要盡量多地還原其消亡過程。只有這樣，才能更為立體地呈現新中國對都市社會輿論空間的統合路徑。

3.4.1 自動停刊的民營報紙

民營報紙本是市場催生的產物，資金主要來自民間，經濟環境對其制約尤為顯著。那麼在新中國成立之初，民營報紙面對的是怎樣的經濟環境？據資料顯示，從 1949 年 4 月到 1950 年 2 月，全國共出現四次漲價風。以上海為例，批發物價指數如果以 1949 年 6 月為 100，到了 1950 年 2 月達到 2097.9，上漲了近 21 倍。〔註302〕物價上漲的原因，一方面係國民黨統治時期通貨膨脹的延續，一方面也由於軍費開支、負擔舊的公教人員、開展重點建設等，導致新政府出現較大虧空，只能通過增發貨幣來彌補財政赤字。截至 1949 年 11

〔註302〕林蘊暉、范守信、張弓：《1949～1976 年的中國：凱歌行進的時期》，第 69
～70 頁。

月，人民幣發行額較 1948 年增加 11 倍，1950 年 1 月又比 1949 年 11 月增長 1
倍。國家經濟困難之際，一些投機分子囤積居奇，倒買倒賣，僅上海一地就
有二三十萬人從事投機活動，包括 360 家紗號、2371 家棉布號、644 家糖號，
以及數以百計的地上、地下錢莊。〔註 303〕時任民營大中國圖書局編輯所長兼
總經理的歷史學家顧頡剛在 1949 年 7 月 18 日記載：「大中國每日營業，約自
四萬至十萬。然以米價之高，薪水之漲，不敷開銷遠甚。如物價猶做波動者，
不過支持兩個月耳。」〔註 304〕顧頡剛的記載反映了民營出版業在物價波動時
期的生存困境。1949 年 6 月起，爲了遏制投機資本，中財委整合全國資源，
成功發動「銀元之戰」和「米棉之戰」，又通過統一全國財經，控制了物資和
現金管理，於 1950 年中旬結束了舊中國遺留下來的連續 12 年的通貨膨脹。
然而，由於打擊投機用力過猛，抑制物價刹車過急，雖遏止了通貨膨脹，卻
也導致社會購買力消失，出現經濟「後仰」現象。從 1950 年 4 月始，全國各
大中城市出現市場蕭條、商品滯銷狀況，14 個城市中有 2945 家工廠關門，16
個城市中有 9347 家商店歇業，全國多出一百多萬失業半失業工人。〔註 305〕
新中國第一批自動停刊的報紙即出現在此一階段。

　　上海的《劇影日報》是第一個無力經營，自動停刊的民營報紙。該報位
於圓明園路 149 號，於 1949 年 10 月 1 日創刊，4 開 4 版一張，日報。社長劉
厚生，總編輯姚蘇鳳，主要報導娛樂界和劇影界的活動。報紙出版後銷路不
廣，經營不善，僅維持三月，便於 1950 年元旦休刊，以後也沒有復刊，最後
一期爲 1949 年 12 月 31 日第 92 號。〔註 306〕

　　蘭州的《新經濟報》創刊於 1949 年 12 月 14 日，〔註 307〕堅持不及兩個
月，也因經濟困頓於 1950 年 2 月 10 日停刊。〔註 308〕

〔註 303〕林蘊暉、范守信、張弓：《1949～1976 年的中國：凱歌行進的時期》，第 70
　　　　～71 頁。
〔註 304〕《顧頡剛日記第六卷：1947～1950》，臺北：聯經出版社，2007 年 1 月版，
　　　　第 488 頁。
〔註 305〕龐松：《中華人民共和國史 1949～1956》，第 159～160 頁。
〔註 306〕上海市地方志辦公室：上海新聞志。http://www.shtong.gov.cn/node2/node2245/
　　　　node4522/node5501/node5526/node63723/userobject1ai8675.html。
〔註 307〕李文：《甘肅新聞事業的更替》，《蘭州大學學報（社會科學版）》，2001 年第 1
　　　　期。
〔註 308〕轉引自丁騁：《中國大陸民營報紙退場的探究：1949～1954》，華中科技大學
　　　　博士論文，2012 年，第 48 頁。

　　上海《商報》曾係民國時期的民營大報，1921 年 1 月 24 日創刊，創辦人湯節之，總編輯陳屺懷，編輯人員有潘公展、沈仲華、朱宗良等。陳布雷作為該報實際上的主筆，以「畏壘」之筆名發表時評，一時洛陽紙貴。1926 年，報紙主持人易手，該報投靠軍閥，自此一蹶不振，於 1927 年 12 月 31 日停刊，1928 年又復刊數月。〔註309〕上海解放後獲允繼續出版的《商報》，已與老《商報》關聯不大，而是延續自上海商社創辦的《商報》。1932 年，原上海滬商俱樂部改名為上海商社，該社向各業同業公會集資創辦了《上海商報》，作為工商各業公會的輿論機構，由王延松任社長，孫鳴歧任經理。1938 年抗日戰爭全面爆發時，上海商社改由駱清華擔任社長，聘任杜月笙為名譽社長，積極勸募救國公債，推動工廠內遷。是年底，因淞滬守軍西撤，上海商社被迫停止公開活動，《商報》一併消失。直至 1946 年 10 月，駱清華由重慶返回上海，擔任上海商運指導專員，恢復了上海商社，《上海商報》也旋即復刊，並對上海市各商會會務頗有影響。〔註310〕上海解放前夕，駱清華避走香港，上海商社也停止了活動，但《上海商報》並未停刊。據上海市新聞主管部門認定，《商報》解放前雖由「杜月笙的得意門生」〔註311〕駱清華所控制，並與 CC 系的潘公展有所瓜葛，但該報的機器，係以「偽法幣五萬元向立報盤來。股本則由前市商會所控制之本市各工商業同業公會徵募得來」。在「查明其中官僚股本收歸人民所有」後，允許該報重新登記，由政府指派代表參加董事會，撤換部分反動編採人員，加強該報內部黨的領導力量，「使該報成為新的商業團體所辦的報紙，供一般經商的市民閱讀。」〔註312〕但在報業競爭十分慘烈的上海，實力並不雄厚的《商報》僅僅是曇花一現，該報於 1950 年 3 月 9 日最終停刊。

　　成都《新民報》位居西南重鎮，創刊於 1943 年 6 月 18 日。〔註313〕當京滬等大城市業已解放時，成都還在國民黨的統治之下，白色恐怖尤甚。1949

〔註309〕王檜林、朱漢國主編：《中國報刊辭典（1815～1949）》，太原：書海出版社，1992 年 6 月版，第 98 頁。

〔註310〕上海市地方志辦公室：專業志——上海工商社團志——專記——上海商社，http://www.shtong.gov.cn/node2/node2245/node4538/node57089/node60337/index.html。

〔註311〕上海市軍管會新聞出版處：《處理商報意見書》，1949 年，上海市檔案館：Q431-1-75-29。

〔註312〕上海市軍管會新聞出版處：《處理商報意見書》，1949 年，上海市檔案館：Q431-1-75-29。

〔註313〕南京新民報股份有限公司成都社：《晚報創刊與遭受國民黨反動政府壓迫摧殘及篡奪之經過》，1950 年 1 月 5 日，四川省檔案館：建西 34-59-82。

年 6 月，成都《新民報》拒絕刊載中央社所發佈的「聯合社論」，國民黨四川省主席王俊基立即取消該報的「新聞米」，〔註314〕報社在通貨膨脹中的艱難時日又雪上加霜。1949 年 7 月 23 日，國民黨四川省黨政軍幹部聯席會捏造成都《新民報》為「共產黨諜報機關」，出動軍警特務五六百人，包圍《新民報》成都社，實行武力劫收，逮捕了經理趙純繼、總編輯張先疇、副經理侯輔陶、主筆周綏章、編輯白君儀、記者朱正之。全社職工 89 人被集中禁閉達五天之久。〔註315〕經過這般折騰，報館元氣大傷。成都解放後，《新民報》晚刊獲得成都市軍管會頒發的「新字第二號新聞紙臨時登記證」，並於 1950 年 1 月 18 日復刊。〔註316〕解放前，成都《新民報》日刊最高銷數曾逾一萬份，晚刊更是高達三萬份。〔註317〕解放之後，「如何適應新的形勢，辦法不多，報紙銷路無法打開，加上報社原有資財又被國民黨反動派耗盡，元氣大傷」，〔註 318〕新民報總管理處此時已無力顧及成都社的工作，不僅不能追加投資，還函電成都方面辦理結束，以「集中力量，辦好北京、上海、南京、重慶四地新民報」。〔註319〕1950 年 4 月 11 日，全體員工表決，決定遵照總管理處建議。4 月 13 日，《新民報》成都社向軍管會新聞處遞交了停刊申請，〔註320〕此時距其復刊時間不足三個月。

　　廣州《每日論壇報》曾在解放前遭國民黨封殺，屬於進步報紙。該報原定 1950 年 2 月 1 日復刊，後因資金短缺延遲至 2 月 28 日出版，所需資金由廣州市工商業界林誌澄、黃興亞及民主人士李民欣、鄧瑞人、馮祝萬等負責

〔註314〕自抗戰起，國民黨四川省政府面向成都各報社及通訊社分撥所謂的「新聞米」。按規定是每月配售一次，但往往拖延數月。成都新民報日晚刊每月配售數量為中熟米 50 市石零八斗。參見南京新民報股份有限公司成都社：《日晚刊受難離社負責同仁代表本公司總管理處申請登記表》，1950 年 1 月 5 日，四川省檔案館：建西 34-59-91-92。

〔註315〕南京新民報股份有限公司成都社：《晚報創刊與遭受國民黨反動政府壓迫摧殘及篡奪之經過》，1950 年 1 月 5 日，四川省檔案館：建西 34-59-85。

〔註316〕新民晚報史編纂委員會：《飛入尋常百姓家——新民報·新民晚報七十年史》，文匯出版社，2004 年 8 月版，第 176 頁。

〔註317〕南京新民報股份有限公司成都社：《日晚刊受難離社負責同仁代表本公司總管理處申請登記表》，1950 年 1 月 5 日，四川省檔案館：建西 34-59-91。

〔註318〕新民晚報史編纂委員會：《飛入尋常百姓家——新民報·新民晚報七十年史》，第 176 頁。

〔註319〕南京新民報股份有限公司成都社：《請軍管會新聞處准予停刊結束申請書》，1950 年 4 月 13 日，四川省檔案館：建西 34-59-80-81。

〔註320〕同上。

募集。〔註321〕截至 5 月終刊，該報僅有陳秋安等四名股東，共 269 股，每股港幣 100 元，總投資額爲港幣 26900 元。〔註322〕由於經濟基礎薄弱，該報自 1950 年 1 月籌備出版迄停刊止，並未正式發薪，僅於 2 月 16 日准予每位員工暫借白米兩擔，3 月初旬每個技工暫借白米一擔，3 月下旬每個技工暫借白米 150 斤。鑑於《每日論壇報》的經營困境，廣州市新聞出版處曾召集該報的籌委會座談，建議成立社委會，以發揚民主合作精神，實行集體領導及分工合作。該報於 1950 年 3 月推出社務委員 7 人，並於 15 日召開第一次社委會。豈料在開會之前，總編輯李子誦突然提出拆股說。按照社長章導的理解，《每日論壇報》面臨「要就他做，要就我做」〔註323〕的分裂局面。1950 年 3 月 15 日，在該報副總編輯龍勁風、採訪部主任陸雨的見證下，章導與李子誦簽訂了《拆股合同》，合同第一條規定，「乙方（李子誦）所募之股，除虧折者外，所餘之數，由甲方（章導）負責於 1950 年 4 月 20 日前清償乙方，不得逾期。」〔註324〕此時距離《每日論壇報》正式復刊僅 15 天，社長與總編輯之間的決裂無疑加速了這張報紙的死亡。1950 年 4 月 20 日，是章導償付李子誦所募之股的最後期限，也就是在這一天，章導單方面呈報廣東省文教廳，宣佈停版。〔註325〕

　　南京《新民報》的生存之艱尤甚。1948 年 7 月 8 日，蔣介石親下手令，聲稱該報存在「散佈謠言、煽惑人心、動搖士氣及挑撥離間軍民及地方團隊情感之新聞通訊及言論」，予以該報永久停刊處分。〔註326〕待南京解放時，這張報紙已停刊將近一年，沒有什麼物資儲備。這種情況下，該報於 1949 年 6 月復刊。由於復刊時資金不足，此後一直入不敷出，原本設在南京的新民報總管理處又在 1949 年 10 月 1 日遷往北京，再難對該報予以經濟上的調劑。

〔註321〕章導：《每日論壇報復刊、資本、器材及主要人員表》，1950 年 1 月 24 日，廣州市檔案館：179-1950-長久-12，第 6～7 頁。
〔註322〕《廣州市人民法院民事判決》，1950 年 7 月，廣州市檔案館：179-1950-長久-12，第 53～55 頁。
〔註323〕章導：《致廣東省人民政府文教廳文化事業管理處函》，1950 年 3 月 19 日，廣州市檔案館：179-1950-長久-12，第 58～59 頁。
〔註324〕《每日論壇報章導、李子誦拆股合同》，1950 年 3 月 15 日，廣州市檔案館：179-1950-長久-12，第 60 頁。
〔註325〕龍勁風：《致廣東省人民政府文教廳函》，1950 年 4 月 21 日，廣州市檔案館：179-1950-長久-12，第 61 頁。
〔註326〕轉引自楊雪梅：《報人時代：陳銘德、鄧季惺與〈新民報〉》，第 45 頁。

1950 年 4 月 30 日，南京《新民報》宣佈停刊，大部分人員調到上海新民報社工作。〔註327〕

《南京人報》是一張民營小型報紙，1936 年 4 月 8 日創刊於南京，由張恨水出資並擔任社長，張友鸞任副社長兼經理。1937 年 12 月 9 日，戰火日益逼近，《南京人報》被迫停刊。抗戰勝利後，張恨水選擇赴北平復刊《新民報》，遂以 200 萬法幣將《南京人報》盤給張友鸞，〔註328〕張友鸞自任總經理，於 1946 年 4 月 6 日在南京復刊該報。因反對內戰、獨裁，並與國民黨《救國日報》展開一年多的論戰，國民黨特務在 1949 年 2 月搗毀報社，報紙被迫再次停刊。南京解放後，經市軍管會批准，《南京人報》作為該市兩家允許出版的民營報紙之一，於 1949 年 7 月 7 日復刊，張友鸞擔任社長。但因經濟凋敝、市面蕭條，報社經濟不能自給自足，紙張倚靠有關部門供應，紙款也是來自人民銀行的貸款，連每月經費都要靠《新華日報》支持。〔註329〕因無力償還如上債務，1950 年 5 月，《南京人報》直接改為公營。〔註330〕

《奮鬥日報》是 1938 年傅作義任二戰區北路軍總司令時創辦的，後從山西河曲遷移到離河套陝壩約五華里的元昌義圪旦。〔註331〕報社負責人開始是景昌之，以後換做崔載之、閻又文等。1947 年，閻又文隨傅作義軍隊進人張家口後，又負責籌辦張家口《奮鬥日報》，他同時兼任原綏遠《奮鬥日報》社長。〔註332〕以董其武將軍為首的「九・一九」起義通電發佈後，綏遠和平解放，《奮鬥日報》遂成為綏遠軍政委員會和綏遠人民政府的機關報，但其名義上作為民營報紙存在。傅作義派前國民黨中央社寧夏分社主任吳希聖任社長，一直辦到 1950 年 12 月 31 日結束。〔註333〕報社部分人員和全部財產移交

〔註327〕新民晚報史編纂委員會主編：《新民報——新民晚報七十年史：飛入尋常百姓家》，第 174 頁。

〔註328〕張恨水：《山窗小品》，北京：東方出版社，1994 年 4 月版，第 262 頁。

〔註329〕張健秋：《張友鸞與南京人報》，南京市白下區政協文史資料工作委員會：《白下文史第 6 輯》，1989 年，第 129 頁。轉引自丁騁：《中國大陸民營報紙退場的探究：1949～1954》，華中科技大學博士論文，2012 年，第 28 頁。

〔註330〕1952 年 4 月，公營的《南京人報》也正式宣告停刊。載江蘇街地方志編纂會：《江蘇省志第 80 卷：報業志》，南京：江蘇古籍出版社，1999 年 8 月，第 71 頁。

〔註331〕高劍夫：《也談〈奮鬥日報〉——懷念景昌之同志》，《新聞研究資料》，1987 年第 2 期。

〔註332〕苗平章：《綏遠起義前後的奮鬥日報》，《新聞研究資料》，1981 年第 5 期。

〔註333〕劉映元：《傅作義將軍的喉舌——奮鬥日報》，《新聞研究資料》，1981 年第 5

給由綏遠起義部隊改編的解放軍廿三兵團，隨起義部隊開赴河北整訓，[註334]
後改名爲《進步日報》。[註335]

上海《字林西報》是新中國僅存的兩份外人創辦的英文報紙之一。鑒於
另一張英文報紙《密勒氏評論報》有一定的親共背景，中立性質的《字林西
報》能夠在新中國成立後繼續出版實屬不易，但它還是沒能堅持多久。1951
年 3 月 19 日，該報因營業清淡，無意繼續經營，向上海市人民政府工商局
申請歇業，並獲核准。[註336]《字林西報》突然宣佈停刊，令很多報社員
工難以接受，正如新聞出版印刷分會字林西報委員會 1951 年 4 月 19 日致資
方的一封信所說，「字林西報開設到現在已逾百年，自一幢小房子做起，發
展到現在的八層高樓大廈，我們極大多數職工爲本報已服務了一生」，「許多
老年工人已頭髮雪白了」。[註337] 字林西報館發佈解散的消息時，只答應給
員工三個月工資的遣散費和一個月工資的通知費，這在很多老員工看來，「似
乎太不近人情了」。[註338] 在勞動局的協調下，勞資雙方經過了 11 次協商，
終於達成一致。資方除付給勞方一個月前期通知費，還根據服務時間長短，
支付一至三個月的解散費。最重要的是勞積金協議的達成：工齡在 1～10 年
者每年 30 天工資；超過 10 年者，10～20 年期間每年 20 天工資；超過 20 年
者，20～30 年間每年 15 天工資；超出 30 年者，超出部分每年 15 天工資。
根據上述協議，字林西報館在 1951 年 8 月 1 日總計支付人民幣 21 億 9993
萬 9786 元。[註339] 自此，這家已有 101 年 [註340] 歷史的英商報館在中國
銷聲匿跡。

期。

〔註334〕苗平章：《綏遠起義前後的奮鬥日報》，《新聞研究資料》，1981 年第 5 期。

〔註335〕劉映元：《傅作義將軍的喉舌——奮鬥日報》，《新聞研究資料》，1981 年第 5
期。

〔註336〕《字林西報館職工解雇協議書》，1951 年 5 月 21 日，上海市檔案館：
B128-2-535-77；另見《上海市工商局關於准予字林西報館歇業的通知》，1951
年 3 月 27 日，上海市檔案館：B128-2-535-1。

〔註337〕中國新聞出版印刷工會上海字林西報分會：《致馬立斯、熊成富的信》，1951
年 4 月 19 日，上海市檔案館：B128-2-535-60-61。

〔註338〕同上。

〔註339〕字林西報館：《關於自 1951 年 8 月 1 日照 5409 牌價付給解散費的呈》，1951
年 8 月 3 日，上海市檔案館：B128-2-535-86。

〔註340〕《字林西報》的創刊日期一般從英國商人奚安門 1850 年 8 月 3 日在上海創辦
英文報紙《北華捷報》周刊算起。筆者著。

表 3-17：字林西報館員工遣散費統計（部分）〔註341〕

姓名	部門	入職日期			共計工齡			每月工資	勞積金		解雇金通知金	年終獎金
		年	月	日	年	月	日		月	天		
談金海	機匠	1902			49			164650	31	12.5	4	0.25
賀衍才	印刷	1905	5	7	45	10	23	164650	29	20	4	0.25
張仕龍	職員	1906	4	9	44	11	21	749600	29	5	4	0.25
王石蓀	打字	1910	6	14	40	9	16	179902	27	5	4	0.25
翁德鑫	雜勤	1914	2	1	37	1	29	164650	25	12.5	4	0.25
張紹良	排字	1917	10	12	33	5	18	207610	23	12.5	4	0.25
馮棟才	裝訂	1919	11	27	31	4	3	149398	22	12.5	4	0.25
傅志壽	鑄字	1919	9	3	31	6	27	166024	22	20	4	0.25
周國楨	校對	1920	12	20	30	3	10	207610	21	27.5	4	0.25
潘作新	電梯	1924	5	1	26	10	29	138316	20	5	4	0.25
曹長林	爐子	1924	2	1	27	1	29	164650	20	12.5	4	0.25
孫瑞興	外勤	1924	3	20	27	1	10	78820	20	12.5	4	0.25
龔志聖	內勤	1926	7	21	24	8	9	132774	19	5	4	0.25
郭松年	收賬	1926			24	10		210680	19	5	4	0.25
鄧瑞章	發報	1928	11	28	22	4	2	121942	17	27.5	4	0.25
蔣旺生	澆版	1933	5	15	17	10	15	179902	15	10	4	0.25
袁福庭	摺報	1935	11	25	15	4	5	78820	13	20	4	0.25
蔡建華	職員	1937	1	18	14	2	12	224420	13		4	0.25
謝富林	木工	1945	11	12	5	4	18	179902	5	15	4	0.25
王炳榮	電氣	1946	2	14	5	1	16	188192	5	15	4	0.25
吳東	攝影	1949	7	30	1	8		150000	2		3	0.25
楊其英	記者	1950	6	24		9	4	380000	1		2	0.25

　　從 1950 年初開始的市場蕭條，到 1951 年四、五月間民營企業大體復元，此一時段，民營報紙消失的數量最多。1950 年 3 月經新聞總署確認的民營報紙計 58 家，到 6 月底減爲 43 家，11 月底剩下 39 家，12 月底 34 家。到 1951

〔註341〕筆者根據《字林西報館關於送上解雇職工協議書及名單的呈》整理，1951 年 5 月 21 日，上海市檔案館：B128-2-535-76-82。

年4月底爲31家，同年8月下旬，只剩下25家。〔註342〕

　　據筆者對照1951年8月前後數據及已有文獻資料推斷，天津的《商業譯訊》，綏遠的《綏聞晚報》，陝壩的《生產日報》，上海的《百貨新聞》、《俄文公民日報》、《俄文晚報》，杭州的《西湖報晚刊》、《金融論壇報》，漢口的《戲劇新報》，長沙的《大眾晚報》、《商情導報》，邵陽的《工商晚報》，哈爾濱的《社會新報》大致消失於1951年8月以前。〔註343〕上述報紙的文獻資料極爲罕見，筆者只尋到《商業譯訊》、《綏聞晚報》、《生產日報》、《俄文公民日報》的些許信息。

　　《商業譯訊》位於天津。1949年7月28日，該報領到天津市軍事管制委員會報紙雜誌登記證新字第十號證。〔註344〕《商業譯訊》係16開的小型英文報紙，主要登載商業行情，有時刊登一些與經濟有關或與外僑生活有關的政府法令，每逢重大節日，如國慶節等，亦發表社論。該報沒有嚴密的組織，只是天津民營北洋印書館的幾個職員自行創辦。他們鑒於外國人在天津經商的很多，需要知道些行情，便摘錄《天津日報》上的經濟新聞，委託一兩個外國人譯成英文付印。比如原籍德國的吳祿夫（E.WOLFF）即是該報雇用的助理編輯。吳係天津德國中學初中畢業，德國格爾利次高中畢業，柏林大學學習法律，並在柏林法院學習書記。國民黨時期曾任南京衛生署辦事員，開樂礦務局唐山及天津辦事員，1950年9月起，擔任《商業譯訊》助理編輯，擅長德、英，法，中文，簡單日語。〔註345〕該報每周約出三期，每期一二頁，發行數目極小，每期約140餘份。主要的訂戶是外僑商人，最多的是英商，其次爲法、比商及蘇聯商會，華商行莊的一些職員亦訂有該報，大概每月收入100多萬元，除去開銷，約可得到數十萬元。〔註346〕該報停刊日期不詳。

〔註342〕多位學者在引用上述數據時，標注信息來源爲《1988年新聞年鑒》。經筆者查閱，《1988年新聞年鑒》並無上述數據，係誤引。原始數據應來自孫旭培：《解放初期對舊新聞事業的接收和改造》，《新聞研究資料》。筆者曾於2012年廣州的一次會議間隙咨詢過孫旭培先生，據他回憶，有關建國初期民營報紙的數據來自中央檔案館，他在1980年代獲特批查閱相關資料。因當時研究方法尚不成熟，出處記錄得不夠詳實，原始記錄也未予保存，殊爲憾事。

〔註343〕據筆者統計，1951年9月以後仍在出版的民營報紙至少有34家。

〔註344〕天津市新聞出版處：《商業譯訊登記證》，1949年7月28日，天津市檔案館：X57-Y-1-2-133。

〔註345〕天津市新聞出版處：《商業譯訊助理編輯吳祿夫簡歷》，1950年10月19日，天津市檔案館：X57-Y-1-47-13。

〔註346〕天津市新聞出版處：《天津私營報紙情況綜合報告》，1951年，天津檔案館：

　　綏遠的《綏聞晚報》係 1937 年 3 月由山西人賈漢卿在綏遠出版，爲 8 開
2 版小報，讀者以一般市民爲主。新聞版刊載軍政大事和社會新聞，副刊則剪
輯北平和上海報紙的趣事，剛出版 5 個月後就因時局動蕩而停刊。1946 年，
綏遠民眾抗日自衛軍的指揮官郭長春接辦該報，他購買了新的機器並將報紙
擴展爲 4 開。〔註 347〕1949 年 9 月 19 日，綏遠和平解放，該報繼續出版，停
刊日期不詳。

　　陝壩《生產日報》係由原《奮鬥日報》陝壩版改名而來。1945 年 8 月日
本戰敗投降，傅作義率部東進後，《奮鬥日報》陝壩版繼續出刊，由高也彭負
責。不久因綏遠、張家口《奮鬥日報》相繼出刊，《奮鬥日報》陝壩版遂成爲
第三專區（綏西）機關報，與奮鬥日報社脫離關係，並於 1947 年春一度停刊。
同年 6 月間，鑒於報紙停刊對消息的傳遞和文化的發展影響甚大，在專員陳
國楨領導下，綏西六縣每月補助 256 萬元做經費，由溫廣厚具體籌辦。《奮鬥
日報》7 月 11 日復刊，爲 8 開 5 日刊。爲適應綏西民眾需要，該報又於 8 月 4
日改爲 3 日刊，後改爲日刊，中華人民共和國成立後改名《生產日報》，停刊
日期不詳。〔註 348〕

　　上海《俄文公民日報》解放後正確的稱謂係《蘇聯公民報》。〔註 349〕它
的前身是《俄文日報》，又譯《俄文每日新聞》，1923 年在哈爾濱創刊，〔註 350〕
1933 年 3 月 23 日遷往上海發刊，最初社址爲霞飛路 785 號，1935 年遷至福
熙路 620 號。當時的主筆是奇利金，經理彼得列茨。該報每日 8 版，日銷 4000
份左右，印刷之精美居上海俄文報紙之冠。〔註 351〕1936 年起，該報轉爲親蘇
報紙，第二次世界大戰期間停刊，1948 年始復刊，沿用《俄文日報》的稱謂，
直到 1949 年上海解放後，改名爲《蘇聯公民報》，〔註 352〕停刊日期未詳。

　　梳理上述報刊資料可見，1951 年 8 月以前自動停刊的民營報紙，主要受

X57-Y-1-48-25-39。

〔註 347〕轉引自丁驥：《中國大陸民營報紙退場的探究：1949～1954》，華中科技大學
　　　　　博士論文，2012 年，第 39 頁。

〔註 348〕忒莫勒：《巴彥淖爾市（河套文化）報刊事業簡史（1929～1949 年）》，河套
　　　　　文化，http://htwh.lingd.net/article-4242038-1.html。

〔註 349〕汪之成：《近代上海俄國僑民生活》，上海：上海辭書出版社，2008 年 12 月
　　　　　版，第 329 頁。

〔註 350〕《大公報》，1948 年 3 月 24 日。

〔註 351〕上海市通志館編印：《上海市年鑒（民國 26 年）》，1937 年，第 334 頁。

〔註 352〕汪之成：《近代上海俄國僑民生活》，第 329 頁。

制於市場萎縮，難抵通貨膨脹及物價不穩的整體環境。熬過這一輪的大浪淘沙，經筆者統計，尚有 34 家民營報紙繼續出版。但對它們來說，卻面臨著經濟環境變遷的又一輪震蕩。這輪震蕩的誘因是多元的，既有抗美援朝戰爭伴生的厲行節約的需要，也有「三反」、「五反」運動對民營資本合法性的徹底顛覆。對於民營報業來講，生產所需的紙張、油墨等原材料已經由國家壟斷，民營報紙位列資源分配的末席，且購買價格高於公營報紙；「三反」、「五反」期間，大規模群眾運動的殘酷性開始顯現，資本家普遍受到震懾，逐漸喪失了控制企業的權力，「民族資產階級事實上不可能再照舊生存下去，除了接受社會主義改造已沒有別的選擇」。〔註353〕民營報業的轉制正是由此發軔。一部分較有根基的報紙經歷了合併、公私合營、民轉公等途徑，逐漸達成身份的合法化。而那些先天不足或定位邊緣的報紙，其生存空間日益萎縮，只能選擇自生自滅。

上海《工商新聞》，由上海工商調查所創辦，曾用名《徵信新聞》，原位於上海中山東一路 23 號 9 樓，後遷往河南中路 303 號。在獲得上海市軍事管制委員會文化教育管理委員會新聞出版處核准後，獲發訊字第三號登記證，於 1949 年 9 月 1 日出版新字第一期，主要面向工商各界人士。〔註354〕隨著民營工商業的衰落，該報的市場需求隨之萎縮，並於 1951 年 12 月 31 日終刊。

重慶《新民報》的生存境況一如「新民報系」的其它成員，也是倍感艱難。這張報紙在 1945 年 11 月 14 日曾經首髮毛澤東的《沁園春·雪》，其激進風格可見一斑。國共政爭期間，該報屢遭國民黨迫害。1949 年 7 月 19 日，重慶《新民報》刊登根據自設電臺抄收到的陳毅上海講話，稱陳毅為「陳毅將軍」，21 日上午，國民黨特務便以此為藉口衝進報社大罵，並進入排字房搗毀字架，使當天晚報無法出版，次日日報只能暫出半張。1949 年 11 月 27 日，被關押在渣滓洞的重慶《新民報》人員陳丹墀、胡作霖，胡其芬、張郎生和刁俠平又不幸殉難。這張報紙的生存處境可想而知。比成都、南京兩地的《新民報》稍為幸運的是，重慶《新民報》一直在出版，設備得以保存，人員相對穩定，尚有一批固定的讀者。因此，在解放後的一段時間，該報仍能堅持出版，並捱過了通貨膨脹時期。但這張報紙的經濟問題未能得到根本解決，

〔註353〕薄一波：《若干重大決策與事件的回顧（上）》，第 129 頁。

〔註354〕上海工商調查所：《本所啓示》，《工商新聞》，1949 年 9 月 1 日。參見上海市檔案館館藏《工商新聞》：Q78-1-28。

員工薪酬經常拖延，所需紙張無力儲備，終在 1952 年 1 月 11 日，因經濟困難自行停刊。

由廣東江門恩典研經社出版發行的《恩典報》繫於 1949 年 7 月創辦。其 1952 年 1 月停刊的理由是教會工作事務繁忙，未能兼顧。對此，廣東省新聞出版處除准予其停刊外，對該社出版的《永不滅亡》、《恩典福音》、《恩典的訓練》、《屬靈的人》、《這麼大的救恩》等書亦提出要求，限其售完存書為止，如需再版，須先行呈報核准。〔註 355〕

上海《俄文新生活報》創刊於 1941 年 6 月 23 日，這一天係法西斯德國發動侵蘇戰爭的第二天。該報由上海蘇僑協會創辦，發行人顧力士，主筆謝戈廖夫，前身為《回祖國報》。〔註 356〕《俄文新生活報》的創刊目的是向旅居上海的僑民介紹蘇聯衛國戰爭的情況，戰爭結束後，其報導內容轉向，主要跟進中國境內的大事件。〔註 357〕上海解放後，該報繼續出版。但此時的辦報環境發生了很大變化。按照該報經理拉勃可夫的說法，「俄籍的人出境每月增加，蘇僑在中國失業人口很多，大都訂不起報紙，故本報訂戶有減無增」，「如果提高報紙價格，那就要減少訂戶了，收支相差太大。」〔註 358〕1952 年 3 月 1 日，《俄文新生活報》獲得工商局批准正式停刊。〔註 359〕

《華北漢英報》，位於天津市第一區陝西路 83 號，係中國人創辦的八開中英雙語日報，負責人宗基友。宗氏係北京民國大學英文系畢業，曾赴英國倫敦大學選科一年，歸國後擔任青島英文專校校長、天津耀華中學英文系主任等職。《華北漢英報》首創於 1947 年 9 月，按照宗基友的說法，該報為一研究學術之日報，內容漢英對照以輔助青年課餘或公暇研究中外學術為宗旨。〔註 360〕1949 年初，由於時局混亂，報紙暫時停刊，1949 年 3 月 15 日復

〔註 355〕《恩典報停刊》，1952 年 1 月 4 日，《廣東省人民政府新聞出版處對恩典報停刊的回覆》，1952 年 1 月 10 日，廣州市檔案館：179-1952-長久-089，第 52 頁。

〔註 356〕《回祖國報》繫上海歸國者聯合會的機關報，創辦者兼主筆為俄僑報人及詩人斯韋特洛夫，1937 年 11 月 7 日出版第一期。

〔註 357〕汪之成：《近代上海俄國僑民生活》，第 332 頁。

〔註 358〕《俄文新生活為資方提出停刊並召集談話》，1952 年 2 月 3 日，上海市檔案館：B128-2-1027-28。

〔註 359〕《俄文新生活報勞資談判經過》，1952 年 3 月，上海市檔案館：B128-2-1027-29。

〔註 360〕天津市新聞出版處：《華北漢英報申請登記表》，1949 年 4 月 6 日，天津市檔案館：X52-Y-1-2-20-25。

刊。〔註361〕剛復刊時暫為二日刊，收入不足，經濟非常困難，直至 1949 年 8 月 5 日起恢復日刊。《華北漢英報》完全是翻譯的報紙，本身沒有記者獨立採訪消息，新聞來源主要靠摘要翻譯《人民日報》、《天津日報》比較重要的消息。該報所以能夠存在的主要原因是由於津市的外商及華商公司需要該報瞭解一些商業行情及進出口動態，其次是一些公務員及學生想從該報學習一點英文翻譯的技術。根據新聞管理部門 1951 年的調查，該報每日日銷 365 份，外僑行商占 123 份，華商公司銀行占 70 份，公務員職員占 62 份，學生占 110 份。因發行量小，發行收入每月僅 400 餘萬元，廣告收入每月 700 餘萬元，每月各項開支約 1100 餘萬元，經營情況不好，在紙張和機器耗損方面都沒有辦法解決，紙張一向都是零購，無力儲備。〔註362〕據國家圖書館保存本記錄，該報終刊時間是 1952 年 4 月 23 日。創辦人宗基友在報紙停刊後轉至天津市第 33 中學擔任語言教師。〔註363〕

　　鎮江《大眾日報》於 1950 年 2 月 6 日創刊，社址位於鎮江中央飯店（現旅遊飯店）三樓。創刊伊始，中共鎮江地委宣傳部曾將原《前進日報》的電臺及電臺工作人員借調給該報使用。《大眾日報》4 開 4 版，除轉發新華社電訊、《人民日報》社論外，還轉載《中國青年報》、《蘇南日報》、蘇聯《真理報》的社論和專文等；副刊有「大眾園地」、「大眾文藝」、「通訊工作」、「大眾科學」、「大眾衛生」、「科學與圖書」、「學習」、「鎮江文教」、「鎮江學生」、「中蘇友好」等。截至 1952 年，該報有職員 30 多人，發行量僅 1000 份，經費主要來源於商界資助和營業收入，經營兩年多來不見起色。1952 年 12 月 31 日，該報終因紙張供應困難而停刊。〔註364〕

　　《密勒氏評論報》於 1917 年 6 月 9 日在上海創刊，創辦人是美國《紐約先驅論壇報》駐遠東記者湯姆斯・密勒，這份以他名字命名的周刊每周六出版，16 開本，每期 50 頁左右，以報導、評論中國和遠東的政治經濟時事為主。《密勒氏評論報》一半以上的發行量是在海外，中國政界人士和知識階層也

〔註361〕天津市地方志編修委員會：《中國天津通鑒》（上卷），中國青年出版社，2005 年 12 月版，第 294 頁。

〔註362〕天津市新聞出版處：《天津私營報紙情況綜合報告》，1951 年，天津檔案館：X57-Y-1-48-25-39。

〔註363〕天津市地方志編修委員會：《中國天津通鑒》（上卷），第 294 頁。

〔註364〕《鎮江市志第五十九卷：報刊廣播電視》電子版，http://szb.zhenjiang.gov.cn/htmA/fangzhi/zj/5901.htm。

經常閱讀。1922 年 11 月，約翰・本傑明・鮑威爾收購《密勒氏評論報》產權，自任主編和發行人。1936 年 11 月，該報發表斯諾陝北之行的消息及與毛澤東會見記，反響巨大。太平洋戰爭爆發後，日軍佔領上海租界，《密勒氏評論報》遭查封，鮑威爾亦被日軍投入監獄。1945 年 10 月，《密勒氏評論報》在上海復刊，因鮑威爾病殘，其子約翰・威廉・鮑威爾擔任主編和發行人。1949 年 5 月，上海解放後，該報繼續出版，成為惟一仍在中國大陸發行的美商媒體。1950 年 6 月，朝鮮戰爭爆發，美國國內麥卡錫主義甚囂塵上，中美關係日趨緊張。主要依靠海外發行的《密勒氏評論報》受國民黨封鎖海岸線的影響，遭致海外分銷及海外匯款雙重障礙。1950 年 7 月 15 日，《密勒氏評論報》刊登了停刊詞，但在讀者的強烈建議下，改為月刊繼續出版。〔註365〕抗美援朝戰爭期間，該報曾揭露美軍在朝鮮戰場施用細菌武器等罪行，美國政府遂對其實行禁郵，報紙的主要經濟來源被截斷。一些國家還相互約定要求限制甚至公開禁止該報出版。受制於政治與經濟雙重困境，《密勒氏評論報》於 1953 年 6 月停刊，結束了其 36 年的歷史。

經過建國伊始市場極度萎縮及 1952 至 1953 年度紙張等原材料匱乏這兩次主要危機，一部分民營報紙在政府的資助下度過難關，但也隨之完成了民轉公或公私合營的轉制，另一部分報紙自動停刊。截至 1953 年 12 月底，全國僅餘下 8 家民營報社，分別是天津市《俄文新語報》，松江省《俄語報》，哈爾濱市《哈爾濱公報》，杭州市《當代日報》，無錫市《曉報》，常州市《常州民報》，成都市《工商導報》，西安市《工商經濟晚報》。〔註366〕其中，《當代日報》、《工商導報》日後轉為公營的《杭州日報》和《成都日報》，《常州民報》、《曉報》、《工商經濟晚報》奉命停刊，松江《俄語報》資料散佚，《俄文新語報》和《哈爾濱公報》則要歸於自動停刊序列。從這幾張報紙的命運可見，1953 年以後，民營報紙的自主性愈發降低，更多受制於國家宏觀調控的影響。

〔註365〕沈薈、程禮紅：《〈密勒氏評論報〉報導成立伊始的新中國》，《新聞記者》，2009 年第 10 期。
〔註366〕出版總署出版管理局編：《全國私營出版社、雜誌社、報社名單》（截至 1953 年 12 月 31 日）。參見中國出版科學研究所、中國檔案館編：《中華人民共和國出版史料（1953）》，北京：中國書籍出版社，1999 年 1 月版，第 690 頁。在上述名單中，《曉報》與《常州民報》未在列。因二者於 1954 年 2 月停刊，晚於 1953 年 12 月 31 日的截止日期，本書予以增補。

　　《俄文新語報》原名《俄文每日新聞》，創刊於 1946 年 5 月，天津解放後，曾一度停刊。1949 年 6 月 22 日，該報領到天津市軍管會新字第 9 號報紙雜誌登記證，並於 1949 年 7 月 1 日復刊，更爲現名。《俄文新語報》位於天津市建設路 95 號，日刊，每期四版，發行範圍主要是北平、天津、青島、瀋陽四城市。該報由發行人與總編輯合資經營。發行人吳銘潘，北平人，聖彼得堡天尼斯商業高等學校畢業，曾任哈爾濱中東鐵路局商務委員，技術傳習所教員，交通大學俄文教授，外交部俄文法政專門學校教務長，北平蘇聯文化協會主任等職。總編輯拉赤瀾夫司吉，蘇聯人，畢業於莫斯科大學法學系，曾任哈爾濱中東鐵路局經濟調查局編輯，天津俄文日報社主筆。〔註 367〕該報是華北惟一的俄文報紙，爲在華的蘇聯專家及其領館人員、僑民所重視。日銷 1200 份左右，蘇聯專家占訂戶的 48%，使領館人員占 10%，情報總署占 10%，各地蘇僑占 20%，贈送 10%。因語言關係，該報在中國社會影響很小。經濟方面，《俄文新語報》始終捉襟見肘：銷量少，發行收入不大，又因編輯翻譯等工作非兩三人所能勝任，非多用人員不可，設備也亟需改良及增加。1950 年上半年該報營業總額 2652 萬元，應納工商稅 600 餘萬元，除卻成本，報社所剩無幾。爲此，該報負責人及蘇聯駐津副領事唐平科曾向外事處要求給予照顧，請免上半年應納之工商稅，津市人民政府准予減半徵收。〔註 368〕但靠此種辦法維持生存，並非長久之計。《俄文新語報》其後幾年的生計並無後續資料呈現，但在上海最後一份俄文報紙《俄文新生活報》1953 年停刊並結束勞資仲裁後，勞動局曾將仲裁決議抄轉天津市外事局參考，〔註 369〕足見《俄文新語報》的內部情況不容樂觀。《俄文新語報》應於 1954 年停刊，具體停刊日期未詳。

　　《哈爾濱公報》始創於 1926 年 12 月 1 日，報館設在哈爾濱市道里軍官街（現霽虹街），經辦人關鴻翼〔註 370〕，編輯長楊墨軒（後由東省特別區教育

〔註 367〕天津市人民政府新聞出版處：《俄文新語報申請登記證》，1949 年 6 月 15 日，天津檔案館：X57-Y-1-2-65-66。

〔註 368〕天津市新聞出版處：《天津私營報紙情況綜合報告》，1951 年，天津檔案館：X57-Y-1-48-25-39。

〔註 369〕上海市人民政府勞動局：《接電囑抄送俄文新生活報解雇協議案將轉往天津外事處事函覆查照由》，1952 年 6 月 3 日，上海市檔案館：B128-2-1027-35。

〔註 370〕關鴻翼：1892～1954，字賓如，別名玉珂，瀋陽市人。1910 年奉派到哈爾濱俄國商務學堂學習 8 年，後畢業於哈爾濱法政大學．精通俄語及商業法律，被委任爲中東鐵路理事會俄文秘書。1925 年，隨中國官銀號董事長等赴蘇

會長高崇民擔任），編輯有：崔鐵肩、張林肯、蘇子元等。﹝註371﹞同年 12 月 7 日，該報附出俄文版，每日兩大張，8 版，《哈爾濱公報》由是成爲同時擁有中、俄文版的民辦大報。該報發表了不少進步文章，「九一八」事變後，曾以大量篇幅報導抗日義勇軍的活動。該報文藝版《公田》是當時進步作家金劍嘯、蕭軍、蕭紅、舒群、羅烽等發表作品的陣地。﹝註372﹞蕭軍的《故巢的雲》、《讀書漫記》，蕭紅的《看風箏》就是 1930 至 1933 年在《公田》上發表的。﹝註373﹞1937 年 11 月 1 日該報停刊，與《國際協報》、《濱江時報》合出《濱江日報》，1945 年 12 月 1 日起復刊，解放後繼續出版。從現有文獻資料來看，《哈爾濱公報》在新中國初期的辦報經歷並不順暢，它是在哈爾濱民營報紙中較早受到黃牌警告的。1950 年 3 月 10 日，中共哈爾濱市委宣傳部發出《關於〈哈爾濱公報〉所犯政治錯誤的報告》，責令該報建立責任制。1951 年 6 月 8 日，另外一家民營報紙《建國日報》因屢犯政治錯誤，被政府查封。鑒於哈爾濱市只有兩張民營報紙，同時停刊政治影響不好，﹝註374﹞《哈爾濱公報》才得以存留下來。1954 年 2 月 1 日，該報社長關鴻翼逝世，報紙無力出版，於當年 2 月自動停刊。﹝註375﹞

聯、東歐及德法等國考察，翌年兼任哈爾濱估捐委員會委員，成爲哈埠知名人士。1926 年底，《松江日報》因受郭松齡事件牽連被迫出賣，他以 4000 盧布收買後，創刊《哈爾濱公報》，自任社長。1929 年 5 月 16 日，當時身爲國民黨中央執委的宋慶齡離開莫斯科回國抵哈，爲其拍照的即關鴻翼。哈爾濱淪陷後，關鴻翼仍在中東鐵路任職，還兼任哈爾濱綏印花稅處長。1935 年中東鐵路被日僞收買後，關停職，並集中精力辦報。1937 年 10 月 31 日，《哈爾濱公報》停刊，與《國際協報》、《濱江時報》合併，出版《濱江日報》，作爲該報股東之一，關鴻翼被任命爲報社理事會理事，1943 年被任命爲馬家區區長，直到日本投降。1945 年 8 月下旬，在蘇聯紅軍軍事管制下，哈爾濱市政會成立，關就任副市長。1946 年 7 月 31 日，哈爾濱市記協召開第二次大會，關鴻翼當選理事長。建國後，關鴻翼繼續出版《哈爾濱公報》，直至 1954 年 2 月 1 日逝世。

﹝註371﹞東北網：《建黨 90 週年專題・1926 年》，http://special.dbw.cn/system/2011/06/13/053222353.shtml。

﹝註372﹞同上。

﹝註373﹞哈爾濱市地方志編撰委員會：《哈爾濱市志：報業廣播電視》，哈爾濱市：黑龍江省人民出版社，1994 年 12 月版，第 34 頁。

﹝註374﹞《關於哈爾濱公報、建設日報問題的批示報告》，1951 年，哈爾濱市檔案館：XD48-1-2-152-153。

﹝註375﹞哈爾濱市地方志編撰委員會：《哈爾濱市志：報業廣播電視》，第 34 頁。

3.4.2 勒令停刊的民營報紙

　　早在 1948 年 11 月，中共中央在指導如何處理新解放城市中的中外報刊及通訊社時，已經樹立了非常明確的思路：「報紙、刊物與通訊社，是一定的階級、黨派與社會團體進行階級鬥爭的一種工具，不是生產事業，故對於私營報紙、刊物與通訊社，一般地不能採取對私營工商業同樣的政策，除對極少數真正鼓勵群眾革命熱情的進步報紙刊物，應扶助其復刊發行以外，對其它私營的報紙刊物與通訊社，均不應採取鼓勵政策。」〔註376〕為了杜絕反動的政治勢力利用民營出版物公開闔法地聯繫與影響群眾，中共政權利用登記制度，審查舊有報刊過去的政治態度，那些曾積極「反蘇反共、反人民民主、反人民解放戰爭」的報刊，絕無出版可能。經此道關口得以出版的新老報刊，還要遵從約法四章：不得有違反人民政府法令之行動；不得進行反對人民解放戰爭，反對土地改革，反對人民民主制度的宣傳；不得進行反對世界人民民主運動的宣傳；不得洩露國家機密與軍事機密。〔註377〕是凡認可這一登記制度，並通過嚴格審查的民營報紙，無疑與新政權達成了一項契約，雙方更傾向於從屬關係而非站在對立立場。《大公報》總編輯王芸生發表於 1949 年 4 月 10 日的《我到解放區來》，即是民營報紙合作態度的典型代表。王芸生稱自己到解放區來，「乃是向革命的無產階級領導的中國新民主主義的人民陣營來投降」。他決計拋掉「從古老的聖經賢傳到近代資本主義哲學等知識分子的各種大包袱」，「一切重新學習，一切從頭幹起。」〔註378〕《大公報》向以「不黨、不賣、不私、不盲」著稱，作為其總編輯，王芸生常以「諍臣」自居，以「國士」自許，他尚有「向人民投降」的誠意，遑論其它報紙。因此，新中國的民營報紙，鮮有公開挑戰執政一方的激進案例。那些被政府予以停刊處分的報紙，多是初生牛犢不怕虎的新面孔，他們往往來不及適應新政權的行事規則，便匆匆觸雷，體驗了錯誤面前「一票否決」的剛性執政風格。

　　最早接受政府勒令停刊處分的是北京《影劇日報》。由於出刊時間太短，幾無社會影響，它在新聞史上未留下隻鱗片爪，筆者耙梳檔案時才發現它的

〔註376〕《中共中央關於新解放城市中中外報刊通訊社的處理辦法》，1948 年 11 月 8 日。參見《中國共產黨宣傳工作文獻選編（1937～1949）》，第 745 頁。

〔註377〕《中共中央關於新解放城市中中外報刊通訊社的處理辦法》，1948 年 11 月 8 日。參見《中國共產黨宣傳工作文獻選編（1937～1949）》，第 747～748 頁。

〔註378〕王芸生：《我到解放區來》，《進步日報》，1949 年 4 月 10 日。

影蹤，從而顛覆了北京只保留《新民報》一份民營報紙的現有結論。《影劇日報》係原《天津衛報》總編輯陳逸飛申請登記的民營報紙，經軍管會批准，自 1949 年 5 月 21 日出刊。它是一張遊藝類報紙，八開一小張，只出了 6 天，即於 5 月 26 日停刊。按照當時北京市人民政府新聞處的評價，「從它出刊 6 天的報面上看，內容很空洞，消息來源均為該報記者所寫。舊劇消息占篇幅最多」。經營方面，「廣告篇幅占二分之一，內容除遊藝廣告外，全部為賣藥的廣告。」〔註379〕《影劇日報》獲得的本是日報的登記證，然而在出刊 6 天後，即告「所備經費 24 萬元現已用罄，詢之原股東不願繼續出資且願退出」，陳情改出七日刊，「俟經濟來源有著，日報再行恢復。」〔註380〕此舉背後實則隱含著一種投機行為。在未經報告新聞處的情況下，陳逸飛即另出《影劇日報增刊》（周刊），與已令行停刊的解放前民營報紙《戲世界》內容與形式大體相同，並套用《影劇日報》的登記證。〔註381〕據知情人透露，原《戲世界》裏的舒舍予、景孤血、蒼卓如、李燕聲等七人，已全部參加《影劇日報》搞編輯，並與陳逸飛定了長期合同。《影劇日報》之印廠即原《戲世界》之印廠（大成印刷所），《影劇日報》之小版頭也都是過去《戲世界》用過的。據說，舒舍予等七人每期給陳逸飛 500 元。〔註382〕這種擅自發行增刊並套用日報登記證的行為當然不為主管部門所允許。不僅發出去的 981 份增刊被收回，《影劇日報》的登記證也告失效。〔註383〕這張只出版了 6 天日報兼一日增刊的民營報紙可謂是曇花一現。

廣州《經濟報單》屬於一張未獲登記但允許其繼續出版的報紙。因其主持人解放前已離粵赴港，並在香港操縱報紙出版，往往以港幣報價，此舉係「破壞金融，擾亂經濟秩序」，廣州市軍管會於 1950 年 5 月 10 日明令其即日

〔註379〕沈予：《影劇日報研究報告》，1949 年 6 月 6 日，北京市檔案館：008-002-00030-7-8。

〔註380〕陳逸飛：《影劇日報改出七日刊申請》，1949 年 5 月 30 日，北京市檔案館：008-002-00030-26-27。

〔註381〕北京市人民政府新聞處：《為影劇日報出版後連續發生違法行為並擅自發行增刊套用日報登記證報請撤銷其登記證由》，1949 年 6 月 20 日，北京市檔案館：008-002-00030-34-37。

〔註382〕北京市人民政府新聞處：《戲世界報社廣告部主任來談情況》，1949 年，北京市檔案館：008-002-00030-9。

〔註383〕周遊：《為影劇日報出版後連續發生違法行為並擅自發行增刊套用日報登記證報請撤銷其登記證由》，1949 年 6 月 20 日，北京市檔案館：008-002-00030-34-37。

停刊。〔註384〕

　　福州《新閩日報》與汕頭《星華日報》的停刊應屬同種原因。這兩張報紙均爲著名僑領胡文虎創辦的 11 家星係報紙之一。《星閩日報》係 1947 年 7 月 1 日創刊於福州。董事長胡文虎，社長胡夢洲，總編輯鄭書祥，每天出版 1 張半，1948 年 11 月起縮爲 1 張。該報常揭露社會黑暗與人民苦難，抨擊官僚資本與豪門貪官，尤其在溝通僑情，維護僑胞利益方面作了大量宣傳報導。福州解放後，《星閩日報》改名爲《新閩日報》繼續出版。解放前爲逃避國民黨特務捕殺而去香港的鄭書祥，1950 年返回福州，擔任該報總編輯，直至 1950 年 10 月停刊。〔註385〕汕頭《星華日報》創刊於 1931 年，也是胡文虎任董事長。該報闢有社論、專電、國內、國際、華僑、嶺東、市聞、流星等 8 個專欄，是當時汕頭兩大報社之一。其舊社址在萬安街，1933 年 4 月遷至新馬路自建新館。1935 年 1 月，又遷至韓堤路 46 號（現爲民權路 2 號）。1945 年秋，汕頭光復，《星華日報》復辦，直至 1951 年 1 月 1 日停刊。其社址被沒收，先是作爲汕頭市總工會創辦的《汕頭工人報》的社址，後改辦爲地方國營汕頭印刷廠至今。新中國成立後國內僅存的兩張星係報紙緣何在三個月內相繼關閉？這和國家意識形態對星係掌門人胡文虎的身份界定有關。胡文虎被視作「僞裝中立，本質反動」〔註386〕，他旗下的報紙自然難免受其牽連。不僅「新閩」、「星華」被叫停，胡文虎所擁有的海外星係報紙均被禁止進口。

　　《建設日報》前身係《哈爾濱午報》，1921 年 6 月創刊，〔註387〕1936 年爲日僞強制低價收買，仍以午報名義出版，但附屬於僞《大北新報》。抗戰勝利後，午報於 1946 年 7 月 27 日復刊，直至 1950 年 1 月改爲《建設日報》。〔註388〕午報的創辦人趙郁卿在報紙更名時已故去，《建設日報》時期的社長爲趙郁卿之子趙展鵬。該報係其獨資經營，並附設印刷廠。比之《午

〔註384〕梁群球主編：《廣州報業（1827～1990）》，廣州：中山大學出版社，1992 年 3 月版，第 188 頁。

〔註385〕福建省地方之志編撰委員會編：《福建新聞志》，北京：方志出版社，2002 年 11 月版，第 92～93 頁。

〔註386〕廣州市人民政府新聞出版處：《禁止入口書報刊目錄》，1951 年 5 月 1 日，廣州市檔案館：179-1951-長久-069-1-11。

〔註387〕建設日報社：《本報一九四九年工作總結》，1949 年，哈爾濱市檔案館：XD48-1-1-69。

〔註388〕《建設日報情況》，1951 年，哈爾濱市檔案館：XD48-1-2-177。

報》,《建設日報》的發行數字日漸減少,1949 年,《午報》尚有 3658 份的日發行量,〔註 389〕到了 1951 年 2 月,《建設日報》最高發行數字僅爲 2244 份,讀者以私營工商業和一般市民爲主,二者各占發行量的 43%和 43.2%。廣告以文娛廣告爲主,約占 50%。〔註 390〕由於報社只有 18 名職工(職員 10 名,工人 8 名),運營負擔較輕,截至 1951 年初,每月盈利約兩三千萬元。《哈爾濱午報》之所以更名爲《建設日報》,和其建國初期屢次發生政治性報導錯誤有所關聯。如該報曾將「總理」印成「周經理」,把「羅申大使」印成「羅申大便」,把「反對國際帝國主義」印成「反對國際主義」。雖然均屬排字和校對上的錯誤,但政治影響不容小覷。自改爲《建設日報》之後,差錯明顯減少,僅在 1950 年 8 月 29 日,將「蘇聯從未試圖用武裝侵略消滅英國及美國」中的「從未」排成了「從來」,導致意思完全相反。〔註 391〕1951 年5 月 17 日,較少出現問題的《建設日報》發生了一例致命錯誤,該日刊載的「總工會號召職工協助政府鎮壓反革命」稿件,將「我們工人階級不但擁護政府鎮壓反革命」一句之「但」字印成空白。事故發生後,該報有所察覺,重新印製了數百份無錯誤的報紙,並將無錯報紙發行道里區(黨政機關所在地),有錯誤的報紙並未回收,而是發行到其它區域(共發行 1400 餘份)。此一情形,被主管部門——哈爾濱市文教局視爲有意進行反革命宣傳。〔註 392〕6 月 8 日,文教局、勞動局、公安局、法院及市總工會聯合行動,對該報予以查封。〔註 393〕

四川省自貢市的《工商周報》,屬於報導內容彎曲事實,違背政策,而被勒令停刊。該報於 1950 年 9 月 7 日第四版刊登貢井場票鹽垣商業同業公會啓事一則,係對四川鹽局書面說明及票鹽入營業所問題的解釋。該報於接受啓事之際未送請審核即逕行刊登,被管理部門認定爲解釋與事實不符,係擾亂經濟秩序之舉。〔註 394〕該報因此停刊。

〔註 389〕建設日報社:《本報一九四九年工作總結》,1949 年,哈爾濱市檔案館:XD48-1-1-69。
〔註 390〕《建設日報情況》,1951 年,哈爾濱市檔案館:XD48-1-2-177。
〔註 391〕《建設日報情況》,1951 年,哈爾濱市檔案館:XD48-1-2-177。
〔註 392〕《關於哈爾濱公報、建設日報問題的批示報告》,1951 年,哈爾濱市檔案館:XD48-1-2-152-153。
〔註 393〕《關於建設日報案件的消息報導》,1951 年 6 月,哈爾濱市檔案館:XD48-1-3-23。
〔註 394〕自貢市人民政府:《爲本市工商周報刊登啓事違背政策我府擬予該報長期停刊

3.4.3 奉命停刊的民營報紙

奉命停刊與勒令停刊的區別在於，後者尚未納入到新中國締建的報業統制結構中去，民營資本較爲純粹，均爲自給自足，幾無執政方面人員及資金的流入。這樣的報紙一旦發生錯誤，管理部門無需顧及債務及人員安置問題，處理起來較爲簡單。而那些奉命停刊的報紙，多有與新政權在人員和資金方面的交互，背後關聯千絲萬縷，且在一定程度上已擔綱政府宣傳體系中的某一環節。對這類報紙的停刊往往要經歷較長時間的論證，調和各方關係，以期將影響減至最低。

上海的《人民文化報》是第一張奉命停刊的報紙。該報於 1949 年 8 月 1 日創刊，1950 年 7 月 8 日停刊，前後出版 11 個月。中間還有一個月因經濟困難，一度停刊。〔註395〕因該報由葉以群等文化名人及一眾民主人士舉薦成立，創辦之初即具備了統戰色彩。但畢竟這張報紙先天不足，各董事對所認購股款未能如期繳足，報社需靠貸款度日。截至 1950 年 1 月 6 日，總計向人民銀行貸款 5000 萬。〔註396〕因一時無法清償，報社曾數度致函文管會的新聞出版處，希望該處能將報社的特殊困難轉知銀行，延期償付。〔註397〕顯然，這只能是報社的一廂情願。這筆貸款到 1950 年 6 月底本利合計已滾動到 9300 萬元。但凡先天不足的報紙，往往在管理方面千瘡百孔。《人民文化報》因經費匱乏，只能使用與報紙僅有掮客關係的廣告員及推銷業務員。部分廣告員以謊報廣告價目的方式向美商美隆洋行等欺詐，或假借《人民日報》名義兜攬廣告，卻在《人民文化報》上刊登。還有發行業務員謊稱《人民文化報》係華東軍政委員會文化部之機關報。〔註398〕這些不法之舉對報紙的信譽造成了惡劣影響。1950 年 6 月 29 日，《人民文化報》所在地虹口區的黨政領導，新聞出版處，報社，銀行方面的負責同志，以及當初舉薦《人民文化報》的葉以群等共同參與了一次黨內會議，會議決定，《人民文化報》於 7 月 8 日起停

處分是否適當請核示由》，1950 年 9 月 16 日，四川省檔案館：建南 030-9-32。

〔註395〕人民文化報：《股東成立會議記錄》，1949 年 12 月 31 日，上海市檔案館：B1-1-1922-6。

〔註396〕人民文化報：《第二次股東會議記錄》，1950 年 1 月 18 日，上海市檔案館：B1-1-1922-14。

〔註397〕人民文化報：《關於合法清償貸款、擬請准予折合折實陸續清償的函》，1950 年 4 月 5 日，上海市檔案館：B1-1-1922-19。

〔註398〕豐村：《人民文化報社結束工作總結》，1950 年 9 月 11 日，上海市檔案館：B1-1-1922-54。

刊。〔註399〕簡日達等兩位董事長補貼了清理費1200萬元，其它債務與債務人協商打折付出，如百宋印刷費75折，稿費四折等，總算應對過去。而所欠銀行本息，銀行方面提出，由擔保方群益出版社代為賠償。〔註400〕

上海《煙業日報》的奉命停刊並非源於該報的賠累，而是出於新聞主管部門對行業萎縮趨勢的未雨綢繆。煙報創刊於1947年1月1日，由舊捲煙皂燭火柴商業公會理監事會議決議，推選劉頤和為經理，聘請王天方任總編輯著手經辦。創刊之初，由公會撥款偽法幣1000萬元，規定以發行和廣告為主要經費來源，出版方針不涉及政治。〔註401〕由於解放前捲煙投機市場猖獗，煙報業務興盛，最高發行量達到6000份，1948年秋職工工資普遍提高一倍。〔註402〕上海解放後，新的同業公會尚未成立前，煙報繼續出版，直到1950年6月，捲煙皂燭火柴商業同業公會籌備委員會成立，煙報才復由公籌會領導，社長由該會主委施永順兼任。〔註403〕煙報的主要內容除宣傳政府法令及工商聯合會的指示和通告，還承擔組織同業和教育會員的任務。為適應行業要求，凡有關煙業的業務經營、生產技術、產品介紹、經驗交流，都予以重點介紹。該報讀者主要是捲煙商業公會籌備會會員以及與捲煙商業有關的廠商，占總髮行量的93%。此外，機關讀者占1.43%，團體訂戶占1.27%，職工占4.3%。〔註404〕煙報的經營以發行和廣告為主要經濟來源，發行占收入的60%強，發行區域雖然以上海市及其郊區為主，但輻射面較廣，南京、杭州、瀋陽、福州、廣州、長沙、柳州、汕頭、青島、廈門、南昌、鄭州、天津、貴陽、蘭州、西安等地均有訂戶，建國後最高發行量達3000餘份。煙報的廣告業務極具行業特點，主要由各廠牌價廣告及售貨廣告構成。其中，牌價廣告每月約占2500萬元，其它臨時廣告月收入約1500萬元。〔註405〕該報除1950年底一段時間有所賠累，由公籌會予以補貼外，〔註406〕尚能做到收支平衡。

〔註399〕同上。

〔註400〕上海新聞出版處：《關於人民文化報社貸款未還處理辦法的請示》，1950年8月17日，上海市檔案館：B1-1-1922-110。

〔註401〕煙業日報：《對內刊物登記報告書》，1951年8月，上海市檔案館：S415-4-6-1。

〔註402〕上海市捲煙皂燭火柴商業同業公會籌備委員會：《關於與煙業日報職工協商解雇的意見書》，1952年4月9日，上海市檔案館：B128-2-864-34。

〔註403〕同上。

〔註404〕《煙業日報經理業務情況》，1951年，上海市檔案館：S415-4-6-28。

〔註405〕同上。

〔註406〕上海市捲煙皂燭火柴商業同業公會籌備委員會：《關於送1950年本會與煙業

直至 1951 年底該報奉命停刊，還有庫存金額 9000 餘萬元。〔註407〕但一個不爭的事實是，新中國成立後，投機市場逐漸被消滅，物價日趨穩定，煙報藉以維繫的捲煙皂燭火行業已成爲亟待改造且日益萎縮的行業。解放前，上海捲煙皂燭火柴商業同業公會擁有批發商會員達 1300 餘家，至 1951 年 8 月僅剩下 140 家，並呈現日益減少的狀況；該公會的零售商會員，解放前爲 11000戶，也減至 8000 餘戶，且拖欠會費者爲數眾多。〔註408〕鑒於上述情況，《煙業日報》已無繼續存在之必要。1951 年 12 月 18 日，經捲煙皂燭火柴商業同業公會第 45 次籌備會討論，決定接受上海市新聞出版處於 12 月 11 日做出的即日停刊的建議，《煙業日報》於 1951 年 12 月 31 日終刊。〔註409〕

《周末報》是一張在香港創刊的報紙，但其主要發行量在內地，且在 1952年 3 月遷至廣州繼續出版。該報創刊於 1949 年 5 月 25 日，是由夏衍提議創辦的。1949 年全國各大城市陸續解放後，大批國民黨上層人士逃到香港，相繼出版了多張報紙，並以詆毀共產黨爲能事，此時中共亟需一張與之進行輿論對抗的民間報紙。在此背景下創辦的《周末報》，係由聶紺弩找到同鄉投資3000 元港幣作爲保證金，龍雲、張稚琴各資助了 1000 元港幣，始在香港干諾道 65 號得以出版。該報以夏衍、聶紺弩、邵荃麟、胡希明和馮英子爲社務委員，胡希明任總主筆，馮英子爲總經理兼總編輯。初創時預計每月虧損 500元港幣，由夏衍負責支付 3 個月的虧損。〔註410〕不成想，《周末報》出刊之後，銷路甚好。第一期 5000 份，第二期 8000 份，第三期即超過 1 萬份。〔註411〕在當時的香港，周刊發行量超過 1 萬份是非同小可的事，因此，3 期過後，《周末報》並未停刊，而是繼續堅持下去。1949 年 10 月廣州解放後，《周末報》迎來了更大的發展機遇。因其是周刊，進口到內地的限制小些，該報迅速在內地打開了銷量，1951 年 9 月發行量增至 63000 份，〔註412〕最高發行數字曾

日報的協議書的函》，1950 年 10 月 18 日，上海市檔案館：B128-2-864-84。

〔註407〕上海市捲煙皂燭火柴商業同業公會籌備委員會：《關於煙業日報職工協商解雇事件之經過的函》，1952 年 4 月 10 日，上海市檔案館：B128-2-864-122。

〔註408〕上海市捲煙皂燭火柴商業同業公會籌備委員會：《關於與煙業日報職工協商解雇的意見書》，1952 年 4 月 9 日，上海市檔案館：B128-2-864-34。

〔註409〕上海市捲煙皂燭火柴商業同業公會籌備委員會：《關於煙業日報停刊解雇職工請調解的申請書》，1952 年 1 月 21 日，上海市檔案館：B128-2-864-9。

〔註410〕馮英子：《勁草——馮英子自傳》，上海：華東師範大學出版社，1999 年 3 月版，第 326～327 頁。

〔註411〕馮英子：《勁草——馮英子自傳》，第 328 頁。

〔註412〕《周末報社社長胡希明致新聞處函》，1951 年 11 月 10 日，廣州市檔案館：

達到 78000 份。〔註413〕《周末報》藉此發展勢頭，收購了章乃器等人創辦的大千印刷廠，不僅可以自給自足，且收益頗多。沒成想 1951 年 9 月開始，中共華南財經委員會停止准給外匯，《周末報》迅即陷入空前危機。以往，該報是以國內發行盈利彌補海外發行的虧損。國內營業收入，除廣州分社營業開支外，按月均由廣州分社報請華南財經委員會批准轉匯至香港總社，以供生產之用。一旦停批外匯，香港總社必告崩潰。爲了能夠維持報社的正常運轉，1951 年 9 月，《周末報》致函廣東省暨廣州市新聞出版處，商請大部分業務轉移至廣州事宜。〔註414〕新聞處對《周末報》所請的初步回覆是，可以發給登記證，並協助獲得報紙配額。〔註415〕但對於香港報紙內遷這一較爲複雜且敏感的問題，廣州市新聞處顯然不敢妄自做主。經逐級請示，1951 年 11 月 17 日，新聞總署做出了回應：「該報原則上應以向海外發行爲主，國內發行應逐步收縮，如遷至內地發行，結果將適得其反。」〔註416〕新聞總署顯然拒絕了《周末報》內遷的請求。但國內發行量如此巨大的一份報紙如因外匯管制問題迅速倒閉，必然會產生不良影響。1951 年 12 月 11 日，中南軍政委員會新聞出版局的意見有了一定程度的折衷，即「周末報原則上應以向海外發行爲主，國內發行逐步收縮」，「該報如遷廣州，在國內發行，應加改組。」〔註417〕1952 年 3 月 14 日，大部分《周末報》工作人員從香港抵粵，大千印刷廠也隨遷至內地，迅即參加含有「三反」內容的思想改造運動。經此番改造，曾經「團結合作、共同奮鬥的集體，忽然變成了一個四分五裂、互不服帖的場所。」〔註418〕1953 年 2 月，全國報刊會議決定，廣州《周末報》完成了歷史任務，需停止出版，香港《周末報》可以繼續出版。1953 年 3 月 25 日，廣州《周末報》出滿 200 期後，宣佈停刊。〔註419〕香港方面則由王家楨出任總編輯，直

179-1951-長久-050，第 56 頁。

〔註413〕馮英子：《勁草——馮英子自傳》，第 337 頁。

〔註414〕《香港周末報業務調整草案》，1951 年 9 月，廣州市檔案館：179-1951-長久-050，第 52～54 頁。

〔註415〕《新聞處意見》，1951 年 10 月 17 日，廣州市檔案館：179-1951-長久-050，第 55 頁。

〔註416〕新聞總署：《請對香港周末報請求在廣州印行報紙並要求配紙案提出意見的回函》，1951 年 11 月 17 日，廣州市檔案館：179-1951-長久-050，第 68 頁。

〔註417〕《中南軍政委員會新聞出版局意見》，1951 年 12 月 11 日，廣州市檔案館：179-1951-長久-050，第 67 頁。

〔註418〕馮英子：《勁草——馮英子自傳》，第 346 頁。

〔註419〕馮英子：《勁草——馮英子自傳》，第 350 頁。

至 1979 年，才宣佈停刊。〔註420〕

　　《快活報》的情形與《周末報》有所相似，係周刊。它的創辦人本是《周末報》的總經理田蘇東，因見《周末報》模式有發展前景，遂創辦《快活報》。〔註421〕《快活報》是否曾在香港出版現無實證資料，但國家圖書館的收藏起始期號爲第 18 期，此前各期很可能在香港出版。根據現存檔案，《快活報》於 1950 年 4 月 16 日獲得廣東省人民政府文教廳頒發的登記證，此後始在廣州出版，其登記時的負責人爲謝加因。〔註422〕謝在 1949 年後歷任廣州軍管會行政組長，《廣東文藝》執行編輯。該報總編輯爲著名漫畫家廖冰兄，社址位於廣州市惠福東路 38 號，每周三出版。截至 1951 年 1 月，每期發行量約 11000 份。〔註423〕該報在廣州出至第 40 期，終刊時間爲 1951 年 5 月 9 日。〔註424〕1951 年 5 月 23 日及同年 9 月 6 日，廣州市新聞處在回應讀者有關《快活報》的問題時，提到該報已遷往漢口出版，並易名爲《大家看》周刊。〔註425〕根據國家圖書館館藏目錄，《大家看》確係接續《快活報》，並從第 41 期起刊，館藏期數截至 1951 年第 56 期，終刊時間及原因不詳。

　　昆明《正義報》創刊於 1943 年 10 月 1 日，因工商、財政和市場行情方面的信息量大且報導及時，逐漸引起工商界的重視，成爲雲南發行量第一的日報。抗日戰爭勝利後，在中共地下黨的影響下，報社職工思想十分活躍，設立了黨的外圍組織——民主青年同盟，報紙還經常刊發根據新華社廣播稿改編成的消息，一些揭露國民黨黑暗統治及腐敗現象的新聞也時常刊出，因而引起國民黨特務組織的注意和監視。1949 年 9 月 9 日新中國誕生前夕，國民黨發佈了「九九整肅令」，解散了雲南省參議會，逮捕了社會各界民主進步人士，《正義報》被查封，包括總編輯、主筆在內的 72 人被逮捕。直至 12 月初雲南和平起義前夕，昆明政治氣候有了變化，《正義報》被捕的 70 多名職工才被分批釋放。12 月 9 日雲南省政府主席盧漢宣佈起義，雲南和平解放。《正

〔註420〕馮英子：《勁草——馮英子自傳》，第 347 頁。

〔註421〕馮英子：《勁草——馮英子自傳》，第 339 頁。

〔註422〕廣東省人民政府文教廳：《快活報登記證》，1950 年 4 月 16 日，廣州市檔案館：179-1951-長久-050，第 82 頁。

〔註423〕《廣州快活報周刊社每月發行數目報告表》，1951 年 1 月 31 日，廣州市檔案館：179-1951-長久-050，第 79 頁。

〔註424〕廣州市新聞出版處：《請示快活報批准遷漢口是否屬實》，1951 年 5 月 4 日，廣州市檔案館：179-1951-長久-050，第 83 頁。

〔註425〕同上。

義報》即於第二天，12 月 10 日恢復出版，並以號外的形式刊登了盧漢起義宣言以及向毛主席，朱總司令的致敬電。雲南和平解放後，雲南省委考慮到需要保留一張「民辦」報紙，以加強與工商界和知識分子的聯繫，而《正義報》在解放前是幾家「民辦」報紙中發行量最大，在工商界和知識界中有一定影響的報紙，所以保留了《正義報》「民辦」的面貌，繼續出版，將原《申報》記者、地下黨員陳賡雅調任《正義報》社長，《平民日報》總編輯、地下黨員李鑒釗調任《正義報》總編輯。爲了保證《正義報》在中共的絕對領導之下，雲南省委將《正義報》的黨員陳賡雅、李鑒釗、章國昌、王松、龍顯寰、王嘉德編爲一個黨小組，直屬省委宣傳部領導，報社經費堅持以報養報的辦法，政府不撥經費，報社職工的工資、印報用的紙張以及其它一切開支，均在廣告和發行的收入中解決。1951 年，《正義報》改由昆明市委直接領導，對內爲中共昆明市委的報紙，對外仍保持《正義報》名稱。1953 年 5 月，昆明市委常委曾計劃將《正義報》改爲公開的市委機關報，更名爲《昆明日報》，但出刊《昆明日報》的報告未獲中共中央西南局批准，《正義報》亦於 1953 年 8 月 1 日起奉命停刊。〔註 426〕

無錫《曉報》創刊於 1950 年 1 月 1 日，由趙寅生自籌資金，聘請 20 多名工作人員創辦。社址初設無錫市中市橋巷 33 號，後遷觀前街 117 號，再遷崇安寺 15 號。《曉報》諧音「小報」，有無錫的「拂曉」之意。該報爲日刊，4 開 4 版，期發行量 3500 份左右，最高達 1 萬份。1952 年 11 月《工人生活報》停刊後，《曉報》一度成爲無錫市惟一一份報紙。1954 年 1 月 7 日，中共無錫市委機關報《工人生活》復刊，《曉報》於 1954 年 2 月 1 日奉命停刊，共出版 1466 期。〔註 427〕

《常州民報》創刊於 1950 年 1 月 5 日，由地方文化名人顧嶠若集資創辦，日出 4 開 2 版，有工作人員 65 人。該報較早地設立了由 7 名中共黨員組成的黨支部，積極配合政府工作，對土改、鎮反、「三反」、「五反」、抗美援朝等各項政治運動多有報導。1952 年 10 月 1 日起，《常州民報》改出 4 開 4 版，設有生產戰線、市場新聞、文化生活、學習文摘、衛生常識、群眾體育、影劇、商情、讀者來信、通訊與讀報等專欄，對宣傳、貫徹執行中共政權在過

〔註 426〕 李大水：《雲南解放前後的正義報》，《昆明黨史》，2011 年第 4 期。
〔註 427〕 《無錫歷史上的今天：1 月 1 日》，江南晚報網站，http：//www.jnwb.net/wlwx/2013/0104/53565.shtml。

渡時期的總路線等多有襄助。根據江蘇省新聞主管部門的整體性部署，1954年2月1日，《常州民報》與該省另一份民營報紙無錫《曉報》同時奉命停刊，共出版1407期。〔註428〕

　　西安《工商經濟晚報》是在1953年7月由兩張民營報紙《工商晚報》和《經濟快報》合併而來。雖然掛靠在西安市工商聯，並由工商聯副主任劉光智兼任社長，但其屬性依然是民營的。該報主要讀者對象是「國營商業、合作社商業、各地工商聯與行業公會等工作人員、公私合營企業私方人員與職工、手工業者、小商小販和城市廣大人民群眾」。〔註429〕由於讀者定位比較模糊，加之其重點服務的私營工商業大部分已於1956年完成社會主義改造，至1956年6月，報紙發行量下跌到4600份，廣告接近全無，經營十分困難，需要工商聯每月補助4000餘元。與此同時，辦報質量偏低，鉛字磨損，字跡不清，讀者意見很多。編輯部力量也很薄弱。「總編輯吳煥然係開除出黨分子」，「4名編輯中，2人長期在敵偽報社工作（其中一人有特務嫌疑），2人長期在敵鬥中任職」，「政治性事故經常發生」。〔註430〕該報共有59名工作人員，編輯部、經理部合計38人，工人22人。一些員工對報紙的民營屬性意見很大，到處反映，希望改爲「公私合營」或「國營」。鑒於上述綜合情況，中共西安市委於1957年4月22日呈請陝西省委，提出停辦《工商經濟晚報》的三點意見：其一，市委機關報《西安日報》已經擴版，繼續保留晚報的必要性不大；其二，《工商經濟晚報》的困難，尤其是幹部和設備問題，很難徹底解決；其三，也曾設想由其它方面接辦或利用，但困難很多，而停辦了可以節約紙張，符合增產節約的原則。中共西安市委在函中特別強調：「鑒於該報係一私營報紙，在群眾中特別是在黨外民主人士和資產階級分子中還有一定的影響，因此，在停辦前，除做好肅反工作、人員安排和財產清理等工作外，還應經過黨外人士的充分醞釀和協商，以免我們在政治上造成被動。」〔註431〕1957年5月7日，陝西省委同意了西安市委的意見，停辦《工商經濟晚報》已無爭議。1957年12月31日，《工商經濟晚報》出版最後一期報紙。

〔註428〕丁騁：《中國大陸民營報紙退場的探究：1949～1954》，華中科技大學博士論文，2012年，第52頁。

〔註429〕《工商經濟晚報介紹》，1956年6月，西安市檔案館：315-1-0010-002-003。

〔註430〕中共西安市委致中共陝西省委：《關於工商經濟晚報處理意見的請示報告》，1957年4月22日，西安市檔案館：1-1-0419-41-43。

〔註431〕同上。

自此之後，合法化的民營報紙在中國徹底消失。

3.4.4 報紙重返民間的流產

1956 年至 1957 年上半年，毛澤東提出並自上而下實施「百花齊放、百家爭鳴」的「雙百」方針。其富有想像性的修辭手段，容易讓人想起古代社會「諸子百家」的歷史情境。〔註432〕這一口號不僅讓具有不同立場的人安放各自的期望，寄託各自的想像，也使得社會發展方向具備了多種可能。此一段簡短歷程，有人稱之爲「百花時代」。〔註433〕

時任中宣部部長陸定一對「雙百」方針的解釋是，「提倡在文學藝術工作和科學研究工作中有獨立思考的自由，有辯論的自由，有創作和批評的自由，有發表自己的意見、堅持自己的意見和保留自己的意見的自由」。〔註434〕這一開放尺度起碼在字面上不可謂不寬。中國何以在此時提出頗具開放尺度的「雙百」方針？畢竟，人們還沒能從此前密集的思想批判運動中回過神來。這些運動包括批判《武訓傳》、知識分子思想改造、批判俞平伯《紅樓夢研究》和胡適唯心主義思想、清理胡風「反革命集團」及肅反。尤其是由胡風事件引發的肅反運動，普遍以群眾間的相互檢舉揭發爲發現問題的方法，大量採用私人間的信件、談話內容爲定罪證據，使得知識分子的政治心理發生了重要轉變。「五四」以來建構的精神獨立、思想自由的傳統遭到消解，對有組織的暴力的恐懼和焦慮成爲知識分子的典型心理特徵。〔註435〕

毛澤東大致在 1955 年 10 月意識到了上述現象的嚴重性。當時，中國的農業、手工業和資本主義工商業的社會主義改造接近完成，大規模的經濟建設即將展開，「爲了完成國家工業化和國民經濟技術改造的艱巨任務，每一項工作，愈來愈多地依靠科學、文化和技術，也就是愈來愈多地依靠高級知識

〔註432〕毛澤東本人也希望人們通過「雙百」方針聯想到春秋戰國時期的諸子百家。1956 年 4 月 28 日，在中共中央政治局擴大會議上，毛澤東說：「『百花齊放，推陳出新』，『百家爭鳴』，這是兩千年以前就有的事，春秋戰國時代，百家爭鳴。講學術，這種學術也可以講，那種學術也可以講，不要拿一種學術壓倒一切。你講的如果是真理，信的人勢必就會越來越多。」載《毛澤東文集》第 7 卷，北京：人民出版社，1999 年 6 月版，第 54～55 頁。
〔註433〕洪學誠：《1956：百花時代》，北京：北京大學出版社，2010 年 1 月版，前言第 7 頁。
〔註434〕引自陸定一於 1956 年 5 月 26 日所做《百花齊放，百家爭鳴》的報告，載《陸定一文集》，北京：人民出版社，1992 年版，第 501～504 頁。
〔註435〕于風政：《1949～1957 年的知識分子改造》，第 426 頁。

分子。」〔註436〕但國家的知識分子政策卻明顯存在「六不」問題，即對知識分子「政治進步和業務水平估計不足，信任不夠，安排不妥，使用不當，待遇不公，幫助不夠」。〔註437〕

與此同時，世界形勢也發生了重要的變化。1956 年 2 月，蘇共二十大否定了對斯大林的個人崇拜，這等於去除了社會主義國家向蘇聯「一邊倒」的桎梏，中國獲得了依靠自身國情走獨創之路的機會。同一年，皆爲社會主義國家的波蘭和匈牙利，處理國內動亂的不同範式及大相徑庭的結果，也引起中共領導人的高度關注。波蘭黨在反思 1956 年 6 月 28 日發生在波茲南市的罷工、遊行示威和騷亂事件中，主動攬責，承認錯誤來源於中央和地方領導者的官僚主義和愚昧無知，爲此改組了領導機構，擴大了政治民主，並致力於改善人民生活。而發生於 1956 年 10 月下旬至 11 月上旬的匈牙利事件，因執政黨最初把群眾當成敵人，導致發端於布達佩斯等地的遊行示威演變成對抗政府的騷亂，最終以蘇聯出兵鎮壓了局。在毛澤東等中共領導人看來，此係匈牙利黨不能正確處理人民內部矛盾的結果。而能否正確區分和處理敵我矛盾及人民內部矛盾，不僅關係到社會主義建設的順利開展，也牽涉到執政黨的生死存亡。當時的中國，也存在著如同波蘭、匈牙利一樣的不安定因素。據不完全統計，從 1956 年 9 月到 1957 年 3 月，全國共約一萬人參與了數十起罷工、請願事件；幾十個城市發生大、中學校學生罷課、請願事件，總人數也逾萬人；農村請願、毆打、哄鬧事件也層出不窮，僅浙江一省就有 1100 多起。〔註438〕

中國自古即有對「得天下」和「治天下」的區分。《通鑒紀事本末·貞觀君臣論治》中，唐太宗李世民在論周、秦之長短時即言，「周得天下，增修仁義，秦得天下，益尚詐力，此修短之所以殊也。蓋取之或可以逆得，而守之不可以不順故也。」深諳中國歷史的毛澤東當然清楚「得」與「治」的不同。在國內和國際整體環境都趨向平和穩定的前提下，「百花齊放、百家爭鳴」的提出，無異於中共領導人主張順流而治的一個信號。而報紙作爲意識形態的前沿陣地，勢必承擔鳴放的重責，其自身，首先應具備可供鳴放的資質，即

〔註436〕中央研究知識分子問題十人領導小組：《中共中央關於知識分子問題的指示草案》，1955 年 12 月 16 日。
〔註437〕羅平漢、何蓬：《中華人民共和國史：1956～1965》，北京：人民出版社，2010 年 8 月版，第 11 頁。
〔註438〕薄一波：《若干重大決策與事件的回顧》（下），第 400～401 頁。

盡可能去除輿論一律的痕跡。誰也不曾想到，果敢站在這一輪改革之風口浪尖的，竟是以《人民日報》和新華社爲代表的中共黨內媒體。

從 1956 年 4 月起，《人民日報》總編輯鄧拓即發動報社全體人員，廣泛徵求各界人士對報紙的意見，在此基礎上，向中共中央提出了改進工作的報告。〔註439〕1956 年 7 月 1 日，《人民日報》刊登胡喬木執筆的《致讀者》社論，標誌著中共中央黨報新聞改革的開始。社論雖然依舊強調「《人民日報》是黨的報紙」，但顯然突出了「人民報紙」的概念，聲稱「我們的報紙名字叫做『人民日報』，意思就是說它是人民的公共的武器，公共的財產。人民群眾是它的主人。只有靠著人民群眾，我們才能把報紙辦好。」社論還提到，今後發表的文章，「除了少數中央負責同志的文章和少數的社論以外，一般地可以不代表黨中央的意見，而且可以允許一些作者在人民日報上發表同我們共產黨人的見解相反的文章」。〔註440〕此段論述所體現出來的中共執政黨鼓勵爭鳴的態度已十分明顯。這篇社論，在全國新聞界的影響非常大，尤其是社論中提出的儘量擴大報導範圍，開展自由討論，改進文風的三條措施，成爲全國各級報紙改進工作的綱領性文字。《人民日報》自身也嘗試貼近群眾，融入民間，以鄧拓爲例，他帶頭深入到北京崇文門外一條叫下唐刀的小胡同裏，三度訪問手工藝世家常氏姐妹，寫出了清新雋永的新聞通訊《訪「葡萄常」》。〔註441〕

在《人民日報》的帶動下，首都各大報紛紛醞釀改革版面和內容，像《中國青年報》和《工人日報》甚至把「機關報」的字樣拿了下來。〔註442〕各地方報紙也快速行動，影響最大的是上海《新民報》提出了「短些，短些，再短些；廣些，廣些，再廣些；軟些，軟些，再軟些」的口號，讓人感受到這張報紙的民間底蘊。同城的市委機關報《解放日報》不甘示弱，不僅副刊上的雜文、隨筆有了議論風聲的味道，還將民眾真正關心的切身生活問題放到顯著位置發表，如《大批毛雞爲何死亡？》《家庭主婦問「活魚爲什麼越來越少」》，就是這一時期的代表作。〔註443〕

〔註439〕顧行、成美：《鄧拓傳》，太原：山西教育出版社，2002 年 5 月第 2 版，第 82 頁。

〔註440〕胡喬木：《致讀者》，《人民日報》，1956 年 7 月 1 日。

〔註441〕顧行、成美：《鄧拓傳》，第 83 頁。

〔註442〕馬達：《馬達自述：辦報生涯 60 年》，上海：文匯出版社，2004 年 11 月版，第 58 頁。

〔註443〕解放日報報史辦公室編：《解放日報、新聞日報報史資料》①，第 108 頁。

改革設想跨度最大的是新華社。1956 年 5 月 28 日，劉少奇同新華社負責人談話，論及「新華社做國家通訊社好，還是當老百姓好」，劉少奇的主張是「不做國家通訊社，當老百姓好。」〔註 444〕兩個多月後，新華社編委會即向中共中央呈送請示報告，該報告強調：「從新華社作爲一個輿論機關來考慮，特別考慮到新華社要成爲世界性通訊社，要跟西方資產階級通訊社競爭，爭取民辦的形式好處較多。因爲民辦以後，政府在外交上對新華社可以不承擔什麼責任，而新華社可以更自由地進行活動和報導，同時，這樣做也可以減少新華社的報導是官方宣傳的印象。」〔註 445〕

連中國最大的官方通訊機構新華社都有意轉制爲民辦，且受到時任全國人大常委會委員長劉少奇的支持，足見 1956 年下半年以來的媒介環境不是一般的寬鬆。根據 1956 年文化部提交至國務院的一份請示報告顯示，這一年，國家明確承認民間和私營文化事業、企業是長期積纍起來的寶貴財富，是國家整個文化事業的重要組成部分。那種「對民間和私營的文化事業、企業看成可有可無，置之不理；或者只要好的，不要差的，需要的留下來，不要的推出去的想法和做法，表面上看來很急進，實際上是放棄國家對它們的領導，勢必損害國家整個文化事業的發展。」〔註 446〕針對尙且存在的公私合營出版機構及同人雜誌，文化部的意見是：「已由國家管理的報紙、雜誌，有的現在提出要求改爲國營，我們認爲目前仍可保持公私合營。某些由大學教授或醫生合辦的進行學術研究的同人雜誌，現要求國家接辦，我們認爲可仍維持同人雜誌繼續出版。對上述報紙、雜誌、出版社應分別地由政府的文化部門和學術團體加強領導，提高出版質量，但應注意保存它們原來的風格和特色。」〔註 447〕

如上所述，1956 年，國家意識形態首先在合法性上認可了民營文化事業的重要性。除此之外，一系列提高報刊市場化程度的舉措也在這一年陸續展開。先是發行工作的市場化。1956 年 8 月，國務院專門下發通知，規定從當

〔註 444〕新華社新聞研究所：《新聞工作文獻選編》，北京：新華出版社，1990 年版，第 126 頁。

〔註 445〕同上。

〔註 446〕文化部：《關於加強對民間和私營文化事業、企業領導管理和社會主義改造給國務院的請示報告》，1956 年 7 月，載中國出版科學研究所、中央檔案館編：《中華人民共和國出版史料：1956 年》，北京：中國書籍出版社，2001 年 10 月版，第 204 頁。

〔註 447〕同上，第 205～206 頁。

年 10 月 1 日起，「所有機關、團體、部隊、企業、學校中非因工作需要私人閱讀的報刊，一律改由本人自費訂閱」。〔註448〕按照《光明日報》社論的看法，這是伴隨著國家工作人員從供給制改為工資制，「一種制度的，生活習慣的變革」。其次是報刊經營的市場化。繼 1955 年底，文化部允許《北京日報》、《解放日報》、《新聞日報》、《南方日報》、《天津日報》這五家報紙刊登外商廣告之後，〔註449〕1956 年，又放開《中國工業》《機械製造》等 6 本科技雜誌接受外商廣告。〔註450〕雖然國家對發行及廣告市場的放開是有限度的，但這些舉措在一定程度上默許了市場競爭的存在，意味著報刊不可能完全受制於行政約束，而必然向大眾靠近，從而具備更多的民間屬性。

　　已經在京改組為《教師報》的《文匯報》返滬復刊，進一步體現了中共領導人有意擴大爭鳴範圍的意圖。1956 年 10 月 1 日，曾經的民營大報《文匯報》在上海恢復出版。同一天，《大公報》從天津遷至北京，擔綱財經及國際新聞的報導。在此之前，《光明日報》也已交還給民盟，並啟用頗具自由主義傾向的著名報人儲安平擔任該報總編輯。根據《文匯報》總編輯徐鑄成的回憶，在其主持該報 30 餘年中，有兩個「黃金時期」，一個是抗戰勝利《文匯報》第二次復刊，另一個就是 1956 年《文匯報》第三次復刊直至反右風暴開始這段區間。〔註451〕從當時《文匯報》的內容來看，其民間特色已很突出，各版面打造成了名副其實的「新聞櫥窗」，且十分重視獨家新聞。據統計，1956 年 10 月，復刊第一個月，《文匯報》在第一、二版共刊登各類新聞 435 條，其中本報訊 110 條，本報專電 166 條，本報專訊 39 條，共占全部新聞稿的72.4%；新華社電訊 120 條，僅占 27.6%〔註452〕。一張地方報紙一個月刊發如此之多的專電、專訊，這在當時實屬罕見。此外，在經營方面，《文匯報》除

〔註448〕《報刊發行工作中的重大變革》，《光明日報》，1956 年 8 月 13 日。

〔註449〕文化部：《關於同意北京日報等五個報紙刊登外商廣告的通知》，1955 年 11月 21 日，載中國出版科學研究所、中央檔案館編：《中華人民共和國出版史料：1955 年》，北京：中國書籍出版社，2001 年 4 月版，第 360 頁。

〔註450〕文化部：《關於報刊上刊登外商廣告補充規定的通知》，1956 年 9 月 17 日，載中國出版科學研究所、中央檔案館編：《中華人民共和國出版史料：1956年》，第 241 頁。

〔註451〕徐鑄成：《文匯報的第三次復刊》，載《文匯報回憶錄 2：在曲折中行進》，第165 頁。

〔註452〕任嘉堯、蔣定本：《一座豐碑——回顧文匯報 1956 年的改革》，載《文匯報回憶錄 2：在曲折中行進》，第 170～171 頁。

了保留北京辦事處，還恢復了廣州辦事處，這類舉措，一向是民營大報的慣常做法。

　　《文匯報》的改革在當時是不同凡響的。報紙甫一復刊，便獲得 13 萬份的發行量，知識界名人夏衍、周谷城、舒新城、臧克家、傅雷、沈志遠、邵宗漢等人交口稱譽《文匯報》有創造精神，新聞界前輩鄧拓、范長江、金仲華等人讚揚《文匯報》站在了同行的前列，京劇大師梅蘭芳更是予以十六字題詞：「陳言務去，活潑清新，說古談今，百家爭鳴」。〔註453〕最振奮人心的是，1957 年 3 月，毛澤東在中南海會見數位新聞界名人，此間，他握住徐鑄成的手說：「你們《文匯報》實在辦得好，琴棋書畫、花鳥蟲魚，真是應有盡有。編輯也十分出色。我每天下午起身後，必首先看《文匯報》，然後看《人民日報》，有空，再翻翻別的報紙。」〔註454〕毛澤東的這段話雖很家常，卻反映出最高領導人對《文匯報》民間辦報風格的認同。那一段時間，毛澤東不僅高度認同《文匯報》的編輯方針，還對全國有一定影響力的報紙做了排名，排名靠前的基本都是老牌的民營報紙：「《文匯報》，《中國青年報》，《新民晚報》或《大公報》，《光明日報》，最後是《人民日報》和各地黨報，這樣一個名次。」〔註455〕

　　此一時段，毛澤東將「百花齊放，百家爭鳴」落實到輿論層面，是有相當誠意的。1957 年 3 月 1 日，在最高國務會議第十一次擴大會議的總結報告中，毛澤東指出，政府有缺點應該批評，批評得當，當然好，批評不當，也沒有什麼，言者無罪。〔註456〕為了進一步放開黨外監督，並促成全黨整風運動，毛澤東提議召開宣傳工作會議，專門邀請了科學、教育、文藝、新聞、出版各界 160 多名非黨人士參加，占全體與會者比例的五分之一。〔註457〕3 月 12 日，毛澤東專門到會講話，不僅肯定了 90% 以上的知識分子是愛國主義

〔註453〕任嘉堯、蔣定本：《一座豐碑——回顧文匯報 1956 年的改革》，載《文匯報回憶錄 2：在曲折中行進》，，第 177～178 頁。

〔註454〕徐鑄成：《徐鑄成回憶錄》，北京：生活・讀書・新知三聯書店，2010 年 1 月版，第 231 頁。

〔註455〕毛澤東同《人民日報》負責人的談話記錄，1957 年 4 月 10 日，轉引自逄先知、金沖及主編：《毛澤東傳（1949～1976）》，第 664～665 頁。參見沈志華：《處在十字路口的選擇：1956～1957 年的中國》，第 340 頁。

〔註456〕毛澤東在最高國務會議上的講話（記錄稿），參見沈志華：《處在十字路口的選擇：1956～1957 年的中國》，第 321 頁。

〔註457〕逄先知、金沖及主編：《毛澤東傳（1949～1976）》，第 630～631 頁。

者，還進一步闡述了意識形態放和收的問題，「中央的意見是不贊成收，就是要放。有些人怕亂，亂也好，亂才有辦法，亂然後治。」〔註458〕就是在這次會議上，黨內整風邀請黨外人士參加的說法，第一次被提出。「陽謀」是不是從此時開始？現場聆聽毛澤東講話的作家舒蕪事後回憶，當時應該沒有「引蛇出洞」的想法，「一個人假也不能假到那個程度吧，何況是毛澤東。這種感覺只有到了現場才會有。」〔註459〕那麼現場的感覺到底如何？翻譯家傅雷的描述是：「他（毛澤東）的馬克思主義是到了化境的。隨手拈來，都成妙諦，出之以極自然的態度，無形中滲透聽眾的心。」〔註460〕

　　正是這次講話，激勵了知識分子的大規模鳴放，而報紙在此間起到了重要的平臺作用。當時的情形如同「九葉派」詩人杜運燮在《解凍》中所描摹的：「春風伸出慈愛的手，溫柔而有力／推醒了沉睡的，抹掉不必要的猶豫／使一個個發現新的信心而大歡喜」。〔註461〕今人推及歷史，往往從事後結果出發，予以短暫的「百花時代」以曇花一現的悲劇色彩。但當時的情形是，三四十年代的一些老片子如《馬路天使》、《夜半歌聲》等重出江湖，徐志摩、戴望舒等人的詩集也在1957年再版，汪靜之、陳夢家、沈從文、周作人、梁宗岱、穆旦等建國前文人的名字在刊物上復現。報紙同樣如此，一大批建國以來被忘卻，被忽視的專家學者又出現在報端，像著名法學專家楊兆龍就是因上海《新聞日報》再三約稿，允為其撰寫《社會主義建設中的立法問題》，為王造時等知名學者譽為「國內難得的好文章」。民國時期的著名報人張恨水、張友鸞等人也是在蟄伏多年後，於此時小議是非，報紙多少有了一點「文人論政」的民間味道。僅《文匯報》，就有眾多知識文藝界聞人發聲，包括馬寅初、茅盾、華羅庚、曾昭掄、童第周、錢偉長、千家駒、蕭乾、潘菽、林庚、焦菊隱、歐陽山尊、陳望道、蘇步青、程孝剛、廖世承、陳大燮、談家楨、張孟聞、王守恒、金仲華、吳斐丹、胡煥庸、蔣學模、劉海粟、唐雲、陳秋草、白楊、陳白塵等，〔註462〕該報關於「北大民主牆」的報導，對四川

〔註458〕毛澤東在全國宣傳工作會議上的講話（記錄稿），《毛澤東文集》第7卷，第282頁。

〔註459〕轉引自謝泳：《雜書過眼錄》，北京：中國工人出版社，2004年8月版，第262～263頁。

〔註460〕《傅雷家書》，北京：生活·讀書·新知三聯書店，1994年8月版，第158頁。

〔註461〕轉引自洪學誠：《1956：百花時代》，北京：北京大學出版社，2010年1月版，第29頁。

〔註462〕全一毛：《1957年春天，文匯報執行了誰家的方針》，載《文匯報回憶錄2：

《星星》詩刊《草木篇》的討論，均是一定寬鬆環境下的產物。

　　《草木篇》係組詩，由「白楊」、「藤」、「僊人掌」、「梅」、「毒菌」五首小詩組成，作者流沙河（本名余勳坦）。該組詩發表在四川《星星》詩刊創刊號上，因語言辛辣、尖銳，針砭時弊，諷刺了某些人物和現象，被指有「變天」思想。作者本人在反右運動開始後被列入極右一類，直至文革結束後，才重回詩壇。1957 年，《文匯報》刊登流沙河的訪問記之後，首先遭到了來自四川方面的狙擊。從此事件上，可以看出報紙在鳴放中所面對的阻力。來自四川的一部分聲音認爲，「流沙河的瘋狂，受到了文匯報別有用心的注意」、《文匯報》是「站在資產階級立場，爲反黨反社會主義的言論做宣傳。」〔註463〕但《文匯報》之所有能發表這樣的文章，畢竟反映了傳統思維中獨立報紙的某些堅守，即不能把沒有政治問題的人的思想問題當作政治問題來看待。《文匯報》的這一理念，獲得了另一張有著民營報紙血統的《新民晚報》的支持。在《文匯報》採訪流沙河的記者被指違反黨的政策之後，《新民晚報》總編輯趙超構在上海宣傳工作會議上指出，《草木篇》的文字問題應該批評，但四川省文聯給流沙河扣上反蘇、反共、反人民的帽子，對這樣一個 25 歲的青年，採取了「殘酷鬥爭、無情打擊」的辦法，還阻礙人家的通訊自由，進行人身攻擊，壓制不同意見，顯然更加不對。〔註464〕

　　1957 年反右前夕，類似趙超構這樣的聲音能夠表達出來，說明報紙已經恢復了部分的民間立場，但遏制報紙能夠自由發聲的阻力似乎更大，大到連毛澤東本人都無法控制的程度，這種聲音主要來自於中共黨內。自 1957 年 3 月 12 日毛澤東的講話傳達下去之後，黨內爭辯空前之多。來自甘肅省委的報告顯示，有人認爲「革命幾十年都沒叫人監督，現在革命勝利了反倒要叫人監督了，真想不通」；山西省委的報告反映個別人提出「毛主席的報告替民主人士、知識分子、資本家和過去的地主、富農說的話太多了，而替勞動人民說的話太少了」。〔註465〕上述聲音，在廣東、廣西、四川、黑龍江、浙江等省的報告中都有呈現。牴觸情緒最強烈的是農村基層幹部。有人認爲毛主席的

　　　　在曲折中行進》，第 259 頁。
〔註463〕唐海：《范琰與「草木篇」事件》，載《文匯報回憶錄2：在曲折中行進》，第 283 頁。
〔註464〕唐海：《范琰與「草木篇」事件》，載《文匯報回憶錄2：在曲折中行進》，第 282 頁。
〔註465〕沈志華：《處在十字路口的選擇：1956～1957 年的中國》，第 327 頁。

報告太右傾了，很多幹部質問「是否傳達錯了」並拒絕向下貫徹，有人乾脆提出退黨。〔註466〕1957 年 3 月 17 日到 4 月上旬，毛澤東在天津、山東、江蘇、上海、浙江等省調研，所獲得的反饋也大致如此。儘管毛澤東爲推動黨內整風，自稱爲「遊說先生」四處走四處講，但最終結果是，黨外對他的講話反響熱烈，而黨內卻阻力重重，這對黨的最高領導人的自信必然造成打擊，很容易將其判斷推至另外一個極端。

果然，1957 年 5 月 15 日，毛澤東撰寫了《事情正在起變化》一文，風向大轉，文中提到「大量的反動的烏煙瘴氣的言論爲什麼允許登在報上？這是爲了讓人民見識這些毒草，毒氣，以便鋤掉它，滅掉它」，「陽謀論」自此發端。6 月 8 日，《人民日報》發表了《這是爲什麼》的社論，大規模的反右派鬥爭匝地而起。6 月 14 日，《人民日報》發表毛澤東親自撰寫的社論《文匯報在一個時間內的資產階級方向》，開篇即提出「上海文匯報和北京光明日報在過去一個時間內，登了大量的好報導和好文章。但是，這兩個報紙的基本政治方向，卻在一個短時期內，變成了資產階級報紙的方向。」由此，報紙成了反右鬥爭中的重災區，民營報紙復蘇的可能性頃刻化爲烏有。

〔註466〕《内部參考》，1957 年 5 月 21 日，第 7～9 頁；5 月 25 日，第 20～22 頁。轉引自沈志華：《處在十字路口的選擇：1956～1957 年的中國》，第 327～328 頁。

4、民營報紙消失的國際環境因素

　　1949 年 9 月 21 日，毛澤東在中國人民政治協商會議第一屆全體會議上致開幕辭，這篇著名的講話稿即《中國人民站起來了》。文中，毛澤東將對內人民民主專政，對外團結國際友人，作爲新中國繁榮昌盛的兩個先決條件。他說：「占人類總數四分之一的中國人從此站立起來了。」這是一個非常明確的意指，其對應的語意是：「我們的民族將再也不是一個被人侮辱的民族了」，「不允許任何帝國主義者再來侵略我們的國土」。〔註1〕

　　以毛澤東爲代表的新執政黨顯然清楚，新中國的命運受制於國際環境的風雲變幻。雖然國家的統一符合廣大民眾渴望和平的願景，但如果不能振興遭受嚴重破壞的經濟，不能建立高效清明的政府，不能遏制蓄謀反攻的敵對力量，新政權很難維護民眾對它的進一步支持。上述困境的存在，很容易推動執政黨用快速見效的方式實現統制，即表現出對歷史意識的某些延續性。比如，必須有一人高居眾人之上，充當政策辯論的最後裁決者；必須控制獨立政治力量的繁衍滋生，恢復中央權力，防止國家再次分裂；必須借用自戰國時代既有的縱橫捭闔之術，通過盡可能縮小敵對勢力的辦法來集合更多的盟友。這一切的實現，並不匱乏歷史經驗。最常見的經濟控制，是對大規模的經濟活動進行壟斷和頒發特許證；在政治控制方面，則是注重對正統信仰的宣傳和警惕異端思想，並將民眾納入到可供控制的範疇中來。這一點，毛澤東在其另一篇著名講稿《中國人民大團結萬歲》中說得很明白：「我們應當將全中國絕大多數人組織在政治、軍事、經濟、文化及其它各種組織裏，克

〔註1〕《毛澤東選集》第五卷，北京：人民出版社 1977 年 4 月版，第 5 頁。

服舊中國散漫無組織的狀態，用偉大的人民群眾的集體力量，擁護人民政府和人民解放軍，建設獨立民主和平統一富強的新中國。」〔註2〕

　　民營報紙，面對重組織輕個體的政治結構，其消亡自然不可避免，因其立身之本已被消解。然而，爲什麼它的消亡並未引發大的政治波瀾？這是因爲，新中國將政治控制設置在實現民族尊嚴的國際化大框架之內。它是國家主義與民族主義的高度融合，契合愛國及厭戰的大多數民眾的情感訴求，一定程度上，也成爲民營報紙在那個特定時段的自身訴求。

4.1 冷戰背景強化敵我意識

　　1949 年 5 月 20 日，上海解放前夕。中共華東局下發《關於加強宣傳工作紀律性的指示》，專門強調「非新華總社發佈的新聞，不得用作宣傳內容（包括軍事消息，時事分析等）」，「有關外交問題及全國性的重大問題，均須事前請示中央及華東局，不得任意發表言論。」〔註3〕這一指示的出臺，首要針對的是部分解放軍戰士及中共黨報的記者，隨意接受黨外報紙的採訪，或供應黨外報紙稿件。因對政策的解釋五花八門，甚至出現「抽煙要殺頭」等回應，一定程度上引發了新解放區民眾的恐慌心理。1949 年 6 月 15 日，中共中央宣傳部批轉了華東局的上述指示，並將其推廣至中共各分局、各前委乃至報社、新華社。〔註4〕這一指令的直接效果是，統一口徑的新聞發佈機制在黨、政、軍系統初步建立。與此同時，黨外報紙顯然成了新聞發言謹須提防的對象，而黨外報紙主要以民營爲主。

　　爲何會對民營報紙擇取和發佈新聞如此警覺？這和當時日益形成的東西方冷戰格局密切相關。由於兩種秩序之間相對封閉，彼此獲取信息的主要途徑係通過對方公開發行的報紙，〔註5〕對於內憂外患的新中國來講，控制報紙

〔註2〕《毛澤東選集》第五卷，第 9～10 頁。

〔註3〕《華東局關於加強宣傳工作紀律性的指示》，1949 年 5 月 20 日，載中共中央宣傳部辦公廳、中央檔案館編：《中國共產黨宣傳工作文獻選編（1937～1949）》，第 833～836 頁。

〔註4〕《中央宣傳部批轉華東局關於加強宣傳工作紀律性的指示》，1949 年 6 月 15日，載中共中央宣傳部辦公廳、中央檔案館編：《中國共產黨宣傳工作文獻選編（1937～1949）》，第 832 頁。

〔註5〕有關這一點，美國學者傅高義（Ezra F.Vogel）在其著述的《共產主義下的廣州》一書中有所描述。他說：「還在 1969 年時，美國人是不允許前往中國的，

信息即被高度政治化了。因新中國初期實行的是多黨合作、政治協商的新民主主義政策，控制黨報尙在情理之中，若要控制標榜民主、獨立的民營報紙，必須有一種合乎國家利益的意識形態框架。新執政黨顯然承襲了八年抗戰及國共政爭期間形成的劃分敵我的鬥爭策略，而 1950 年代錯綜複雜的國際形勢，也爲這種簡單的區隔方式提供了遊刃的空間。

4.1.1 敵我意識的生成背景

1945 年二戰結束。如同納粹德國分裂成東、西德兩個意識形態截然不同的國家，整個世界也被劃分爲東、西方。它們並非地理詞彙，而是政治術語。「西方」指的是「那些未曾被蘇聯佔領、沒有共產主義政府和仍將不受蘇聯控制的國家」，它以美國爲首，係資本主義陣營。〔註 6〕「東方」恰恰與之相對，指的是以蘇聯爲首的社會主義陣營。儘管雙方具備軍事衝突所需的情緒，卻從未發生兩個超級大國之間的正面決戰。在 1991 年蘇聯解體之前，世界兩大陣營相互對峙的局面，即人們耳熟能詳的「冷戰」。

冷戰維持的僅是相對的和平，對中國來說更是如此。在長達 46 年的冷戰時期，兩次最主要的熱戰都發生在中國邊境，一次在朝鮮半島，一次在越南。中國在東、西方對峙中的敏感地位不言而喻。

早在二戰結束時，美、蘇就深度介入了中國的國共政爭。中國何去何從，直接影響到東、西方陣營的力量對比。而美、蘇與國、共之間，並非人們想像的美與國民黨、蘇與共產黨的倆倆媾和，更像是一種多角關係。1945 年 8 月 20 日，當蔣介石致電毛澤東，邀其赴重慶談判時，斯大林也發來電報，建議毛應赴重慶，與蔣共商和平發展道路。〔註 7〕按照毛的理解，斯大林是想中共在長江以北停下來，與國民黨劃江而治，從而復現「南北朝」的局面。〔註 8〕毛澤東有此想法並不奇怪，蘇聯人在歐洲有此先例。這一社會主義陣

極少數被允許訪問中國的其它國家的公民也被很嚴格地限制著。當時幾乎沒有任何關於中國的可靠數據，除了我們能看得到的報紙外」。參見傅高義著、高申鵬譯：《共產主義下的廣州：一個省會的規劃與政治（1949～1968）》，廣州：廣東人民出版社，2008 年 6 月版，序二第 1 頁。

〔註 6〕〔美〕德瑞克‧李波厄特著，郭學堂等譯：《50 年傷痕：美國的冷戰歷史觀與世界（上）》，上海：上海三聯書店，2012 年 6 月版，第 35 頁。

〔註 7〕《中國黨史大事年表》，北京：人民出版社，1981 年 10 月版，第 78 頁。

〔註 8〕沈志華主編：《中蘇關係史綱（1917～1991）》，北京：新華出版社，2007 年 1 月版，第 93 頁。

營的領軍者在戰後援助了與己鄰近的波蘭、羅馬尼亞、捷克斯洛伐克、匈牙利、保加利亞等國家，卻對處於英國勢力範圍的希臘紅色革命置若罔聞。法國共產黨也是在斯大林的推動下，主動放下武裝，接受爲英美所支持的戴高樂政府的改編，從軍事對峙轉入和平的議會鬥爭。〔註9〕由此可見，冷戰初期，蘇聯一以貫之的策略是，以鞏固戰後形成的東西歐現存局面爲重點，保障蘇聯本土的安全和經濟復興。至於歐洲以外地區，則避免與美國的直接衝突。〔註10〕具體到中國，斯大林主張國、共劃江而治，一方面可以保障蘇聯在中國東北的既得利益，另一方面，可避免惹惱美國，引發後者的武裝干涉。蘇聯的這種微妙心理直到 1949 年人民解放軍揮師南渡還在發揮作用，該國駐華大使館曾隨南京國民政府孫科內閣遷往廣州，還差點繼續西遷重慶。而美國的做法恰恰相反，其駐華大使司徒雷登繼續留在南京，僅派公使銜參贊克拉克前往廣州。〔註11〕

在這錯綜複雜的關係圖譜中，中共採取怎樣的外交政策至爲關鍵。1949年 1 月 19 日，中共中央發出周恩來起草的《中央關於外交工作的指示》，文中提到：「原則上，帝國主義在華的特權必須取消，中華民族的獨立解放必須實現，這種立場是堅定不移的。但是在執行步驟上，則應按問題的性質及情況，分別處理。」〔註12〕此策略被毛澤東稱作「另起爐灶」。這年 3 月，毛澤東在七屆二中全會上對上述喻指進行了明確闡述，他指出：「不承認國民黨時代的任何外國外交機關和外交人員的合法地位，不承認國民黨時代的一切賣國條約的繼續存在，取消一切帝國主義在中國開辦的宣傳機關，立即統制對外貿易，改革海關制度。」〔註13〕與「另起爐灶」相併行的是「打掃乾淨屋子再請客」的外交謀略，即首先要清除殖民主義的殘餘影響，再與西方資本

〔註 9〕 1944 年，斯大林與丘吉爾就戰後歐洲蘇聯與美英勢力範圍的劃分，達成了所謂的「百分比協定」，規定蘇聯可以對鄰近的東歐國家施加影響，而蘇聯則承認包括巴爾幹半島的希臘在內的歐洲其它地方的國家屬於美英的勢力範圍。參見沈志華主編：《中蘇關係史綱（1917～1991）》，第 84～85 頁。

〔註10〕 龐松：《中華人民共和國史（1949～1956）》，第 4 頁。

〔註11〕 李成浩、吳才興：《1949 年蘇聯駐華大使館南下之謎》，《黨史縱覽》，2009 年第 9 期。

〔註12〕《中共中央文件選集（第 18 冊）》，北京：中共中央黨校出版社，1992 年 10 月版，第 44 頁。

〔註13〕 毛澤東：《在中國共產黨第七屆中央委員會第二次全體會議上的報告》，1949 年 3 月。

主義國家建立外交關係。中共的上述主張對西方世界的震動十分巨大，他們憂慮的不僅是在中國百多年利益被清除，更擔心附屬的東南亞國家被共產主義控制。在這種情況下，英國加強了對其殖民地馬來亞游擊隊的打擊，並以遏制共產主義爲幌子向美國討要軍事援助；法國也要求華盛頓提供更多武器，以幫助他們在越南組建新的軍隊。〔註14〕在英國外交大臣貝文的推動下，1949年4月4日，北大西洋公約組織在華盛頓宣佈成立，美國、加拿大、比利時、法國、盧森堡、荷蘭、英國、丹麥、挪威、冰島、葡萄牙和意大利共同簽署了《北大西洋公約》，該公約規定，對任一成員國的軍事攻擊都將被看作是對所有成員國的攻擊。

北大西洋公約組織是美國第一次眞正捲入軍事聯盟的創建，中共對此事件相當敏感。根據時任美國駐華大使司徒雷登的記述，1949年4月6日，《北大西洋公約》簽署後的第三天，中共無線電廣播曾兩次提及他，將其視作美帝國主義的代表，與蔣介石並置爲敵對的一方。此後，雙方敵意愈演愈烈。4月25日，中共部隊開進南京的第二天，12名解放軍戰士進入司徒雷登的房間並將其喚醒，美國國務院爲此嚴詞抗議。儘管中共答應此類事件不會重演，但依舊在報紙社論裏面將司徒雷登描述爲「太上皇」。5月11日起，中共突然增加反美宣傳力度，作爲回應，13天後，北大西洋公約組織中的各國政府一致贊同「共同行動對付中共」。〔註15〕中共隨後的反應奠定了新中國對外交往的又一項原則：「一邊倒」。6月30日，毛澤東在《論人民民主專政》中明確上述主張。文中言稱：「中國人不是倒向帝國主義一邊，就是倒向社會主義一邊，絕無例外。騎牆是不行的。第三條道路是沒有的。我們反對倒向帝國主義一邊的蔣介石反動派，我們也反對第三條道路的幻想。」〔註16〕自此，新中國外交思路已非常明確，完全站到了以蘇聯爲首的社會主義陣營一方。隨著1950年朝鮮戰爭爆發中國志願軍赴朝參戰，美國總統杜魯門將第七艦隊派往臺灣海峽阻止中共解放臺灣，中美雙方都視對方爲死敵。這種相互敵視關係不僅存在於軍事層面，它更具備統合新生中國民眾思想的抽象意義。通過對敵、我的二元區分，中共成功喚起了民眾對中國百多年屈辱歷史的痛苦記

〔註14〕〔美〕德瑞克・李波厄特著，郭學堂等譯：《50年傷痕：美國的冷戰歷史觀與世界（上）》，第88～89頁。

〔註15〕〔美〕司徒雷登著、陳禮頓譯：《司徒雷登日記──美國調停國共爭持期間前後》，合肥：黃山書社，2009年7月版，第103，121～122，133頁。

〔註16〕《毛澤東選集》第四卷第1410頁。

憶。在紅色政權控制下，幾乎所有運動都在大眾意識裏強化了國民黨復辟和美帝國主義幽靈的意識，使得各種各樣的運動全部具有濃烈的國家主義性質，從而成為新秩序合法性的強大支柱。〔註17〕敵我意識的析出，不僅激起中國人敢於藐視世界強權的豪情，顛覆一貫的軟弱和被動形象；另一方面，上下一體不斷增強的革命熱情和民族自豪感，也有助於新執政黨清除國內殘餘反動勢力，鞏固新生政權。而在這種以反外主義尤其是反美為焦點的意識形態統合中，報紙自然被視作最為重要的動員工具。

4.1.2 敵我意識的高度政治化

　　美國漢學家魏斐德曾分析中國共產黨為何能高速地在建國初期取得整合的成功，而始於1927年一黨訓政的國民黨卻起步得異常糟糕？他將原因歸結為鴉片戰爭後一系列「不平等條約」中「治外法權」的存與棄。共產黨人進入的是完全處於中國人統治下的城市與鄉村，而國民黨統治時期，西方殖民者租界遍佈。以近代上海為例，這座城市有三類市政機關，三個司法體系，四種司法機構（領事法庭、領事公堂、公審會廨與中國法庭），三個警察系統，三個公交系統，三個供水系統，三個供電系統。電壓分為兩種：法租界是115伏，公共租界是220伏，甚至連有軌電車的路軌寬度都分為兩種。〔註18〕這種錯綜複雜的城市管理必然導致人口多元、貨幣多元、教育多元、宗教多元，從而進一步滋生出語言多元、飲食多元乃至報刊多元。由於租界受治外法權保護，中國地方政府不僅無權管轄其中的外國人，連對租界里居住的華人也不能隨意徵稅，隨意拘捕，隨意審判。因此，中國近代著名的民營大報基本上都是在租界裏運營，相對來說，言論較為自由。隨著新中國廢棄治外法權，不僅統合經濟成為可能，統合意識形態也沒有了境內西方勢力的制約。

　　根據現有文獻資料，新中國對報刊的統合是卓有成效的。在外國研究者眼中，中國出版物公開承認為宣傳服務，相當大一部分報紙所報導的「不是新聞，而是對當前政策的解釋和來自模範單位的報導」，「報導外交事務，也傾向於恪守官方的政策」。〔註19〕到了1952年，反美機制的首要基層單位—

〔註17〕〔美〕魏斐德著、梁禾譯：《紅星照耀上海城：1942～1952》，北京：人民出版社，2011年5月版，第205～206頁。
〔註18〕熊月之：《上海城市社會生活史叢書總序》，載葛濤、石冬旭：《具象的歷史：照相與清末民初上海社會生活》，上海辭書出版社，2011年8月版，總序第1頁。
〔註19〕〔美〕米歇爾·奧克森伯格：《政治掛帥：略論1949年後的中國研究》，載麥

一居民委員會，已經習慣於通過讀報小組來宣傳黨的政策，解釋國際時事，並對具有政治熱情的民眾進行動員。〔註20〕這一現象說明，此一時期的報紙信息已經相當「安全」，幾無政治隱患。

能夠達成這般的統合效果，自然和政策層面的約束關聯密切。比如在1952年8月27日，中共中央即出臺了有關國際時事宣傳的規定，將對國際時事的報導和評論，完全集中於中央，統一由新華社和《人民日報》發表。涉及到國際關係和外交的地方性事件，亦統一由新華社發表消息。如果爲了某種外交上的考慮，需要在地方報紙上單獨發表報導和評論，則須呈報中央批准。該規定還細化到針對某些重大政治事件，如有必要發動群眾團體表示擁護、同情或抗議，形成全國範圍的社會輿論，也要統一由中央決定並通知各地。

政策方面的細則固然會對報紙內容形成約束，但這只能成爲民營報紙服膺政治體制的外因。綜合新中國初期民營報紙的表現，它們在反帝愛國方面非但不被動，還積極承攬起宣傳動員的職責。例如《文匯報》著名的副刊版面「社會大學」，積極拓展版面外服務，開闢了「社會大學講座」，《文匯報》總編輯徐鑄成曾主講「怎樣認識朝鮮戰局和目前形勢」，著名經濟學家、民主人士沈志遠講的是《毛澤東〈實踐論〉的基本觀點》。〔註21〕這些內容對主流思潮的恰是，不言而喻。《文匯報》記者崔景泰曾經回憶徐鑄成赴朝慰問歸來後在家鄉宜興演講時的情形：「面對靜靜地坐在廣場上的上千位觀眾，他先不做報告，而是滿懷激情地一遍又一遍的唱中朝兩國人民喜愛的愛國歌曲。徐師完全用宜興鄉音唱的，廣場上的群眾也用宜興鄉音跟著唱。」〔註22〕這種全國一心，同仇敵愾的情境，想必是作爲民營報人的徐鑄成感同身受，並願意爲之鼓與呼的。

以反美、反蔣爲主旨的全民政治抵抗，因將中國被殖民的傷痛視爲政治動員的象徵資本，很容易形成全體認同。加之國民黨在美國的軍事援助下，又將新的傷害加諸於大陸平民之上，進一步推動民眾認可中共的政治立場。以民營報紙最爲集中的上海爲例，蔣介石的飛機在1949年5月和6月轟炸

克法誇爾、費正清編：《劍橋中華人民共和國史（上卷）》，第507～508頁。
〔註20〕〔美〕魏斐德著，梁禾譯：《紅星照耀上海城（1942～1952）》，第191頁。
〔註21〕鄭心永：《當年我編〈社會大學〉》，載文匯報史研究室編：《文匯報回憶錄2：在曲折中行進》，第149頁。
〔註22〕李偉：《報人風骨：徐鑄成傳》，桂林：廣西師範大學出版社，2008年7月版，第196頁。

了這座城市，毀壞了兩座發電廠，水電廠。6 月 29 日的空襲共扔了 100～500 磅炸彈，炸死 155 人，傷 445 人，造成 2000 人無家可歸。〔註23〕1949 年 8 月 3 日，6 架「解放者」在晴朗的天氣中扔下炸彈，把江南造船廠置入火海之中。〔註24〕國民黨空軍不僅持續轟炸上海，其主要目標還包括南京和廣州。在 1949 年 11 月及此後三個月間，這些城市共遭遇 76 起飛機轟炸。最慘烈的一次是 1950 年 2 月 6 日，一隊由 12 架「解放者」組成的空襲機轟炸了美國人開辦的上海電力公司江邊發電廠，該廠占全市供電量的 87%。1000 座民房被毀，至少 900 人受傷或死亡，40%的發電力被毀，工廠徹底停止運作。〔註25〕

由於轟炸使用的是美制航空設備，反美輿論空前熱烈，就像民營報紙《大公報》所評述的，幾乎所有居住在上海的人「都團結起來仇恨美帝國主義，因為他們是煽動國民黨殘餘幫匪和日本侵略者殘殺中國人民的直接罪魁禍首。」〔註26〕所有報紙都加入了反美宣傳與鼓動。當六個月後朝鮮戰爭爆發時，對美國的仇恨已經遍燃整個中國。〔註27〕

當然，對美國以及國民黨的敵視並非中共單方面在發酵。繼國民黨失守大陸退縮臺灣之後，華盛頓隨即展開了一場「誰丟掉了中國」的大辯論。〔註28〕影響力堪比國務卿的美國《時代》雜誌發行人亨利·盧斯拒絕承認共產黨治下的中國。這位在中國出生的傳教士後代，通過當時最有影響力的《時代》，將自己的觀點強加給美國公眾。以 1950 年 12 月 11 日《時代》周刊為例，該期封面人物是毛澤東。毛的臉被繪成古銅色，頭髮枯乾，彷彿歷經風吹日曬的農民。從毛的頸部開始，紅色蝗蟲從大到小密密麻麻地甩向封面的右上角，用以暗示數十萬中國軍隊正在毛的指令下入朝作戰。〔註29〕該期報導的文字有意將毛澤東與明代將領張獻忠相比較，舉以張在四川屠殺了三千萬人（史書載三百萬人）之例，評價「毛有更多的血跡斑斑，即使瘋狂的張獻忠將軍

〔註23〕New York Times，1/7/49，7。

〔註24〕New York Times，5/8/49，2。

〔註25〕Shanghai to Foreign Office，8/2/50，FO371/83224；轉引自〔美〕魏斐德著、梁禾譯：《紅星照耀上海城：1942～1952》，第 174～175 頁。

〔註26〕《大公報》，1950 年 2 月 13 日。

〔註27〕〔美〕魏斐德著、梁禾譯：《紅星照耀上海城：1942～1952》，第 177 頁。

〔註28〕〔美〕亨利·基辛格著，胡利平等譯：《論中國》，北京：中信出版社，2012 年 10 月版，第 92 頁。

〔註29〕《Time》，11/12/1950。

也難以超過。」〔註30〕據此,《時代》周刊的敵意可見一斑。當報導新中國外交代表伍修權將軍〔註31〕1950 年 11 月 24 日在聯合國的發言時,《時代》周刊更是毫不掩飾自身的偏見,聲稱:「數以百計的人們通過電視機和電臺,看到或聽到了伍宣泄共產主義無法停歇的仇恨,用從共產主義偏執狂詞彙庫裏找來的譴責詞彙,來掩飾共產主義的謊言和強硬。」〔註32〕

不只是亨利‧盧斯和他所代表的《時代》周刊,為數眾多的美國精英也站在紅色勢力的對面。1949 年,哈佛大學校長科南特與哥倫比亞大學校長艾森豪威爾在一次教育會議中提議,所有的共產主義者都「應該被排除在聘用的教師之外。」〔註33〕被排斥的範圍還擴大到了部分自由主義者身上,諾貝爾獎得主賽珍珠就是一例。她本被邀請到一所黑人學校的畢業典禮發言,只因「非美行為調查委員會」〔註34〕聲稱賽珍珠對蔣介石持懷疑態度,從而缺乏美國主義精神,不能成為美國黑人青年的榜樣,她即被取消了發言資格,邀請她的學校校長還受到了訓斥。〔註35〕賽珍珠的遭遇,只是「麥卡錫時代」中的普通一例。

麥卡錫原本是美國威斯康星州的一名參議員。1950 年 2 月 9 日,他在演講中聲稱掌握國務院 205 名共產黨員及間諜的名單,引起舉國譁然,由此開始了長達四年的「麥卡錫時代」。受到麥卡錫指斥的不僅有美國對華事務專家歐文‧拉鐵摩爾、費正清、謝偉思、柯樂布以及時任國務卿艾奇遜等人,中

〔註30〕 李輝:《封面中國 2——美國〈時代〉周刊講述的故事(1946～1952)》,武漢:湖北長江文藝出版社,第 342 頁。

〔註31〕 伍修權將軍時任外交部蘇聯東歐司司長。作為中國政府特派代表,伍修權率團出席聯合國大會。這是新中國與聯合國的第一次正式接觸。參見李輝:《封面中國 2——美國〈時代〉周刊講述的故事(1946～1952)》,第 354 頁。

〔註32〕 《Time》,11/12/1950。

〔註33〕 〔美〕德瑞克‧李波厄特著,郭學堂等譯:《50 年傷痕:美國的冷戰歷史觀與世界(上)》,第 97 頁。

〔註34〕 非美行為調查委員會,也譯作非美活動委員會或非美活動調查小組委員會,係美國眾議院於 1938 年成立的一個委員會。它的主要調查對象是美國共產黨的基層組織、研究會和來自共產主義陣營的間諜組織。委員會有權對上述組織展開調查,為立法提供依據,甚至可以直接採取行動,揭露所謂的罪惡行為。該委員會的存在為一些追求名利的野心家打開了方便之門。參見〔美〕費正清著,陸惠勒等譯:《費正清對華回憶錄》,上海:知識出版社,1991 年 5 月版,第 405 頁。

〔註35〕 〔美〕德瑞克‧李波厄特著,郭學堂等譯:《50 年傷痕:美國的冷戰歷史觀與世界(上)》,第 264 頁。

國內戰時期的調解人馬歇爾將軍也在其攻訐下主動辭職。在「麥卡錫主義」
最猖獗時期，美國國務院、國防部、重要的國防工廠、美國之音、美國政府
印刷局等要害部門都未能逃脫清查，僅 1953 年一年，麥卡錫的委員會就舉行
了大小 600 多次「調查」活動。在歷次清查中，美國共產黨領袖威廉·福斯
特、左翼作家白勞德、史沫特萊等 75 人的書籍被列為禁書；著名歷史學家小
阿瑟·史萊辛格和幽默作家馬克·吐溫的作品也被列入「危險書籍」；電影藝
術家卓別林因被懷疑傾向共產黨，只能長期逗留歐洲，告別了他在美國締造
的藝術輝煌。根據對華事務專家費正清的描述，50 年代初期，那種滿腹懷疑、
麻木不仁的氣氛彌漫美國，公眾心中普遍存在著恐懼感。「麥卡錫主義」灌輸
給人們一種病態的邏輯：「你的鄰居可能是個間諜，正因為他看上去不像是間
諜──難道那不正是一個間諜所要做出的偽裝嗎？」〔註 36〕在這種邏輯下，
人與人的交往變得小心翼翼。與社會主義陣營善於引用馬克思、列寧、斯大
林、毛澤東的語錄相對應，麥卡錫時代的人們，通過大罵蘇聯和共產主義來
標榜自己的「忠誠」，報紙文章的開頭，逐漸形成一種定式，即用某些詞句來
表明作者明確的反共態度。〔註 37〕張愛玲的《秧歌》和《赤地之戀》就是在
上述背景下寫就的。《秧歌》用現實主義的手法描寫了中國農村在土改以後的
凋敝衰敗，《赤地之戀》描寫了中國農村土改以及城市「三反」運動的負面。
張愛玲 1952 年從上海出走香港，受雇於美國新聞處。上述兩本小說都是接受
了美元文化資助，尤其是《赤地之戀》，寫「土改」之邪惡是資助方既定的反
共目標。作家水晶曾經採訪過張，據她回憶，張愛玲主動告訴她：「《赤地之
戀》是在授權（Commissioned）的情形下寫成的，所以非常不滿意，因為故
事大綱已經固定了，還有什麼地方可供作者發揮的呢？」〔註 38〕

　　如果說美國的反赤運動，尚留給異己者一定的生存空間，在海峽對岸──
蔣介石退守的臺灣，則是一片肅殺。用《紐約時報》的話來說，是「不分青紅
皂白的兇殘暴虐」。據估計，僅 1949 年，就有 1 萬名臺灣人受到偵訊，軍事法
庭判很多人長期坐牢，超過 1 千人被槍決。〔註 39〕通過總結失守大陸的教訓，

〔註 36〕〔美〕費正清著，陸惠勒等譯：《費正清對華回憶錄》，第 404 頁。
〔註 37〕〔美〕費正清著，陸惠勒等譯：《費正清對華回憶錄》，第 412 頁。
〔註 38〕陳思和：《六十年文學話土改》，載王德威、陳思和、許子東主編《一九四九
　　　　以後──當代文學六十年》，第 28 頁。
〔註 39〕〔美〕陶涵著，林添貴譯：《蔣經國傳》，北京：華文出版社，2010 年 10 月版，
　　　　第 169 頁。

國民黨以蔣經國為主導，通過改組情報及秘密警察體系，加強對臺灣的控制。控制的手段還包括實施新聞檢查，這項工作由警備總司令部執行。在臺灣，冷戰意識形態通過龐大的黨、政、軍官僚體系和它持續的暴力所維持。據統計，截至 1958 年春，臺灣官方宣佈的「顛覆案」達 311320 件，被審查、逮捕的人員多達 130 萬人。〔註40〕思想檢查與反共政策，伴隨著紅色肅清運動，對知識分子的精神傷害倍於任何歷史時期。具體到對大陸崇尚的魯迅的批判，凡是研究魯迅者，幾乎都被認定是共產黨的代理人，從而，反魯迅運動竟綿延三十年。先是介紹魯迅思想與生平最力者，臺灣省編譯館館長許壽裳於 1948 年被刺殺，繼而，為魯迅逝世十週年撰寫簡短紀念文字的基隆中學國文教師藍明谷，在 1951 年的「基隆中學事件」中被國民黨槍決。另一位私淑魯迅的木刻家黃榮燦，也在 1952 年被指控參加中共外圍組織而遭處決。在反魯迅運動的支配下，中國三十年代左翼作家的作品，一律成為思想禁區。而與魯迅打過筆戰的右翼作家，如陳西瀅（陳源）、梁實秋、蘇雪林等人的作品，則受到推舉。〔註41〕這只是國民黨反共政策的一個顯例。

　　由此可見，敵我意識的建構並非中共方面的單一想像。冷戰意識形態下，即便在標榜民主自由的美國，一樣出現過一元化意識形態的長時段強勢，也存在人人噤聲但求自保的國民脆弱心理。冷戰漩渦中的各方，幾乎都用控制媒介來完成意識形態的整合。臺灣自 1951 年始即有報禁，由於海峽兩岸的軍事對峙，臺灣當局對新聞傳播事業發佈多種法令與限制措施，主要包括五個方面：首先是「限證」。1951 年 6 月 10 日，臺灣「行政院」規定：「臺灣省全省報紙、雜誌已達飽和點，為節約用紙起見，今後新申請的報紙、雜誌、通訊社，應從嚴限制登記。」因「限證」控制，在 1960 年後，臺灣日、晚報一直維持在 31 家，沒有新報產生，一直到 1988 年 1 月 1 日取消報禁，臺灣報業才逐漸興盛起來；其次是「限張」。臺灣當局於 1950 年 12 月底，規定各報減縮篇幅，最多以一大張（對開）為限。直到 1967 年 4 月，才放寬限制為兩大半張；再次為「限印」。臺灣當局於 1961 年 6 月規定：「新聞紙社必須在核准登記之發行所所在地發行，不得在印刷所所在地發行出版品。」此一規定，

〔註40〕 包恒新編：《臺灣知識詞典》，福州：福建人民出版社，1987 年版，第 158 頁；轉引自王為：《臺灣地區政治研究》，北京：世界知識出版社，2011 年 8 月版，第 15 頁。

〔註41〕 陳芳明：《臺灣與東亞文學中的魯迅》，載王德威、陳思和、許子東主編《一九四九以後——當代文學六十年》，第 169～171 頁。

有效達成了對報紙的屬地管理；此外還有「限價」和「限紙」。報紙不能自由
決定售價，必須經由有關單位的同意才能辦理。報社也不能夠自行決定購買
白報紙的數量，必須通過主管機關統一核發。上述「五限」，實則將對報紙的
管理牢牢抓在官方手中，在報禁放開之前，臺灣的報業基本行使著政治宣傳
的功能。而像美、英等老牌資本主義國家，則將報紙言論置於國家安全的框
架之下，以國家利益之名，行新聞控制之實。除美國曾歷經長達四年的「麥
卡錫時代」，左翼思潮受到極大破壞，英國及其所屬殖民地也秉持右傾政策，
遏制共產主義思潮在本土蔓延，且實施的手段極為隱蔽。例如 1949 年 7 月，
被扣押的英國紫石英號軍艦逃離南京，並與人民解放軍炮兵交火，期間，造
成雙方及平民的重大傷亡。時任香港《文匯報》總主筆的劉思慕，針對「紫
石英號事件」〔註 42〕發表社論加以譴責。報紙既出，港府衛生署忽然派人來
查報館廁所，指出人多廁所少，違反衛生條例，向法院提出控訴。《文匯報》
工作人員通過香港政治部瞭解，這是港府希望報社少和英國人正面衝撞。據
瞭解，英國從 19 世紀到 20 世紀中葉，在香港頒佈的法律多得不可勝數，平
常執行並不嚴格，但一旦用得上就援引這些條例懲罰一通，給不安分者一點
顏色看看。〔註 43〕

　　1949 年完全獨立的新中國，與其說面對嚴峻的戰略封鎖，不如說它所遭
遇的輿論攻訐更為瘋狂。在上述大環境下，新中國融入國際社會異常艱難。
1949 年 10 月 1 日中華人民共和國宣告成立後的三個月，只有 11 個國家同中
國建立了外交關係，且都是來自社會主義陣營。〔註 44〕在這種情況下，國內

〔註42〕 1949 年 4 月 20 日，中國人民解放軍第三野戰軍準備於次日在長江鎮江段發起
　　　　渡江作戰。英國海軍遠東艦隊「紫石英」號護衛艦未理會人民解放軍公告中 4
　　　　月 20 日係外國艦船撤離長江的期限，闖入人民解放軍前線預定渡江江段，且
　　　　不聽從警告，遭人民解放軍炮擊，「紫石英」號隨即開炮還擊。在炮戰中，「紫
　　　　石英」號重傷擱淺。20 日下午至 21 日，人民解放軍炮兵又將先後趕來增援的
　　　　英國海軍遠東艦隊「伴侶」號驅逐艦、「倫敦」號重巡洋艦、「黑天鵝」號護
　　　　衛艦擊退。此後，雙方就事件責任及「紫石英」號被扣的問題展開接觸和談
　　　　判，但一直未有結果。7 月 30 日，「紫石英」號趁夜逃走，途中與人民解放軍
　　　　炮兵再度交火。31 日，「紫石英」號逃出長江口，有關談判隨之終止。在「紫
　　　　石英」號事件中，中國人民解放軍傷亡 252 人，英國海軍死 45 人、失蹤 1 人、
　　　　傷 93 人，「紫石英」號在出逃途中還造成平民的重大傷亡。
〔註43〕 楊培新：《戰鬥在驚心動魄的歲月中》，載文匯報報史研究室編：《在曲折中行
　　　　進——文匯報回憶錄②》，第 39 頁。
〔註44〕 最先與新中國建立外交關係的 11 個國家是：蘇聯、保加利亞、羅馬尼亞、朝

彌漫著或親美、或恐美的心理。尤其是 1950 年朝鮮戰爭爆發後，一些長期生活在國民黨統治區的人士，畏懼美國的經濟和軍事力量，對中國介入朝鮮戰爭抱持懷疑態度。

要想快速消除恐美心理，促使大多數人認清形勢，最直接的辦法便是展開大規模的宣傳運動。自此，報紙的新聞功能進一步弱化，喉舌作用日顯突出。在全國上下一心，誓以全力保家衛國的正義要求下，那種「對美帝國主義的仇視、鄙視、蔑視的態度」〔註 45〕逐漸在民眾中養成。在這股潮流中，民營報紙自然不能置身事外，甚至其自身已然成為推動潮流向前發展的重要力量。

4.1.3 民營報紙中敵我意識的確立

民營報紙，能夠快速放棄獨立、監督職能，嵌入口徑歸一的宣傳體系，不僅是執政黨的顯在要求，也是解放初期錯綜複雜的政治環境使然。曾任廣東省人民政府主席兼廣州市市長的葉劍英透露過敵我關係犬牙交錯的局面：「許多人反映『上層好，中層少，下層糟』，說明基層不純。政策交代下去，不按你所交代的去做，結果出現『胸前戴紅花，後面打屁股』的怪現象。還有更壞的，就是敵人冒戴了紅花。如新會的『特等功臣』就有三分之一是敵人冒充的。」〔註 46〕

蔣介石曾提出過「七分政治，三分軍事」的理論。〔註 47〕在他的「反攻大陸」實踐中，並非強調軍事上的斬獲，而是通過派遣特務潛入大陸，製造國民黨政府依然存在的印象，從而對中共統治產生威脅。根據臺灣「國家安全局」統計，1950 年至 1989 年間，國民黨派出的情報人員在大陸建立了 3193 個單位，組織成員 9367 人，因執行任務而喪生者達 2168 人。〔註 48〕這些人

鮮、匈牙利、捷克斯洛伐克、波蘭、蒙古、德意志民主共和國、阿爾巴尼亞、越南民主共和國。參見中共中央文獻研究室編：《周恩來傳（三）》，北京：中央文獻出版社，1998 年 2 月版，第 990 頁。

〔註 45〕《中共中央關於在全國進行時事宣傳的指示》，1950 年 10 月 26 日。

〔註 46〕葉劍英：《在華南區組織宣傳會議上的總結報告》，1951 年 7 月，廣東省檔案館：204-1-25-090。

〔註 47〕金石：《我所認識的國民黨特務谷正文》，載鳳凰周刊編：《機密檔 2：臺海兩岸未公開檔案》，北京：中國發展出版社，2011 年 11 月版，第 63 頁。

〔註 48〕郭策：《臺灣特務的蒼涼悲歌》，載載鳳凰周刊編：《機密檔 2：臺海兩岸未公開檔案》，第 35～36 頁。

的威懾力並不在於自身，而是與滯留在大陸的匪特分子沆瀣一氣。據不完全統計，1950 年上半年西南地區被匪特攻陷的縣城達 100 座以上，西康省會雅安市被匪特包圍 7 天，其間殺害幹部 3000 人；1950 年底至 1951 年 5 月，廣西省匪特組織暴亂 52 次，危害農會會員、民兵和幹部達 7219 人；在安徽大別山區的 14 個縣，匪特還一度建立了僞政權。從全國範圍來看，1950 年 1 至 10 月，全國共發生武裝暴亂 816 起，有 4 萬名幹部和積極分子被殺。〔註49〕

　　爲了徹底清除反革命殘餘勢力，中共中央於 1950 年 10 月 10 日發出《關於鎮壓反革命活動的指示》，要求全面執行「鎮壓與寬大相結合」的政策，克服已經發生的嚴重的右的傾向，對證據確鑿的反革命分子加緊進行處理；對那些首要的、怙惡不悛的、在解放後特別是經過寬大處理後仍繼續作惡的反革命分子，應依照懲治反革命條例加以鎮壓。指示要求，對這些案件的執行，要在報紙顯要位置發表消息，在群眾中進行廣泛的宣傳教育。〔註50〕經過幾個月大規模的鎮反運動，截至 1951 年上半年，全國共逮捕反革命分子 150 萬人，被判死刑者 50 萬，其中匪首、慣匪占 44.6%，惡霸占 34.2%，反動會道門頭子、反動黨團骨幹分子占 7.7%，特務地下軍頭子占 13.5%。〔註51〕這些案件經過報紙的密集報導，在國人中形成了一種共識，即敵人無處不在。這種意識又進一步催生了來自民間的一股戾氣。著名作家老舍的表述傳達了社會基層對待那些「被命名了」的反革命殘餘分子的態度。1951 年國慶，老舍寫就《新社會就是一座大學校》，發表在 10 月 1 日出版的《人民文學》上。他描述了在天壇舉行的一場控訴惡霸大會：「惡霸們到了臺上。臺下多少拳頭，多少手指，都伸出去，像多少把刺刀，對著仇敵。惡霸們，滿臉橫肉的惡霸們，不敢抬起頭來。他們跪下了。」「老的少的男的女的，一一上臺去控訴。控訴到最傷心的時候，臺下許多人喊『打』。我，和我旁邊的知識分子，也不知不覺的喊出來：『打！爲什麼不打呢？！』警士攔住去打惡霸的人，我的嘴和幾百個嘴一齊喊：『該打！該打！』」「這一喊哪，教我變成了另一個人！

〔註49〕龐松：《中華人民共和國史：1949～1956》，第 29～30 頁。

〔註50〕《建國以來重要文獻選編》第 1 冊，北京：中央文獻出版社，1992 年 5 月版，第 421 頁。

〔註51〕龐松：《中華人民共和國史：1949～1956》，第 35 頁。另據 1954 年 5 月 17 日《羅瑞卿在第六次全國公安工作會議上的報告》，爲時三年的鎮反運動，共關押反革命分子 129 萬人，管制 123 萬人，依法處決 71 萬人，包括匪首、惡霸、反動會道門頭子、反動黨團骨幹分子、特務及反共地下軍頭目等。

我向來是個文文雅雅的人。不錯，我恨惡霸與壞人；可是，假若不是在控訴大會上，我怎肯狂呼『打！打！』呢？人民的憤怒，激動了我，我變成了大家中的一個。他們的仇恨，也是我的仇恨；我不能，不該，『袖手旁觀』。群眾的力量，義憤，感染了我，教我不再文雅，羞澀。說眞的，文雅值幾個錢一斤呢？恨仇敵，愛國家，才是有價值的、崇高的感情！書生的本色變爲人民的本色才是好樣的書生！」「黑是黑，白是白，沒有第二句話。」〔註52〕

　　老舍係新中國成立時從美國回來的文雅作家，像他這樣受過西方人文教育的知識分子尚且認同「黑是黑，白是白」的鮮明敵我界限，何況土生土長的廣大國民。自鎭壓反革命運動開始之後，進行身份鑒別不僅是新執政黨統合社會的需要，也是普通百姓確保自身安全的輿論偏向。1951 年 5 月 21 日，中共中央作出《關於清理「中層」「內層」問題的指示》，對軍事機關、財經機關、政治機關、文教機關的留用人員和新吸收的知識分子進行清查。民營報紙成爲這一輪清查的重災區。僅以成都《工商導報》爲例。該報共有 156人，全社僅有共產黨員 2 人，青年團員 23 人，黨、團員占總人數的 16%；參加民主黨派的有 4 人（民盟 2 人，民主建國會 1 人，九三學社 1 人）；反革命管制分子 10 人（編輯部 2 人，經理部 1 人，印刷廠 6 人，勤雜 1 人），占總人數的 6%，其中，雜特 1 人，三青團骨幹分子 2 人，中統特務 7 人；編輯部和經理部參加過一般反動黨團的有 19 人，參加封建會道門的 10 人，共占編、經兩部總人數的 40%。全報社有特務嫌疑或政治上有重大嫌疑的 7 人，與臺灣、香港有聯繫及在 1948 年由臺灣歸來的有 3 人，且都在編輯部。〔註53〕

　　這樣的數字顯然容易導出一個結論，即民營報紙成了藏污納垢的地方。此方面的例據很多。像天津《新生晚報》社長常小川係美國密歇根大學政經學院畢業，解放前曾任天津商品檢驗局長、天津財政局長、南京土地局長等職；天津《博陵報》社長劉震中「曾任過僞河南新政縣、河北肅寧縣縣長，在僞民會做過日特漢奸，並自稱任過少將軍法處長等職」，〔註54〕《廣州標準

〔註52〕 老舍：《新社會就是一座大學校》，載《人民文學》第四卷第六期，1949 年 10月 1 日；轉引自雷頤：《逃向蒼天》，杭州：浙江大學出版社，2013 年 1 月版，第 3～4 頁。

〔註53〕 中共成都市委秘書處：《工商導報情況初步瞭解的報告》，1954 年 10 月 10 日，成都市檔案館：54-1-312。

〔註54〕 天津市新聞出版處：《處理博陵報經過報告》，1951 年，天津市檔案館：X57-Y-1-48-17-19。

行情》編輯麥建楠解放前係粵建廳科長，等等。就連那些民營大報在人員構成上也是錯綜複雜。1952 年，上海市委宣傳部的一份報告顯示：「大公、新民、文匯各報都是從解放以前原封不動繼續下來的。新聞日報僅編輯部重行改組，但人員都是臨時雜湊，大部分是解放前在白區工作的新聞工作者。亦報雖屬新創，但全部人員都是解放前一向在上海搞小報的。」〔註 55〕上述各報編輯部人員填表交代歷史政治問題者占總數的 38.3%，其中國民黨員 65 人，區分部委員以上者 5 人，受過反動訓練者 34 人，三青團員 31 人，中統 3 人，軍統 2 人，參加其它特務組者 18 人，反動軍官 15 人，參加反動新聞社團者 12 人，漢奸 3 人，反動幫會 16 人，參加其它反動黨團者 2 人，脫黨分子 16 人。各報相比，新聞與新民兩報社較嚴重，交代歷史政治問題者均占總數的 41.9%，大公爲 37.5%，亦報爲 35.4%，文匯爲 33.3%。各報經理部門人員較編輯部門單純，交代問題者占總數的 19.6%，以新民報最多，爲 37.5%，亦報爲 30.7%，新聞日報爲 16.1%，大公報爲 15.9%，文匯報爲 15.3%。〔註 56〕

　　在今人看來，出現這樣的現象不足爲奇。國民黨盤踞大陸時期，建立的是一黨專政的威權體制，報紙作爲意識形態的重要組成部分，黨、團員居多也是不可避免的事實。然而，天地轉圜，時局變遷。1950 年代的歷史複雜性並非今人能夠完全想像，我們只能從表層的數字管窺一貌。

表 4-1：廣州市各報現任職員政治背景統計表（1950 年 12 月 12 日）〔註 57〕

報名	中共	青年團	民革	民盟	農工民主黨	民建	無黨派	不詳	總數
南方日報	35	35						53	123
聯合報	1	1	5	8	2	1	2	38	58
新商晚報			1				13	11	25
經濟導報標準行情							13	4	17
合計	36	36	6	2	1		28	106	223
百分率	16.14%	16.14%	1.69%	3.59%	0.9%	0.45%	12.55%	47.54%	100%

〔註 55〕《中共上海市委宣傳部關於上海新聞界思想改造的總結》，1952 年 12 月 13 日，上海市檔案館：A22-1-47-129-134。

〔註 56〕同上。

〔註 57〕廣州市人民政府新聞出版處：《廣州市各報現任職員政治背景統計表》，1950 年 12 月 12 日，廣州市檔案館：179-1950-長久-003，第 96 頁。

　　來自廣州市新聞出版處的這份調查報告，比較清晰地顯示了黨報和民營報紙人員構成的不同及政治背景的迥異。在表 4-1 中，惟有《南方日報》係中共華南分局黨報，其它三份報紙均為民營。作為黨報，《南方日報》的黨、團員比例達到 56.91%；多黨創辦的《聯合報》，此比例僅占 3.44%；《新商晚報》和香港經濟導報社主辦的《廣州標準行情》，一個黨、團員都沒有。

　　缺乏黨的領導，內部人員複雜。這兩者羼雜在一起，竟成了新中國初期民營報紙政治不正確的原罪。政治本不正確，再加上不暸解新政權新聞報導的語法，民營報紙經常被新聞管理部門視為敵我不分。最先觸礁的是天津的《博陵報》。該報解放前係小型報紙，不乏黃色新聞。因天津接管時曾律令所有報紙先行停刊從而遭到中共中央批評。為矯正此前「左」的偏差，像《博陵報》這樣的小報也被允許復刊。《博陵報》於 1950 年 2 月 19 日復刊後，不改小報本色，力求吸引讀者眼球。該報社長劉震中相繼創作長篇小說《潘金蓮》和《梁山英雄》，在報紙上連載。小說不顧歷史事實，妄自虛構，將潘金蓮描寫成「女革命英雄」，「民主女縣長」，安排她與武松自由戀愛，並把武大郎刻畫成惡霸。在新聞主管眼中，《博陵報》此舉是「以潘金蓮的故事影射現代的人民革命，利用社會上對潘金蓮的傳統成見，暗示現在的革命戰士是潘金蓮一流人物」。〔註58〕新聞管理部門還列舉了《博陵報》其它敵我不分的錯誤。如該報專門剪輯全國各地刊載特務活動的報導，以顯著標題通版刊登，渲染了恐怖氛圍；在國家發行勝利公債時，登載所謂「民歌新詩」：「吃的什麼，青菜豆渣；穿的什麼，破衣爛麻；住的什麼，牆倒屋塌；掙的什麼，星點沒拿」，意在散佈窮困的情緒，阻礙公債的發行；專門剪裁各地報紙上關於幹部貪污腐化，違犯政策及不良作風等消息，對政府如何處理，卻隻字不提。〔註59〕1951 年 8 月 1 日，《博陵報》社長劉震中被約至天津市新聞出版處談話，他最終承認《潘金蓮》中「真民主、偽民主胡亂搞一氣，民眾有怨無處訴」等語句，是因為對政府「不滿意」而有意借小說中的人物指桑罵槐。當日，劉震中承認「屢犯重大錯誤」，自動申請《博陵報》停刊。〔註60〕

　　廣州《新商晚報》最終停刊，也和一直以來敵我不分有密切關係。該報

〔註58〕天津市新聞出版處：《處理博陵報經過報告》，1950 年，天津市檔案館：X57-Y-1-48-17-19。

〔註59〕同上。

〔註60〕劉震中：《博陵報申請停刊書》，1951 年 8 月 1 日，天津市檔案館：X57-Y-1-14-32。

從總編輯到編輯、記者，多為舊報人，總編輯戴英浪（初期）及司徒權（後期），難免掌握不穩編輯方針，致該報創刊後，迭犯錯誤。如 1950 年 5 月 12 日第二版有一段描寫中國人民歡迎蘇聯朋友的消息，其標題竟為「如此這般的赤色恐怖」；1951 年 6 月 25 日第三版將朝鮮民主主義人民共和國國旗倒刊；6 月 27 日第一版《在黨的教育下，我永遠保持著光榮》一文，將「我連續當選三次特等勞動英雄」的「等」字刊為「務」字，變為「特務勞動英雄」。〔註61〕上述錯誤，在當時的政治環境中，顯然是敵我不分的表現。

在必須區分敵我立場的大前提下，對所謂敵人說什麼樣的話，什麼時間說話都是要把握分寸的。著名民營大報《大公報》就在這個問題上頻繁出錯，僅 1952 年 2 月，《大公報》所犯重大錯誤不下四次。2 月 9 日該報刊登大來公司「大老虎」朱今農被捕法辦和 2 月 12 日刊登「人民銀行上海分行坦白檢舉大會」兩則新聞，被指事先未與有關方面聯繫；2 月 15 日第四版刊載「要求政府槍決汪康年」新聞，把「實際是所有的志願軍家屬要往前方給自己的親人捎去親切的聲音」中的「親人」錯成「敵人」；2 月 22 日，刊載「奸商趙金峰竟向解放軍猖狂進攻」一則新聞，被指嚴重泄露了國家的軍事秘密；同日，刊載「盧作孚在渝病逝」的消息，被指道聽途說。按照官方說法，「盧作孚係違反國法，畏罪自殺」。因錯誤連出，《大公報》被予以警告處分，並通報各報。〔註62〕

一方面，民營報紙慣用的輿論監督範式遭遇了新中國消除內外危機，謀求社會穩定的大命題；另一方面，執政黨在最短的時間內所取得的一系列成就，諸如朝鮮戰爭與強大的美國打成平手，快速消除通貨膨脹，剿滅反革命殘餘勢力，完成土地革命，等等，都給習慣用負面思維考量當權者的民營報紙以截然不同的感受。〔註63〕

此後，是凡涉及敵我問題，民營報紙開始變得小心謹慎起來。有關杜月笙股份的處理即是一例。1949 年以前，杜月笙投資於新聞、出版、印刷方面

〔註61〕廣東省新聞出版處：《關於廣州新商晚報的情況》，1952 年 1 月 9 日，廣州市檔案館：179-1951-長久-041，第 3 至 7 頁。

〔註62〕上海市新聞出版處：《關於大公報報導「三反」、「五反」運動中所犯錯誤的通報》，1952 年 3 月 5 日，上海市檔案館：B35-2-65-19。

〔註63〕Otto Kircheimer: "Confining Conditions in Revolutionary Breakthroughts", American Political Science Review, 59.4: 976（December 1965）；轉引自〔美〕魏斐德著、梁禾譯：《紅星照耀上海城：1942～1952》，第 204～205 頁。

的股份涉及到 17 個單位，包括《新聞日報》、《申報》、大東書局、世界書局、兒童書局等。〔註 64〕除大東書局接受了其子的股權登記申請，其它單位基本持觀望態度。以《新聞日報》爲例：杜月笙在 1937 年持有該報前身《新聞報》的 100 股，1948 年增持 125000 股，此兩筆股份到了 1955 年，折合人民幣金額爲 12000 元（新幣值）。〔註65〕新聞日報社曾於 1950 年 2 月及 1951 年 11 月兩次登記股東姓名，杜月笙均未現身，也未委託代表登記。登記期過後，新聞日報社即將其所持股份移交交通銀行代管。1954 年 9 月 11 日，杜月笙之子杜維翰、杜維寧來函稱：「在規定登記日期內，因居住地址遷移，未接到通知，又未見到公告的報紙，以致誤期辦理。」二人希望代表已經過世的杜月笙辦理補充登記。新聞日報社不敢自作主張，於 1954 年 9 月 27 日密函上海市人民政府文化教育委員會，希望上級部門做出定奪。直至八個月後，杜維翰二人再次來函詢問，文教委才做出回應，稱與統戰部的商談結果是，「不好覆信，只能擱一擱」。〔註66〕此時，上海市統戰部倒是開始核對杜月笙在各企業中的投資狀況，並瞭解到像公私合營大中華橡膠廠、華豐造紙廠、華商電氣公司、天原化工廠等企業已爲杜月笙股份辦理登記，並發放了股息。但是落實到新聞、出版企業，主管部門的態度依舊十分踟躕。不敢做出決斷的重要原因是：「對杜和國民黨反動派的關係、杜在社會上的活動以及處理杜股可能引起的影響等，因不掌握情況，亦不易估計。」〔註67〕

新聞日報社另一未登記股東朱繻侯的股份最後雖得以補辦，但也因「敵我」身份的辨別問題大費周折。朱繻侯 1949 年以前持有《新聞報》100 股，是在 1937 年入股的。1949 年 4 月，朱繻侯離滬赴港，並於 1952 年 2 月病逝於異鄉。1955 年，朱繻侯之子朱永勖致函新聞日報社，希望對其父所持股票核准登記。在隨後新聞日報社開列的調查清單裏，可以清楚看到「敵我意識」在股票核查中所佔據的位置。「查朱繻侯生前做過哪些事？向哪些地方投資過？與國民黨反動派有何關係？有否參加漢奸政府工作？解放前夕稱病赴港

〔註64〕 上海市出版事業管理處：《關於請示杜月笙股份處理辦法的報告》，1955 年 6 月 2 日，上海市檔案館：B167-1-97-15。

〔註65〕 新聞日報社：《杜月笙股份如何處理，希核示》，1955 年 5 月 28 日，上海市檔案館：B167-1-97-13。

〔註66〕 上海市人民政府文化教育委員會：《關於杜月笙股份如何處理的回覆》，1955 年 5 月 31 日，上海市檔案館：B167-1-97-12。

〔註67〕 上海市出版事業管理處：《核對杜月笙在各企業中的投資情況》，1955 年，上海市檔案館：B167-1-97-17。

就醫，是否事實？」〔註68〕針對上述問題，新聞日報社專門向上海市廈門路派出所和復興中路派出所瞭解情況，得到的回饋是，「朱緝侯是大資本家，1949年逃往香港，現已死亡」；朱家「目前依靠房屋生活，每月房租收入約五、六百元，生活相當闊綽。」調查還顯示，朱家是大家庭，從未分過家，朱緝侯的兩個兄弟均在上海，但無職業。朱的三個兒子，一個在香港，兩個在上海，也無職業。其中，寫信申請股權登記的朱永勖因在 1953 年 5 月由港返滬，「與香港來往信件很多」。〔註69〕鑒於朱家的外部交往雖有很多可疑之處，但不能構成剝奪沒收朱緝侯股權的條件，新聞日報社主張准予股權登記，但又不敢斷然做主。此後，報社求助交通銀行協助調查朱緝侯的經濟債務問題，交通銀行轉又求助上海市第二中級人民法院查核債務卷宗。法院回函「未便作此審查」，交通銀行自然也提出「查企業股東身份之確定，不屬本行業務範圍。」〔註70〕此事的定奪就落到了工商局身上。上海市出版事業管理處曾於 1955 年 6 月 14 日即將新聞日報社的朱緝侯股權登記申請函寄上海市工商行政管理局，遲至 1956 年 3 月再次發函催請，工商局才最終予以確定，「關於新聞日報社股東朱緝侯一戶，既然迄未掌握具體情況，可按照一般程序准予股權登記」。〔註71〕自此，朱緝侯股權補登之事終獲通過。此事之所以大費周章，歸根結底，是和朱緝侯係大資本家且滯留香港，其子與香港不明人士來往甚密有關。這在新中國，都屬於敵我矛盾的範疇。

　　區分外部敵我關係，民營報紙尚可以小心為之。但如果報社內部有人利用敵我立場問題，達到清除異己的目的，那卻是防不勝防的。1950 年 11 月 8 日，《哈爾濱公報》社社長帶著未見報的小樣，主動到新聞管理部門反映情況。該報小樣中，斯大林變成了「斯犬林」，「以社會主義蘇聯為首」變成了「偽首」。按照字盤，這兩個錯誤本不該出現，因為「大」字屬於「大」部，「犬」字屬於「犬」部，「為」字屬於「爪」部，「偽」字屬於「人」部，風

〔註68〕新聞日報社：《為股東要求補辦股份登記請查核由》，1955 年 6 月 10 日，上海市檔案館：B167-1-97-16。

〔註69〕新聞日報社：《為股東要求補辦股份登記請查核由》，1955 年 6 月 10 日，上海市檔案館：B167-1-97-16。

〔註70〕交通銀行上海分行：《為新聞日報社在港亡故股東朱緝侯之子要求補辦股份登記請審核由》，1955 年 8 月 15 日，上海市檔案館：B167-1-97-30。

〔註71〕上海市工商行政管理局：《復新聞日報股東朱緝侯可按一般程序辦理股權登記函》，1956 年 4 月 3 日，上海市檔案館：B167-1-97-36。

馬牛不相及，除非有人故意爲之。〔註72〕根據現有的檔案材料，該事件發生的幕後原因尚無定論，但該報內部人員複雜，勞資雙方尖銳對立的情形卻是客觀存在。在該報總計 12 名職員中，有兩名是國民黨員，其中一名還曾擔任過國民黨政府瀋陽電業局局長。其餘人員，來自舊報館者有之，被中共政府機關免職者有之。但該報的主要矛盾並非集中在編輯部，而是來自印刷廠。印刷廠已經建立了黨的支部，支部書記不斷到主管部門反映該報內部情況，要求政府出面處理。其所反映的問題除了工人待遇低，組織機構不健全外，還涉及到該報社長假借蘇聯領事館及政府名義威嚇工人。〔註73〕而在該報社長看來，印刷廠的基層組織過於干涉報社管理，使得社中事務很難貫徹下去，是一個很嚴重的問題。從該報印刷廠黨支部書記寫給市長的信中，確實可以看到基層機構清除所謂異己分子的強烈動機：「將現在的編輯部內政治面目不清的人員堅決撤換」，「資方不得無理阻撓現有人員的撤換」。〔註74〕儘管尚無證據表明，《哈爾濱公報》發生的政治性錯誤來自印刷廠的工人有意爲之，但在政治環境極其複雜的新中國初期，利用敵我立場問題改組報社機構，削弱資方勢力，不僅僅是政府部門的認知，也是尖銳政治乃至經濟紛爭中，非資一方屢試不爽的武器。這就不難解釋，爲什麼《哈爾濱公報》所出現的錯誤幾乎都是「敵我」問題。除了「犬」「僞」的拼接錯誤，該報還曾發生過將封建會道門的「反革命活動」植爲「革命活動」，在「哈市的群眾文藝運動是成功的」的前面多出「藉以鼓勵匪軍士氣們說」這樣的嚴重政治錯誤。

　　內外交困，形勢險峻。這是新中國初期民營報紙不得不面對的重大生存問題。

4.2 保密雷區民營噤若寒蟬

　　1950 年 11 月初，日本電通社傳出一條消息，稱「美國駐港領事蘭金是個美國收聽站的主要視察員。他的工作是專門從中國報紙中搜集消息，供美國間諜使用。」〔註75〕此前，在甘肅破獲的匪特陰謀破壞玉門油礦與酒泉油庫

〔註72〕《哈爾濱公報內部問題》，1950 年，哈爾濱市檔案館：XD48-1-2-175。
〔註73〕《哈爾濱公報內部問題》，1950 年，哈爾濱市檔案館：XD48-1-2-175。
〔註74〕《哈爾濱公報內部問題》，1950 年，哈爾濱市檔案館：XD48-1-2-175。
〔註75〕《南方日報》，1950 年 11 月 15 日。

事件，已經為新聞保密工作敲響了警鐘。〔註76〕

　　「駐港領事門」事件發生後，1950 年 11 月 16 日，新聞總署、出版總署聯合下發了《關於注意保守國家機密的通報》，對各報社、雜誌社的新聞報導工作規定了四條保密原則：（一）不要在新聞通訊中涉及任何人民解放軍部隊的番號、駐地、調動、訓練、復員情形；（二）不要發表尚未經中央發表的一切有關人民海軍和人民空軍的新聞通訊；（三）不要發表尚未經中央公佈的有關軍事的重要鐵路公路等交通建設；（四）不要發表與動力工業、機械工業、造船工業等有關的國防工業的地點、產量、設備、工人數目以及其它可據以推算出這些工業的生產力的資料。對於特別重要的工業如東北的鞍山鋼鐵工業等，一般地不作報導，以避免引起美帝國主義者的注意。〔註77〕

　　仔細分析建國後新聞保密政策的出臺，不能不將其聚焦在中國志願軍進入朝鮮這個時間節點。1950 年 10 月 19 日晚，包括四個軍、三個炮兵師在內的 26 萬人「秘密」開赴朝鮮。〔註78〕對於志願軍赴朝作戰一事，毛澤東曾專門要求「只做不說」，除黨內高級領導幹部知道此事，報紙上不能做任何公開宣傳。〔註79〕由於保密工作做的好，志願軍渡過鴨綠江之前，已經夜行晝宿行軍一周。〔註80〕美國空軍偵察機天天到鴨綠江沿線拍照，甚至兩個多月「侵入東北領空十二次之多」〔註81〕，都沒有發現部隊移動的徵兆。中國軍隊的這一次突襲，將大部分美國軍隊打回到「三八」線以南，包括普利策新聞獎獲得者瑪格麗特・希金斯在內的新聞記者記錄了這次美國「軍事史上時間最長的大撤退」。〔註82〕報導刊發之後，得克薩斯州議員勞埃德・本特森不斷敦促杜魯門總統往朝鮮扔一顆原子彈，美國遠東軍總指揮麥克阿瑟將軍也在講

〔註76〕此事件係指 1950 年 4 月，玉門油礦特務王治一、魏杞才等組織「反共救苦軍」陰謀燒毀油庫、奪取槍支聚眾暴亂。

〔註77〕新聞總署、出版總署：《關於注意保守國家機密的通報》，1950 年 11 月 16 日，載中國出版科學研究所、中央檔案館編：《中華人民共和國出版史料（1950）》，第 680 頁。

〔註78〕中共中央文獻研究室編、金沖及主編：《周恩來傳》，第 1020 頁。

〔註79〕《毛澤東軍事文集》第 6 卷，北京：軍事科學出版社、中央文獻出版社，1993 年版，第 125～126 頁。

〔註80〕鄧峰主編：《美國對華情報解密檔案（1948～1976）第 12 編：中國與朝鮮戰爭》，第 24 頁。

〔註81〕中共中央文獻研究室編、金沖及主編：《周恩來傳》，第 1021 頁。

〔註82〕〔美〕德瑞克・李波厄特著，郭學堂等譯：《50 年傷痕：美國的冷戰歷史觀與世界（上）》，第 120 頁。

話中透露可能使用原子彈打擊中國東北的「特殊避難所」。當時的美國彌漫著既恐懼又好戰的聲音,「有半數以上的成年美國人說,一旦全面戰爭爆發,他們準備使用核武器對付中國軍隊」。〔註83〕

　　一方面,中國軍隊得益於保密功夫,獲得了入朝參戰的首次大捷;另一方面,美國以原子彈相威脅,並派飛機侵入中國領空,1950 年 9 月 22 日,甚至在安東市區投擲了 12 枚重磅炸彈。〔註84〕出於保護國家領土及人民生命財產安全的需要,保密工作必然被高度重視。此外,國內反動勢力借中美交戰之際異常活躍,也不能不讓新政權保持警覺。據中共華北局報告顯示:「匪特的反革命活動已不僅限於隱蔽的造謠、暗害、破線、破路等卑鄙行為,且已走上公開的直接的武裝暴動的階段」。1950 年 10 月 10 日前後,僅華北地區就發生十餘起暴動,規模較大的有:河北武安縣「黃兵道」武裝暴動事件、山西稷山縣國民黨流散官兵襲占五區區公所及縣府事件、河北省通縣「全佛大道會」暴動事件,等等。〔註85〕為了防止國內外反革命勢力相串聯,作為有效實施政治控制與社會控制的必要手段,保密自然被提到國家安全層面。新聞業向以信息公開為行業特徵,在如此特殊的歷史情境下,保什麼樣的密,如何保密,成為新聞工作者不得不面對的重大問題。

4.2.1 「鐵幕」與「竹幕」

　　1951 年 1 月 30 日,廣州市新聞出版處召集報刊編輯部門負責人座談,討論和研究報刊如何嚴守國家秘密。當時的新聞主管十分懊惱國內報紙的泄密問題,認為「帝國主義者罵蘇聯是『鐵幕』,說明蘇聯的新聞秘密工作做得很好。但敵人罵我們是『竹幕』,竹幕中間不是還有間隙、漏縫嗎?這些漏縫經常是在我們一些進步的報紙、刊物上出現的。」〔註86〕在官方看來,泄露國

〔註83〕〔美〕德瑞克・李波厄特著,郭學堂等譯:《50 年傷痕:美國的冷戰歷史觀與世界(上)》,第 120～121 頁。

〔註84〕中共中央文獻研究室編、金沖及主編:《周恩來傳》,第 1015 頁。

〔註85〕《河北省委關於鎮壓反革命問題的報告》,1950 年 10 月 30 日,中共中央華北局建設委員會:《建設》第 93 期,1950 年 11 月 15 日,第 12 頁;《華北局關於平原省剿匪、肅特工作情況和經驗的通報》,1950 年 10 月 7 日;《華北局關於華北地區反革命活動及鎮壓工作情況和存在問題向毛主席、中央的報告》,1950 年 11 月 13 日,載《中共中央華北局重要文件彙編》,1954 年 8 月,第551～552,557～560 頁。轉引自楊奎松:《中華人民共和國建國史研究 1》,南昌:江西人民出版社,2009 年 9 月版,第 182 頁。

〔註86〕《廣州市新聞出版處處長王匡在座談會上的講話》,1951 年 1 月 30 日,廣州

家機密的根本原因，是報刊編輯部把自己辦的報紙、雜誌的利益放在第一位，把國家、人民的利益放在第二位。「那些所謂的『趕時間』、『新奇』或『單獨知道』的新聞觀點，無非是想自己和自己的刊物出人頭地。」〔註87〕

那麼，中國報刊的「竹幕」到底是什麼樣子？

首先是財經方面的泄密。據中央財政經濟委員會的報告，中央財政部所屬稅務總局編印的《稅工研究》第一卷第七、八期上完整地發表了1949年全國稅收和華北區的稅收數字與1950年第一、二季度全國稅收數字；中南財委編印的《中南財經統計月報》第二期發表了該區1950年度的稅收和公糧的各種數字；西南財委出版的《西南財經統計月報》第一卷第四期上發表了該區1950年度的財政概算等數字；西北財委出版的《財經資料》第二期發表了燃料工業部陳郁部長在第一次全國電業會議上的報告。這些情形都是違反保密原則的。爲此，中財委規定：財經部門各單位出版的內部刊物一律不得登載全面的詳盡的財政收支數字，如全國、各大行政區、各大城市、各省的收支概算及實際收支數字；其它財政收支數字亦須經省以上財政機關負責首長批准，始得發表。〔註88〕

二是軍事工業和軍需工業的泄密。像全國科聯和地理學會出版的《地理知識》1954年五月號，把東北、華北、華東、中南四個大區的「工業及其分佈情況」和解放後中國地下資源的發現材料予以公開發表，並附上詳細的地圖，造成嚴重的泄密事件。〔註89〕爲什麼西方稱中國的新聞保密是「竹幕」，可以從工業報導的混亂得見緣由。「往往某項工業此一報紙未加發表，彼一報紙發表了；中央報紙未加發表，地方報紙發表了；報紙未加發表，期刊、書籍卻發表了。」〔註90〕尤其是地方報刊在這方面表現的混亂和泄密現象更爲嚴重。中共中央對工業泄密的應對方式是：禁止發表一切軍事工業和軍需工

市檔案館：179-1951-長久-21，第6～9頁。

〔註87〕同上。

〔註88〕中央財政經濟委員會《關於財經機關內部刊物暴露財經機密數字的通報及對今後出版內部刊物的規定》，1950年12月22日，載中國出版科學研究所、中央檔案館編：《中華人民共和國出版史料（1950）》，北京：中國書籍出版社，1996年7月版，第128～129頁。

〔註89〕《中共中央關於在報刊出版物上保守國家工業建設秘密的指示》，1954年12月14日，載中國出版科學研究所、中央檔案館編：《中華人民共和國出版史料（1954）》，北京：中國書籍出版社，1999年9月版，第607頁。

〔註90〕同上。

業的情況，全國各報在此類工廠設有的通訊員一律撤銷；負有執行軍事訂貨任務的工廠，其軍事訂貨部分的生產情況不得公開發表；第二機械工業部所屬企業的民用生產部分，如民用電池、電話機、交換機、收音機等的生產情況，如果需要報導，不得暴露廠名、廠址和領導關係，可以冠以國營某某電池廠、國營某某電話機廠等名稱。此類企業職工的選舉、購買公債、遊行示威等政治活動及參加球類比賽等廠外社會文化活動，不得暴露廠名及其代號，不得用廠名及其代號命名歌詠隊、球隊等群眾文化組織；141 個國家重點建設項目中的軍工項目，一律不准公開報導；西安、蘭州、太原、吉林、包頭、北京、瀋陽、哈爾濱、成都、富拉爾基等十處的城市規劃的具體內容，一律不得公開發表；全國工業地區的分佈狀況一律不得公開發表；工業區的部署及其總體規劃，非經國務院保密委員會批准不得公開發表。〔註 91〕爲了充分保障上述規定的執行，中共中央決定在公安部設立宣傳保密處，要求各報紙、期刊、出版社設置專人或小組，向公安部宣傳保密處備案，擔負保密的執行責任，對每期報刊和每冊出版物在付印前實行保密檢查。除了對報導內容嚴格把關，中共中央還明令逐一審查各報紙刊物現有記者，凡政治面目有嚴重問題者一律不得繼續擔任記者工作。〔註 92〕

　　三是隱蔽戰線的泄密。此方面以各地公安機關檢查所出版的刊物和報紙暴露秘密最爲嚴重。在公安機關所屬刊物上，有的原封不動地刊登某些涉及工作機密的具體政策和工作計劃，把統一戰線及民族、宗教、邊防等重要機密泄露；有的任意發表不許亦不必讓一般幹部知道的偵察秘密，如新中國秘密力量的數目、姓名、職務，布置工作的重點地區，特務土匪線索以及某些具體的秘密工作方法等。〔註 93〕爲此，公安部規定：未結案的各種案件，秘密偵察組織力量及特務線索，隱蔽鬥爭的具體戰役部署，牽連統一戰線及民族、宗教等問題的機密等一律不得發表。與此同時，緊縮公安報刊發行範圍，規定中央刊物發至專署公安處長級，大行政區刊物發至縣公安局長級，大城

〔註91〕　《中共中央關於在報刊出版物上保守國家工業建設秘密的指示》，1954 年 12
　　　　月 14 日，載中國出版科學研究所、中央檔案館編：《中華人民共和國出版史
　　　　料（1954）》，第 607～610 頁。

〔註92〕　《中共中央關於在報刊出版物上保守國家工業建設秘密的指示》，1954 年 12
　　　　月 14 日，載中國出版科學研究所、中央檔案館編：《中華人民共和國出版史
　　　　料（1954）》，第 610～611 頁。

〔註93〕　公安部：《關於改進公安刊物的意見》，1950 年 12 月，載中國出版科學研究所、
　　　　中央檔案館編：《中華人民共和國出版史料（1950）》，第 791～793 頁。

市刊物視具體情況，發至分局長級或派出所長級，並定期檢查報刊收發、登記、保存、收回、焚毀等流程。〔註94〕

　　爲什麼建國初期新聞泄密現象頻仍？這和報刊出版缺乏嚴格的發行制度，「內部刊物」隨意交換息息相關。像《西北政報》這樣的內部刊物竟發行至圖書館、學校、工廠、報社等部門公開陳列，自然會造成信息泄露。此外，不少編輯人員對報刊的秘密範圍和工作中的機密混淆不清，也是泄密的重要原因。〔註95〕

　　原本民營報紙並非是新聞泄密的重災區，因其信息獲得渠道已日漸阻塞。但也是因爲渠道不暢的原因，哪些可以報導，哪些不可以報導，民營報紙很難獲得清晰提示。加之民營報紙的運營幾無政府補貼，主要依靠市場化運作，不可能徹底放棄對新聞價值的追求。上述因素疊加到一起，反而使得民營報紙成爲保密工作的重點監控及懲治對象。隨時可能到來的「一票否決」，成爲懸在民營報紙頭上的達摩克利斯之劍。

4.2.2 新聞保密對民營報紙的制約

　　1952年2月9日，《大公報》副總編輯李純青接到黨內通知，不得報導上海大來照相館的新聞。傳達通知的潘德謙特別強調「要保密，不能給黨外的人士知道。」接到這則通知時，已是午夜一點半鐘。囿於保密的規定，李純青沒有及時將此通知傳達給報社，結果報紙第二天果然刊發了大來照相館的新聞。爲此，李純青非常懊惱。他認爲在《大公報》中共黨員極少的情況下，「沒有黨員幫助我，我感覺有點困難，不能每條新聞都看。」〔註96〕

　　李純青的懊惱代表了民營報紙實施新聞保密的普遍困境。因爲有了「保密」這一上方寶劍，政府各部門甚至各國營單位可以隨時拿民營報紙開刀。1952年1月16日，廣州市工商局年關物價工作委員會即因柴薪供應問題將《廣州標準行情》告至廣州市新聞出版處。該委員會聲稱《廣州標準行情》於1月9日刊發的《市信託公司代訂大批柴薪供應》一文係抄錄該會的工作簡報，文中涉及廣州市信託公司柴薪供應準備數字，是「泄露國營專業公司經營秘密」。該委員

〔註94〕同上。

〔註95〕西北軍政委員會出版局：《1951年上半年工作總結》，1951年8月，載中國出版科學研究所、中央檔案館編：《中華人民共和國出版史料（1951）》，第274～275頁。

〔註96〕《李純青的檢討》，1952年2月12日，上海市檔案館：B35-2-65-35。

會認為：「這種不重視機關保密制度及這次擅自發表簡報內容，泄露國營專業公司經營計劃，都是很嚴重的」，希望新聞出版處轉飭該報追查責任。〔註97〕

　　原本是政府部門白紙黑字印出來的東西，到了民營報紙這裏，就上陞到泄密的高度。為何民營報紙如此弱勢？這和民營報紙內部「人員不純」密切相關。

表4-2：上海市民營報紙經理、編輯人員歷史問題統計〔註98〕

報紙名稱	經理人員有歷史問題者比例	編輯人員有歷史問題者比例
新聞日報	16.1%	41.9%
大公報	17.8%	37.5%
文匯報	15.3%	33.3%
新民報	37.5%	41.9%
亦報	30.7%	35.4%

　　按照建國初期敵我劃分的簡單邏輯，民營報紙有歷史問題的人既然如表4-2所例舉的那樣多，此類型報紙泄露機密的可能也必然大。民營報紙就這樣被置於風口浪尖，對此類報紙的指謫幾乎到了「雞蛋裏挑骨頭」的程度。像1951年4月19日的《文匯報》即被指多處泄密：如介紹亞細亞鋼鐵廠一文泄露了該廠設備、職工人數，就連「去年度又完成了鐵道部訂購的連接器」這樣的文字也屬泄密。以此類推，介紹紅葉公司陶業廠「最近承接北京中央電業管理總局及峰東區工業部大批定貨，此項定貨，皆為現在國家建設中的急需」、介紹上海第一電線製造廠聯營所時報導了該廠現有機器設備數目、介紹華一電器廠說「最近該廠承裝上海鐵路局電源定的反電流斷路器的設備」，自然都屬泄密行為。〔註99〕難怪《文匯報》總編輯徐鑄成在其回憶錄中，言稱報紙發行總無大起色，「我也很少寫文章，有無可奈何之感。」〔註100〕

〔註97〕廣州市人民政府工商局廣州市年關物價工作委員會：《廣州標準行情報1月9日第一版刊載有泄密內容函》，1952年1月16日，廣州市檔案館：179-1952-長久-087，第56頁。

〔註98〕楊奎松：《中華人民共和國建國史研究1》，第254頁。

〔註99〕上海市人民政府新聞出版處：《關於1951年4月19日文匯報工業生產介紹專刊泄露國家機密要求立即檢查並上報的函》，1951年4月19日，上海市檔案館：B35-2-67-10。

〔註100〕徐鑄成：《徐鑄成回憶錄》，北京：生活・讀書・新知三聯書店，2010年1月

　　在新中國的報業結構中，黨報一般由各級黨委直接領導，人民團體或行業報紙依託於各部委及下屬機關，只有民營報紙無所倚靠，很容易成爲眾矢之的。如 1951 年 1 月 30 日廣州召開的報刊編輯部門負責人座談會，明明結論是泄密漏縫「經常是在我們一些進步的報紙、刊物上出現」，結果所舉的泄密例子全部都是民營報紙。像《新工商周刊》1950 年 11 月 21 日出版的第 29 期，刊載《步上專業化的捷和鋼鐵廠》一文，報導了該廠工人數目，每月生產具體數字，工程公司、鐵路局訂購數字，及該廠原料缺乏要向香港訂購，在廣州市收購廢品等信息，被指是對鋼鐵工業生產情況、動力設備的泄露；《經濟導報》201 期報導了江西鎢礦產地，202 期報導了玉門油礦、石景山煉鐵爐每日產量，也被列爲泄露國家機密；《大公報》因轉載廣西報紙報導的越桂邊修築鐵路一事亦成爲反面教材；《新兒童》28 卷第三期發表了四野進軍解放西藏的消息，被指違反了人民解放軍的調動不得涉獵的禁令。〔註 101〕會上有人提出香港報紙都登了，國內爲什麼不可以登。根據政府主管部門的解釋，香港的那些報紙是「反動報」，國內的報紙登了，會起「證實」作用，往往會校正他們的內容，便利了他們造謠。〔註 102〕

　　這裏就牽涉到保密工作的另一層意義：「內外有別」。外報能登的國內報紙不一定能登，甚至是一定不能登。《新商晚報》的停刊即因觸犯了宣傳報導「內外有別」的規則，違反了保密規定，「造成我國在外交上的不利」。1951 年 12 月 3 日，廣州市聖嬰育嬰院加拿大籍女修士潘雅芳、高忠臣等五人在廣州中山紀念堂受群眾公審，省新聞處的負責人事前電話叮囑，「不要刊登有關該五外籍女修士在受審時的照片」。鑒於「《新商晚報》編輯部成分複雜」，電話中並未交待不能登的原因是該批女修士受審時戴著手銬。結果《新商晚報》在刊登這一消息時，竟違反禁令，刊出了「五修女在犯人席上戴手銬受審之照片」。在管理部門看來，此舉「造成嚴重損害政府外交政策的原則錯誤」，「勢必予帝國主義以藉口，造成我國在外交上的不利。」1951 年 12 月 12 日，廣州市人民政府新聞出版處發文致《新商晚報》，聲明該報「自 1950 年 4 月創刊以來，對政府政策法令的宣傳及人民教育工作未起應有作用」，爲調整出版

　　　　版，第 199 頁。

〔註 101〕《廣州市新聞出版處副處長羅戈東在座談會上的報告》，1951 年 1 月 30 日，
　　　　廣州市檔案館：179-1951-長久-21，第 10～11 頁。

〔註 102〕《廣州市新聞出版處處長王匡在座談會上的講話》，1951 年 1 月 30 日，廣州
　　　　市檔案館：179-1951-長久-21，第 6～9 頁。

物和貫徹增產節約的精神，避免人力物力的浪費，新聞處稱該報無繼續出版之必要，限期於 1952 年 1 月 1 日起停刊，「並限接通之後五日內，辦理一切結束手續。」〔註103〕此時，全國範圍的鎮反運動剛剛結束，《新商晚報》有三人被發現存在特殊政治問題：一人係國民黨軍統分站通訊組文化通訊社編輯；一人係僞中宣部中山日報駐惠州特派員；一人係僞中山日報編輯和幾個反動通訊社的社長，曾逃港，〔註104〕《新商晚報》由此背負著容留敵特的嫌疑。而在正展開的「三反」運動中，該報前總編輯被指控貪污，現任總編輯也已坦白貪污了一億零七百六十餘萬元（舊幣）。〔註105〕因此，當「新商」停刊令行之前，該報董事長司徒美堂一改上一年四處活動不願意停刊的做法，主動函電華南分局統戰部，同意該報停刊。〔註106〕1951 年 12 月 24 日，《新商晚報》社長司徒丙鶴，副社長司徒權呈請廣州市人民政府新聞出版處，言稱「我報爲響應政府增產節約號召，不浪費物力人力，擬於本月底結束，懇請迅予批示。」〔註107〕

　　「新商」結束時，共有 120 名員工，擬定絕大部分遣散，發給每人遣散費兩個月，約計一億二千餘萬元。據該報負責人司徒權稱，全部器材出賣，只能發一個半月遣散費。那麼其餘經費該如何解決？廣州市新聞出版處全程參與了「新商」停刊的善後工作。在政府部門的協調下，一方面，設備和小部分員工由商業廳領導的商情通報社作價收購，以充實正準備擴大和發展的《商情通報》。〔註108〕另一方面，由新聞處致函葉劍英市長和李章達副市長，請求市府協助該館 3 千萬元，理由基於兩點：一是「該報員工多數政治複雜，思想落後，有些家庭負擔很重，生活困難。在此冬防期間，若能予以照顧，對鞏固社會秩序有良好效果」，二是如此解決「對司徒美堂先生有好的影響」。

〔註103〕廣州市人民政府新聞出版處：《致新商晚報》，1951 年 12 月 12 日，廣州市檔案館：179-1951-長久-041，第 10 頁。

〔註104〕羅戈東：《因新商晚報停刊事致朱光副市長的信》，1951 年 12 月 12 日，廣州市檔案館：179-1951-長久-041，第 11 頁。

〔註105〕廣東省人民政府新聞出版處：《關於廣州新商晚報的情況》，1952 年 1 月 9 日，廣州市檔案館：179-1951-長久-041，第 3～7 頁。

〔註106〕羅戈東：《因新商晚報停刊事致朱光副市長的信》，1951 年 12 月 12 日，廣州市檔案館：179-1951-長久-041，第 11 頁。

〔註107〕新商晚報：《呈廣州市人民政府新聞出版處》，1951 年 12 月 24 日，廣州市檔案館：179-1951-長久-041，第 16 頁。

〔註108〕廣東省人民政府新聞出版處：《關於廣州新商晚報的情況》，1952 年 1 月 9 日，廣州市檔案館：179-1951-長久-041，第 3～7 頁。

〔註109〕自此，《新商晚報》結束了其一年零八個月的歷史。

4.3 對美敵視顚覆西方價値

提到在精神層面討伐美國的檄文，最膾炙人口的是毛澤東寫於 1949 年 8 月的《別了，司徒雷登》。此文引用老子的名言「民不畏死，奈何以死懼之」，以表述中國人的自立自強之志。文中，毛澤東高度頌揚了兩個富有民族氣概的書生，一是聞一多，他「拍案而起，橫眉怒對國民黨的手槍，寧可倒下去，不願屈服」，二是朱自清，「一身重病，寧可餓死，不領美國的『救濟糧』」。〔註110〕

一篇衝著美國人說話的文章，爲何變成了對民族主義的頌揚？這是毛澤東著文的重要特徵。他擅長雙關。在《別了，司徒雷登》文末，毛澤東借用了西晉名士李密的「煢煢孑立，形影相弔」來形容孤守南京的司徒雷登。如果瞭解李密此句的出處，不難理解毛澤東的眞正用意。「煢煢孑立，形影相弔」出自李密寫給晉武帝的奏章《陳情表》，文中以報養祖母撫育自己的大恩爲由，拒絕了晉武帝的徵召。此文堪與諸葛亮的《出師表》齊名，毛澤東不可能不知名句的出處，與其說他用「千古文字」來形容落魄的司徒雷登，不如說他是警醒那些對美國存有幻想的國人。毛澤東深知美國較其它資本主義國家，「更加注重精神侵略方面的活動，由宗教事業而推廣到『慈善』事業和文化事業」。〔註111〕深諳古代戰略思想的毛澤東，有意打一場「不戰而屈人之兵」的心理戰，而這場戰役的主題即去除美國的精神影響。

中美建交以前，反對美帝國主義的聲音貫穿所有的政治運動。西方價値統統被冠以物質主義、個人主義、功利主義、商業主義、庸俗主義、利己主義等一個個貶義的標籤。反映在新聞出版領域，客觀、時效、趣味、人道主義等價値層面的內容也被歸咎爲資產階級新聞觀一併掃除。中國近代才開始勃興的民營報紙，其源頭多爲外人辦報，無論從編輯主旨還是經營思想，不

〔註109〕廣州市人民政府新聞出版處：《致葉市長，李副市長》，1951 年 1 月，廣州市檔案館：179-1951-長久-041，第 14 頁。
〔註110〕毛澤東：《別了，司徒雷登》，1949 年 8 月 18 日，載《毛澤東選集第 4 卷》，第 1495～1496 頁。
〔註111〕毛澤東：《「友誼」還是侵略》，1949 年 8 月 30 日，載《毛澤東選集第 4 卷》，第 1506 頁。

可能不受到西方新聞觀的影響。反美乃至反對西方價值的思潮一旦襲來，對民營報紙的震動可想而知。

4.3.1 否定西方價值的邏輯起點

反對美國對中國內政的干涉，乃至生成一種對美帝國主義的恨，早於新中國成立之前就已存在。1948 年 5 月，中國學術工作者協會理事郭沫若、曾昭掄、馬敘倫、翦伯贊、宋雲彬、狄超白、林煥平、千家駒、劉思慕、侯外廬等人發表響應中共「五一口號」﹝註112﹞的聯合聲明，言稱：「用幾千萬同胞的生命與無法估量的苦難和損失換來的抗戰勝利，驅除了一個日本帝國主義，卻立刻被迎進來一個更兇狠的美帝國主義。為了一心一意要維護獨裁，實現武力統一，於是『寧贈友邦，勿與家奴』，大批大批地拍賣主權：從東北賣到西北，從天空賣到地底，從海岸賣到內河，諸如軍權，基地權，航空權，開採權，築路權，內河航運權以及一切經濟財政的支配權和國家行政的控制權等等之類，都一古腦兒奉送給美帝國主義了。」﹝註113﹞上述宣言的參與者幾乎都是民盟成員，他們代表了知識分子主體在政治上與國民黨決裂，也與國民黨的支持者美國的決裂。

據統計，1948 年當選的國立中央研究院第一屆院士共 81 人，留在大陸或新中國建立初期回到大陸的 60 人，占院士總數 74%；去美國的 12 人，占 15%；隨國民黨政府遷往臺灣的僅 9 人，占院士總數 11%。﹝註114﹞而在這 81 名院士中，又以留學生為主，占 77 名，其中留美生至少 46 人。新中國成立後，留學生依舊占中國科學院自然科學和技術科學部的主體。在 1955 年評選的首批學部委員 172 人中，留學生占 90%；1957 年增補後的總共 191 名學部委員，留學生占 91.1%，其中留美生占留學生的 58%。1981 年增補後的總計 400 名

﹝註112﹞ 1948 年 4 月 30 日，中共中央發佈紀念「五一」勞動節口號，共 23 條。其中毛澤東對第五條做了最終修改，內容為「各民主黨派、各人民團體、各社會賢達迅速召開政治協商會議，討論並實現召集人民代表大會，成立民主聯合政府」。這一號召，立刻得到全國各民主黨派、各民主人士和海外華僑的擁護。5 月 5 日，中國國民黨革命委員會、中國民主同盟、中國民主促進會、致公黨、中國農工民主黨、中國人民救國會、中國國民黨民主促進會、三民主義同志聯合會與其它民主人士，通電擁護召開新政協。從 8 月起，各方面代表陸續到達解放區，與中共代表共同進行新政協的籌備工作。
﹝註113﹞ 中國人民政治協商會議全國委員會文史資料研究委員會：《五星紅旗從這裏升起》，北京：文史資料出版社，1984 年 9 月版，第 188 頁。
﹝註114﹞ 于風政：《改造：1949～1957 年的知識分子》，第 6～7 頁。

學部委員，留學生比例依然高達 86%，其中留美生占 59.7%。〔註 115〕

　　華東師範大學歷史系教授周煦良的話或許代表當時知識分子的心態。他說知識分子「百分之九十九點幾都是跟著共產黨走的；這些人，和那些在解放前夕逃往國外的少數知識分子有個基本的不同：他們或許還不滿意目前的國內情況，但是今天便是請他們出國，他們也不肯出國。不但如此，那些逃往國外的少數知識分子這幾年也陸陸續續地回來了，將來還會有更多的回來，為什麼會如此呢？一個原因：我們都是黃皮膚，而黃皮膚過去是被帝國主義國家輕視的。」〔註 116〕

　　東漢「建安七子」之一的王粲曾有「雖信美而非吾土兮，夫胡可以久留」之慨。哲學家馮友蘭便經常引用王粲的名句。抗戰勝利後，馮友蘭曾赴美講學，到 1947 年，人民解放軍節節勝利，南京政權搖搖欲墜，眼看全國就快解放了，有人勸他在美國長住下去。馮友蘭說：「俄國革命以後，有些俄國人跑到中國居留，稱為『白俄』，我決不當『白華』。」〔註 117〕據馮友蘭回憶，20 世紀初的美國，種族歧視是普遍的現象。人只分為兩種，白色人和有色人，凡不是白人，都是有色人。黃人也是有色人，但又被分為中國人和日本人。日本強盛，美國人便認為日本人要比中國人高一級。有些房間出租，下邊往往寫著：「不租給有色人」或者「不租給中國人」。〔註 118〕這就不難解釋為什麼民國乃至新中國成立初期，留學生基本都選擇回國。1909 年至 1924 年，清華學校共派出庚款留美生 963 人，在 1924 年以前回國的就有 620 餘人。1937 年的《清華同學錄》載有該校留學生 1152 人，其中學成回國者 1132 人，歸國率達 98%。〔註 119〕而在 1950 年至 1953 年，約有 2000 名留學生回國。〔註 120〕至 1955 年 11 月，回國的海外高級知識分子多達 1536 人，其中從美國回來的就有 1041 人。〔註 121〕華羅庚即是歸國知識分子之一。1950 年 2 月，他在回

〔註 115〕于風政：《改造：1949～1957 年的知識分子》，前言第 4 頁。

〔註 116〕周煦良：《拆牆》，《文匯報》，1957 年 5 月 14 日。

〔註 117〕馮友蘭：《三松堂自序》，北京：人民出版社，2008 年 4 月版，第 107～109 頁。

〔註 118〕馮友蘭：《三松堂自序》，第 48 頁。

〔註 119〕于風政：《改造：1949～1957 年的知識分子》，第 4～5 頁。

〔註 120〕于風政：《改造：1949～1957 年的知識分子》，第 11 頁。

〔註 121〕知識分子工作安排小組：《關於從資本主義國家回國留學生工作分配情況的報告》，1955 年 12 月 27 日。轉引自金沖及主編：《周恩來傳》，北京：中央文獻出版社，1998 年版，第 1192 頁。

國途中發出《致中國全體留學生的公開信》，信中說：「梁園雖好，非久居之鄉」，「爲了抉擇眞理，我們應當回去；爲了國家民族，我們應當回去；爲了爲人民服務，我們也應當回去；就是爲了個人出路，也應當早日回去，建立我們工作的基礎，爲我們偉大祖國的建設和發展而奮鬥！」〔註122〕

當代歷史學者秦暉曾提出過這樣的觀點：一些符號化的「文化」象徵著民族認同。他舉例說，武昌首義後的軍政府門衛穿起宋代武士裝，而文化界名宿錢玄同則在浙江軍政府任職時穿上他自製的「深衣」、「玄冠」。秦暉認爲，這些溯古的行爲表達著對民族意志的認同，這些個文化符號背後，包含著每個國民的利益、自由、公民權利和國民整體的對外主權，而不是什麼宗教、學派和思想的至高無上地位。〔註123〕

新中國成立之初，以實際行動愛國，無疑是那一代人的文化符號。未必每個人都瞭解和支持中共的意識形態主張，但一個不爭的事實是，惟有中國共產黨領導的革命，結束了中國備受帝國主義欺凌的半殖民地歷史，民族得到解放，國家得到獨立。這一點成爲絕大多數國人，包括桀驁不馴的知識分子們，對中國共產黨的基本認同點。著名作家沈從文記錄過與葉公綽先生的一次談話。葉先生早年擔任北洋政府交通總長，「和帝國主義者辦過交涉極久」。他對沈從文說：「有兩次關於國家重要消息使他流淚：一回是孫中山先生宣佈辛亥革命成功，另一次就是毛主席在人民政府成立時，說的『中國已經站起來』，因爲都和反帝有關，和對於國家新的轉機有關」。〔註124〕著名化學家傅鷹也是聽說解放軍用江陰炮臺的大炮扣留了英國的紫石英號炮艦，感到中國人確實站起來了。他和妻子張錦辭掉美國很好的工作，並與美國排華勢力周旋了一年多，終於回到祖國。〔註125〕

越是那些在異國他鄉生活過的人，越能體味祖國的符號意義。這種情感非中國人獨有。像俄國那些偉大作家：普希金、萊蒙托夫、果戈理、托爾斯泰、陀斯妥耶夫斯基、車爾尼雪夫斯基、索洛維約夫等人早年都曾表達過對西方的嚮往，但在出國之後或者晚年都轉向民族主義，不承認西方的理性和

〔註122〕于風政：《改造：1949～1957 年的知識分子》，第 11 頁。

〔註123〕秦暉：《辛亥百年遺產：幾個層面的觀察》，《南方都市報》2011 年 10 月 8～9日，A02 版。

〔註124〕沈從文：《一個知識分子的發展》（1956），載《沈從文全集》第 27 卷，太原：北嶽文藝出版社，2002 年 12 月版，第 362 頁。

〔註125〕馮友蘭：《三松堂自序》，北京：人民出版社，2008 年 4 月版，第 140 頁。

邏輯具有普世價值〔註126〕。對於心中有祖國的人來講，國家就是他們情感中最穩固的意識形態。毛澤東爲什麼會在《別了，司徒雷登》中將聞一多視作英雄：他不單是無懼國民黨的槍口，最重要的還是他「愛國」。國內戰爭時期，清華大學校長梅貽琦曾接到美國加州大學的一封信，讓他推薦一位能講中國文學的人到美國開課。梅貽琦首先想到有過留美經歷的聞一多，卻被拒絕了。在聞一多看來，留在祖國發揮作用，才是知識分子的正路。〔註127〕像費孝通、馮友蘭等人，都是在國家動蕩不安的時候回到祖國的。

正因爲有著國家「獨立、富強」的精神紐帶，那些「自外」於這樣的共同進步目標而「另有企圖期望」，按照沈從文的推斷，「實所不能」；而「寄託依附於其它國家勢力下」，「即容易成爲民族罪人」。惟有「放棄舊立場，拋掉舊觀點」，才能使知識分子融入新社會。〔註128〕沈從文過去一直反對政治干預文藝，同時也反對作家參與政治。1948 年郭沫若在香港發表的《斥反動文藝》將沈從文定性爲「桃紅色的」反動作家，沈的文學創作生涯即告結束。作爲新中國極不得志的知識分子之一，沈從文尙且能夠服膺國家、民族立場，足見建國初期的國民情態確以反帝愛國爲中心。這一點，受過毛澤東批判的梁漱溟也可以佐證。1971 年中國進入了聯合國，梁漱溟對馮友蘭說，中國進入聯合國，標誌著中華民族和全世界其它民族處於平等的地位了，說明共產黨毛主席確實是領導中國人民，叫中國人民站起來了，確實是推翻了「三座大山」。馮友蘭認爲，梁漱溟此言是像孟軻所說的「心服」，「如七十子之服孔子也」。〔註129〕

民營報界的整體性反應同樣如此。在有過民營大報總編輯經歷的報人當中，除主編過《時事新報》、《文匯報》的馬季良（唐納），或因與江青有過短暫的婚姻，建國前夕選擇去了美國紐約，〔註130〕其它人都接受中共的統一戰線安排，這其中包括以「不黨、不賣、不私、不盲」著稱的《大公報》總編輯王芸生，「中間路線」代表人物、《觀察》雜誌主編儲安平。曾長期主編《大

〔註126〕金雁：《倒轉「紅輪」：俄國知識分子的心路回溯》，北京：北京大學出版社，
　　　　2012 年 9 月版，第 425～426 頁。

〔註127〕馮友蘭：《三松堂自序》，第 305 頁。

〔註128〕沈從文：《政治無所不在》（1949），載《沈從文全集》第 27 卷，第 23 頁。

〔註129〕馮友蘭：《三松堂自序》，北京：人民出版社，2008 年 4 月版，第 140 頁。

〔註130〕參見黃立文：《魂兮歸來——悼馬季良（唐納）》，任嘉堯：《憶馬季良先生》，
　　　　載《文匯報回憶錄 1：從風雨中走來》，第 407，411 頁。

公報》副刊，並在留學歐洲期間擔綱《大公報》戰地記者的蕭乾，其選擇也極具代表性。1949 年 3 月，正在香港《大公報》任職的蕭乾迎來了留學劍橋期間的老師何倫（Gustar Haloun）。作為劍橋大學即將成立的中文系系主任，何倫力邀蕭乾赴英國任教，並許諾承擔全家旅費，給予終身職位。促使蕭乾放棄這個機會的原因和馮友蘭十分相像，他說，不想自己「像小時見到的白俄乞丐那樣，成了無家可歸的白華，一個無國籍的人」。〔註131〕類似的感觸，著名報人馮英子也有過。他說：「像我這樣的知識分子，當我稍有知識的時候，就看到我們國家支離破碎，弱肉強食，就過著顛沛流離、飢寒交迫的生活，我能不愛我們的國家，我能不為她而鞠躬盡瘁、肝腦塗地嗎？」〔註132〕新記《大公報》時代的創始人之一吳鼎昌，因曾任國民政府文官長兼國民黨中央設計局秘書長、總統府秘書長等職，被中共列為戰犯，名列第 17 位。1948 年，當香港《大公報》發表文章公開表示擁護人民解放軍解放全中國時，身居港地的吳鼎昌對此表示贊許。〔註133〕當時，吳鼎昌的好友周作民、周貽春已返回大陸，如若不是吳於 1950 年 8 月病逝，他不排除有返回大陸的可能。

不獨是知識分子，中國人的圖強意志體現在全體國民身上。志願軍入朝作戰後，攜帶的糧食不夠。在政務院的組織下，有關省市，家家戶戶炒炒麵。那是一種用七成小麥、三成雜糧炒熟磨碎後加鹽而成的方便食品，便於運輸、儲存和實用。作戰時，戰士隨身背一條炒麵袋，吃幾口炒麵，再吃幾口雪，以此充饑。〔註134〕如果不是全國人民同仇敵愾，寧可自己餓肚子也要支持前線；如果不是志願軍戰士不畏強敵，多有流血犧牲之壯志，千瘡百孔的新中國何以能夠在朝鮮戰爭中逼平實力強勁的美國？1953 年 7 月 27 日，代表美國在板門店同中朝簽訂停戰協定的克拉克事後沮喪地說：「我獲得了一個不值得羨慕的名聲：我是美國歷史上第一個在沒有取得勝利的停戰協定上簽字的司令官。」〔註135〕

然而，中國對美國的戰爭並沒有結束，而是轉移到了意識形態層面。新

〔註131〕蕭乾：《未帶地圖的旅人》，南京：江蘇文藝出版社，2010 年 1 月版，第 172 頁。

〔註132〕馮英子：《勁草──馮英子自傳》，前言第 3 頁。

〔註133〕李純青：《為評價大公報提供史實》，載周雨編：《大公報人憶舊》，第 308～309 頁。

〔註134〕中共中央文獻研究室編、金沖及主編：《周恩來傳》，第 1033 頁。

〔註135〕中共中央文獻研究室編、金沖及主編：《周恩來傳》，第 1043 頁。

中國建立時，美國遺留的痕跡著實不少。僅美國教會就資助了全國 20 所教會大學中的 17 所，300 餘所教會中學中的近 200 所，6000 所教會小學中的 1500 所，400 餘所教會醫院中的 200 餘所，孤兒院 200 餘所，麻瘋病醫院 20 餘所，聾啞學校 10 所，盲校 30 所。〔註 136〕相當一部分中國知識分子依舊崇拜美國的教育制度、政治制度、科學技術乃至生活方式。西方電影也比蘇聯影片和國產片受追捧：1949 年 4 月至 1950 年 10 月，641 部英美片子共放映了 33000 場，上海的觀眾達到 1400 萬。〔註 137〕1949 年，上海 200 萬電影愛好者中，75%至少會去上海 50 多個電影院中的一家看好萊塢的電影。雖然上海的報紙登載了巨大的蘇聯電影廣告，如《誓約》、《人民的女兒》之類的，票價也減半，但觀眾仍然愛看好萊塢電影。1950 年 10 月中，僅 12.5%的觀眾看了蘇聯電影，不到 11%的觀眾看了國產片。〔註 138〕

在這種情勢下，新執政的中共政權不僅要考慮西方世界對中國的經濟封鎖，還要考慮長期生活在農村的共產黨人，能否抵制住彌漫著資本主義氣息的城市生活的誘惑。事實證明，城市生活的誘惑確實很難抵抗。文獻資料顯示，從 1949 年春至 1951 年秋，天津一個公安分局的幹部、警士即接受過 3514 戶商家的賄賂；〔註 139〕中央貿易部和中央財政部在全國各有職工 30 餘萬人，估計貪污人數占全體職工人數的 30%～50%，其中，中央財政部「五千人的貪污案件中，貪污公款約 53 億元」；〔註 140〕華東軍區，從 1951 年 1 月至 10 月，因貪污、腐化、盜賣公物、拐款潛逃而被判刑者達 1512 人，占同期內軍紀犯總數的 40%強。〔註 141〕

〔註 136〕于風政：《改造：1949～1957 年的知識分子》，第 58 頁。

〔註 137〕Paul G. Pickowicz: "Acting Like Revolutionaries: Shi Hui, the Wenhua Studio, and Private—Sector Filmmaking, 1949～1952", paper at "Revisiting China in the Early 1950s", 2004 年 6 月，第 11 頁；轉引自〔美〕魏斐德著、梁禾譯：《紅星照耀上海城：1942～1952》，第 111～112 頁。

〔註 138〕Richard Howard Gaulton: "Popular Political Mobilization in Shanghai, 1949～1952", Ph.d. thesis, Cornell University, January 1981, 150，轉引自〔美〕魏斐德著、梁禾譯：《紅星照耀上海城：1942～1952》，第 111 頁。

〔註 139〕《華北局關於在全區大張旗鼓開展反貪污反浪費反官僚主義運動向毛主席的報告》，《建設》130 期，第 1～2 頁，1951 年 12 月 19 日。

〔註 140〕《中央財政部黨組關於開展反貪污反浪費反官僚主義運動的報告》，《建設》第 130 期，第 15～16 頁。

〔註 141〕《毛澤東批轉華東軍區黨委會關於開展三反鬥爭的指示》，《建設》第 135 期，第 5～6 頁，1952 年 1 月 5 日。

此時，中國與美國的熱戰還在朝鮮半島上進行。中共政權一方面通過「三反」、「五反」運動清除內部腐敗滋生的毒瘤，將矛頭對準國內的資產階級；另一方面，試圖轉移民眾對內部矛盾的注意，發掘歷史資源中更能激發民眾情感的愛國元素。既然國家與民族主義是 1950 年代中國最顯明的文化符號，以此爲核心的意識形態鬥爭便具備了合法性。這無疑是否定西方價值並能夠施行的邏輯起點。

4.3.2 西方價值的在場化

西方價值，也稱爲西方普世價值。學者趙汀陽認爲，其有兩個來源：一是羅馬的「萬民法」，源於版圖不斷擴大的羅馬帝國想爲世界建立通用法律的野心；一是基督教，它把上帝只庇護自己民族的地方性宗教變成了庇護所有人的普遍宗教。英國哲學家洛克之後，西方價值突出了「個人」這一重要內容，從而形成了以「個人」爲支點的包含人權、政治自由和平等在內的普世價值。〔註 142〕系統地將普世價值引入中國的是嚴復，他認爲中西文明的差別在於中國沒有個體自由，而個體自由應成爲政治自由的倫理基礎。如何有利於個體自由的發展？嚴復贊成亞當‧斯密在《原富》中提倡的經濟利己主義和放任主義。〔註 143〕這種基於價值理性的論調一到中國就遭遇了中國文化中「合禮」的挑戰。荀子在《禮論》中談及過經濟利己主義和放任主義的危害：「人生而有欲，欲而不得，則不能無求。求而無度量分界，則不能不爭；爭則亂，亂則窮」。〔註 144〕這裏就牽出來一個中國非常重要的政治思想資源：治—亂模式。此模式的源頭在哪裏尚不得而知，但孔子顯然考慮過這個問題。在回答魯哀公「敢問人道誰爲大」時，孔子對曰：「人道，政爲大」。〔註 145〕孔子所言之政指的是制度設計問題，而治—亂模式是測量制度

〔註 142〕趙汀陽不承認民主是價值，而視其爲用來表達公共選擇的一種手段。他的論證方式是：古希臘發明了民主，但當時包括蘇格拉底、柏拉圖和亞里士多德在內的一流哲學家都是反民主的，因爲民主和專制都同樣容易變成暴政。歷史上長期以來「民主」在西方是一個壞詞，始終和「胡鬧」、「低俗」、「暴民」聯繫在一起。民主被說成普世價值，多半是冷戰期間形成的，完全是政治策略，是打擊社會主義政治體系的工具。參見趙汀陽：《民主不是價值，只是政治技術手段》，《環球時報》，2009 年 4 月 24 日。

〔註 143〕張育仁：《自由的歷險——中國自由主義新聞思想史》，昆明：雲南人民出版社，2002 年 11 月版，第 5 頁。

〔註 144〕《荀子‧禮論》。

〔註 145〕《禮記‧哀公問》。

是否有效的分析途徑。如果一個制度能夠爲一個社會建立起普遍有效的合作秩序，形成良好的治理，就是政治有效，謂之「治」；反之，政治無效，謂之「亂」。〔註146〕

自以個人主義爲中心的西方價值東漸於中國，這個在自身文化中追求善治的國家一直動蕩不安。西方價值伴隨著堅船利炮轟門而入，後面拖曳著瓜分中國的企圖。鴉片戰爭、日俄戰爭、侵華戰爭，不能不讓中國人對西方有關人權、平等諸價值畫上問號。1940 年代末期，大批的中國自由主義者「向左轉」，同樣源於類似的疑問：既然美國是自由主義制度化的經典範例，爲什麼卻用槍炮支持實施極權統治的國民黨，讓中國人自相殘殺？由此可見，西方價值自鴉片戰爭後進入中國，從未讓民眾感受過到它的福祉。它基本保留在「虛假的、模糊的、不正常的、不能理解的」層面。〔註147〕而作爲一場意識形態領域的戰役，中共領導的否定西方價值的運動必須先將否定主體在場化。

「在場」，是源自德國哲學的概念，一般指顯在的存在。康德、黑格爾、尼采都有相關概念的解釋。對此貢獻最大的是胡塞爾的現象學和海德格爾的存在哲學。現象學的核心理念是「回到事情本身」，即把一切傳統的、日常理智的理論或意見都「懸置」起來，只談論直接給予我們的東西，〔註148〕這種觀點賦予了「在場」以優先位置。海德格爾由此發展出「此在」的概念，指那些站出來存在的活動，即顯現的存在。〔註149〕

西方價值對於中國人來說，僅僅是極少部分人經歷過的「非在場」的東西，幾乎未在國人的直接經驗中存在過。空對空地批判西方價值，很容易陷入到虛無，難以產生現實意義。對於急迫剷除西方影響的中共政權來講，比較有效的方式是將對西方價值的界定限制在人們正在經歷，且對政權穩定產生威脅的事物中來。

擠走美國電影，即是對西方價值在場化的一次有效嘗試。

〔註146〕趙汀陽：《壞世界研究：作爲第一哲學的政治哲學》，北京：中國人民大學出版社，2009 年 4 月版，第 28 頁。

〔註147〕俄國革命民主主義者、哲學家別林斯基在評述世界主義時的用詞。轉引自金雁：《倒轉「紅輪」：俄國知識分子的心路回溯》，第 494 頁。

〔註148〕張志偉、歐陽謙主編：《西方哲學智慧》，北京：中國人民大學出版社，2000年 10 月版，第 155 頁。

〔註149〕張志偉、歐陽謙主編：《西方哲學智慧》，第 158 頁。

　　1949 年 9 月 19 日，上海軍事管制委員會宣佈對進口電影進行審查，時任上海軍管會文教管理委員會副主任的夏衍提出了比建立審查制更新穎的觀點，即公眾的批評也許會比審查制更嚴厲。事實證明了夏衍的判斷。早在審查制公佈之前，《解放日報》已經發表了一批反對美國電影的文章，比如《明確認識美帝紙老虎本質，保證不看美國電影，不聽「美國之音」》，《讀者紛紛來信要求，禁映美國毒素電影，要求報紙不登美國電影廣告》，﹝註150﹞《好萊塢——毒菌創造所》等等。﹝註151﹞不過，切實將美國電影與西方價值聯繫起來的還是民營報紙。首先是《文匯報》站出來譴責：美國的影片帶給我們什麼？這張報紙給出的答案是：露著大腿的舞女，半裸體的游泳鏡頭，奇怪的間諜故事，壓抑的悲劇，毫無意義的愛情商品，白種人、飛機、坦克、大炮征服野蠻人的故事。9 月 16 日，《大公報》也發表了類似口吻的文章，言稱，一部分電影觀眾仍然陶醉於麗塔‧海沃思（Rita Hayworth）美麗的形象和充滿誘惑的微笑，仍然為美國人殺害印地安人拍手叫好，或仰慕賈利‧庫珀（Gary Cooper）的勇為。「必須承認，我們一部分電影觀眾對美國污穢的電影沒有真正理解。」﹝註152﹞如此這般，媒體在引導公眾輿論方面，有效地將美國電影所體現的西方價值引至中國人能夠理解的層面：侵略性（反動）、淫穢、荒誕。這種引導是行之有效的，朝鮮戰爭爆發後，「愛國戰爭」片迅速熱門起來。而公眾的選擇又進一步推動報紙採取更激進的行動。1950 年 8 月 30 日，在上海市人民政府文化局電影事業管理處的見證下，《解放日報》、《新聞日報》、《新民晚報》、《大公報》、《大報》、《亦報》與上海市電影院商業同業公會共同簽署了《限制英美消極影片廣告篇幅協議書》，文內聲明，「對當天開映之英美消極影片廣告，大公報不得超過八行，解放日報、新聞日報、文匯報及其它各報均不得超過四行。英美消極影片之預告，一律不得超過十二行」。各報還約定，不得使用銅板或鋅板紙刊登英美消極影片廣告。﹝註153﹞逐漸地，美國電影被擠出了中國大銀幕。

﹝註150﹞《解放日報》，1950 年 11 月 10 日，3。
﹝註151﹞《解放日報》，1950 年 11 月 13 日，7。
﹝註152﹞ Landman and Landman: "Profile of Red China", in Mariano Ezpeleta: "Red Shadows Over Shanghai". Quezon City: Zita Publishing Corporation, 1972, 88；轉引自〔美〕魏斐德著、梁禾譯：《紅星照耀上海城：1942～1952》，第 112 頁。
﹝註153﹞新聞日報、大公報等：《限制英美消極影片廣告篇幅協議書》，1950 年 8 月 30 日，上海市檔案館：G20-1-23-3。

　　從擠走好萊塢電影開始，反動、淫穢、荒誕，後來成為官方認定的喻指西方價值的標籤。中共領導人中有為數不少的海歸，不可能不瞭解西方價值的內容。之所以將西方價值界定到如此狹窄且帶有偏見的領域，背後體現的是新政權的治理策略。為了防止共產黨在進入城市後不變成李自成，就必須與歐美那些追求個人自由的「資產階級思想」及生活方式相隔絕，在整個社會樹立愛國節約的價值觀。更顯見的問題是，反動、淫穢、荒誕的內容卻也是共產黨治理初期的社會存在，它有可能消解新政權鼓勵人們節衣縮食、共度難關的治理理念，威脅新政權的穩定。因此，清除反動、淫穢、荒誕內容的影響，並將之與帝國主義和反動派聯繫到一起，是被高度政治化了的語境。

　　比如廣州剛解放的時候，有些人乘機在街頭公開售賣黃色書報和淫穢圖片，廣州軍管會文教接管委員會主任李凡夫即指出，這是國民黨特務和一些投機商人想利用這些沒落的武器來進行搞亂，「帝國主義和國民黨反動派為了進行文化侵略與毒害中國人民，他們過去就長期鼓吹利用這些最污穢無聊的東西，來麻醉大眾，如美國好萊塢的大腿電影、裸體雜誌，國民黨的黃色下流書報、肉麻新聞，都屬於此類。」〔註 154〕

　　到底該怎樣界定反動、淫穢、荒誕？1951 年 10 月 10 日，出版總署印發了天津市新聞出版處副處長李克簡「關於取締反動落後書刊」之內容，供各地新聞出版機構參考。此時，反動、淫穢與荒誕統稱為反動落後，所涉報刊被分為以下類型：1.為反動統治階級說教的，包括《領袖言論》、《中國之命運》、《蔣介石先生傳》等 89 冊；2.國民黨匪幫及日寇統治時期的宣傳品，包括《大東亞戰爭畫集》、《滿洲國現勢》、《中國空軍》等 79 冊；3.以前進口的美帝宣傳刊物，如《讀者文摘》等 37 冊；4.反動文藝，包括《苦果》、《野獸野獸》、《海豔》、《女叛徒》等 237 冊；5.誨淫的書、畫，含《風月回憶》、《風流少奶奶》、《處女的一夜》、《響導社秘密》等 317 冊；6.介紹帝國主義國家生活方式的，包括《處世門徑》、《美國談藪》、《少女結婚課》等 1061 冊；7.色情的；8.荒誕神怪的。〔註 155〕因前 6 類屬於立即收繳的，有詳細名錄。而對第 7、第 8 類，擬採取逐漸消滅策略，故沒有書目。

〔註 154〕《南方日報》1949 年 11 月 1 日，第 1 版。

〔註 155〕出版總署印發天津市新聞出版處「關於取締反動落後書刊」報告的通報，1951 年 10 月 10 日，載中國出版科學研究所、中央檔案館編：《中華人民共和國出版史料 3》，第 354～356 頁。

　　出版總署副署長葉聖陶 1951 年 8 月 27 日在第一屆全國出版行政會議上也對反動書刊舉例示之，如開明書店 1951 年 3 月版的《火箭》「頌揚殺人的唯武器論」；新農出版社 1950 年 10 月版的《普通作物學》宣稱我國糧食「不足」，怕在帝國主義侵略下「終至束手待斃」；商務印書館 1950 年 12 月版的《鐵路行車學》對「當初列強在華強迫修築鐵路」表示感謝；文通書局 1950年版的《怎樣防疫》為所謂「美國的生活方式」作宣傳；北新書局的《人民醫學常識》為馬爾薩斯的人口論作宣傳；文化生活出版社的《火和燃料》還在歌頌「造物者」和「萬能之神」；商務印書館的《地理教學手冊》、《邊疆地理調查實錄》存在著嚴重的反愛國主義和大漢族主義的觀點；正風出版社的《太平軍初占江南史事錄》毫無批判地採用了封建統治階級污蔑革命農民的材料；《史可法》、《楊娥》等歷史連環圖畫做了封建道德的宣傳品；一些新編的詞典，如《新名詞學習辭典》、《新名詞綜合辭典》、《新名詞辭典》，竟保留了「赤色帝國主義」、「紅色法西斯」等荒謬的條目。〔註 156〕

　　截至 1951 年 8 月葉聖陶發言時，國家對反動、淫穢、荒誕的界定還沒有系統化，因缺少明晰的規定，源自文化市場的管理者和被管理者都出現了一些問題。

　　被管理者造成的是市場失控。據文化部統計，1955 年，省會以上城市約有租賃書籍和連環畫的店鋪、攤子和流動攤販一萬個以上，其中八大城市就佔了約 7000 個左右。這一萬個鋪攤的人員十分複雜，除原來的舊書商、失業人員、孤寡老弱病殘以及烈士家屬和軍人家屬，還包括「被管制的反革命分子、國民黨憲警軍官官吏、會道門頭子、逃亡地主、破落的資本家、流氓地痞。」連環畫和舊小說攤鋪所出租的圖書，只有 10% 是新文藝作品，10% 是舊的說部演義，其餘 80%「是帶有色情淫穢成分的言情小說和荒誕的武俠小說，以及描寫特務間諜活動和盜匪流氓行為、鼓吹戰爭和殺人的反動小說。」有的還秘密或公開出租淫書淫畫，對廣大人民群眾，尤其是青少年、兒童的毒害很大。許多人讀了這些書籍後，「精神頹喪，胡思亂想，神志昏迷，有的企圖上山學劍，有的整日出入於娛樂場所，以致學習曠廢，生產消極。其中還有一些人甚至組織流氓集團，拜把子，稱兄弟，行兇毆鬥，稱霸街道，戲弄

〔註 156〕葉聖陶：《為提高出版物的質量而奮鬥》，1951 年 8 月 27 日，載中國出版科學研究所、中央檔案館編：《中華人民共和國出版史料（1951）》，1996 年 7月版。

異性，姦淫幼女，盜竊公產，殺人放火，並且不以爲恥，反以爲榮。這就嚴重地影響了社會公共秩序的鞏固」。更重要的是，有關部門發現，「帝國主義和蔣匪分子正在由香港、澳門用各種方法偷運反動、淫穢、荒誕書刊進來；某些不法資本家開設書鋪專門出租這類圖書，引誘工人、店員、青年、兒童閱讀，藉以向工人階級進行思想進攻。這正反映出資本主義因素的侵襲，反映出階級鬥爭的尖銳和激烈。」〔註157〕此外，社會上還出現一些人專門編寫反動、淫穢、荒誕的圖書，「如無名氏、仇章專門編寫政治上反動的描寫特務間諜活動的小說，張競生、王小逸（捉刀人）、藍白黑、待燕樓主、冷如雁、田舍郎、桑旦華專門編寫淫書和渲染色情的書，馮玉奇、劉雲若、周天籟、耿小的專門編寫含有反動政治內容的淫穢色情成分的『言情小說』，朱貞木、鄭證因、李壽民（還珠樓主）、王度廬、宮白羽、徐春羽專門編寫含有反動政治內容或淫穢色情成分的神怪荒誕的『武俠小說』。」〔註158〕在中宣部看來，這些反動、淫穢、荒誕圖書是「傳播封建階級和資產階級的反動腐朽思想和墮落無恥的生活方式的惡毒工具，它的流傳，嚴重損害讀者身心健康，墮毀讀者志氣，敗壞社會道德，破壞社會公共秩序，妨礙國家社會主義建設工作。」〔註159〕

自1955年4月23日之後，文化部決定對反動、淫穢、荒誕的書刊分三類處理：凡內容極端反動和極端淫穢的，須查禁，如：《我的奮鬥》、《中國之命運》、《蔣先生奮鬥史》、《請看今日之華北》、《苗疆風雲》、《科學原子彈》、《第一號勳章》、《性史》、《淫婦性史》，春宮圖片等等。對淫穢的色情小說和荒誕的武俠圖書，用新書與之調換，例如：《雲破月圓》、《紅杏出牆記》、《蜀山劍俠傳》、《青光劍俠》等等。對於「五四」以前出版的圖書，包括封神榜、西遊記、聊齋、白蛇傳、七俠五義等舊小說；「五四」以後的一般新文藝作品，如郁達夫、沈從文等人的作品；鴛鴦蝴蝶派作家所寫一

<hr>

〔註157〕《文化部關於貫徹執行國務院關於處理反動的、淫穢的、荒誕的書刊圖畫的指示的通知》，1955年4月23日，載中國出版科學研究所、中央檔案館編：《中華人民共和國出版史料（1955）》，第112～114頁。

〔註158〕《文化部關於續發處理反動、淫穢、荒誕圖書參考目錄的通知》，1956年1月13日，載中國出版科學研究所、中央檔案館編：《中華人民共和國出版史料（1956）》，第2頁。

〔註159〕《中央宣傳部關於做好處理反動、淫穢、荒誕的書刊圖畫的宣傳工作的通知》，1955年7月22日，載中國出版科學研究所、中央檔案館編：《中華人民共和國出版史料（1955）》，第195～196頁。

般談情說愛的「言情小說」，如張恨水的《啼笑因緣》；雖有一些色情描寫但以暴露舊社會黑暗爲主的書，如《如此人家》；一般的偵探小說，如《福爾摩斯偵探案》；神話、童話及由此而改編的連環畫，如《天方夜譚》、《魯賓遜漂流記》、《漫遊小人國》等；眞正講生理衛生知識的科學書，如《婚姻與健康》，予以保留。〔註160〕

　　儘管文化部對關涉反動、淫穢、荒誕的書刊作了分類處理，但當時市面上的書刊種類達2萬種，流通量超過1000萬冊。如何準確地區分不同類別間的界限，成了管理者必須面對的問題。雖然文化部強調「必須反覆地研究中央的方針和政策界限，並且切實遵照執行，不能任意逾越。決不要因爲偷便圖快，草率從事，把不應處理的書籍，也予處理」，〔註161〕但這樣的事情還是不斷發生。像有些省市擬把《蔡元培傳記》和《羅斯福傳記》當作頌揚反動人物予以查禁；把陳獨秀的學術著作《古書疑義舉隅》也併入托派著作予以收繳；類似《武則天奇案》、《濟公活佛傳》、《子不語》、《柳莊相法》、《牙牌神數》、《蕩寇志》、《崇禎慘史》等書也被列入收繳目錄；張恨水的小說《天河配》，只因其中夾有反動分子名字和國民黨黨徽字樣，也被查禁。〔註162〕那些本不該處理，卻被某些省市管理者列入禁書或收換名目的還有周作人的《談龍集》，張資平的《愛力圈外》，朱自清的《背影》，《胡適短篇小說（一）》，章衣萍的《枕上隨筆》、《情書一束》，楊蔭深的《曼娜》，陳夢韶的《擇偶的藝術》，馬國亮的《偷閒小品》，袁俊的《美國總統號》，謝冰瑩的《冰瑩近作自選集》，林語堂的早期作品《剪拂集》、《大荒集》，張恨水的《滿江紅》，李涵秋的《廣陵潮》，曾孟樸的《魯男子》，柯南道爾的《魔術殺人》，威爾基的《天下一家》，華萊士的早期作品《華萊士的呼聲》、《今後美國在太平洋上的新任務》，拉鐵摩爾的《亞洲的決策》，賽珍珠的《大地》、《龍種》、《兒子們》、《男與女》，亞米契斯的《愛的教育》，波蘭古典作家顯克微支的《愛的幻變》，

〔註160〕《文化部關於貫徹執行國務院關於處理反動的、淫穢的、荒誕的書刊圖畫的指示的通知》，1955年4月23日，載中國出版科學研究所、中央檔案館編：《中華人民共和國出版史料（1955），第116～117頁。

〔註161〕《文化部關於各省市處理反動、淫穢、荒誕書刊工作中一些問題的通知》，1956年3月13日，載中國出版科學研究所、中央檔案館編：《中華人民共和國出版史料（1956）》，第55頁。

〔註162〕《文化部關於處理反動、淫穢、荒誕圖書工作中一些問題的回覆》，1956年1月20日，載中國出版科學研究所、中央檔案館編：《中華人民共和國出版史料（1956），第9～11頁。

美國進步作家德萊塞的《婚後》，左舜生的學術著作《中國近百年史料》、《法蘭西新史》，陶希聖的《中國政治思想史》，張君勱的《耶宛哈拉·尼赫魯傳》，美國摩爾根等人寫的自述《現代名人成功之分析》、《怎樣訓練你自己》、《女子處世教育》，王雲五的《做人做事及其它》，朱光潛的《談修養》、《給青年的十二封信》等。〔註163〕

有關禁書，法國大革命前拒絕承擔此項責任的政府官員蘭姆瓦農·德·馬爾舍比寫道：「只讀政府正式批准出版的書籍，會比同時代人落後幾乎一個世紀」。〔註164〕中共領導人並非不清楚對圖書的處理會影響國家的學術文化，牽連著執政黨和知識分子的關係。因此，新中國初期，相關政策的彈性還是很大的。比如對那些租賃過反動、淫穢、荒誕書刊的書攤，採取「過去從寬，今後從嚴」的方針，限期自行檢查上繳和送換，只對個別拒絕繳納或大批藏匿此類圖書的人，才由公安機關加以搜查，但只限於搜查查禁的部分，對於家庭藏書一概不予處理。〔註165〕對一些政治人物或著名作家的作品也是有所區分。像紀德的《從蘇聯歸來》，因內容嚴重反蘇，必然被禁，而其文學作品《窄門》則被放行；被命名為「反動、淫穢」作家的徐訏、馮玉奇等所寫的並不顯著反動、淫穢、荒誕的書籍，也言不必處理。〔註166〕

但這些看似彈性十足的政策，一旦進入到執行層面，往往出現「左」的傾向。歸根結底，還是命名方式的問題。反動、淫穢、荒誕，本不是西方價值的元素，它們甚至不能稱為西方世界的主流。冠之以帝國主義的名號，將之與中國本土的消極底層文化相對應，不但不能回擊真正的文化帝國主義，甚至容易在民眾中形成一種期待。這已被改革開放之後西方文化長驅直入所證明。不準確的命名方式所造成的只能是內部的纏鬥，是容易接受政治灌輸

〔註163〕《文化部關於各省市處理反動、淫穢、荒誕書刊工作中一些問題的通知》，1956年3月13日，載中國出版科學研究所、中央檔案館編：《中華人民共和國出版史料（1956）》，第51～54頁。

〔註164〕轉引自〔美〕羅伯特·達恩頓著、鄭國強譯：《法國大革命前的暢銷禁書》，上海：華東師範大學出版社，2012年3月版，第3頁。

〔註165〕《文化部黨組關於處理反動的、淫穢的、荒誕的書刊圖畫問題的請示報告》，1955年3月4日，載中國出版科學研究所、中央檔案館編：《中華人民共和國出版史料（1955）》，第121頁。

〔註166〕《文化部關於處理反動、淫穢、荒誕圖書工作中一些問題的回覆》，1956年1月20日，載中國出版科學研究所、中央檔案館編：《中華人民共和國出版史料（1956）》，第11頁。

的大眾對尚有反思意識的精英階層的圍剿。因精英階層更容易被想像成「反動、淫穢、荒誕」的代理。被稱作「反動、淫穢」作家的徐訏即是一例。徐訏（1908～1980），浙江慈谿人，早年畢業於北京大學哲學系，1936 年赴法國留學，獲巴黎大學哲學博士學位。抗日戰爭爆發後回國致力於文學創作，並主編《作風》月刊。1950 年，徐訏離別妻女，由滬赴港，曾任《星島周報》編委、《幽默》主編。1961 年後任新加坡南洋大學教授，著有小說、詩歌、詩劇、散文和文藝評論等多種著作，〔註167〕成名作係《鬼戀》、《吉普賽的誘惑》等，因構思詭異，情節離奇，被譽為新浪漫主義小說精品。在港臺評論界，徐訏被視為「世界級」作家，林語堂甚至將他與魯迅並稱 20 世紀的傑出作家，但他在大陸卻被視為「反動、淫穢」。沈從文的經歷更為坎坷。他在 1940 年代寫的《摘星錄》，被許傑等作家批評為「色情作品」，其後又有郭沫若斥其作品為「粉紅色的反動文藝」，從此「被拒絕於群外，陽光不再屬於我有了。」〔註168〕更致命的打擊是，1953 年，沈從文得到開明書店的正式通知，稱其作品已經過時，他在該店已出版和待集印的各書及其紙型，已全部銷毀。〔註169〕沈從文不禁自問：「我前後寫了六十本小說，總不可能全部都是毒草。而事實上在一二八〔註170〕時，即有兩部短篇不能出版。抗戰後，在廣西又有三部小說稿被扣，不許印行。其中一部《長河》，被刪掉了許多才發還，後來才印行。二短篇被毀去，解放後，得書店通知，全部作品皆紙版皆毀去。時《福爾摩斯偵探案》、《封神演義》、《啼笑因緣》還大量印行。老舍、巴金、茅盾等作品更不必說了。我的遭遇不能不算離奇。」〔註171〕

　　沈從文的遭遇是新中國文化政策與事實本身相脫節的典型例證。文化部的政策寫明「『五四』以後的一般新文藝作品，如郁達夫、沈從文等人的作品」予以保留，〔註172〕事實上，他接到的是書版被焚毀的事後通知。在處

〔註167〕袁良駿：《徐訏晚年二三事》，《博覽群書》，2000 年第 6 期。
〔註168〕沈從文：《致丁玲》（1949），《沈從文全集》第 19 卷，第 49 頁。
〔註169〕沈從文：《複道愚》（1954），《沈從文全集》第 19 卷，第 379～381 頁。
〔註170〕指的是一・二八事變。1931 年九・一八事變後，日本為了支持配合其對中國東北的侵略、掩護其在東北建立偽滿洲國的醜劇，自導自演在上海挑釁引發的衝突，時間長達一個多月。具體事件是日本海軍陸戰隊在 1932 年 1 月 28 日夜對上海當地中國駐軍第十九路軍發起攻擊，十九路軍隨即起而應戰。
〔註171〕錢理群：《一九四九年以後的沈從文》，載王德威、陳思和、許子東主編《一九四九以後——當代文學六十年》，第 139 頁。
〔註172〕《文化部黨組關於處理反動的、淫穢的、荒誕的書刊圖畫問題的請示報告》，

理圖書從業者問題上，也發生了政策與事實的出入。國務院明確指出：「必須把對待有毒害的圖書的態度和對待一般租書鋪攤的態度嚴格地加以區分」，但廣西省卻大張旗鼓地組織鬥爭會，展開坦白檢舉運動，造成社會緊張空氣。廣州市更是在處理工作開始前，逮捕了編繪、印製、販運、租賃反動、淫穢、荒誕圖書分子 34 名，判刑 29 名，這樣做顯然「不符合國務院指示精神」。〔註 173〕

　　所有這些以否定西方價值爲主旨，調動人們反帝愛國的歷史資源，錯位地將西方價值在場化了的一系列運動，還包括 1950 年思想改造運動，1951 年批《武訓傳》，1954 年批胡適，1955 年反胡風，1957 年反右派，1958 年「拔白旗」，1964 年大批判，直至 1966 年「文化大革命」爆發。〔註 174〕在民營報紙完成社會主義改造之前，作爲資產階級思潮的泛濫區，民營報紙不可能脫離每一次運動，而每次運動的焦點都會集中到和西方價值有關的概念上來，這個概念是：資產階級新聞觀。

4.3.3 對資產階級新聞觀的批判

　　如果說官方語態將西方價值在場化爲「反動的、淫穢的、荒誕的」，這些涵義的外延不能不與新聞業產生交叉。反動的可以對接質疑權力的聲音；淫穢的令人想起黃色新聞；荒誕的直指新聞價值的趣味性。這些內容是在漫長的報刊發展史中沉澱下來的，尤其爲商業報刊所適用。但在新中國成立前後，它們成了與主流意識格格不入的東西。

　　比較早聽聞資產階級新聞觀這個概念的是《文匯報》總編輯徐鑄成。1949 年 8 月 4 日長沙解放，《文匯報》當天在無線電獲悉此消息，循慣例於翌日見報。此舉被指搶新聞，皆因新華社尙未正式公告。這一次，徐鑄成懂得了什麼是資產階級辦報作風。〔註 175〕

　　在新中國，時效性並不爲官方認可。瞭解一下 50 年代初期廣州新聞出版

　　　　1955 年 3 月 4 日，載中國出版科學研究所、中央檔案館編：《中華人民共和國出版史料（1955）》，第 117 頁。

〔註 173〕《文化部關於抓緊時機處理反動、淫穢、荒誕的書刊圖畫的通知》，1955 年 11 月 18 日，載中國出版科學研究所、中央檔案館編：《中華人民共和國出版史料（1955）》，第 357 頁。

〔註 174〕錢理群：《一九四九年以後的沈從文》，載王德威、陳思和、許子東主編《一九四九以後——當代文學六十年》，第 139 頁。

〔註 175〕徐鑄成：《徐鑄成回憶錄》，第 165 頁。

處的審稿過程或可直觀地認識到這個問題。一般是：由各單位負責同志審閱簽名後，送新聞處編寫或修改，再經新聞處負責同志審核簽名，送副市長審閱，必須有副市長的簽名方能發出。有的時候，這一流程還得進一步延伸。比如 1951 年 8 月廣州市公安局送來兩個關於檢舉反革命分子的辦法要求發表，據他們說這兩個辦法已經過市長同意。但當稿件送朱光副市長審閱時，朱光回覆，須經葉劍英市長批准後才能公佈。〔註 176〕一般稿件經過如此繁瑣流程，時效性已蕩然無存。〔註 177〕

符合市民口味的社會新聞也不受鼓勵。天津《新生晚報》曾報導「夏季到了蚊子多蝙蝠飛」，被批評不夠嚴肅。〔註 178〕新聞管理部門的用意是，都社會主義了，怎麼還盯著自然界那些負面的東西。

批評監督基本停留在政策層面，只是說說而已。因為一旦真的監督起來，風險不是一般的大。比如成都《工商導報》在小品文專欄中，刊有一篇《第五號自行車》，揭露一個機關幹部在批評別人「壟斷」公用自行車之後，自己卻獨佔，並辯護自己的行為是「專賣制的初級形式」。因為這篇文章，《工商導報》被定性為「嚴重地反映了該報把批評和自我批評庸俗化的錯誤態度。」新聞管理部門直指該報 1954 年五、六月份連續發表的 28 篇小品文，未進行過一次調查對證，在 23 篇以機關幹部和學校教師為諷刺對象的小品文中，均未指明具體的機關和具體的人。新聞主管們認為，像《第五號自行車》這類歪曲機關面貌的小品文，其作用不是在維護機關的威信，而是敗壞機關的聲譽，「暴露出該報編輯工作人員普遍而嚴重地脫離政治，不研究黨的政策，暴露出政治上的落後和立場觀點上的錯誤。」發生這種錯誤的原因是「該報編輯工作人員中存在著嚴重的資產階級新聞觀和作風，有意無意地宣傳了許多資產階級的思想和觀點。其表現是不注意新聞報導和評論中的事實根據，單

〔註 176〕廣東省暨廣州市新聞處：《1951 年新聞出版工作總結報告》，1951 年 12 月 27 日，廣東省檔案館：307-3-6-15-20。

〔註 177〕中共媒體並非不講時效。比如 1949 年 4 月 23 日解放南京之夜，當記者隨軍跑步衝進蔣介石的總統府時，范長江不時在電訊中呼叫，催促記者抓緊時間，及時發出解放南京的新聞報導。但中共所強調的時效性應以黨媒優先。參見劉時平：《記者心目中的總編輯——追憶范長江、鄧拓》，載趙興林主編：《燦爛的星河——人民日報記者部新聞實踐與思考（上）》，北京：人民日報出版社，2010 年 9 月版，第 114～117 頁。

〔註 178〕《對當前各報採訪與編輯工作上的幾點意見》，1950 年，天津市檔案館：X57-Y-1-48。

純追求技巧和趣味，不注意聯繫實際，聯繫群眾。」〔註179〕

　　至於黃色新聞，早在 1945 年 11 月 4 日，我國大城市中成立最早的記協組織哈爾濱市新聞記者協會便召開座談會，討論個別報紙刊發黃色新聞的問題。與會編輯記者一致認為，人民的報紙不應刊發黃色新聞。〔註180〕此時，哈爾濱市記協的理事長是關玉珂，來自民營大報《哈爾濱公報》。

　　新中國成立後，全國各地的民營報紙逐漸理解了官方反對的資產階級新聞觀的大致內容，但系統地對此進行清算，還發生在知識分子思想改造時期。以民營報紙最為集中的上海為例。1952 年 8 月 21 日，上海新聞界思想改造學習運動開始，副市長潘漢年、文教委員會主任夏衍、上海市委宣傳部長谷牧參加了動員大會。谷牧明確了這次思想改造學習的初衷，是「從辦報的方針上，從報紙的思想性、政治性上，從報紙的聯繫實際聯繫群眾上，從報紙企業的經營管理上來進一步地檢查我們的工作，批判和清算資產階級的辦報思想。」〔註181〕那麼資產階級的辦報思想究竟是什麼，谷牧用了一個很長的排比句：「反對客觀主義、集納主義，形式主義，脫離群眾、脫離實際的『專家辦報』路線，缺乏政治責任心和違反組織性、紀律性的自由主義以及編輯方針屈服於錯誤的唯利是圖的業務方針。」〔註182〕

　　對於谷牧報告中所言的「資產階級辦報思想」，《文匯報》作了一番梳理，基本上涵蓋了資產階級新聞觀的內容：無立場的強調「新聞自由」和「有聞必錄」的客觀主義，標新立異、華而不實的形式主義，「新聞記者是『無冕皇帝』」的無政府無組織無紀律的思想作風，以及純經濟觀點的「業務第一、廣告第一」的錯誤經營方針等。〔註183〕

　　首先必須承認，西方世界所標榜的真實、客觀、公正、平衡、獨立、自由等新聞觀並非完美無缺。很多時候，西方媒體也是帶著偏見看待世界的。比如在冷戰時期，「反蘇的歇斯底里狂囂之多，在反共造謠成性的赫斯脫系報

〔註179〕中共成都市委秘書處：《工商導報情況初步瞭解的報告》，1954 年 10 月 10 日，成都市檔案館：54-1-312。

〔註180〕東北網：《揭秘哈爾濱市記協歷史》，2012 年 08 月 13 日，http：//cul.dbw.cn/system/2012/08/13/000546863.shtml。

〔註181〕谷牧：《在上海新聞界思想改造學習動員人會上的講話》，1952 年 8 月 21 日，上海市檔案館：B36-1-14。

〔註182〕同上。

〔註183〕《上海新聞界改革工作勝利告一段落》，《文匯報》，1953 年 1 月 18 日。

紙上真是多到泛濫成災。」〔註184〕中華人民共和國成立後，有關中國的報導，即便是瑞士這樣的中立國，其媒體也是帶著偏見的。1956 年 9 月，馮友蘭參加日內瓦舉辦的一個國際文化交流會，北京大學加派了任華作為秘書陪同前往。馮友蘭回憶說，「照法國的和瑞士的報紙看起來，他們對於我的講演，都感覺失望。他們所失望的並不在於我沒有提出什麼新的觀點，而在於我沒有提出同中國官方不同的觀點，認為和大使館的調子差不多。他們希望我是一個同官方持不同意見的人。」歐洲報紙對於任華的任務也有些推測，據他們講，中國共產黨在派出一個比較有社會地位的人出國的時候，總要還派一個黨員幹部跟著，作為監視。馮友蘭說，其實任華並不是共產黨員，他是美國哈佛大學的哲學博士，也是一位受過資產階級教育的知識分子。〔註185〕西方媒體連這一點簡單的信息都未核實，全憑主觀想法臆測，說明其新聞觀自有局限性。但畢竟現代新聞事業肇始於西方，無論是新聞理念還是經營觀點還是有一定的先進性。中國的民營報紙主要是模仿西方報紙成長的，若要一下子根除西方觀念的影響，必然經歷一番掙扎。

以民營報紙擅長的社會新聞為例。解放以前，民營報紙往往借助社會新聞消解國民黨的新聞控制。類似「誰是主席最親信的人」(《新民報》)等稿件經常見諸版頭報尾。但在新中國，社會新聞價值觀被全面否定，想利用社會新聞迂迴監督的策略也無施行可能，那些經歷了政權變遷的報人們不免畏首畏尾。報人張友鸞回憶道：「《南京人報》解放後復刊，編輯部裏大家說，應該學《新華日報》，因為《新華日報》是學《人民日報》，而《人民日報》是學《真理報》的。《新華日報》和《人民日報》是不是那樣學的，我不知道；《南京人報》在主觀上卻是那樣學的。學的結果，很顯然，《人民日報》有理論，《新華日報》闡釋發揮了那些理論，到了《南京人報》那裏，就只剩下渣滓教條了。」〔註186〕

比起《南京人報》味如嚼蠟的感受，上海《新民報》倒是在報導方面找到了一條捷徑：給新華社稿件「添油加醋」。從總編輯到一般編輯記者，天天忙於將新華社稿件「里弄」化。比如美軍在朝鮮和中國東北地區使用細菌武

〔註184〕 薛葆鼎：《四十年代寫美國特約通訊的回憶》，文匯報報史研究室編：《文匯報回憶錄 2：在曲折中行進》，第 62～63 頁。

〔註185〕 馮友蘭：《三松堂自序》，北京：人民出版社，2008 年 4 月版，第 126～128 頁。

〔註186〕 蔣麗萍、林偉平：《民間的回聲：新民報創始人陳銘德鄧季惺傳》，第 302 頁。

器的消息，經過《新民報》的改寫，增加了「美國強盜的這種手法，眞是下流無恥」，「我們朝中人民方面早就抓得有人證物證」〔註187〕等調味料。如此這般，民營報紙以通俗化的名義，用說書人似的虛擬想像，僭越了新聞眞實、客觀的底線，陷入了「比正面還正面」的怪圈。

觀察《新民報》的變化，1948 年 9 月 9 日，其社論還在堅持「以報養報」、「純粹的商業方針」、「貧賤不移」的操守。〔註188〕僅僅一年之後，即 1949年 9 月 9 日，社論就自我否定了一直以來的「民間立場」，將報紙「超脫於階級鬥爭，黨派性之外，站在中立地位」的傳統視爲「沉溺於資本主義的新聞觀」，「是爲新聞而新聞，爲辦報而辦報」，「是追求虛幻的『公正』、虛幻的『中立』、虛幻的『自由』」。這篇社論更將《新民報》二十年以來「主觀上追求進步」檢討爲客觀上「有意無意的替統治階級起了幫兇幫閒的作用。」〔註189〕

1952 年 9 月 25 日，正經歷思想改造的《新民報》總編輯趙超構在長篇思想檢查中，更將「資方代理人」的帽子扣在了自己頭上。他說：「我錯誤地認爲私營報紙要『保本自給』，就不得不打打算盤；我分不出報紙與一般工商業是有所不同的，其發展卻把算盤打到人民頭上去，把小集團的利益放在人民利益之上了。我個人就存有『損大公肥小公』的思想，爲什麼要『肥小公』呢？那就是因爲這個『小公』是我個人利益所在的地方。我錯誤地把報紙商品化的現象看成是新民報的生存問題，把它看成是小集團的職業問題。」〔註190〕

趙超構如此上綱上線的檢討，是不是意味著《新民報》眞的放棄了「爲新聞而新聞，爲辦報而辦報」的資產階級新聞觀？事實上，直到 1955 年，《新民報》內部的主流報導思想依舊是強調趣味化而遠離政治。「政治都是死板板的，難啃，政治應該是黨報搞」。「新民報的方針路線，是從人民生活反映出黨的政策，生活享受越高，黨的政策越正確。第一個五年計劃還不是爲了生活好才要搞，至於艱苦奮鬥，服從計劃，那也不過是勸讀者暫忍一時之苦而已。」〔註191〕基於上述認識，一些記者在寫稿時，第一個條件就是關注

〔註187〕蔣麗萍、林偉平：《民間的回聲：新民報創始人陳銘德鄧季惺傳》，第 304 頁。
〔註188〕《新民報》，1948 年 9 月 9 日。
〔註189〕《新民報》，1949 年 9 月 9 日。
〔註190〕《趙超構同志的思想檢查》，華東學習委員會上海新聞界分會辦公室編：《學習第十號》，1952 年 9 月 25 日，上海市檔案館：A22-2-1550。
〔註191〕《新民報的思想情況、思想根源、正確的方針路線》，1955 年，上海市檔案

生活享受高的新聞內容。比如人們排長龍購買國營店的金銀首飾，這本是記
者喜歡的新聞題材，但在聞之每人只能買一錢金子時，記者認爲此舉限制了
人們的購買力，未予報導。又如 1953 至 1954 年的一段時間，記者最喜歡報
導「今日來了多少鮮魚，昨天來了多少水果」，「這種稿子，編輯最喜歡登」。
〔註 192〕

《新民報》的這一報導路數顯然不符合「政治掛帥」的一貫方針。於是
乎，《新民報》甫一報導手帕、花布如何好，《解放日報》就開始唱對頭戲，
不是說「手帕不受歡迎」，就是說「花布質量太差」。〔註 193〕迫於強大的政治
壓力，《新民報》不得不檢討自身對政治的淡漠。當時，正值經濟建設乃至意
識形態全面學習蘇聯的高潮時期，《新民報》對應學習的是《莫斯科晚報》。
爲了體現出報紙向政治靠攏，《新民報》甚至取消了最受歡迎的「衣食住行」
字樣。1955 年，自《新民報》濃墨重彩地報導重大政治事件「龔品梅反革命
集團案」〔註 194〕之後，這張一貫照顧「小市民趣味」的報紙，銷路便持續下
滑。〔註 195〕

館：G21-1-87-73。

〔註 192〕《新民報的思想情況、思想根源、正確的方針路線》，1955 年，上海市檔案
館：G21-1-87-73。

〔註 193〕同上。

〔註 194〕龔品梅又名龔天爵，1901 年 8 月 2 日生於江蘇省松江府川沙廳唐墓橋的一個
天主教家庭，1920 年進神學院，1930 年 5 月 28 日晉鐸成爲神父，1949 年 8
月 9 日，被教廷任命爲蘇州主教。1950 年 7 月 15 日，龔品梅兼任上海、蘇
州及南京三教區主教，駐紮上海四川南路的洋涇浜聖若瑟堂，爲上海教區首
任中國籍主教。龔品梅因拒絕在教會內部開展「反帝愛國運動」，組織並親自
督導了「不投降、不退讓、不出賣」的對抗行動，同時接受法國籍「主教顧
問」才爾孟資助的黃金 1806 兩作爲活動經費，被政府認定爲「反革命集團」
的首犯。1955 年 9 月 8 日，龔品梅及其骨幹分子共 183 人被捕，1960 年 3
月，上海市中級人民法院對龔品梅反革命集團案進行公開審理，判處龔品梅
無期徒刑。1985 年 7 月 3 日，鑒於龔品梅已關押 30 年，年老體弱，又有一
定認罪悔改表現，上海市高級人民法院根據《中華人民共和國刑法》規定，
宣佈龔品梅准予假釋。1988 年 1 月 5 日，上海市高級人民法院減免龔品梅的
剩餘假釋考驗期，並恢復政治權利。同年 5 月 11 日，龔品梅被批准去美國治
病探親。2000 年 3 月 12 日，龔品梅病逝於美國。參見上海市地方志辦公室：
專業志——上海公安志——第二編懲治反革命罪犯——第四章打擊以宗教作
掩護的反革命分子，http://www.shtong.gov.cn/node2/node2245/node4476/node
58282/node59920/index.html。

〔註 195〕《新民報的思想情況、思想根源、正確的方針路線》，1955 年，上海市檔案
館：G21-1-87-73。

如果對這種現象予以理論分析，應該注意到新中國的民營報紙遇到了如何寫及其怎樣寫的困惑。按照德國康斯坦茨學派（The Constance School）接受美學學者姚斯（Hans Robert Jauss）和伊瑟爾（Wolfgang Iser）的觀點，文本是「一個讀者以自己的審美感受與寫作者一起創造的過程」，恰恰是作品的「空白點」和「召喚結構」吸引讀者進一步閱讀。〔註196〕這也是西方新聞理念中客觀性報導的原理之一：新聞要做的並不是完全解決問題，實際上也做不到，而是提出問題、揭示問題乃至解釋問題，應該相信讀者有通過事實間隙辨別真相的能力。而在新中國的新聞理念中，秉持的是先進一定戰勝落後，光明必定取代黑暗。與「召喚結構」的留空相比，這是一種「滿」的結構，要產生這樣的效果，必然採取「回溯性」的方式，即先有了完美的結果，然後回推，復現導致結果的過程。這種拒絕憂鬱、惶惑等「頹廢」風格的模式有一定的正面價值，但因其顯見的主題先行，也會導致過程敘述中的虛構。大躍進中普遍的放衛星現象，不能排除這種趨勢的誘導。而批判資產階級新聞觀的過程，正是強調這種一元結構的過程。民營報紙幾無懸念地被統合進以正面報導、典型報導為主的新聞管理秩序中。

這種新秩序，用原新華社社長吳冷西的話來說，就是：「人民新聞的基本原則，是以最大多數人民的最大利益為依歸，對此有利的多多報導，對此利少者則少報導，對此無益甚至有害者則不報導⋯⋯」〔註197〕

4.4 限制外報在華傳播

中共政權有意識地節制外人在華新聞活動始於 1948 年末。隨著人民解放軍勢如破竹，攻取越來越多的大中城市，如何對待這些城市中的外國通訊社、報紙、雜誌及附屬外媒的記者，已經超出了中共管理者的經驗。1948 年 11 月 18 日，中共中央出臺《關於新解放城市中中外報刊通訊社的處理辦法》，第一次直面上述問題。此處理辦法規定：外國通訊社非經中央許可不得在解放區發稿，並一律不得私設收發報臺；外國記者停留解放區繼續其記者業務者，應根據外交手續向人民民主政府請求許可，並不得私設收發報臺，其發出之

〔註196〕洪子誠：《「組織部」裏的當代文學問題——一個當代短篇的閱讀》，載王德威、陳思和、許子東主編《一九四九以後——當代文學六十年》，第289頁。

〔註197〕《吳冷西在新華社第一次全國社務會議上的報告》，《中國共產黨新聞工作文件彙編》（中），北京：新華出版社，1980年12月版，第117頁。

稿件，應受中央所指定之機關檢查；外國人非經中央許可不得在解放區出版
報紙與刊物，原已出版者亦須報告中央處理。〔註198〕這一綱領性文件的出臺，
基本決定了外報的在華命運。

4.4.1 在華外報的退場

最早受上述政策影響的是天津《益世報》。1949 年 1 月 15 日，解放軍攻
佔天津，並宣佈成立軍事管制委員會。兩天之後，中共中央致電天津市委談
及「新星、大公、益世」三張大報的未來。關於「益世」，中共中央認爲，它
是天主教的報，「常常公開表示反共，應首先以其反共反人民停止其出版，但
勿牽涉到宗教問題」。〔註199〕其後，中共中央幾次函電批評天津市委「命令一
切報紙一律停刊的方法」過於左傾，但對《益世報》的態度沒有變化，認爲
「《益世報》既已接收現在不忙改變」。〔註200〕不僅如此，1 月 19 日，中共中
央更是下達了一則更爲嚴格的指令，對那些已出版的外國報紙，「一般的不予
登記，停止出版。特殊的，或暫不干涉，或轉爲華人出面辦理」；「外國記者
凡未經許可入境，或留在被解放城市者，概不承認其爲新聞記者，不給以任
何採訪和發報之權，只予以外國僑民待遇。」〔註201〕

隨著 1 月 21 日蔣介石宣佈下野，美國及其它多數西方國家的大使表示繼
續留在南京，不跟隨國民黨政府南遷廣州，中共中央立即表現出來靈活的外
交態度。1 月 25 日，中共中央下達關於外交工作的補充指示，言及「對平津
兩地外國記者，連美國記者在內，亦暫取放任態度，觀察其究作何種活動和
報導」，「在經過一個考察時期後，並經中央批准，再令所有外國記者舉行登
記審查，到時可考慮其中有否合乎我們需要的外國記者，給以采訪和發報之
權。」〔註202〕此時，《益世報》已被查明並非國民黨官僚資本挾制，主要由私

〔註198〕 《中共中央關於新解放城市中中外報刊通訊社的處理辦法》，1948 年 11 月 8
日，載《中國共產黨宣傳工作文獻選編（1937～1949）》，第 749 頁。

〔註199〕 《中央對處理天津廣播事業、報紙及登記國民黨員等問題給天津市委的指
示》，1949 年 1 月 17 日，載《中國共產黨宣傳工作文獻選編（1937～1949）》，
第 774 頁。

〔註200〕 《中央關於對天津〈大公報〉、〈新星報〉、〈益世報〉三報處理辦法給天津市
委的指示》，1949 年 1 月 23 日，載《中國共產黨宣傳工作文獻選編（1937～
1949）》，第 783 頁。

〔註201〕 《中央關於外交工作的指示》，1949 年 1 月 19 日，載《中共中央文件選集》
第 18 卷，第 45～47 頁。

〔註202〕 《中央關於外交工作方針的補充指示》，1949 年 1 月 25 日，載《中共中央文

人股份構成，〔註203〕該報本可以申請復刊，但經勞資雙方協商，均無意繼續經營，〔註204〕這張有著 34 年歷史的民營大報從此告別中國大陸。

《益世報》退出後，天津恢復了《俄文新語報》的出版，並允許有華人背景的英文報紙《華北漢英報》、《商業譯訊》復刊，如此一來，外文報紙占天津民營報紙總量的 43%。此時，中共政權對外媒的態度還留有迴旋餘地。像由美國駐華使館領導的美國新聞處，〔註205〕在已解放的北平和天津依舊保留著名號與機構。〔註206〕

引發外報進一步萎縮的是上海「水雷事件」。1949 年 6 月下旬，由《解放日報》領頭，中國媒體展開了一場打擊外國媒體的「持續運動」，外國媒體被指控假造水雷報導來使上海港癱瘓。英國的《字林西報》（North China Daily News）被要求向軍管會遞送書面檢討，因爲它刊登了「謠言」。〔註207〕該報於 6 月 10 日報導了國民黨政府在吳淞口外敷設水雷的新聞，被指稱首先傳播了不正確消息，〔註208〕係「危言聳聽」，「企圖影響我對外航運及貿易，增加我政府及人民之困難」。〔註209〕在中國媒體的推波助瀾下，上海市民眾紛紛敦請軍管會及人民政府對《字林西報》嚴加制裁。迫於壓力，《字林西報》負責人葛利芬於 6 月 23 日向軍管會書面承認確屬「捏造新聞」，並「保證今後不再重犯」，〔註210〕6 月 25 日，該報頭版刊登了一份道歉書。這是自上海解放

件選集》第 18 卷，第 78～79 頁。

〔註203〕俞志厚：《〈益世報〉在天津報壇幾度輝煌》，載《天津報海鈎沉》，第 104 頁。

〔註204〕同上。

〔註205〕美國新聞處（U.S.Information Service），原係第二次世界大戰期間由美國總統羅斯福下令設立的美國戰時情報局，後改名爲美國新聞處。抗戰期間，美國在駐中國重慶使館設立了該組織的在華總辦事處。抗戰勝利後，美國新聞處在中國十座城市開設了辦事處，其對華活動的重心也變爲通過全方位的宣傳和文化滲透，來傳播美國的價值觀。參見石瑋：《美國新聞處在華活動初探（1946～1949）》，《國際新聞界》，2010 年第 11 期。

〔註206〕北平和天津的美國新聞處於 1949 年 7 月 19 日關閉。參見〔美〕司徒雷登：《司徒雷登日記——美國調停國共爭持期間前後》，第 158～159 頁。

〔註207〕New York Times，21/6/49，14；24/6/49，12 and 14；轉引自〔美〕魏斐德著、梁禾譯：《紅星照耀上海城：1942～1952》，北京：人民出版社，2011 年 5 月版，第 152 頁。

〔註208〕楊承芳：《揭穿所謂「佈雷」「封鎖」的陰謀》，《世界知識》，1949 年 03 期。

〔註209〕《抗議英商「字林西報」散佈水雷謠言事件》，1949 年，上海市檔案館：G21-1-71。

〔註210〕《抗議英商「字林西報」散佈水雷謠言事件》，1949 年，上海市檔案館：

後外國人所寫的 11 份道歉書之一。這些道歉書更多由道歉方出錢以廣告形式刊登出來。正如《紐約時報》記者所說：「這些道歉意在向中國人民證明他們從帝國主義者及其它們的特權中『解放』出來了。」〔註 211〕

　　中國媒體聯合打擊外媒的行動一定程度上代表了新政權的態度。1949 年6 月 30 日，毛澤東正式批准禁止美國新聞處在中國活動。根據司徒雷登 7 月19 日的日記，「北平的美國新聞處已告關閉，天津方面的美國新聞處也遭遇到同一命運。」〔註 212〕顯然，此事對這位駐華大使的態度改變至關重要。還在4 月 27 日，司徒雷登已在草擬承認中國的備忘錄，談及只要聯合國方面堅持人權保證，就可以考慮與非蘇維埃國家聯合行動。〔註 213〕司氏的這一舉動並未受兩天前中共士兵擅闖其大使館臥室〔註 214〕的影響，即便此一事件「激起了美國舉國人民的狂怒」，美國國務院「向中共方面提出強硬抗議」。〔註 215〕但相繼發生的《大美晚報》停刊及中國關閉美國新聞處等事件確實對司徒雷登打擊甚大。

　　《大美晚報》（Shanghai Evening Post and Mercury），〔註 216〕由 E・高爾德任總編，隸屬於美國龐大的斯塔保險公司。當其它外國報紙紛紛道歉時，高爾德的報紙卻不願意低頭。〔註 217〕令高爾德意想不到的是，將《大美晚報》

G21-1-71。

〔註 211〕New York Times，6/7/49，16。

〔註 212〕〔美〕司徒雷登：《司徒雷登日記——美國調停國共爭持期間前後》，第 158 頁。

〔註 213〕〔美〕司徒雷登：《司徒雷登日記——美國調停國共爭持期間前後》，第 122 頁。

〔註 214〕1949 年 4 月 25 日，南京解放後的第三天，晨 6 時 45 分鐘，約 12 名中共士兵打開司徒雷登臥室大門，將其喚醒。此事迅速引發美國及北大西洋列國使節的高度關注。參見司徒雷登著、陳禮頌譯、傅涇波校訂：《司徒雷登日記——美國調停國共爭持期間前後》，第 120 頁。

〔註 215〕〔美〕司徒雷登著、陳禮頌譯、傅涇波校訂：《司徒雷登日記——美國調停國共爭持期間前後》，第 151 頁。

〔註 216〕《大美晚報》創刊於 1929 年 4 月，以旅滬美僑為主要讀者對象，是美國人在上海創辦的影響最大的外文晚報。該報對中國問題的態度，基本上反映了當時美國政府的立場，維護美國在華利益，對日本侵略中國的行為十分敏感並堅決反對。1941 年 12 月，日軍侵佔上海後，該報為日軍接管。抗日戰爭後期，日方將該報更名為《上海報》。1945 年 8 月日本投降後，《大美晚報》得以恢復，前主筆高爾德返滬主持報館事務。參見上海市地方志辦公室：《上海通志・上海新聞志》，http：//www.shtong.gov.cn/node2/node2245/node4522/node5501/index.html。另見方漢奇主編：《中國新聞事業通史》第 2 卷，北京：中國人民大學出版社，1996 年 5 月版，第 429 頁。

〔註 217〕上海市地方志辦公室：《上海通志・上海新聞志》，http：//www.shtong.gov.cn/

推向絕境的竟是該報的內部勞資糾紛。1949 年 6 月 14 日晚，因工資談判出現僵局，高爾德被雇員通宵鎖在辦公室。他爲此寫了一篇評論，卻遭印刷工拒印。而他無視報紙瀕於癱瘓，宣佈：寧可讓報紙關閉，也不會放棄對報紙編輯權的控制。〔註 218〕1949 年 6 月 23 日，具有 20 年辦報經驗的高爾德宣佈：《大美晚報》將停刊。但報紙的雇員們不認同高爾德的單方面決定，「爲了顧及工人的面子」，該報只好繼續出版。與高爾德向有交誼的美國駐華大使司徒雷登當時尙在中國，他認爲，「這件事顯然沒有中共參與其間。」〔註 219〕但該報的工資爭議尙未結束。7 月 1 日，當高爾德到達報館時，門庭裏出現扭打的混亂局面，他不得不鎖上自己辦公室的門並用電話向外求援。公安局救出了這位總編，但卻告訴他，得爲自己的行爲向雇員們道歉。7 月 2 日，高爾德道歉。可就在當天，報館的幾名雇員從他家的廚房衝進來，吵著要工資。高爾德的太太被他們「人數之多，態度之凶」嚇住了，「盡力猛烈」地頂住門，高爾德也上來相助。次日，這位美國總編站在公安局代表旁邊，對著包圍他家的雇員們乞求原諒。高爾德的道歉作爲廣告被插入在《字林西報》（North China Daily News）中，他未能擺脫低頭認錯的宿命。〔註 220〕

但中國媒體對外媒的討伐並未結束。從 7 月 7 日起，外國記者開始受到「帝國主義間諜」或「帝國主義的特別奴僕」這類攻擊，他們被指控向國民黨遞送轟炸上海的情報。〔註 221〕當 8 月 31 日，上海軍管會禁止外國通訊社發佈消息時，這場打擊外國媒體的運動達到高潮。在此之前，聯合新聞社（Associated Press）上海分社的 F・哈姆森（Fred Hampson）被遭其解雇的報童毒打，經公安局干涉才得以平息。〔註 222〕曾經被認爲是 CC 派喉舌的《中國日報論壇》則迅速轉變了風向，它主動刊登了塔斯社關於「國民黨反動政府獨裁」的一系列文章〔註 223〕，以向新政權示好。

　　　　node2/node2245/node4522/node5501/index.html。
〔註 218〕New York Times，24/6/49，12。
〔註 219〕〔美〕司徒雷登：《司徒雷登日記——美國調停國共爭持期間前後》，第 146 頁。
〔註 220〕New York Times，2/7/49，4；6/7/49，16。
〔註 221〕New York Times，9/7/49，5。
〔註 222〕New York Times，18/8/49，11；轉引自〔美〕魏斐德著、梁禾譯：《紅星照耀上海城：1942～1952》，北京：人民出版社，2011 年 5 月版，第 152 頁。
〔註 223〕New York Times，2/7/49，4；轉引自〔美〕魏斐德：《紅星照耀上海城：1942～1952》，第 153 頁。

中共對西方媒體的連串新聞政策及行動，很大程度上挫傷了司徒雷登以及美國一些政要對新政權的期望。就在毛澤東對美國新聞處下達禁令的當天，司徒雷登在日記中寫道，「今天理髮時，理髮師告訴我關於老百姓對中共的態度，他們對於共方所做的宣傳殊不容易接納」，「報紙上所登載的都是令人沉悶的，所作的宣傳又都是不能令人心悅誠服的。」〔註224〕而在聽聞北平及天津的美國新聞處已然關閉的當日，司徒雷登再次在日記中表達對新政權的強烈不滿：「空襲時所扔下的炸彈，顯然照常擲不中目標，可是老百姓們卻強烈地表示歡迎，他們變爲越來越反對中共，而盼望國民黨軍隊的反攻。」〔註225〕這種言辭激烈的態度在司徒雷登的日記中是非常罕見的，而每次出現這樣的態度，都和新政權對美國在華傳播的壓制有關。7月28日，美國國務院經過激烈辯論，同意召回司徒雷登。8月2日，司徒雷登飛離南京，徹底告別了他出生及生活了差不多七十年的中國。而其本人，也因毛澤東那篇《別了，司徒雷登》，長期作爲美帝國主義的政治與文化符號出現。一個半月之後，隨著工資協議達成，令司徒雷登一直擔心的《大美晚報》總編高爾德也關閉了報紙，永遠地離開了上海。〔註226〕

到了1949年夏末，在上海登記過的美國人總共只有1176人，比4月份的2470人減少了52%。〔註227〕居留人數的減少也是外媒加速萎縮的重要原因。1951年3月19日，英商《字林西報》因營業清淡，向上海市人民政府工商局申請歇業，並獲核准。〔註228〕1951年8月1日，在總計支付人民幣21億9993萬9786元的職工遣散費後，〔註229〕這家在華101年的報館拉下了帷幕。

此後，惟一留下的美國報紙是上海《密勒氏評論報》，它在歷史上以親共

〔註224〕〔美〕司徒雷登：《司徒雷登日記——美國調停國共爭持期間前後》，第149頁。

〔註225〕〔美〕司徒雷登：《司徒雷登日記——美國調停國共爭持期間前後》，第159頁。

〔註226〕New York Times，30/8/49，12。

〔註227〕New York Times，24/4/49，2；30/5/49，1；10/9/49，1 and 5。。

〔註228〕《字林西報館職工解雇協議書》，1951年5月21日，上海市檔案館：B128-2-535-77；另見《上海市工商局關於准予字林西報館歇業的通知》，1951年3月27日，上海市檔案館：B128-2-535-1。

〔註229〕字林西報館：《關於自1951年8月1日照5409牌價付給解散費的呈》，1951年8月3日，上海市檔案館：B128-2-535-86。

著稱。朝鮮戰爭中，因報導美軍施用細菌武器，該報遭美國政府禁郵，失去了海外發行市場，遂於 1953 年 6 月關閉。其餘的幾張俄文報紙，包括上海《俄文新生活報》、松江省《俄語報》、天津市《俄文新語報》也在 1954 年以前全部停刊。

4.4.2 控制外報在華發行

外人在華辦報結束，並不意味著外報在華發行的終結。據華東軍政委員會出版局統計，1950 年下半年銷行南京的外文報刊共有 218 種，其中報紙 20 種（內俄文 19 種、英文 1 種），報紙中以英文版《爭取持久和平，爭取人民民主》銷路最好，俄文版次之。蘇聯《消息報》亦銷得不少。彩色畫刊最吸引讀者，《蘇聯畫報》、《火星》、《鱷魚》等都是好銷的雜誌。「至於帝國主義集團國家的報刊尚未發見在市上販賣，只有英國文化委員會圖書館直接由英國倫敦寄來的《自由論壇報》僅在圖書館陳列，並未公開在市場出賣。」〔註 230〕

外媒在南京的發行數據透露了一個重要信息：中國更多向蘇聯這樣交好的國家開放，至於西方國家的報刊，只給留了一條小小的門縫。但面對中國巨大的市場，總會有人想把門縫弄得大一點。1950 年 7 月 31 日，廣東省人民政府文教廳的一份文件顯示：「最近美帝國主義、蔣匪及南斯拉夫鐵托集團，大量印製各種反動宣傳品，利用港澳特殊地理條件，偷運進我地區」。〔註 231〕新中國初期擔任出版總署辦公廳副主任的徐伯昕在 1950 年末的一次報告中也坦承上述現象，「由海外運入的反動書報不少，還有經售外文書刊的私營書商（特別是外商）用自備外匯以科學書籍的名義，夾運大量的反動宣傳品進來。」〔註 232〕

針對上述情況，1950 年 6 月 27 日，中宣部就宣傳品入口做出指示：凡美國與南斯拉夫的反動報刊宣傳品入口者應一律檢扣繳付專門機關研究或銷毀，美國反動報刊在華原有代理所應停止發行。對英國及普通資本主義國

〔註 230〕華東軍政委員會出版局：《將南京市外文報刊調查報告轉呈出版總署文》，1950
　　　　年 11 月 29 日，載中國出版科學研究所、中央檔案館編：《中華人民共和國出
　　　　版史料（1950）》，第 729 頁。
〔註 231〕廣東省人民政府文教廳：《關於查禁外來反動書、報、刊物暫行辦法》，1950
　　　　年 7 月 31 日，廣州市檔案：179-1951-長久-037，第 4 頁。
〔註 232〕徐伯昕：《在國際書店第二次工作會議上的講話》，1950 年 12 月 14 日，載中
　　　　國出版科學研究所、中央檔案館編：《中華人民共和國出版史料（1950）》，第
　　　　748 頁。

家書刊暫不檢扣，對美國少數不反蘇不反共的進步報刊，仍准入口及發行。
〔註 233〕根據中宣部的指示，廣東，作為外國報刊主要入口，發佈了《關於查禁外來反動書、報、刊物暫行辦法》，聲明：「凡發現美帝、蔣匪及南斯拉夫鐵托集團之反動宣傳品，立即扣留，交由廣州市公安局檢查科」，「凡過去代理美帝及南斯拉夫鐵托集團反動書、報、刊之商店應停止繼續代理」，「凡書店、報社、學校、社團及圖書館等，如存有或收到此種反動宣傳品時，應停止流通」，而「對英國及其它資本主義國家之一般書、報、刊（反動者除外），暫不予禁止。」〔註 234〕

　　光堵住外來流通渠道還不行，對買方進行控制也列入國家議程。1950 年末，出版總署規定由國營的國際書店來統一辦理外文書刊的進口工作，不論機關或個人需購買國外書報，都要向國際書店訂購，政府也只對國際書店一家核准訂購書刊的外匯。為了進一步細化對外報入口的控制，1951 年 2 月 1日，廣東省、廣州市人民政府新聞出版處發佈《廣州中外文入口書報管理辦法》。該辦法規定：海外及港澳出版之中文書刊報紙運銷內地者，須先備文送呈新聞處申請核准，取得入口證明書；對於無入口證明書及未列入「准許入口書報目錄」的，一律檢扣。國際書店廣州分店被指定為統一辦理外文書報的惟一入口，「訂購書刊者需詳細開列書報名目及出版地、出版者等，有待新聞處及外事處審查才接受辦理。」該規定再次重申，「凡屬美帝、南斯拉夫鐵托集團、法帝之書刊報紙，除理工農醫等自然學科准予入口外，一律扣留。其它資本主義國家的書刊報紙，除檢查確非反動者，予以放行。」〔註 235〕廣州市的這份文件代表了新中國對待外人報紙的基本政策。1951 年 2 月 28 日，新聞總署辦公廳、出版總署辦公廳聯合轉發了《廣州中外文入口書報管理辦法》，並認為此種辦法「可行」。〔註 236〕

〔註 233〕中央宣傳部：《關於制止帝國主義國家反動宣傳書刊入口的處理原則規定》，1950 年 6 月，載中國出版科學研究所、中央檔案館編：《中華人民共和國出版史料（1950）》，第 370 頁。

〔註 234〕廣東省人民政府文教廳：《關於查禁外來反動書、報、刊物暫行辦法》，1950年 7 月 31 日，廣州市檔案館：179-1951-長久-037，第 4 頁。

〔註 235〕廣東省、廣州市人民政府新聞出版處：《廣州中外文入口書報管理辦法》，1951年 2 月 1 日，廣州市檔案館：179-1951-長久-037，第 2～3 頁。

〔註 236〕新聞總署辦公廳、出版總署辦公廳：《轉發廣州新聞出版處關於「中外文入口書報管理辦法」》，1951 年 2 月 28 日，廣州市檔案館：179-1951-長久-037，第 1 頁。

　　爲什麼外報入口要經過如此精密的檢查，設置堪稱繁複的報備流程？這和冷戰背景下西方對信息滲透的強化息息相關。廣州爲華南對外門戶，書刊進出口的數字非常大，僅 1950 年 9 月至 1951 年 2 月，經廣州市新聞出版處審查出口的書刊計有 10595 種。而入口的書刊，經郵局反映，每日平均有三十郵袋。不計直接扣留的違禁刊物，公安局轉送新聞出版處審查的書刊，半年來共計 816 種，准入口的僅有 242 種。而直接向新聞處申請入口的，爲數甚少，僅有 73 種。〔註 237〕

　　從具體檢查數字中可以判斷，境外勢力，尤其是美國對中國的文化滲透是非常明顯的。自 1950 年 9 月至 1951 年 2 月，在檢扣的「進口反動書刊」中，來自美國新聞處的，「占總檢扣書刊數字之 75.5%」，且「外文反動報刊進口數字比中文的要多出四分之一強」。〔註 238〕1951 年 1 月起，檢查人員發現進口書刊數字突然減少，隨後才察覺，「敵人寄遞反動文件不以包裹郵寄，而將反動宣傳品印成單頁或將反動宣傳文件剪下，做普通郵件郵寄。」爲了增加檢扣難度，信封外觀上也是花樣百出，僅廣州市公安局所檢獲的不同信皮即達 18 種。〔註 239〕中南軍政委員會 1951 年 7 月下發的一份文件也反映了同樣的現象：「最近發現不少對政府採取對抗性態度的宗教性反動書刊，由香港進口在國內印行。」「敵人寄遞花樣，最近採取信件方式寄遞單頁反動書刊」，〔註 240〕這些單頁的書刊在入口之後，再裝訂成冊，大量複製並傳播，檢查部門惟有購置太陽燈之類工具予以防範。書報刊入口渠道也發生了變化，鑒於廣州檢查較嚴，敵對方將集中進口改爲從汕頭、北海、湛江、汕尾、江門等口岸分散入口。上述原因導致 1951 年 1 月起，可檢扣的進口反動書刊數目明顯減少，但美國新聞處刊物所佔比率不降反升，高達 81.5%。〔註 241〕這些書刊的名目包括《鐵幕是眞的嗎？》、《北大西洋公約》、《原子問題的僵局》及《共產黨戰略戰術的報告》等。〔註 242〕從檢扣宣傳品的內容來看，境外勢力

〔註 237〕廣州市新聞出版處：《書刊進出口管理及書刊審查情況報告》，1951 年 4 月，廣州市檔案館：179-1951-長久-037，第 75～78 頁。

〔註 238〕同上。

〔註 239〕同上。

〔註 240〕中南軍政委員會：《爲加強管理與檢查進口書刊、取締杜絕反動書刊的傳播由》，1951 年 7 月，廣州市檔案館：179-1951-長久-037，第 21 頁。

〔註 241〕廣州市新聞出版處：《書刊進出口管理及書刊審查情況報告》，1951 年 4 月，廣州市檔案館：179-1951-長久-037，第 75～78 頁。

〔註 242〕出版總署：《通知令所轄區域內之書肆將所有美國新聞出版處的書籍一律銷毀

的文化滲透是有計劃、有中心、有謀略的。一些宣傳品後面印著：立即印發
20 萬份，保存此傳單有得獎金 5000 美元之希望等字樣。而且，針對新中國每
一個政治運動高潮，境外勢力的顛覆宣傳都有所變化。如鎮壓反革命運動時，
對方即編印《中共「整治反革命條例」的分析》這樣的單頁宣傳品，並大量
入口。〔註 243〕

表 4-3：1951 年廣州檢扣「反動」書刊統計表〔註 244〕

		四至九月	十月	十一月	十二月	全年
中文	反動報紙	3527	248	651	475	4631
	反動雜誌	7462	1189	316	4116	1383
	反動書籍		350	14	310	674
	反動宗教書刊	1615		2621		4236
	黃色書刊			82		82
	小計	12334	1787	3684	4901	22706
外文	反動報紙		288	633	881	1802
	反動雜誌		3349	3396	1539	8284
	美新聞處刊物	48528	13731	21753	25065	109077
	小計	48528	17368	25782	27485	119163
共計		60862	19155	28466	32386	140869

備註：1、數量以件為單位；2、四至九月數目不完整；3、十月份的中文反動書籍包括宗教、黃色、迷信書籍；4、這些印刷品分三批撕毀賣給江東造紙廠，共計 15200 多斤，賣得款一千餘萬元。

為了防範西方勢力的文化滲透，1951 年 5 月 1 日，廣州市人民政府新聞
出版處編製的《禁止入口書報刊目錄》明確規定，凡美國新聞處、華國出版
社、香港自由出版社、真理學會、慈幼印書館、基督教改革主義信仰翻譯社、
基督教播道季刊社、海潮音刊社、天人報社、真道雜誌社、香港浸信會聯會、
香港書店的出版物一律禁止入口。除此之外，還編製了禁止及准許入口的報、

並將處理情形報署由》，1951 年 11 月 26 日，四川省檔案館：建西 34-71-78。
〔註 243〕廣州市新聞出版處：《書刊進出口管理及書刊審查情況報告》，1951 年 4 月，
廣州市檔案館：179-1951-長久-037，第 75～78 頁。
〔註 244〕筆者根據《書刊進出口管理及書刊審查情況報告》整理，1951 年 4 月，廣州
市檔案館：179-1951-長久-037，第 75～78 頁。

刊名目。禁止入口的報紙總數為 148 種，雜誌畫報達 119 種；准許入口的報紙僅 28 種，雜誌 26 種。〔註 245〕這份名錄顯然並不全面，所涵蓋的區域除香港、澳門、臺灣外，以東南亞、日本、美國為主，兼及非洲、中南美洲少量國家。歐洲的報紙、雜誌並未統計在冊。

表 4-4：准許入口報紙（1951 年 5 月 1 日）〔註 246〕

名稱	刊期	出版地址	主辦或負責人	審查意見
大公報	日刊	香港干諾道中 123 號	周爾立	民主進步
文匯報	日刊	香港里荷活道 30 號	余鴻翔	民主進步
香港標準百貨金融行情	日刊	香港乍畏街 102 號 4 樓	林玲、陳展謨	民主進步
新聞資料通訊		香港堅道 20 號	國際新聞社	民主進步
新晚報	日刊	香港干諾道中 123 號	郭永偉	民主進步
學聯	日刊	澳門	澳門學聯宣教部	民主報紙，少量放行
全民報	日、晚刊	暹羅曼谷黃橋 574 號	陳兵人	進步報紙
華僑日報	日刊	暹羅曼谷野虎路	李慕逸	中間偏左，少量放行
瓊崖導報		暹羅曼谷	周靜	進步報紙
民主新聞		暹羅曼谷	華僑	進步報紙
中華公報		印尼古晉	華僑	進步報紙
星期新聞		印尼爪哇		進步報紙，僅有一年多歷史
蘇門答臘報	日刊	印尼棉蘭丑馬力街 16～19 號	黃貽芳、朱培琯	進步報紙
民主日報	日刊	印尼棉蘭淺灣六街 76 號	黃貽東	進步報紙
蘇島民報	日刊	印尼棉蘭	華僑	進步報紙
生活報	日刊	印尼雅加達嘉城孟加勿利 79 號	黃周規	進步報紙

〔註 245〕筆者根據廣州市檔案館館藏檔案統計。
〔註 246〕廣州市人民政府新聞出版處製：《禁止入口書報刊目錄》，1951 年 5 月 1 日，廣州市檔案館：179-1951-長久-069，第 13～14 頁。

新報	日刊	印尼雅加達亞森加街29～30號	洪潮源	表現進步，立場不穩，少量放行
黎明報	日刊	印尼西婆羅洲坤甸中公第一校路	林勤海	進步報紙
大公商報	日刊	印尼爪哇泗水邦光三巷15號	張植中	一般進步但不夠堅強，少量放行
現實報	日刊	越南高棉		有進步傾向，少量放行
新仰光報		緬甸仰光	曾順續	進步報紙
人民報		緬甸仰光	李軍	進步報紙
中國新聞		印度加爾各答	華僑	表現進步，少量放行
華僑商報		菲律賓馬尼拉	於長城等	傾向民盟，少量放行
中西日報	日刊	美國三藩市	和平民主同盟	走向第三條路線，少量放行
美洲華僑日報	日刊	美國紐約	華僑梅參天	民主報紙，同反動派做劇烈鬥爭
紐約新報	日刊	美國紐約		態度比較進步，少量放行
華僑商報	日刊	路易港拉庵街34號		傾向進步，少量放行

表4-5：部分禁止入口的雜誌畫刊（1951年5月1日）[註247]

名稱	類別	地址	審查意見
民治周報	周刊	臺灣	臺灣民治黨反動刊物
今日美國畫刊		美國新聞處	政治反動
歡樂	雜誌	香港	黃色，諷刺解放軍
東風畫報	雜誌	香港	意識不正確

[註247] 禁止入口的雜誌畫刊總數爲119種，本表有所擇取。選自廣州市人民政府新聞出版處製：《禁止入口書報刊目錄》，1951年5月1日，廣州市檔案館：179-1951-長久-069，第1～7頁。

天文臺	二日刊	香港	反動
風趣	雜誌	香港	黃色，觀點不正確
夜香港	雜誌	香港	下流、迷信
第三屆郵票展覽會特刊			無立場
People	雜誌	美國	政治反動西報
Atlantic	雜誌	美國	政治反動西報
Observer	雜誌	美國	政治反動西報
Weekly News	雜誌	美國	政治反動西報
New Republic	雜誌	美國	政治反動西報
Read's Digest	雜誌	美國	政治反動西報
Bussiness	雜誌	美國	政治反動西報
Saturday Review	雜誌	美國	政治反動西報
The Nation	雜誌	美國	政治反動西報
Time	雜誌	紐約	政治反動西報
Life	雜誌	紐約	政治反動西報

　　控制外報入華看似與民營報紙關聯不大，但在瞭解民國時期民營報紙的新聞來源之後即可發現二者的關係。自1872年英國路透社派科林茲（Herny W. Collins）來上海成立遠東分社之後，爲上海加快新聞信息的傳播提供了條件。1912年，路透社開始向中文報紙和外文報紙同時發稿，第一批中文報紙訂戶爲18家，從此改變了中文報紙上的國際新聞要比外文報紙遲好幾天的被動局面。路透社之後，日本東方通訊社（1914年）、法國哈瓦斯通訊社（1931年）、德國海洋通訊社（1928年）、美國合眾通訊社（1929年）、美國聯合通訊社（1929年）、意大利斯丹芬通訊社（1933年）紛紛在上海設站。這些通訊社經濟實力雄厚，技術手段優越。像法國哈瓦斯通訊社借助法國政府投資的國際無線電臺，可以接收6000英里以外的法國、美國、英國的電訊。中國的民營報紙要在市場競爭中求生存，必須做到信息快捷，不得不向外國通訊社訂購稿件。由此，外國通訊社佔領了上海新聞市場達幾十年之久。〔註248〕民營報紙的新聞來源不僅依靠商業通訊社，像美國新聞處這樣的機構還免費提供信息。美國新聞處在華主要發佈兩類新聞稿，一類名爲《美國新聞處電稿》，從 1945

〔註248〕上海市地方志辦公室：《上海通志・上海新聞志》，http://www.shtong.gov.cn/ node2/node2245/node4522/node5600/index.html。

年 9 月 12 日正式發稿，每日發稿 10 至 20 條。〔註 249〕另一份是《新聞資料》周刊，選擇在美國公開發表的特稿，「每期 8 頁，包括 8～10 篇報導。每期發行 5000 份。」〔註 250〕此外，該處還分發新聞圖片。「中國僅有 110 家定期刊物有印刷圖片的製版設備」，它們就正好準備 110 份圖片和說明文。〔註 251〕因美國新聞處的稿件質量好，又完全免費，當時的民營大報《申報》1947 年 1 月就採用了該處電稿 46 則，其它大報，如《新聞報》、《大公報》情況也大致如此。〔註 252〕

　　1949 年上海解放前夕，除塔斯社以外的外國通訊社駐滬機構全部撤走，民營報紙失去了重要的新聞來源，而當外報入華也受到限制，民營報紙的信息獲取途徑愈發狹窄，且失去了辦報的比照對象。可以說，多元的新聞獲取渠道滋養了民營報紙的成長，增加了其自身的競爭力，而一旦新聞來源枯竭，民營報紙的命運可想而知。

〔註 249〕石瑋：《美國新聞處在華活動初探（1946～1949）》，《國際新聞界》，2010 年第 11 期。

〔註 250〕〔美〕費正清：《費正清對華回憶錄》，第 364 頁。

〔註 251〕〔美〕費正清：《費正清對華回憶錄》，第 363 頁。

〔註 252〕石瑋：《美國新聞處在華活動初探（1946～1949）》，《國際新聞界》，2010 年第 11 期。